十八集电视连续剧

谷文昌

张全景　陈燕山　等著

中共中央党校出版社

图书在版编目（CIP）数据

谷文昌：十八集电视连续剧/张全景，陈燕山等著．—北京：中共中央党校出版社，2016.6

ISBN 978-7-5035-5894-8

Ⅰ.①谷…　Ⅱ.①张…　②陈…　Ⅲ.①电视文学剧本-中国-当代　Ⅳ.①I235.2

中国版本图书馆 CIP 数据核字（2016）第 148422 号

谷文昌——十八集电视连续剧

责任编辑	王　君　王守国　任　丽
版式设计	李　灵
责任印制	王洪霞
责任校对	马　晶
出版发行	中共中央党校出版社
地　　址	北京市海淀区大有庄 100 号
电　　话	（010）62805830（总编室）　（010）62805821（发行部） （010）62805034（网络销售）　（010）62805822（读者服务部）
传　　真	（010）62881868
经　　销	全国新华书店
印　　刷	北京柏力行印刷有限公司
开　　本	700 毫米×1000 毫米　1/16
字　　数	413 千字
印　　张	22.75
版　　次	2016 年 6 月第 1 版　2016 年 6 月第 1 次印刷
定　　价	66.00 元

网　　址：www.dxcbs.net　**邮　　箱：**cbs@ccps.gov.cn

微 信 ID：中共中央党校出版社　**新浪微博：**@党校出版社

中央组织部原部长张全景在《谷文昌》电视剧开机仪式上讲话

《谷文昌》电视剧开机仪式暨新闻发布会

中央组织部原部长张全景、河南省政协、河南电视台、总制片人在《谷文昌》电视剧开机仪式上

中央组织部原部长张全景、福建省漳州市委、八一电影制片厂等有关领导在《谷文昌》电视剧封镜仪式上

一位治理风沙的功臣

功不可没

一个生动真实的故事

感人至深

十八集电视连续剧 **谷文昌**

谷文昌

十八集电视连续剧 **谷文昌**

谷文昌

谷文昌

十八集电视连续剧 **谷文昌**

十八集电视连续剧 **谷文昌**

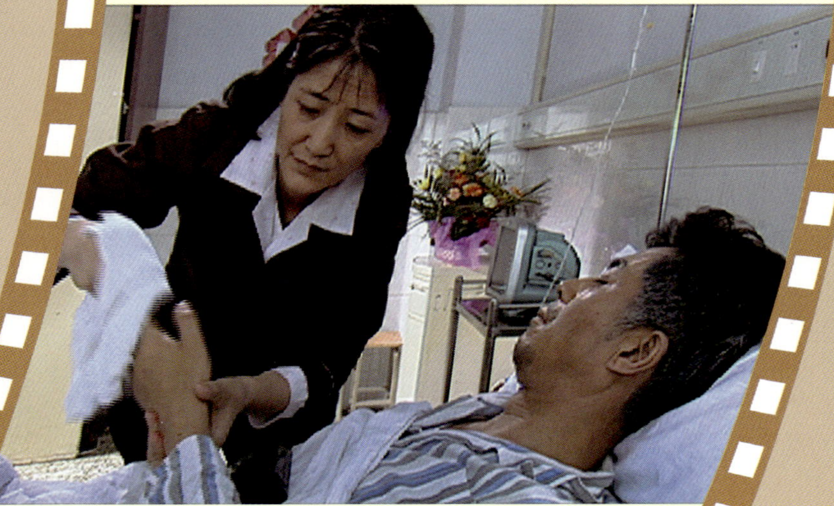

谷文昌

目 录 contents

习近平总书记关于向谷文昌学习的讲话摘录

焦裕禄、杨善洲、谷文昌等同志是县委书记的好榜样，县委书记要以他们为榜样，始终做到心中有党、心中有民、心中有责、心中有戒，努力成为党和人民信赖的好干部。

——摘自 2015 年 6 月 30 日，习近平在北京会见全国优秀县委书记时的讲话

我经常提到五六十年代福建东山县县委书记谷文昌，他一心一意为老百姓办事；当地老百姓逢年过节是“先祭谷公，后拜祖宗”。

——摘自 2015 年 1 月 12 日，习近平在中央党校县委书记研修班学员座谈会上的讲话。

谷文昌同志的事迹同焦裕禄、杨善洲同志的事迹一样，展示了一名共产党员和领导干部的坚强党性、远大理想、博大胸怀、高尚情操。

——摘自 2014 年 11 月 2 日，习近平在福建调研时的讲话

福建东山县委书记谷文昌，之所以一直受到广大干部群众的敬仰，是因为他在任时，不追求轰轰烈烈的“显绩”，而是默默无闻地奉献，带领当地干部群众通过几十年的努力，在沿海建成了一道惠及子孙后代的防护林，在老百姓心中树起了一座不朽的丰碑。

——摘自2005年1月7日，习近平在《浙江日报》头版《之江新语》专栏刊发的《“潜绩”与“显绩”》一文

在福建，带领东山人民改造自然和社会，变昔日的荒山秃岭为现在的“国家级生态示范县”和“全省环境最佳县”的谷文昌，现在当地百姓仍然怀念他，甚至祭祀时也是“先祭谷公、后祭祖宗”。人民群众是共产党的“本”、“基”、“源”，党必须相信和依靠群众，始终保持与人民群众的血肉联系。

——摘自2003年7月10日，习近平在浙江省委十一届四次全体（扩大）会议上的讲话

谷文昌先进事迹再次证明，人民群众总是最公正的。我们的干部一定要为官一任，造福一方，自觉地为人民服务。

——摘自2001年7月15日，习近平在瞻仰谷文昌陵园听取谷文昌先进事迹介绍时的讲话

做谷文昌式的好干部（代 序）

中央党校常务副校长　何毅亭

今年是中国共产党成立 95 周年，再过几天就是党的生日。在这样的时刻，中央党校举行谷文昌铜像揭幕仪式，举办报告文学《谷文昌》出版座谈会，具有特殊意义。

党校是党的精神殿堂，是党员领导干部补钙壮骨的圣地和净土。党的十八大以来，在刘云山校长领导下，中央党校认真学习贯彻习近平总书记系列重要讲话精神，认真学习贯彻习近平总书记党校治校思想，把党校姓党原则贯彻党校工作全过程，不管是教学科研还是行政后勤，各方面都发生了深刻变化，党校的职能作用正在全方位发挥。

对学员们来说，一个直接感受就是大有庄 100 号变成了“四个校园”，即“绿色校园”、“红色校园”、“书香校园”、“文化校园”。到中央党校来的人都会注意到矗立在校园里的雕塑，既有中轴线上马克思恩格斯、毛泽东、邓小平三尊导师和领袖的雕塑，又有学员区的焦裕禄雕塑。刚刚又在西区学员楼落成揭幕了谷文昌雕塑。所有这些雕塑，已经而且还会继续对学员发挥无声的教化作用。与创作谷文昌雕塑的同时，中央党校出版社隆重推出报告文学《谷文昌》，以饱含深情的笔触刻画了谷文昌的崇高形象，把党员领导干部的楷模生动地展示在世人面前。关于谷文昌的雕塑和报告文学，是中央党校对谷文昌和谷文昌精神的全景展示，也是中央党校在纪念建党 95 周年之际奉献给学员、奉献给社会的

重要精神产品。

到今天，中国共产党已经走过95年光辉历程。从一大建党时全国只有50多名党员，到成为拥有440万个基层党组织、8800万名党员的世界第一大执政党；从当初一大代表险些被上海租界巡捕抓获，到长期对敌斗争中大批共产党员被国民党屠杀，再到领导新民主主义革命取得胜利、建立新中国，到确立社会主义制度、在中国特色社会主义道路上推动中华民族伟大复兴，中国共产党一路走来，历经磨难，历经坎坷，既有危局和困境，又有凯歌和辉煌，总的发展轨迹是不断从胜利走向新的胜利。中国共产党成功的密码是什么？因为这个党有马克思主义这一科学理论的指导，有从群众中从实践中走出来的党的杰出人物和政治领袖的领导，有人民群众这样铜墙铁壁的拥护支持，有千千万万像焦裕禄和谷文昌这样与人民群众同呼吸、共命运的优秀领导干部的苦干实干。

谷文昌身上，集中体现了中国共产党优秀领导干部的责任担当和人格风范。他把毕生精力献给了党和人民的壮丽事业，特别是1950年至1964年在东山县担任区委书记、县长、县委书记期间，立下“不治服风沙，就让风沙把我埋掉！”的誓言，带领东山人民苦干14年，制服了“神仙都难治”的风沙，从根本上改变了东山恶劣的生态环境，同时“以海为田，向海域进军”，发展多种经营，不仅使全县人民摆脱了世代逃荒要饭的苦日子，而且为后来的全面发展奠定了坚实基础。面对东山岛的沧桑巨变，回乡探亲的海外同胞都发自内心地说：“共产党真了不起，把人间荒岛变成了人间乐园。丰功伟绩，足以雄视百代。”在老百姓眼中，谷文昌是有求必应的“活菩萨”，而只要群众找他，他必定想方设法帮助群众排忧解难。他去世后受到人们敬仰，当地百姓“先祭谷公、后祭祖宗”，可见谷文昌在人民群众心中是何等分量！

谷文昌身上，有四个方面的精神特质弥足珍贵。首先是对党忠诚的政治品格。他一生经历多种革命环境考验，从抗日战争、解放战争到告别家乡南下，再到“文化大革命”中遭批斗、被下放，无论在任何岗位、处于何种境遇，从未忘记自己的共产党员身份，从未动摇理想信念。他经常告诫身边人说："我是经过沟沟坎坎的人，但我始终坚定，任何时候都要相信党，相信党组织。"他一生有"三怕"：一怕党的事业干不好，二怕党的形象受损害，三怕身为共产党员被老百姓戳脊梁骨。这"三怕"，正是谷文昌作为一名共产党员的铮铮誓言。其次是一心为民的公仆情怀。他几十年如一日，与群众打成一片，全县 60 多个村 400 多名生产队长，他都能当面叫出名字。他经常到基层调查研究，与群众吃住在一起，劳动在一起，拉家常、问冷暖，满腔热情对待群众，帮助解决生产生活中的困难，与广大群众水乳交融、亲密无间。再就是实事求是的工作方法。面对国民党抓壮丁留下的家属问题，他从实际出发，果断提出"国民党造灾、共产党救灾"的思路，使"敌伪"家属改为"兵灾"家属，拯救了 4700 多个家庭，温暖了民心，彰显了超常的勇气和智慧；他敢于抵制"大跃进"年代的"五风"，坚持如实向上级汇报真实情况，敢于讲真话、办实事，这在当时是很不容易做到的。还有就是大公无私的革命家风。他在福建工作 30 多年，家当只有两只皮箱、两只木箱。他严格要求家人，"不沾公家的一点油"。他从不为家人谋取任何特殊待遇，妻子史英萍和他同为南下干部，每逢提拔都被他拦下，30 年职级没有变化。群众中广泛流传着"谷式家风"。妻子贴近群众、勤俭持家、关爱同事、资助贫困孩子的故事，在东山被传为佳话。他的儿孙都在艰苦环境和岗位上锻炼成长，当年身边工作人员也长期投身公益。

恩格斯曾经非常肯定早期基督教的那些圣徒们，赞赏他们传教的那种献身精神。中国共产党致力于实现国家富强、民族振兴、人民幸福，从事的事业是无上光荣、无上神圣的，尤其需要圣徒般的虔诚。谷文昌的事迹展示给人们的就是圣徒般的共产党员形象。他有四句名言感人至深。第一句是"不把人民拯救出苦难，共产党来干什么"；第二句是"不带私心搞革命，一心一意为人民”；第三句是“党要求什么，群众需要什么，我们就去做什么”；第四句是“只要对百姓有利的事，哪怕排除万难也要做到；凡是对党威信有害的事，哪怕再小也不能做。”这四句话，是对谷文昌圣徒般一生的有力诠释，是对中国共产党性质和宗旨的有力诠释。

谷文昌精神具有超越时空的永恒价值。今天，我们国家已经成为世界第二大经济体，中国共产党有了更好为人民服务的条件。与此同时，世情国情党情发生了深刻变化，党执政的社会环境发生了深刻变化，面临的“四大考验”“四种危险”十分严峻而尖锐。越是物质条件好，越是执政时间长，越要有忧患意识，越要居安思危。习近平总书记强调：“世界上最可怕的敌人从来是自己。我们党取得了举世瞩目的成就，现在更需要‘愈大愈惧，愈强愈恐’的态度，切不可在管党治党上有丝毫松懈。”今天我们每一名领导干部都来学习和弘扬谷文昌精神，都像谷文昌那样做到对党忠诚、个人干净、敢于担当，都像谷文昌那样把人民放在心中最高位置，那么我们党就一定能牢牢站在坚实的大地上，始终得到人民群众的拥护和支持，任何考验都能从容应对，任何风险都不可怕，任何“陷阱”都能跨越。

当前，全党正在开展“两学一做”学习教育。学习党章党规，学习系列讲话，最终要体现在用科学理论武装头脑解决各种困难和问题上，体现在做一名新时期合格共产党员上，体现在为实现“两个一百年”奋斗目标和中国梦作出贡献上。同焦裕禄一样，谷文昌为我们树立了合格党员、合格领导干部的标杆。我们每一名党员，都应该成为谷文昌那样圣徒般的党员；我们每一名领导干部，都应该成为谷文昌那样圣徒般的领导干部。在建党 95 周年之际，中央党校举行谷文昌雕塑揭幕仪式，召开报告文学《谷文昌》出版座谈会，共同纪念谷文昌、学习谷文昌，根本目的就在这里。

（2016 年 6 月 22 日在学习谷文昌精神暨报告文学《谷文昌》出版座谈会上的发言）

永远活在人民心中的县委书记
——谷文昌

中央组织部原部长　张全景

在福建省东山县，到处传颂着老书记谷文昌的动人事迹。他虽然去世22年了，但他的名字一直铭刻在人民心中，并没有因为他的去世而泯灭，也没有因为岁月的流逝而淡忘。他和全县人民共同创造的业绩，至今在东山大地上闪耀着熠熠光辉。随着东山日新月异的变化，人们对他的怀念与日俱增。

昔日东山，风沙肆虐，旱涝为害，一片荒凉。谷文昌和县委一班人带领全县军民拼搏奋战了14个春秋，植树造林防治风沙，打水井、建水库抗旱排涝，修公路、筑海堤、建海港、造盐田……从根本上改变了东山旧貌，为今天的全面发展奠定了坚实的基础。

“一任接着一任干，历任都有新贡献。”特别是改革开放、贯彻落实“三个代表”重要思想以来，东山县发展工业，调整农业，兴办第三产业，开发旅游，呈现出生机蓬勃、兴旺发达的景象。一座水碧、沙白、林绿、礁奇的海岛，雄踞于万顷波涛之中。农业经过产业结构调整，已建立起芦笋种植、海洋捕捞、网箱养鱼、围垦养殖、水果开发五大高优农业生产基地，农业商品率达96%。去年农民人均纯收入4171元，成为全省第一批农村小康县。工业已经形成芦笋制罐、水产加工、建材开发、塑料包装、海盐生产等产业支柱。旅游业从无到有，旅游收入达2.7亿元。党的建设、精神文明建设、民主法治建设和社会各项事业取得明显进步。近几年先后被评为“全国科技工作先进县”、“全省基层组织建设先进县”、“全省环境最佳县”、“国家级生态示范县”，连续四次荣获“全省双拥模范县”等荣誉称号。

对于今天的发展和进步，东山人民很自然地把它同共产党、解放军和改革开放、“三个代表”重要思想紧密地联系在一起，同老书记谷文昌紧密地联系在一起，称赞他是“东山翻身解放的带头人，幸福富裕的奠基人”，“共产党的好干部，人民的好书记！”

不朽丰碑，一个铭刻在人民心中的共产党人

谷文昌，太行山的儿子，河南省林县（今林州市）人。1950年5月随军渡海解放东山岛，先后在这里担任城关区委书记、县委组织部长、县长、县委书记，1964年调任省林业厅副厅长。“文化大革命”期间下放宁化县农村劳动，1972年后曾任龙溪行署林业局长、农办主任、副专员。

谷文昌在病重弥留之际深情地说：“我喜欢东山的土地，东山的人民。我在东山干了14年，有些事情还没有办好。死后，请把我的骨灰撒在东山，我要和东山的人民，东山的大树永远在一起！”1981年1月30日，癌细胞夺走了他的生命。噩耗传到东山，东山的树静静地默哀，东山的水呜咽悲鸣，东山的人民泣不成声：“谷书记，没有你哪有我们的今天！”

政声人去后，丰碑在人间。1986年，县委为了弘扬谷文昌精神，满足广大群众的心愿，决定将谷文昌的骨灰安葬在当年他亲手建起的赤山林场。村民们听到这一消息，纷纷赶来，为他的坟墓添加一抔热土。山口村第一任党支部书记陈加福说：“谷书记，你为我们辛苦了一辈子，现在我要天天打扫陵园，为你守墓一辈子！”许多两鬓斑白的老人说：“过去刮一阵风，谷书记就一脸沙、

一身汗地赶来看我们，现在就永远和我们在一起吧！”

1987 年 7 月，在茫茫林海中树起一座“谷文昌同志万古长青”的丰碑。五六十年代和他一起在县委工作过的同志相约来到碑前，栽下 8 棵青松。面对丰碑，他们重复着谷文昌经常说过的话：一个人活着要有伟大的理想，要为人民做好事，为人民奋斗终生。回乡探亲的海外同胞，亲眼目睹了故乡的沧桑巨变，恭恭敬敬地前来瞻仰：“共产党真了不起，把人间荒岛变成了人间乐园。丰功伟绩，足以雄视百代。”每逢清明、春节等尊老敬宗的传统节日，当地群众“先祭谷公，后祭祖宗”，许多人带着朴素的感情到碑前缅怀：“谷书记，你领导我们战胜贫困，送走穷神，我们不会忘记！”

1990 年，全县党员、干部、职工、学生三四万人捐资，为谷文昌建造了一座半身雕像，时任省委书记的陈光毅题写了“绿色丰碑”四个大字。12 月 10 日，参加雕像揭幕仪式的有上万人。昔日的“乞丐村”——山口村全村老幼来到雕像前表达他们的思念：“谷书记，您生前种树，死后还回东山看护着树林。”

多年以来，中共东山县委、漳州市委、福建省委先后发出向谷文昌同志学习的通知。特别是在开展“三讲”和“三个代表”重要思想学习教育活动、贯彻党的十六大精神中，广大党员干部以谷文昌为榜样，找差距，定措施，抓落实。省、市教育部门把谷文昌的事迹编入当地中小学乡土教材，用谷文昌精神教育下一代。《福建日报》等媒体用多种形式广泛宣传谷文昌事迹。

1999 年，全县各界捐资修建了谷文昌事迹展览馆及谷文昌公园。工人、农民、解放军战士、学生怀着崇敬的心情经常到这里参观、瞻仰，少先队员到这里过队日，党员、团员到这里举行入党（团）仪式，过组织生活。许多人动情地说：“如今虽然时代不同了，但是，为人民服务的宗旨不能忘，艰苦奋斗的精神不能丢！”“全面奔小康，必须学习谷文昌！”

2001年4月省林业厅在东山召开现场会，将谷文昌誉为“林人楷模”，号召全省林业职工学习。

在福建省，凡是知道谷文昌的人，无不对他肃然起敬，大加赞扬。1963年，时任省委书记的叶飞考察东山后，对那里的变化感到吃惊，当即提出让谷文昌在即将召开的全省农村工作会议上介绍经验，并向省委建议重用谷文昌。1981年，时任省委书记的项南看了东山后，非常激动地说：“搞四化建设就需要这样的好干部。”当听说谷文昌病危时，他连夜冒雨赶往漳州看望。谷文昌去世后，他建议《福建日报》在头版发表消息，并亲自将标题改为《为东山人民造福的谷文昌同志去世》。

谷文昌南下后，把中原的先进生产技术、工具介绍到东山，又把南方的经验传播到林县。两县人民为了纪念这位党的好干部，共同在他家乡建立了“谷文昌纪念碑”和“文昌阁”。

丰碑是由事业和民心铸成的。一个热爱人民的人，必然得到人民的热爱。谷文昌的精神和业绩，鲜明生动地回答了一个共产党员“入党为什么，当了干部做什么，身后留点什么”的历史课题。也向我们说明，共产党人只有始终代表先进生产力的发展要求，代表先进文化的前进方向，代表最广大人民的根本利益，才能赢得人民群众的爱戴。

百折不挠，一心让人民过上好日子

千百年来，东山人民被风、沙、旱、涝压得抬不起头、喘不过气。那里流传着这样的民谣：“春夏苦旱灾，秋冬风沙害。一年四季里，季季都有灾。”“微风三寸土，风大石头飞。”据解放时的记载，东山一年中刮六级以上大风的时间长达一百五十多天，在全岛194平方公里的土地上森林覆盖率仅为0.12%。解放前的近百年间，风沙吞没了13个村庄，1000多座房屋，3万多亩耕地。

1949年全岛6万多人，有2000人死于天花，外出当苦力、当乞丐的占1/10。地处风口的山口村共900多人，讨饭的就有600多人。山口、湖塘两村的1600人中因风沙为害而患红眼病、烂眼病的400多人，失明或半失明的90多人。海岛东南部横亘着30多公里长的沙滩，茫茫一片，寸草不生，还有40多个流动沙丘，沙随风势不断向人们进逼。有田无法种，种了无收成。粮囤空空，锅里煮着青菜，一年到头缺吃缺烧，许多人扶老携幼，拿着空篮破碗外出讨饭，乘船过海到大陆上割草砍柴。

面对多灾多难的群众，谷文昌流下了泪水，吃不好饭、睡不好觉，做梦也在想着战胜风沙，根治旱涝，让人民过上好日子。他反复思考一个问题："群众希望共产党给他们带来幸福，如果我们不为民造福，要我们到这里来干什么？群众分到了土地，但种不出粮食，分地又有什么用？""不解除群众疾苦，我们心里有愧啊！"

在这样一个世代受苦的地方，谁不想改变面貌呢？但是，怎么改？怎么变？很多人感到无能为力。谷文昌动情地说："共产党人，不能做自然的奴隶，不能听天由命，不能在困难面前退缩！"

"要向风沙宣战，条件再差也要建设社会主义！"

经过多次讨论，县委、县政府的思想统一了："挖掉东山穷根，必先制服风沙。"他们带领群众踏上了治理风沙的漫漫征途。

在一个飞沙走石的冬天，谷文昌率领林业技术员吴志成等同志，探风口，查沙丘，在风沙扑打中前进，用血肉之躯，感受狂风的力度，飞沙的流向。从苏峰山到澳角山，从亲营山到南门湾，谷文昌走遍了东山的大小山头，把一个个风口的风力，一座座沙丘的位置详细记录下来。他走村串户，和村干部、老农民促膝长谈，制定了"筑堤拦沙、种草固沙、造林防沙"的方案。

从计划到实践、从实践到成功，是一个多么艰难的历程啊！县委、县政府统一指挥，千万人上阵，花了几十万个劳动日，在

风口地带筑起了 2 米高 10 米宽的拦沙堤 39 条、22000 多米。但是，好景不长，仅仅过了一年，无情的风沙就摧垮了长堤。种草固沙，谈何容易！草籽播下，不是随风沙搬家就是被掩埋沙底，勉强出土的幼苗，一经风吹沙打随即奄奄一息。县委、县政府领导群众植树造林，先后种过 10 多个树种，几十万株苗木，一次也没有成功，灾荒和贫困依然笼罩着东山。许多人摇头叹息："东山这个鬼地方，神仙也治不住风沙！"

失败和挫折，没有压垮谷文昌。他指天发誓："不制服风沙，就让风沙把我埋掉！"他和县委的同志一道认真总结经验教训，重新制订方案。1956 年东山县第一次党代会还就全面实现绿化、根治风沙通过决议。谷文昌号召全县人民"苦干几年，将荒岛勾销，把灾难埋葬海底！"他还描绘了一幅宏伟蓝图："要把东山建设成美丽幸福富裕的海岛。"

1957 年，转机终于出现了，喜讯不断。林业技术员吴志成报告，查到了国外种植木麻黄有效防治风沙的资料。谷文昌高兴地说："不管外国货中国货，只要能治风沙就行！"第二个喜讯，省林业部门通报：广东省电白县种植木麻黄成功。又一个喜讯，调查组发现白埕村的沙丘旁生长着 6 株挺拔的木麻黄。谷文昌面对一个个信息又惊又喜，第二天就带领参加县区乡三级干部会议的同志到 6 株树下，边看边议。木麻黄能在这里成活，全岛不能种活吗？时任县委农业部长（后为副书记）的靳国富带领林业技术员、农村干部 20 多人到广东省电白县参观。他们亲自种树，实地学习，还向电白县的同志要回一捆树苗，分种在西山岩林场和几个村庄，一段时间后，长势甚好。县委决定：大种木麻黄。县长樊生林亲自指挥调种。全县派出 230 多人到厦门、永春、平和、南靖等地采种。省林业厅、地委、专署大力支持，林业部从国外进口树种给予支援。

改变东山面貌的时机到了！1958 年县委向全县军民发出号

召："上战秃头山，下战飞沙滩，绿化全海岛，建设新东山"。谷文昌亲任指挥，驻岛部队和有关部门负责同志任副指挥。县直机关干部、驻军、工人、农民、店员、学生，几天突击，种下1000多万株木麻黄、黑松、相思树等幼苗。人们看着这绿色的生命，忘记了苦干的疲劳，绽开喜悦的笑脸，翘首企盼新生命的复苏。岂料，天不作美，树刚种完，气温突降，持续一个多月的低温，成活的树苗寥寥无几，东山的绿色之梦再一次被击碎。

面对大片枯死的树苗，悲痛叹息、埋怨、懊丧、讽刺挖苦接踵而至。有的说："荒沙能长树，鸡蛋能长毛！""夏天烫得可炒花生，冬天狂风吹倒房，站不住人、睁不开眼的地方怎么能种树呢？"谷文昌到白埕村现场，看到大片苗木死掉了，但又发现九株幸存者。他看了又看，摸了又摸，亲切地对技术员和随行的同志、赶来的群众说："没有失败就没有成功，失败了再干，这就是共产党人的气概和风格！大家看，不是活了九株吗？能活九株，就能活九千、九万，绿化全东山。""只要我们有决心，光秃秃的海岛，一定会变成绿油油的海岛。"他还风趣地说，待树木长高了我们要昂起头来看，还得当心帽子掉下来呢！

吃一堑长一智。东山县委组成了由领导干部、林业技术员、老农三结合的试验小组，谷文昌亲任组长。他们在飞沙滩上，"旬旬种树"，定时观察气候、湿度、风向、风力对新种植木麻黄回青、成活的影响。谷文昌又在白埕村和村林业队一道种下20亩丰产试验林。功夫不负有心人，他们终于摸清了木麻黄的生长习性，总结出了种植木麻黄的技术要点，并通过多种方式让广大干部群众掌握。为了在全县造林，县委制定了新的政策：国造国有，社造社有，房前屋后个人所有。集体种树实行包工、包产、包成本、包质量，同工同酬，一亩以上的育苗地抵销征购任务。政策调动了群众的积极性，试验坚定了群众的信心。

1959年，在全县军民植树造林誓师大会上，谷文昌代表县委

提出了绿化东山的目标："举首不见石头山，下看不见飞沙滩，上路不被太阳晒，树林里面找村庄。"每逢雨天，有线广播即刻播送造林紧急通知，各级干部率先冲进雨幕，百里海滩上布满了造林大军，歌声同雨声齐飞，汗水与雨水交融。连续 3 年，天一下雨，东山人民就冒雨出动，先后植树 8.2 万亩。400 多座山头，3 万多亩沙滩，全部披上了绿装。

种树还要管树。县政府下发文件：老天下雨就冒雨种树；天旱了幼树不返青，磨破肩膀、冒着烈日、踏着火烫的细沙也要挑水浇树；遇到大风天气，要及时把被风沙掩埋的幼树挖开，被吹歪了的扶正；肥料不足，到大海捞小鱼小虾积肥喂幼树。全县广泛开展护林教育，加强病虫防治，很快建立起 62 个林业队，有护林员 1100 多人。谷文昌每次下乡总要带上一把剪刀，一把铁铲，看见歪倒的小树亲手扶起来，看到该剪的枝杈随手剪掉。他爱树如命，见人就说，谁要伤一棵树，就是伤了我的胳膊，谁折断一根树枝，就是折了我的手指。他经常告诫基层干部："喊破嗓子，不如干出样子。"在他带动下，全县管树护林蔚然成风。细种精管，几年下来，177 条每条宽 50～100 米、总长达 194 公里的林带，覆盖了东山大地。一排排木麻黄四季常青，昂首挺立，构成第一道防线。用材林、经济林次第展开，纵横交错，宛如一条条绿色长龙，顶狂风、镇飞沙、抗怒涛，环护着田园村舍。"林成片，地成方，大路两旁树成行"，不仅美景如画，而且扩大耕地 1 万多亩，改良农田 7 万多亩，提高了复种指数，出现了林茂粮丰，百业兴旺的景象。群众高兴地说："人种了树，树保了地，地增了粮，粮养了人"，"林带就是粮带、钱带、生命带"。谷文昌所描绘的蓝图变成了现实：荒岛变绿洲。

40 多年过去了，经过全县人民的不懈努力，目前全县林地面积已达 12 万亩，森林覆盖率达 36%，绿化率达 96%。据省林业部门测定，岛上风力减弱了 41%～61%，冬温提高了 1.5 摄氏度，蒸发量减少 22%，相对湿度提高 10%～25%。过去颗粒无收的沙地，现在不仅可以种植粮食作物，而且大量种植优质高效的经济作物，荔枝、龙眼、芒果也已在这里安家落户。一个个荒沙村，彻底摆脱了风沙之苦，人们生活在枝繁叶茂、绿树成荫、花红草绿的优美环境中。一些富裕起来的小康村年人均收入 6000 多元，粉墙红瓦的别墅楼林立成片。人们面对蓝天碧波，无忧无愁，抚今追昔，怎能忘怀当年与他们同甘共苦的谷书记呢！

实事求是，一切向人民负责

东山解放后，面临一个非常特殊的“壮丁”家属问题。蒋军溃退时从岛上抓走的“壮丁”4700 多人被迫当了国民党兵。他们的家属、姻亲关系遍及全岛。能不能为他们摘掉“敌伪家属”这顶帽子呢？谷文昌想到了入岛的那一天，既有欢腾的锣鼓，又有哭诉的群众，“亲人哪！你们怎么不早来一天？”谷文昌向县委提出建议：“共产党人要敢于面对实际，对人民负责。国民党造灾，共产党要救灾。”县委决定：把“敌伪家属”改为“兵灾家属”。对他们政治上不歧视，经济上平等相待，困难户予以救济，孤寡老人由乡村照顾。这两个字的改变，是一项多么重大的政策！又需要多么大的勇气和胆量啊！一项德政，十万民心。这些家属对国民党恨之入骨，对共产党亲上加亲。他们说：“国民党抓走亲人，共产党却把我们当作亲人，哪怕死了做鬼，也愿为共产党守岛。”

1958 年，“千斤稻，万斤薯”，“拔白旗，放卫星”之风吹进海岛。在地区评比的图表上，东山养的猪还不如外县的猪尾巴大。谷文昌心里有数，掷下铿锵有力的四个大字：实事求是。年终东山县超额完成生猪调拨任务，在地区评比表上“猪尾巴”变成了“猪头”。

大炼钢铁之风吹遍全国，许多地方小高炉林立，炉火熊熊，扶“钢铁元帅升帐”。东山怎么办？谷文昌冷静地说：“东山缺柴烧，又没有矿石，怎么炼？”上边催得紧，下边更着急。谷文昌说：“那就先砌个炉子试一试。”试的结果，不言而喻。

“人有多大胆，地有多高产”的口号铺天盖地，把亩产吨半谷万斤薯的典型吹上了天。谷文昌带上县乡干部到“吨半谷”的地方参观。不看不知道，一看吓一跳。谷文昌彻底明白了，这样的密植不能搞。但是，上边批评他“右倾保守”。他却不急不躁地说：“我们先试一试吧！”他在埕英大队搞了一分试验稻，按照上边的要求密植，一周后叶黄了、根烂了。还在山后大队搞了一亩密植地瓜试验，结果是枝叶茂盛，但不是万斤薯，而是万根须。

当“大办食堂敞开肚皮吃饱饭”的时候，食堂的大锅里却没有饭吃，有些人还得了水肿病。谷文昌面对现实，直言不讳：“革命的目的，就是为了群众生活，如果我们不关心群众疾苦，就是没有群众观点，就无所谓革命。”他鲜明地提出，“抓生活就是抓政策，就是抓生产力。”他建议渔业部门向灾区群众每人出售几十斤杂鱼，盐业部门供应低价盐，向地委、专署报告实际情况……县委做出决定：“不准在东山饿死一个人！”要特别关心妇女、儿童、老人；机关干部要下基层，组织农民抢种蔬菜和早熟作物，安排生活；组织医生、护士下乡巡回医疗，为群众治病。地委、专署也向东山调拨了200万斤粮食。谷文昌和县委办公室、组织部的同志到困难较大的樟塘村蹲点，住在农民的柴草间里，一日三餐与群众吃在一起，白天和群众一起劳动，晚上与群众一起座谈，共商抗灾和恢复发展生产大计。当时谷文昌身患胃病、肺病，常常头昏、咳嗽、出冷汗。随行的同志找医生开了证明买来一斤饼干，他当即严肃批评并让退掉。他说：“我们要和群众吃一样的饭，受一样的苦，干一样的活，群众才会信任我们。”经过几个月的艰苦奋斗，终于带领全县人民度过了最为困难的日子。

谷文昌经常教育干部，无论办什么事情都要有群众观点，为群众着想，从实际出发，不能随心所欲。他语重心长地说：事实是无情的，好的动机并不一定收到好的效果。要把动机和效果统一起来，必须深入群众，吃透情况。他说：“我们既然是为人民服务的，为什么不多听听群众的意见呢？”

他要求干部坚持群众路线，发扬优良作风，到农村工作时，不当东转西看的“风水先生”；说话办事一是一、二是二，不能弄虚作假；吃饭住宿不搞特殊；关系群众的事同群众商量，不能强迫命令。谷文昌还要求干部“把政治、技术、业务结合起来，孜孜不倦地学习。结合的最好方法是做什么学什么，管农业的，要懂农业、会干农活，管盐业的要会制盐坎、晒盐……不仅要从书本上学，还要从实践中学”。他以身作则，不仅刻苦学习理论，而且带头学习技术。

谷文昌一年到头，大部分时间在基层。东山的山山水水闪动着他的身影，村村寨寨留下他的足迹，在田头他与农民席地而坐谈生产，在村舍他与农民一道卷着土烟拉家常。全县四五百位生产队长，他大都能叫出名字来。干部找他汇报工作，群众找他反映问题，他什么时候都不烦，三更半夜也不嫌。他自己常年穿一双黑布鞋，一套灰中山装，深入到田间，挽起袖筒植树，卷起裤脚犁田，拿起钢钎打石头，群众想什么，盼什么，他就带领群众干什么。这样的县委书记，怎能不赢得群众的信任呢？

殚精竭虑，一刻不停地为人民造福

东山岛地处福建东南海域，与大陆的最近距离只不过五六百米，但水深浪高，给群众的生产生活带来很大困难。千百年来，舟覆人亡的惨剧时有发生。世世代代的海岛人，总想有一天奇迹出现，天上的玉皇或哪一路神仙修一条海堤，架一座彩桥，把东山与大陆相接，使孤岛变成半岛。几百年、几千年过去了，奇迹没有出现，人们面对滚滚怒涛，无不望而生畏，“精卫填海”只不过是千古神话。当时的东山，人力、财力都非常有限，修一条海堤谈何容易！

“把海岛变半岛”是人民群众的愿望。谷文昌说：“人民的需要就是我们的工作。我们要敢闯新路，勇往直前！”他反复听取群众和技术人员的意见，与县委、县政府的同志酝酿讨论，毅然拍板：修一条海堤！把海岛与大陆连接起来，将会促进海岛发展，扩大对外联系；方便群众，免除舟楫之苦；有利于加强战备，巩固国防；促进发展养殖，利用苦卤制造化工原料；围垦盐田，扩收渔盐之利；沿堤修筑渡槽，引大陆淡水入岛，解决人畜饮水、浇地用水……

谷文昌担任建堤领导小组组长，县长樊生林亲任指挥。经过勘察设计，海堤从东山县八尺门至云霄县。这一段海水最深处10.9米，全长569米，外延公路1000米。大堤高出水面5米，底宽110米，顶宽13米，防浪墙高6.25米。初步测算需投入普通工、船工、技工100万个工日，土、石、沙料近50万立方米，总投资200万元。真可谓工程浩大！福建省委、省政府，龙溪地委、专署批准了这一方案，由国家投资，福州军区、龙溪军分区全力支持。1960年初工程动工，县长樊生林吃住在工地，全力以赴，具体指挥。东山县民工是主力，龙海、云霄、诏安等县的民工、船工、技工，驻岛部队指战员、机关干部组成了浩浩荡荡的筑堤大军。谷文昌经常到工地检查指导，参加劳动。经过一年多的艰苦奋战，到1961年6月海堤竣工，天堑变通途，海岛变半岛的美梦终于成了现实。如今从东山开往四面八方的大小车辆，日夜在海堤上穿梭；高21米长4公里的雄伟渡槽，跨过海堤，把云霄县的淡水引入东山，造福人民。

谷文昌经常告诫自己，“世上没有永远不变的事物，必须不断前进。党要求什么，群众需要什么，我们就去做什么。”东山原来没有一条像样的公路，谷文昌就带领群众修路，到 60 年代中期实现了村村可以开进汽车、拖拉机。如今四通八达、纵横交错的公路网，就是在当年基础上建成的。

东山缺水，十年九旱。谷文昌带领全县人民大办水利，一眼眼水井、一处处塘坝、一座座水库、一条条管道逐步建立起来。全县最大的红旗水库干支渠长达 13 公里，直至目前不仅仍灌溉着 6000 多亩土地，而且以水库为水源建起了自来水厂，为城镇居民、码头、企业提供用水。1963 年大旱，连续 241 天没有下雨，谷文昌和县委副书记陈维义等同志到群众中总结抗旱经验。“地面无水向地下进军!”打大井、深井、塘中套井……建永久性抗旱工程 285 处，临时工程 892 处，省政府调来抽水机支援，这一年仍然取得较好收成。

东山还是一个易涝的地方，特别是遇到海潮，“一次水淹，三年绝收”。谷文昌请水利部门统一规划，建水库、修水渠，挖沟排洪，筑堤建闸防海潮。1961 年 8 月，东沈、南埔、樟塘等村，又一次暴雨成灾。谷文昌和县委副书记靳国富、办公室主任林周发冒雨赶到，深一脚浅一脚，跌跌撞撞，查看水势。情况探明后，当即研究决定，清理旧沟、开挖新沟，筑海堤、建闸门、修扬水站，使之抗旱、排涝、防潮三全其美。工程完工后，一条长 1500 米、宽 50 米的鸿沟既可排水又可蓄水，两座 13 孔节制闸，有效地发挥调控作用。这些村庄不仅扩大了 500 多亩耕地，而且粮食、甘蔗、花生大幅度增产，至今免除了内涝、扩大了灌溉的土地仍然是一片丰产田。

建海堤、防海潮，发展多种经营，也是谷文昌的日夜所思。当时的岐下、西崎等 7 个自然村深受海潮之害、无路之苦。县委即确定修一条 1300 米长的海堤，阻挡海潮，兴建盐场、农场。海堤建成后，大路相通，保护了群众的生命财产。县里还建起了 1.8

万公亩盐场，最高年产达3万吨，为当时的东山创造了可观的财政收入，至今仍发挥着较好效益。

东山土地不多，他提出“以海为田，向海域进军”。大力发展制盐、捕捞、养殖。解放初期全岛渔船都是破旧的木船，网具落后。谷文昌与渔民乘船出海，体验渔民生活，到渔民中调查研究。面对渔民的疾苦，他千方百计带领群众改造旧船，改进网具，重建后澳避风港，渔民们无不喜笑颜开。

解放前的东山，文化教育十分落后，全县儿童入学率很低，没有一处文化娱乐场所。谷文昌提出抓教育、抓扫盲。经多方筹资，建起了剧场、影院，至今仍在使用。为了让群众听到广播，他亲自出面请盐场赞助，建起了有线广播站。东山当时成为全省第一个村村通广播的县。当地群众喜欢看潮剧，他就提议建潮剧团，没有武功师傅，他从家乡请人来传授武功。为了繁荣当地文化生活，他还鼓励文化馆的同志创作好作品，广泛开展农村文化活动。江泽民同志说：“党的先进性是具体的、历史的，必须放到推动当代中国先进生产力和先进文化的发展中去考察，放到维护和实现最广大人民根本利益的奋斗中去考察，归根到底要看党在推动历史前进中的作用。”谷文昌就是一位带领人民群众不断推动历史前进的共产党人。

廉洁奉公，一生保持人民公仆的高尚情操

谷文昌心里装着人民，从不计较个人得失。1958年一度被调为二把手，他毫无怨言，一如既往地工作。“文革”期间，他遭受残酷批斗，全家被下放到三明地区宁化县禾口公社红旗大队（今石壁镇红旗村）当社员。谷文昌把自己的厄运置之度外，千方百计帮助生产队发展生产，手不闲、腿不闲、口不闲，使红旗大队亩产跃上千斤。群众看着黄澄澄金灿灿的稻谷满囤满仓，把谷文

昌亲切地称为“谷满仓”。

1970 年 7 月，谷文昌被任命为隆陂水库总指挥，他和民工一起，吃住在工地。经过一年奋战，水库建成了，禾口人民结束了缺水缺电的时代。30 多年来，水库在防洪、抗旱、发电、改变生态环境、群众饮水等方面，发挥了重大效益，至今人们对他念念不忘。

谷文昌总是满腔热忱地对待群众，为群众排忧解难。人们数不清谷文昌究竟亲自接待了多少群众，帮助了多少有困难的人。但许多鲜活的事例：资助贫困学生，为烈军属、五保户送温暖，为来访群众买车票，为民工买红糖熬姜汤，关心水利技术员的婚事……至今被人们传为美谈。

1972 年，谷文昌在龙溪地区任林业局长。他回到东山，走进造林模范蔡海福的家。从 50 年代到 60 年代，蔡海福亲手种下的树不计其数。为护林，他不管刮风下雨或天寒地冻，整夜打着手电筒在树林里巡逻。因为护林还得罪了一些人，“文化大革命”中他受到批斗，贫病交加，家人想为他准备一口棺材，却没有木板。谷文昌看到多病的蔡海福，心情沉重，带他到龙溪医院治病。1978 年蔡海福去世，谷文昌特地关照民政部门为他批了木板，让这位种了一辈子树的老模范在寿板中安眠。

谷文昌严于律己，始终保持了共产党人的高尚情操。1962 年东山县的高考落榜生，绝大多数安排了工作。谷文昌的大女儿哲惠也未考上大学，却仅安排为临时工。谷文昌开导女儿说：“总不能自己安排自己吧！年轻人应该多锻炼锻炼。”1964 年当谷文昌调离东山时，有关部门提出给哲惠转成正式职工，一起调到福州。谷文昌说：“省里调的是我，没有调女儿，给她转什么正？”就这样把一个孩子留在东山，直到 1979 年才转为正式工。小女儿哲英，1974 年高中刚毕业，谷文昌就让她到农村插队锻炼。谷文昌的二女儿结婚，想让他批点儿木材做家具，他严词拒绝：“我管林

业，如果我做一张桌子，下面就会做几十张、几百张，我犯小错误，下面就会犯大错误。当领导的要先把自己的手洗净，把自己的腰杆挺直!”谷文昌大半辈子与林业打交道，从不沾公家一寸木材。从福州回到漳州，妻子提出是不是去买儿点家具？谷文昌买了竹凳、藤椅、石饭桌。“为什么不买点儿木制的?”妻子问他。谷文昌说：“林业局长家一下子添了木制家具，外人会产生误会，我们也不能写个声明贴出去：这是买的。”他经常教育家属子女：“要看看老百姓穿的是什么，吃的是什么，不能一饱忘百饥啊!”1980 年他的儿媳杨小云从师范毕业了，想让公公出面安排个工作单位。谷文昌说：“还是听从组织分配吧!”后来小云被分配在市区一所小学校，又想让他帮助调一调。他说：“不论单位大小，只要努力，在哪里都可以做出成绩。”这样，小云在那里一干就是 13 年。

谷文昌一贯严格要求自己和家属子女，不搞特殊，不以权谋私。许多人称赞他是一位“时刻想着群众，忘记自己的人”，是“一辈子做好事，不做坏事，一贯地有益于广大群众，一贯地有益于青年，一贯地有益于革命，艰苦奋斗几十年如一日”，非常高尚的人。

前人栽树，福荫后人。谷文昌把自己的生命注入生生不息的绿树，融入为人民造福的伟大事业，而在人民群众中获得了永生。

著名诗人臧克家在一首诗中写道：有的人活着，他已经死了；有的人死了，他还活着……给人民做牛马的，人民永远记住他!

（转自《人民日报》2003 年 2 月 21 日）

根据张全景长篇纪实文章

《永远活在人民心中的县委书记——谷文昌》改编

十八集电视连续剧

谷文昌

陈燕山　余秀华　黄石麟

十八集电视连续剧《谷文昌》

——主创人员表——

荣誉顾问	热　地
总 顾 问	张全景　徐光春
出 品 人	王　君　明振江　周绍成　陈彦民
总 策 划	金清洋　曲维甲　薛景杰　彭德胜
	孙保兴　柳书汾
总 统 筹	崔宪涛　李红星
统　　筹	王守国　陈永刚
总制片人	陈彦民　高金生
编　　剧	陈燕山　余秀华　黄石麟
导　　演	栾逢勤
领衔主演	郭凯敏　王亚军

剧情简介

崎岖的山路上，在山西要饭六年的谷文昌，听说老家有了共产党毅然地返回家乡。

在家乡，谷文昌四处奔波，打听共产党的消息，终于找到了共产党员金延路。在金延路的引导下，谷文昌被乡亲们选为农会主席。不久，他光荣地加入了中国共产党。

1948年，谷文昌报名参加了南下支队，被任命为长江支队三中队五小队队长。河北武安集训中，他认识了教唱《国际歌》的女战士史英萍。

东山岛解放了，谷文昌和战友们踏上了东山的土地。

渔霸林海潮纠集汪明图、尚家权等人在山洞内密谋策划，成立了“海潮暗杀团”，扬言：谁杀死区委书记谷文昌，赏五百大洋。

谷文昌经过一系列的调查，打掉了“海潮暗杀团”。果断地镇压了一批海匪渔霸，赢得了民心。

中秋，谷文昌到寡妇村黄阿婆家送月饼，又一次感受到“敌伪家属”这个问题的严重性。县委会上，谷文昌冒天下之大不韪，提出要把“敌伪家属”改为“兵灾家属”。

谷文昌顶着风沙，走村串户了解民情。老百姓吃不饱饭，穿不暖衣，没有柴烧，没有水喝像一块巨石压在他心上。他暗下决心，一定要改变东山的贫困面貌。他殚精竭虑地带领干部群众挖水井，修水渠，建水库，积极组织生产自救。

在湖塘村，谷文昌走访老村民，亲历常年肆虐的风沙灾害，心灵受到强烈的震撼。为了改变东山面貌，谷文昌跑到漳州地委申请资金，网罗人才，寻找技术，并亲自带领机关干部参加修建水库的义务劳动，同时，修建了东山县第一条公路。

为了植树，谷文昌带领测荒队测量荒山沙岗，走遍了东山岛 412 座山头，摸清了风沙的老底。谷文昌指天发誓：不治服风沙，就让风沙把我埋掉！

“文化大革命”中，谷文昌被下放到宁化县劳动，他为改善村里的生产和社员的生活出了很多金点子。金秋时节，红旗村水稻喜获丰收，村里人送给他一个外号叫“谷满仓”。

正当大坝即将合龙的紧要关头，暴风雨来了，山洪猛冲，库水猛涨，眼看大坝就要决口，时任隆陂水库工程总指挥的谷文昌带病冲上大坝，指挥抢险，终于保住了大坝使水库顺利建成。

谷文昌重访寡妇村，林月哭诉黄阿婆盼台湾的儿子回来和老猪老死的故事，使他悲痛欲绝。他含泪眺望台湾，默默祈望两岸的和平和亲人早日团聚。

超重的工作和极度的身心疲劳使谷文昌感到吃东西下咽困难，经检查为癌症。

1981 年 1 月 30 日，谷文昌走完了他的人生之路。

一个县委书记的真实写照，一个共产党人的感人故事。

分集剧情及剧本

片　头

天空阴沉，细雨霏霏。

一阵“哗啦哗啦”的扫帚声由小而大。

一位老人手挥扫帚，在墓碑前扫着地。

老人饱经风霜的脸上一脸肃穆。

墓碑边，老人轻轻地放下扫帚，用衣袖仔细地擦拭着墓碑。

他一边擦，一边喃喃地说着：谷书记，你为我们劳累了一辈子啊！没有你，就没有俺东山的今天哪！现在，我们的日子好了，你就躺在这儿安心地歇息吧！我陈家福老喽，田里的活儿干不动了。我要搬来跟你做个伴，天天为你打扫墓园，为你守墓，一直守到我爬不动的那一天。

陈家福弯腰拿起了扫帚，又扫起地来。（渐隐）

（渐显）一支蜡烛燃了一多半，烛泪流下来，凝固在桌子上。

（画外音）这是一个真实的故事。在福建省东山县湖塘村，一位名叫陈家福的老人临终前，把儿孙叫到身边。

白发苍苍的陈家福，环视着站在面前的儿孙们。

他用颤抖的声音说：儿呀，爹今年84岁了，俗话说，73，84，阎王不叫自己去，我怕是撑不了几天啦！

儿子：爹，您别这样说！

陈家福：刚才，我又梦见谷书记了，他在那边叫我呢！儿呀，我该去见谷书记啦。去，把谷书记的照片给我拿来，爹想再看看他。

儿子从墙上取下相框，用袖子擦拭了一下，捧到陈家福面前。

陈家福用浑浊的目光深情地看着。

两行热泪从深陷的眼眶中滚落下来。

陈家福：儿呀，有件事我得给你们交代一下。

儿子：爹，啥事？您说吧！

陈家福：我给谷书记守墓，守了整整 14 年了……我走后，你们夫妻俩一定要带着孙子、孙女，常去谷书记坟上看看，替我给他扫扫墓，磕几个头，多烧些纸钱。谷书记在咱东山没享什么福，在那边，可别让他缺钱花呀！

儿子、儿媳含着泪，默默地点着头。

孙子：爷爷，您放心吧，等我长大了，我去给谷爷爷守墓。

陈家福昏花的眼中，露出一丝欣慰的笑容。

（画外音）在当地，每逢清明，先祭谷公，后拜祖宗，已经形成了一种新的社会习俗。谷公是谁？为什么在人们心目中，他的分量比祖宗还重？

谷公不是圣贤，也不是神灵，而是一位平凡的共产党员，一位普普通通的人民公仆。

一把锤头砸在钢钎上，钎声叮当，碎石飞迸。

谷文昌在开石头。

一把镰刀游在稻丛中，镰声嚓嚓，谷穗摇荡。

谷文昌在割稻谷。

锤头与镰刀翻飞着，交织成一枚闪光的党徽。

一丝红色从屏幕的一角蔓延开来，瞬间，铺天盖地。

火红的背景下，三个烫金大字“谷文昌”急速推出。

第一集

本集剧情简介

崎岖的山路上，在山西要饭六年的谷文昌，听说老家有了共产党毅然地返回家乡。半路上，他遇到了同乡马栓柱，两人结伴而行。趁黑夜，他们偷偷闯过伪军把守的虹梯关，又遇到了土匪拦路抢劫，搏斗中，马栓柱被打伤。

在家乡，谷文昌一边跟着谷四叔学石匠，一边四处奔波，打听共产党的消息，终于找到了共产党员金延路。在金延路的引导下，谷文昌与村里的几个穷哥们儿商量着成立农会。

村里的大户王德合暗地里指使王财破坏农会的成立，在七区区长岳文明和金延路的主持下，郭家庄开始选举农会主席。

一、太行山脉　黄昏　外

山峦逶迤，山道崎岖。

一双脚在山路上快速移动着。

随着沉重的喘息声，满脸汗水的谷文昌挑着担子迎面走来。

一曲悲凉的《逃荒谣》由远而近传来。

逃荒，逃荒，
一根扁担挑太阳。
要饭，要饭，
半碗稀汤照月亮。
哎！走过太行山，
太行在哭泣，
趟过漳河水，
漳河把泪淌。
走哇，走哇，走四方。

　　　　娘啊娘，我的娘，

　　　　啥时才能不逃荒？

　　　　啥时能过上好时光？

歌声中，谷文昌在一条山溪边停下脚步。

他放下担子，用衣袖擦去脸上的汗水。

谷文昌大口地喘息了一会儿。他蹲下身子，用粗大的双手捧起清澈的山泉，咕咚咕咚地喝着。

稍顷，谷文昌洗了一把脸，撩起衣襟擦了擦，又重新挑起担子向远方走去。

二、县城　黄昏　外

十字街头，聚着一大群人。

人群中间，一位戴眼镜的男学生站在石台上演讲着。

男学生：乡亲们、同胞们，日本侵略军已占领我华北地区，他们妄想占领全中国。同胞们，我们决不能容忍小日本在我们的国土上烧杀抢掠、横行霸道！我们决不当亡国奴！同胞们，我们要行动起来，有力出力，有钱出钱，积极抗战，把日本鬼子赶出中国去！

群情激奋，人们齐喊：不当亡国奴！团结抗日，把小日本赶出中国去！

谷文昌被现场气氛感染着，情不自禁地也挥着扁担高喊着。

两位女学生在人群中散发传单。

谷文昌伸出手接过一份。

突然，一阵急促的哨声传来。

一队国民党兵端着枪冲了过来。

围观的人群惊慌四散。

学生们手挽着手，高唱着《国际歌》，迎着军警冲去。

谷文昌急忙把传单揣入怀中。

他扛着扁担，匆匆跑出人群。

三、岔路口　黄昏　外

一副挑子放在路边。

扁担上，坐着一个衣衫破烂的男子。

谷文昌挑着担子匆匆走来。

男子看见谷文昌，抬手招呼道：老弟，歇一会儿吧！

谷文昌扭头看了看破衣人：不了，天不早了，俺得赶路呢！

说着走了过去。

男子猛地站起身，跑过去一把抓住了谷文昌的挑子。

谷文昌一个趔趄，扁担从肩上滑落下来。

两袋粮食摔在山路上。

谷文昌冲过去，一把抓起扁担，高高抡起怒喝道：你想干啥？

男子踉踉跄跄往后退着：老弟，别，别，你别误会，这条道不能走哇！

谷文昌一愣：咋不能走？

男子：兄弟，你听我说，昨天夜里，有一个担小米的被响马杀了，尸体扔在黑龙扎河里，头都给打烂了！

谷文昌半信半疑地放下举着的扁担：真的？

男子：这村上的人亲眼见的，那还会假！我听说后，一个人不敢走，就坐这儿等，想遇个伴儿走，正巧碰上你。

谷文昌：大哥，你老家是……

男子：马家堖的，我叫马栓柱。兄弟，你呢？

谷文昌：我叫谷文昌，西乡坪南湾村的。

马栓柱：这么说，咱两家就差十几里路，还是近老乡呢！哎呀，这下可好了，有伴了。兄弟，你听我说，这条道咱千万不能走，不然，失东西是小事，弄不好这小命都难保。

谷文昌：马大哥，那你说咱咋办？

马栓柱：咱得绕道，走虹梯关。

谷文昌：走虹梯关？

马栓柱：对，走虹梯关。虽说多走20多里路，可那里走的人少，安全。

谷文昌：马大哥，你从那儿走过？

马栓柱：早年走过一趟。那路可险呢！山高坡陡，路窄弯多，你没听人说吗，虹梯关有五十四盘，紧十八，慢十八，不紧不慢又十八。

谷文昌：路险倒不怕，只要没人劫路就中。马大哥，天不早了，咱们走吧？

马栓柱担起挑子。

两个人沿另一条岔道走去。

四、山道　夜　外

两人急匆匆地赶路。

马栓柱：兄弟，在山西跑了几年了？

谷文昌：整整十年了，唉，逃荒的日子苦哇！

马栓柱：可不是咋的。兄弟，过了年还去山西不？

谷文昌：不去了，这要饭的日子我是受够了！哎，马大哥，你听说没有，咱林县有了共产党。

马栓柱：听说了，说共产党是穷人的党，是为咱老百姓办事的党，要真是这样，咱穷苦人可就有盼头了。

谷文昌：马大哥，不瞒你说，我这次回老家就是要找共产党。

马栓柱：兄弟，这话可不敢乱说啊，弄不好是要掉头的呀！

谷文昌看了马栓柱一眼，点点头，不由加快了脚步。

五、虹梯关　夜　外

两个人艰难地走在崎岖的山道上。

马栓柱：兄弟，前边就是虹梯关了。

谷文昌抬头望去。

黑沉沉的大山。陡峭的石壁，直插云空。

猫头鹰发出恐怖的叫声。

谷文昌放下挑子，解开绳子，把两个袋子一前一后搭在肩上。

马栓柱也解下挑子，把东西搭在肩前肩后。

谷文昌：马大哥，你路熟，你走前边！

马栓柱答应着走到前边去。

六、虹梯关　夜　外

两人喘着粗气，爬上一道坎，突然见远处有亮光一闪。

马栓柱：老弟，前面好像有人。

谷文昌：马大哥，你看会是干啥的？

马栓柱：吃不准，咱们走近点儿，看看再说。

两个人悄悄地往前走着，在一个山豁口停了下来。

七、谷家　夜　内

桑氏在油灯下纺着棉花。

她不时停下来，侧耳听着外边的动静。

四周静悄悄地。

桑氏摇摇头，又摇起了纺车。

油灯把纺车的影子投到斑斑驳驳的墙上。

墙上的影子也在转。

突然，远处传来一阵狗吠声。

桑氏又一次停下纺车。

站起身来往门外走去。

八、虹梯关　夜　外

关口上坐着两位抱枪的国民党兵。

兵甲：班长，啥时候了？

班长用烟头凑到手腕上：十二点半了。

兵甲：班长，上头叫咱把关抓壮丁，这守了大半夜了，连个壮丁毛也没逮着哇！叫我说，这深更半夜地，谁会从这儿过呀……

班长：再守一会儿，没事咱就睡觉去。

说着，打着长长的哈欠。

班长：小顺子，给老子唱一段解解闷。

兵甲：班长，你想听啥？

班长：唱一段当兵好吧。

兵甲清了清嗓子，开腔唱起来：

当兵好，当兵好，
当兵穿着对襟袄。
手里掂着盒子炮，
腰里别着大刺刀。
北边打仗往北去，
南边打仗往南跑
东边西边都不打，
营盘里边乐逍遥。
不种稻子吃大米，
不种芝麻吃油条。
假如上司发媳妇，
俺愿当兵当到老。

班长乐了：你这个赖顺儿呀，净想好事，阎老锡会发给你个媳妇吗？

九、山豁口　夜　外

谷文昌气愤地骂道：这帮土匪兵！马大哥，这山上还有别的路吗？

马栓柱：这两边全是悬崖峭壁，哪儿有路呀！唉，这可咋办？

谷文昌：别急，咱再等等看。

十、虹梯关　夜　外

兵甲：班长，有烟吗？给我一根儿，我困得眼都睁不开了。

班长：浑蛋，都是当兵的孝敬当官的，你小子倒好，让老子倒过来伺候你。

兵甲：班长，谁叫咱俩是山东老乡哩，将来兄弟有了好烟，一定加倍孝敬你。

一阵山风刮过来，落起雨滴来。

兵甲：这鸟天气，就是鬼大胆，也不敢过这关口呀，走，睡觉去！

十一、山豁口　夜雨　外

谷文昌直起身来：马大哥，走！

两人背起米袋，小跑朝前奔去。

雨越来越大，两人的脚步也越来越快。

十二、南湾村　夜雨　外

雨仍在下着。

谷文昌拖着疲累的身子，挑着担子走进村。

十三、谷家门口　夜雨　外

谷文昌推开了家门。

影壁墙边，站着披着蓑衣的桑氏。

谷文昌急忙迎上去：娘！

桑氏抚摸着谷文昌被雨水打湿的头发，声音颤抖着：文昌，回来了！快，快进屋。

谷文昌挑着担子走进屋里。

十四、谷家屋内　夜雨　内

桑氏随手将门关上：孩子，快把湿衣服脱下来换换！

说着转身进里屋，拿出一套干衣服来。

桑氏：文昌，这路上不平安吧？

谷文昌脱着湿衣服：可不，黑龙扎河有土匪劫路，虹梯关上有阎老锡的队伍把守，见粮食就劫，见人就抓去充壮丁。我跟马家垴的一个老乡趴在路上等了好久，赶巧，天下起了雨，那些龟孙们都缩到营帐里了，俺俩才过来。

桑氏：哎！这世道不太平，今后，你就别来回跑了，啊！

谷文昌点点头。

桑氏：还没吃饭吧，娘给你做饭去。

灶里冒着火，一股热气在屋里弥漫。

稍顷，桑氏从锅里盛出一碗面片，端过来。

桑氏：文昌，面片做好了，快吃吧！

谷文昌坐在小板凳上，呼呼睡着了。

桑氏轻轻放下碗，忍不住眼泪流了下来。

十五、谷四叔家　日　内

谷四叔坐在椅子上修老花镜。

谷文昌走进来：四叔，您这是在忙啥哩？

谷四叔：哟，文昌，来，快坐。我这眼镜腿折了，我给它整整。

谷文昌：四叔，我想让你给俺念个东西。

谷四叔：啥东西？

谷文昌从怀里掏出传单来，递给四叔。

谷四叔接过来，戴上眼镜念起来：1931 年，日本帝国主义发动了九一八事变，悍然出兵侵占沈阳。国民党政府竟然下令东北军，绝对不许抵抗，致使东北三省大片大片的国土沦陷在日本鬼子的铁蹄之下。

谷文昌专注地听着。

谷四叔：1937 年 7 月 7 日，日军在北平西南的卢沟桥附近，以军事演习为名，突然向我驻军发动进攻，妄图沿平汉铁路南下侵占华北、华中。

谷文昌：四叔，这小日本真可恨，咱中国人不能咽这口气！

谷四叔继续念着：我们中国共产党向全国四万万同胞呼吁：团结起来，全民族实行抗战，这才是我们中国的出路！

谷四叔折起纸来递给谷文昌：你这是一张共产党宣传抗日的传单呀！

谷文昌急切地：四叔，共产党是干啥的？

谷四叔笑着：文昌，你走南闯北都不知道，四叔我常年蹲在这深山沟里，我咋会知道？不过我从这纸上说的，可以断定，共产党是要领导全国人民闹抗日。

谷文昌点点头，把传单又揣到了怀里。

十六、龙床口村　夜　外

皎洁的月光，洒落在地上。

谷文昌急匆匆地走进村口。

十七、郭富森家门前　夜　外

谷文昌敲着郭富森家的大门。

门内传出一个男人的声音：谁呀？

谷文昌：我，谷文昌。富森兄弟在家吗？

郭富森拉开门：文昌哥，你不是在山西吗？啥时候回来的？

谷文昌：昨天晚上。

郭富森热情地说：来，快进屋。

十八、郭富森家屋内　夜　内

屋里摆满了扎成的纸房、纸马、纸人。

谷文昌：富森，还在干老本行？

郭富森：唉，光靠坡上那几片打钢地，还不把人给饿死？这几年，多亏跟我爹学了这把手艺。

谷文昌：富森，我跟你打听个事儿。

郭富森：啥事儿？

谷文昌：我在山西就听说，咱这儿来了共产党？

郭富森：共产党？我也只是听说，啥样？没见过。文昌哥，你打听共产党干啥？

谷文昌：都说共产党是替咱穷苦人打天下的。要真是这样，我想入共产党。

郭富森：你连共产党啥样都不知道，咋入？

谷文昌：只要咱西乡坪有，我谷文昌就能找到！富森，你忙吧，我走了。

谷文昌转身走出郭富森家门，消失在月夜中。

十九、河谷　日　外

谷四叔坐在河谷中打石头，钎声叮当，在山谷中回响。

谷文昌背着一捆柴走过来。

他放下柴捆，蹲在谷四叔身旁出神地看着。

谷四叔：文昌，又割柴去了。

谷文昌：四叔，我跟着您学石匠吧？

谷四叔：文昌，石匠这碗饭可不好吃呀，又苦又累，临到老，落一身伤症。

谷文昌：我不怕！四叔，我不想以后天天割柴火，戳牛屁股。我得学点儿本事，帮俺娘养家。四叔，您是咱这儿十里八村有名的匠人，我打小就爱看您打石头，您就教教我吧，您看，我有的是劲儿。

说着，他攥紧拳头，把胳膊伸到谷四叔跟前。

谷四叔：行，文昌，只要你不怕吃苦。

谷文昌兴奋地说：四叔，您同意了？

谷四叔蹲在谷文昌身边，教他打石头。

谷四叔：文昌哪，学匠人首先一条，这心得跟这石头一样实。人不实在，手艺再好，人家也不用你。

谷文昌点着头。

谷四叔：再有一条，做匠人心要硬，心不硬，你开不了石头。

谷文昌依旧点着头。

谷四叔：最后还有一条，做匠人心要灵，常言说得好：心灵手巧。你心不灵，手咋能巧？石匠石匠，就是天天和石头打交道，要用心思摸透石头的脾性。

谷文昌不解地说：石头也有脾性？

谷四叔：对呀，石头也跟咱人一样，有骨头有肉，有筋有脉，找准地方了，不用费恁大劲，它就开了。

谷文昌：四叔，我咋看不出来这石头的筋脉？

谷四叔：你要看得出来，那就不用跟四叔学了。

两人笑起来。

二十、河谷　日　外

火辣辣的太阳当头照着，山沟里闷热闷热。

谷文昌举起锤子，用力地在钢钎上敲打。

他的脸上、身上，胳膊上全是汗水。

远处，金延路手里提着一个瓶子，沿着小路走过来。

谷文昌停下锤子：延路，你这是到哪去？

金延路：我去灌点儿醋。文昌，你家里要盖房子？

谷文昌：盖房？我这要饭花子哪盖得起房子！这石头是给郭家庄的大

户李兆财家打的。

金延路：文昌，你不是一直在山西吗？那边咋样？

谷文昌：山西地广人稀，随便开一片荒，打个短工，都能活，比咱这儿强。

金延路：那你咋跑回来啦？

谷文昌：哎，山西终归不是咱自个儿家呀！一年四季，东逃西跑，傍人家碗边，睡人家屋檐，不是个滋味呀。

金延路：说得也是，老辈们总说‘破家难舍’，真是破家难舍呀！

谷文昌将金延路拉到一边：延路，我跟你打听个事儿？

金延路：啥事？

谷文昌：你听说过共产党吗？

金延路低声地说：文昌，你打听共产党干啥？让国民党知道了，那可是要掉脑袋的呀！

谷文昌：我在山西听人说，咱这儿来了共产党，就背着铺盖卷回来了。我想随共产党。

金延路：你要随共产党？为啥呀？

谷文昌：听说共产党是为咱穷人干事的。可我回来几个月了，也没看见共产党啥样。延路，你见过吗？

金延路：见过。

谷文昌急切地说：真的，在哪儿？

金延路：远在天边，近在眼前！

谷文昌一愣：远在天边，近在眼前……

他望着太行山顶飘过的白云，琢磨着金延路的话。

突然他眼前一亮：延路，你……

金延路微笑着：文昌，今儿黄昏时，你到通天坡那棵大核桃树下等我！

说着，提起瓶子，匆匆离去。

谷文昌站起身，望着金延路的背影，久久，久久。

喜悦、渴望、急切，还有一丝疑虑全写在他的脸上。

谷文昌蹲下身，使劲儿地打起石头来。

锤砸着钎，钎撞着石，一下一下地，十分有力。

二十一、通天坡　黄昏　外

夕阳照射在东山石壁上，把石壁染得红彤彤的。

谷文昌站在老核桃树下，脸上洋溢着兴奋与期待。

金延路从山后的小路上快步走来。

听见脚步声，谷文昌转过身来：延路，俺等你好大一会儿啦！

金延路笑笑：文昌，坐吧！

两个人面对面坐在树下。

四只眼睛真诚地对视着。

谷文昌：延路，我真想不到共产党会是你这样！

金延路：你以为共产党啥样？实话跟你说吧。绝大多数共产党员都是像你我这样的穷苦人。

谷文昌：你快给我讲讲！

金延路：共产党是咱老百姓的党，是专为解救劳苦大众，让穷苦人过幸福日子的。我们的党中央住在陕西延安，党的领袖是毛主席。

谷文昌：毛主席？

金延路：对，毛主席。是他领导着共产党、八路军，打小日本，打蒋介石，解放老百姓的。文昌，我知道你家几代都是苦出身，共产党就是要咱苦出身的人。

谷文昌深深地点着头。

金延路：文昌，你要随党，得先明白一个道理。入共产党可不是图自己当官，自己享福，而是为老百姓办事的，要吃苦、受累，甚至献出生命。

谷文昌：吃苦受累我不怕，我本来就是个受苦的人。只要能让咱老百姓过上好日子，让我干啥都中。

金延路：还有一条，既然跟了党，就得和党一条心，再苦再难，都要铁了心，跟着共产党走到底，绝不能半路弯腰当逃兵！

谷文昌：延路，咋着才算入了党？

金延路：文昌，光靠嘴说说是不能算入党的，主要得实干，干好了党自然就承认你是党的人了。

谷文昌：延路，你说吧，让我干啥？

金延路：今后党要你干啥，会有人通知你的。

谷文昌激动地说：我随时听从党的招呼。

金延路点点头：好！

谷文昌腾地站起身来，紧紧握住延路的手。

晚霞似火，映红了他瘦削的脸庞。

二十二、郭富森家　夜　内

屋子里烟雾缭绕。

几个人正在开会。

谷文昌：咱几个开个小会，商量商量咱们村成立农会的事。

赵石头：人家西乡坪农会，今年春上就成立了，现在都收完了秋，咱郭家庄还等啥？

申家贵：是呀，等一天，就多遭一天罪。

郭富森：咱得马上成立农会，也像人家一样，斗争地主，减租减息，清算大户，那多解气！

谷文昌：大家说得对，咱们要想翻身，斗倒地主，搬倒大户，一盘散沙怎么能行？咱得有个组织，把大家伙拢到一块，就像拳头一样，攥成团，才有力量！

申家贵：山有王，寨有主，村有村官，家有家长，咱成立农会也得有个头头哇，俗话说，蚂蚱无头不蹦，鸟雀无头不飞。

赵石头：叫我说，这头儿就让文昌哥来当。

郭富森：我看中，文昌站得直，行得正，这些年他走南闯北，见过世面，他有主见。

谷文昌：依我看哪，要想让大家服气，农会这个头儿，不能咱几个说了算。

众：那谁说了算？

谷文昌：咱也学学人家，搞选举！

申家贵：选举？

谷文昌：对，选举。大家信得过谁，认为谁能给大伙儿办事，就选谁。

郭富森：好，这个办法好。

赵石头：好是好，可咱这儿的大户多，有权有势，万一选住他们咋办？那咱这农会还能叫农会？

众人沉默。

谷文昌：大家放心，这几个大户，平日里仗势欺人，放款逼债，哪家没受过他们的害，吃过他们的亏呀！我不信，大伙儿会昧着良心选他们。

郭富森：为了保证农会的权力掌握在咱们受苦人手里，依我说，咱们几个分头发动大家，选咱自己的人。

众：好，这个主意好。

谷文昌：行！那就这么办，三天后，咱们还在这儿碰头。

二十三、王德合家　夜　内

大户王德合坐在椅子上抽着烟。

门口，王财走了进来。

王财：德合叔，你找我？

王德合：王财，来，快坐！

说着，递过去一支烟。

王财接过烟来，就着桌上的油灯点着：叔，你找我有事儿？

王德合：王财，我听说谷文昌鼓捣着要成立农会，可是真的？

王财：我也听说了。叔，就那几个穷光蛋，一个瞎字也不识，要吃没吃的，要穿没穿的，你让他们随便折腾，也成不了什么事儿！

王德合：哎，话可不能这么说，这年头不是前些年了。依我说，你去找一帮弟兄，给他们搅和搅和，千万不能叫他们得逞。

王财：叔，你放心，我这就去找人。

说着，起身走了。

二十四、谷家　日　内

谷文昌爬到阁楼上，“叮哩咣当”地翻腾着。

正在织布的桑氏停下手中的梭子：文昌，你翻腾啥呀？

谷文昌从阁楼上下来，手里抱着一块木板。

桑氏：你拿它干啥？

谷文昌笑笑：娘，我有大用处。

他随手找出锯和刨子，哧啦哧啦地锯起来。

桑氏急忙从织布机上下来，夺下谷文昌手中的锯子。

桑氏：文昌，这是娘的寿板呀，你可不能锯！

谷文昌：娘，您听我说，我想……

桑氏：不行，说什么也不行！

谷文昌看看娘，无奈地放下了手中的寿板。

二十五、桑氏屋　夜　内

油灯的火苗在跳动着。

一根针在鞋底上穿梭着。

油灯的光亮照在桑氏苍老的脸上。

屋门口，传来轻轻的脚步声。

桑氏略抬头往屋门口看了一眼。

谷文昌轻声地说：娘，睡了吗？

桑氏：还没呢，进来吧！

谷文昌掀开门帘走了进来。

谷文昌：娘，这么晚了，您咋还没睡？

桑氏叹口气：睡不着啊！

谷文昌：娘，还在生孩儿的气吧？

桑氏放下手中的针线，静静地看着文昌。

两人无言对视。

稍顷，桑氏抽泣起来。

谷文昌：娘，是孩儿不孝，伤了您老人家的心。

桑氏停止抽泣：这几块板子，娘存放了十好几年了。这可是上好的桐木板，现在，你就是找遍咱这儿十里八乡，怕也找不来这么好的木材。

谷文昌：娘，您听我说，您老人家身体扎扎实实的，依我看，活个八九十岁没问题，这块板您就让我先用用，等到您老人家百年之后，儿保证给您做一副比这还好的寿材。

谷文昌用袖子轻轻擦去娘脸上的泪水。

桑氏：文昌，那你给娘说说，你究竟用这块板干啥？

谷文昌：娘，俺要用它做一块牌子。

桑氏：啥牌子？

谷文昌：娘，我跟富森、石头他们几个商量着，要把咱村的农会成立起来，这块板就是咱农会的招牌！

桑氏：成立农会？农会是干啥哩？

谷文昌：农会是咱穷人的组织，是专门替咱老百姓撑腰出气的！

桑氏：文昌，你说的是真的？

谷文昌：当然是真的，农会一成立，咱穷人的日子就好过了。

桑氏：哎哟，要真像你说的，那可就好了。娘盼好日子盼了大半辈子了。文昌，娘舍得这块板给你做牌子。

谷文昌含泪跪下，深情地向娘磕了几个响头。

二十六、谷四叔家　日　外

谷文昌抱着锯好的木板走进门。

谷四叔从屋里跑出来：哟，文昌，你这是？……

谷文昌：四叔，我想请您帮我写几个字。

谷四叔看着谷文昌手中的木板：噢，是写招牌吧，怎么，文昌，你要开店做生意？

谷文昌笑笑，神秘地说：四叔，我这可是一桩大买卖呀！

谷四叔疑惑地说：大买卖？文昌，什么大买卖？

谷文昌：郭家庄农会。

谷四叔一惊：农会……

谷文昌兴奋地说：是啊！

稍顷，谷四叔醒过神来：这的确是一桩大买卖，一桩好买卖哟！行，文昌，我来给你写。

四叔把板子放到碾盘上，从屋里拿出墨盒、毛笔。

他用手指在板子上比量了几下，提起笔写起来。

写毕，谷文昌搬起牌子，竖在屋门口。

他退后几步，左右端详着：四叔，您这字写得真好！

谷四叔：文昌，农会啥时候成立呀？

谷文昌：就这一两天。哎，四叔，农会这买卖做大了，我得请你出来当师爷呀，给我们写写文书，抄抄告示。

谷四叔：行！文昌，只要你用得着我，我随叫随到。

二十七、郭富森家　日　内

几个人在开碰头会，

申家贵：我发动了八家。

郭富森：我跑了十一家。

赵石头：我串了十五家。

谷文昌：好，加上我这儿的，我们差不多发动了五六十户。我看，咱明天就开会选举。石头，明天一早，你就敲锣通知大家到蚕神庙开会。

二十八、石板屋　夜　内

一盏小油灯，豆粒样的火。

谷文昌与金延路坐在炕沿上。

谷文昌：这几天我们发动了一帮人，想把郭家庄农会成立起来，你看行吗？

金延路：好，啥时候成立？

谷文昌：明天。我们想请你去主持选举。

金延路：行，我去。我再把咱们七区区长岳文明给你们请去。

油灯的火苗在谷文昌坚定的脸上闪耀。

金延路、谷文昌四只手紧紧地握在一起。

二十九、山村　日　外

响亮的锣声在村里响起。

赵石头敲着锣，一边走一边吆喝着：各位乡亲听真，都到蚕姑奶奶庙前开会喽！

赵石头走过河滩，锣声又在南湾村响起：乡亲们，快到蚕姑奶奶庙开会喽！

锣声在山谷中回荡，喊声在村庄上空传扬。

三五成群的老少男女，拿着板凳，抱着孩子，纷纷往郭家庄涌去。

三十、蚕神庙　日　外

蚕姑奶奶庙前的大树下，聚着一大片人。

妇女们手中忙着针线活儿。

男人们嘴上叼着烟斗。

孩子们在追逐打闹。

会场中间，摆着一张方桌，几条长凳。

金延路：乡亲们，大家安静，咱们开会了。首先，请咱们七区区长岳文明同志讲话！

岳文明：今儿个，把大家召集来，就是要成立咱们郭家庄农会。

众人一阵小声议论。

岳文明：有人问了，说农会是干啥的？我告诉大家，农会是咱农民的协会，是专门为农民干事，替百姓撑腰的。有了农会，咱们农民就有了后台，有了主心骨，我们就能团结起来，拧成一股绳，打小日本，斗地主恶霸，闹减租减息，咱们就能翻身当家做主人。

群众鼓起掌来。

岳文明：乡亲们，既是要成立农会，这农会就得有个领头的，这个头就是农会主席，下面，我们就来选举农会主席。

群众甲：区长，啥叫选举？

群众乙：岳区长，咋个选法？

岳文明：选举是个新名词，有文化的人选举是每人发一张选票，你同意谁就写谁的名字。咱们没文化，不会写，咋办？我这儿有个法儿，咱们丢黄豆。

众：丢黄豆？

岳文明：是啊！坐在凳子上的这几位是候选人，他们每人身后放一只小碗。这桌上有一把黄豆，你们赞成谁，觉得谁为人正直，公正无私，能为大家办事，就在他身后的碗里丢一粒黄豆。最后，谁碗里的黄豆多，谁就是咱们村的农会主席。

众：啊，这么个选法呀！好，这个办法俺会。

金延路：乡亲们，现在，我宣布——选举开始！除了小孩不参加，不分男女，谁都有权力选。来，来吧，一人拿一粒黄豆，大家开始吧！

众人纷纷拥上去，轮番地丢豆选举。

谷文昌、郭富森、申家贵、王德合四人坐在长凳上。

他们身后，人们排队走过，豆粒丢进碗里叮当作响。

赵石头、谷四叔等一群人把豆子丢入谷文昌、郭富森身后的碗中。

王财率几个人将豆粒连连丢进王德合身后的碗中。

金延路：好，大家都选完了，现在，开始数黄豆。为了公正，我找两个证人。

说着，他从人群中挑出一老一少两个人。

金延路：谷四爷，你来给大伙记录。

他端过一只小碗，把黄豆倒在桌子上，一五一十地数着，报着：申家贵十六个，郭富森十七个，王德合九个，谷文昌六十六个。

众人一片欢呼。

岳文明：乡亲们，我现在宣布，郭家庄农会正式成立，谷文昌任农会主席！

群众鼓起掌来。

谷文昌激动的脸。

王德合阴沉的脸。

金延路：下面，我们请新当选的农会主席谷文昌给大家讲话！

谷文昌走到桌前：老少爷们，我谷文昌从小放牛割柴，逃荒要饭，不识几个字，也没大能耐。今儿个，大家信任我，推举我当这个农会主席，我一定尽心尽力给大家办事，为咱穷苦人主持公道。

群众再次鼓掌。

谷文昌：把郭家庄农会的牌子抬上来。

赵石头、郭富森把“郭家庄农会”的牌子抬过来，竖在桌前。

一挂鞭炮在树枝头点燃，崩放出一串喜庆的脆响，撒一地欢乐的红纸屑。

王德合站在人群中，冷冷地拍着手，一脸愠怒。

他狠狠地瞪了王财一眼。

王财拍着手，不自然地低下了头。

三十一、王德合家　夜　内

王德合与王财在喝酒。

王财：叔，选举的事儿，你侄儿没办好，我先自罚一杯。

说着，举起一杯酒咕噜咕噜喝干了。

他用袖子擦了擦嘴：叔，下一步棋你说咋走吧？

王德合沉吟着：这个谷文昌，他要是翅膀硬了，今后可没有咱爷们的好果子吃。依我说……

王财：叔，叫我说，咱给他来个斩草除根，找个机会把他干掉算了！

王德合：你这话说到叔的心窝里了，这可不是个小事，冒失不得，看准机会，一定要做得干净利落！

王财：叔，这一回你就等着听好吧！

三十二、南湾村　黄昏　外

谷文昌胳肢窝里夹着一本书，袖着手在路上走着。

一位老汉赶着牛，迎面走来。

谷文昌：大叔，吃饭了吗？

老汉：吃了，文昌，天都要黑了，你还出门哪？

谷文昌：西乡坪办了个夜校，我上学去。

老汉哈哈笑着：上学？你都毛三十的人了还上学？

谷文昌：大叔，您别笑我呀，小时候家里穷得叮当响，念不起书，如今呀，这区里办了夜校，免费教咱识字学文化，我为啥不学呀！要我说呀，您也去听听吧！

老汉：哎呀，我都毛六十了，我孙子都上学了，我咋能跟孙子同学！

谷文昌笑着，迎着霞光朝西乡坪走去。

三十三、破庙　夜　内

庙里坐满了农民，还有几位妇女。

岳文明：学员们，今天，咱西乡坪区夜校正式开学了。为了办好夜校，区里专门从涉县为大家请来了老师，现在就请高老师给大家上课，大家欢迎。

教室里响起一片热烈的掌声。

高老师：同学们，请大家打开咱们发的《农民识字课本》第一课，跟着我念。

共产党，（众）共产党。

八路军，（众）八路军。

带领人民打日本，（众）带领人民打日本……

男男女女的读书声从破庙中传出，在夜色中回荡。

三十四、山路　夜　外

夜幕中，谷文昌夹着课本，独自走在山路上。

他一边走，一边背着课文：共产党，八路军，……

他走过一个山岔口。

突然，“哗啦”一声巨响。

一块大石头从崖顶飞滚下来。

谷文昌一惊，急忙闪过一边。

大石头从他身边轰然坠落，在暗夜中发出吓人的声响。

谷文昌屏着呼吸，紧紧依在石壁边。

又有几块石头从山上滚了下来。

谷文昌惊恐地瞪大了双眼……

第二集

本集剧情简介

谷文昌被乡亲们选为农会主席。王德合又指使王财，要他干掉谷文昌。在上夜校回家的路上，谷文昌躲过了王财的谋杀。不久，他光荣地加入了中国共产党。

日军“扫荡”太行山区，谷文昌及时组织群众转移。一天夜里，赵石头拉着谷文昌悄悄摸到王德合家，打探到岳文明与王德合的肮脏交易。谷文昌把这一情况汇报给区委书记张金灿，于是，岳文明被降职为副区长，王德合趁机拉拢岳文明，怂恿他和谷文昌对着干。

谷文昌就任七区区长，号召乡亲们养蚕致富。他三访养蚕能手申九叔，并亲自为申九叔拿药治病。他用诚心感动了申九叔，使他献出了珍藏的蚕种。七区的养蚕业获得了丰收，织出的布送给了军工厂，有力地支援了前线。

一、谷家　夜　内

油灯下，桑氏在纺花。

谷文昌慌慌张张地推门而进。

他气喘吁吁地返身关上了门。

桑氏：文昌，你这是咋啦？

谷文昌：娘，刚才，我从庙里回家，走到半路上，遇见有人要暗害我。

桑氏一惊：真的？伤着你没有？

谷文昌：没有，我刚走到崖口，几块大石头从崖上滚了下来，我吆喝了一声，人就跑了。

桑氏：文昌，往后这夜校你别去念了。你万一有个三长两短的，撇下娘，俺可咋过呀！

谷文昌：娘，不念咋行？从前咱家穷，念不起书，现在共产党专门为咱办了夜校，教咱识字学文化，这是多好的机会呀！再说，我没文化，这农会主席咋干？

桑氏：依俺看，他们要害你，八成是冲着你这农会主席来的。文昌，这官咱不当不行吗？

谷文昌：娘，大伙儿这么信任咱，咱咋能不当？要是大家都不干，那咱穷苦人啥时候能翻身，这苦日子啥时候能熬到头？

二、山坡　日　外

谷文昌扛着锄头从山坡上下来。

他走过一棵桑树，仰头望去。

红红的桑葚挂满桑树枝头。

谷文昌放下锄头，脱下鞋，三下两下就爬到树上去了。

他骑在树杈上，摘着吃着，往兜里装着。

树下传来一个男人的声音：文昌……

谷文昌低头一看，树下站着金延路。

他折下一枝桑果，扔了下去：延路，接着！

金延路接着落下的树枝，摘一颗桑葚塞进嘴里：嗯，真甜。

谷文昌从树上下来，穿着鞋：延路，找我有事儿？

金延路：文昌，组织上让我通知你，经西乡坪乡党支部批准，同意你加入中国共产党。

谷文昌激动地抓住延路的手：延路，你说的是真的？

金延路：文昌，咱们党仍在搞地下斗争，党员身份不能公开。眼下日伪军还很猖狂，咱一定得严守党的机密。

谷文昌：延路，请你告诉党组织，我谷文昌铁定心肠，一辈子跟着共产党走。我要让穷苦百姓的日子比这桑葚还甜。

三、谷文昌屋　夜

油灯的火苗在跳动。

斑驳的土墙上，挂着一面鲜红的党旗。

金延路、谷文昌激动地站在党旗下。

谷文昌举拳宣誓：我志愿加入中国共产党，坚决执行党的纪律，不怕困难，不怕牺牲，为共产主义事业奋斗到底。

油灯的光亮映衬着谷文昌激动的脸。

四、山中　日　外

谷文昌肩挎竹篮，腰挂木钩，爬上一棵老榆树。

他用胳膊挽住树干，站在树杈上一把一把捋着榆叶。

突然，他看见山下的大路上扬起一团烟尘，一队人马向这边走来。

一面膏药旗在队伍前面飘着。

谷文昌机灵地溜下榆树，向村里跑去。

五、南湾村　日　外

村中，有人担水，有人端着饭碗坐在门槛上吃着。

谷文昌跑进村子。

他一边跑一边大声喊着：乡亲们，小日本来了，大家赶快往山上转移。快跑哇!

村子里骚动起来。

人们扶老携幼，牵着牛赶着羊冲出家门。

纷纷往村后的山上跑去。

谷文昌扶着娘，慌乱地跑着。

六、村头　日　外

日本鬼子端着枪冲进一个个院落。

一扇扇门被砸开，一口口缸被捣烂。

鬼子小队长举起望远镜朝山上望着。

山坡小路上，一个穿红裤子的女人在跑。

鬼子小队长放下望远镜，端起了枪。

砰的一声枪响。

红裤女人应声摔下山崖。

鬼子发出一阵阵狂笑。

他们纷纷举起枪来，朝山上乱打。

枪声在太行山中回荡。

七、山上　日　外

谷文昌趴在山崖上，从树丛中往山下的村里看。

村里的鬼子赶着羊、牵着牛，提着鸡在街上乱窜。

村子中浓烟滚滚，火光四起。

谷文昌的手紧紧抓着一块石头，眼睛里冒出仇恨的光芒。

八、农会　日　内

屋子里烟雾弥漫。

谷文昌：报告大家一个好消息，7 月 18 日，咱八路军七六九团打下了林县县城。仗从半夜一直打到晌午，驻林县的日伪军全部被消灭，还捉住了敌人的参谋长何光娣。

众：好，打得好！

谷文昌：根据上级指示，我们农会要抓紧发动群众，进一步开展抗日锄奸和防匪斗争，凡 16 岁以上，50 岁以下的，不管男女，一律参加联防。

赵石头：叫我说，咱今天就把联防队拉起来。

谷文昌：好，石头，这个联防队就交给你了。

赵石头拍拍胸脯：中，我保证联防好！

众人全笑了。

九、谷家　夜　内

桑氏在油灯下纺着线。

谷文昌趁着灯光念书。

……小纺车，圆圈转。
支上锭子挂上线，
一年三百六十天，
转来转去不停闲。
织成布，做成衫。
缝成军衣支前线。

桑氏笑了。

突然，屋外有人敲窗棂。

谷文昌：谁？

窗外：我，赵石头。

谷文昌放下书，走过去拉开门。

赵石头：文昌哥，有情况。我刚才看见咱区里的岳区长到大户王德合家去了。

谷文昌：岳文明？奇怪！这时候，他到王德合家干啥？走，咱们看看去！

两人匆匆出门，消失在夜色中。

十、王德合家院子　夜　外

谷文昌与赵石头趴在大门缝上往院里瞧。

院里静悄悄地，窗户上亮着灯。

两人耳语一阵。

谷文昌蹲在墙边，赵石头踩着谷文昌的肩膀，扒着院墙，翻身跳入院中。

赵石头蹑手蹑脚地走到窗前，用手指沾着唾沫，戳透了窗户纸。

十一、王德合家　夜　内

烛光高照，八仙桌上摆着丰盛的菜肴。

岳文明与王德合一边抽烟，一边对饮。

王德合：岳区长，您贵为一区之长，能躬身到我家里来坐坐，实乃我王德合三生有幸啊！来，来，我先敬岳区长三杯。

岳文明：德合兄，你这话就客气了，现在是国共合作，一致抗日，按你的家境，算不上地主，你也是我们团结的对象嘛！

王德合：岳区长，您说得对，来，干，干！

两人举杯共饮。

王德合：小巧儿，狗肉炖好了吗？

王巧：好了，好了。

王巧端着一盆热气腾腾的狗肉过来。

岳文明端着空酒杯，两眼直勾勾地看着巧儿：德合兄，这是……

王德合：啊，这是你小嫂子，叫巧儿。

王巧：岳区长，您动动筷子！这年头，兵荒马乱的，我也弄不了什么好吃的招待您，实在抱歉啊！

岳文明：啥抱歉不抱歉的，这已经很丰盛了！再说了，我跟德合兄不还沾点儿拐弯儿亲戚吗？今后我就喊你小嫂子吧！

王德合站起身为岳文明斟酒，脸上堆着笑：那是，那是，一家人不说两家话，我王德合今后还得仰仗您多多关照呢，既然话说到这份儿上，我就不叫您区长了。兄弟，我看你们共产党，把脑袋掖在裤腰带上，为老百姓打江山，没日没夜地操劳。吃不肚里，穿不身上，也真够辛苦的。就凭这一点，就让我王德合佩服之至。巧儿，你来敬咱区长兄弟三杯。替老百姓表表心意。

巧儿双手举杯呈到岳文明跟前。

岳文明接过杯，两眼直勾勾地看着小巧儿：谢谢小嫂子！

说完一饮而尽，连饮三杯。

他放下杯，夹起一块肥肉塞进嘴里。

王德合：老弟，今后有啥难处，尽管吱声，咋说，我的家境毕竟比你强得多。

岳文明：德合兄，我今儿黑来，就是来求你的，不瞒你说，家里明儿就断顿了。

王德合：哎呀，兄弟，您咋不早说！这样吧，明儿个一早，我就派人送两袋小米过去，咋说也不能叫我那远房的老姨饿肚子呀！

岳文明：那我就先谢谢德合兄了。不过，话说回来，我岳文明不会白要你的小米，我用这个给你换，咱俩公平交易。

他把烟头甩在地下，从兜里掏出一把子弹来，放在桌上。

十二、王德合家院内　夜

赵石头看见子弹，心里咯噔一下。

他侧转身，离开窗户，猫腰遁去。

他爬上一株树，攀上墙头，跳出墙外。

十三、王德合家墙外　夜

谷文昌：石头，怎么样？

赵石头：文昌哥，他岳文明吃里扒外，正与王德合称兄道弟喝酒呢！他还用十几发子弹换了王德合两袋小米，王德合答应，明天一早派人把小米送到岳文明老家去。

谷文昌：真的？你看清了？

赵石头：我看得真真切切，他还跟王德合的小老婆眉来眼去的。真想不到，岳区长是个这样的货！

谷文昌：石头，这个情况很重要，你先回家吧，我现在就去报告区委书记张金灿同志。

赵石头点点头，两人分头消失在夜幕中。

十四、教室　夜　内

屋内坐着十几个人。

谷文昌坐在屋门口吸着烟。

区委书记张金灿在讲话。

张金灿：同志们，今天，我们七区区委会开得很好，针对岳文明同志用宝贵的弹药换小米的问题，大家不留情面，进行了严肃的批评和斗争，岳文明同志也作了深刻的检讨。现在我宣布：经过区党委研究决定，报林县县委批准，撤销岳文明同志的区长职务，改任副区长；七区区长由谷文昌同志担任。

众人鼓掌。

岳文明低着头，闷闷地抽着烟，不情愿地拍着手，狠狠地斜瞪了一眼谷文昌。

张金灿：谷文昌同志入党近一年来，立场坚定，斗争坚决，尤其是任农会主席期间，他走访农户，发动群众，对十大户采取了杀鸡儆猴、各个击破的方针，彻底打垮了十大户的威风，维护了穷苦百姓的利益，大大调动了群众抗日支前的积极性。区党委相信，谷文昌同志是能胜任七区区长的。大家还有啥话要说？

众人：没有。

张金灿：没有，散会。

众人站起，纷纷离去。

谷文昌跟着岳文明正要往外走，被张金灿叫住了。

张金灿：文昌，你留一下！

谷文昌站住了，他磕磕烟斗，重新坐了下来。

张金灿：文昌，咱来研究一下老百姓的生活问题。西乡坪地少土薄，一年只收一季庄稼，一遇灾荒，老百姓就成群结队到山西逃荒要饭，哎，那套顺口溜咋说的呀？

谷文昌：不吃山西粮，不能过时光，不吃山西饭，不能长大汉。

张金灿：文昌，咱共产党掌了权了，可咱不叫老百姓吃饱饭，老百姓会信咱们吗？那和国民党领导又有啥区别？

谷文昌：张书记，在咱西乡坪，光靠一人种一亩打钢地是吃不饱的，咱得在这地外边打主意。

张金灿：地外边？地外边能打什么主意？

谷文昌：我一直在想，咱能不能发动群众养蚕。我们这一直是革命的根据地，根据地有兵工厂，我们可以把群众生产出来的蚕茧卖给兵工厂，可以制成军用服装，支援我们的部队。

张金灿：文昌，这个想法很好！林县自古就有养蚕的传统，可这日本鬼子一来，到处封锁，这蚕种上哪弄？再说，这养蚕的技术又有几个人会呀！

谷文昌：张书记，这事儿我来想办法。

张金灿：好！除去养蚕，我看咱还得发动群众开荒，多种地多打粮食。文昌，你可得抓紧，眼下刚开春，节气不等人哪！

十五、谷家　夜　内

谷文昌摸黑走进屋。

他划着火柴点上灯。

炕上躺着的桑氏睁开眼睛：文昌，这么晚才回来?

谷文昌：区里开会了，撤了岳文明，让我当区长，他当副区长。

桑氏一愣：撤了岳文明，让你当区长？为啥?

谷文昌：他用子弹跟王德合换小米，犯了错误。

桑氏：儿啊，那你可得好好干，这区长可比农会主席管的事稠呀！这官当大了，可不能忘了咱们老百姓啊，早日打垮日伪军，让老百姓早日过上好日子，啊！

谷文昌：娘，儿子一定记住您的话，干出个样子来。

桑氏点点头，她发现谷文昌身上的衣服有个洞。

她披上衣服坐起，拿起身边的针线笸箩。

桑氏：文昌，把衣服脱下来，娘给你补补。

油灯下，桑氏一针一线地给谷文昌补着衣服。

谷文昌动情地看着头发有些发白的老娘。

桑氏：文昌，娘琢磨着，你得找个空儿，去跟岳文明唠叨唠叨，把疙瘩解一解。毕竟你俩是一正一副，今后还得时常在一块工作，你不能让他记恨你。

谷文昌深有感触地点了点头：娘，我记得我小的时候，咱家养过蚕?

桑氏：蚕？养过呀，昌儿，这三更半夜你问娘这个干啥?

谷文昌：娘，要是现在养蚕，您还会不会?

桑氏：那咋不会！可咱这十里八村的，多年没养蚕了，怕是蚕种都绝了呀！

谷文昌：娘，您帮我想想，谁家还会有蚕种?

桑氏：哎哟，这娘可说不清……哎，对面山沟里桃花洞有个申九叔，在咱这儿可是个养蚕能手啊，你找找他，兴许他那儿会有蚕种。

谷文昌兴奋地说：太好了，明天我就去桃花洞找申九叔。

十六、山道上　日　外

谷文昌匆匆走在山道上。

他走进村子，向一位端着饭碗的老农打听着申九叔的家。

老农指点着。

谷文昌朝老人指点的山坡走去。

十七、王德合家门口　日　外

岳文明抄着手，垂头丧气地从王德合家门前走过。

大门开处，王德合走了出来。

王德合：哟，这不是岳区长吗？咋了？不痛快？来，老哥陪你喝两盅，给你解解闷儿。

岳文明左右瞅了瞅，转身走进了王德合家。

王德合返身关上了大门。

十八、王德合家屋　日　内

王德合递给岳文明一支烟：岳区长，你今儿个是咋了？垂头丧气的？

岳文明：别叫我区长，现在的区长是谷文昌。我只是个副的。

王德合一愣，划着的火柴举在半空中：谷文昌？他一个要饭花子，斗大的字识不了两麻袋，他能当区长？他哪一点比你岳区长强啊？

岳文明：谷文昌告发我与你这个大户称兄道弟，划不清阶级阵线，还说我用子弹跟你换小米！我就纳闷儿，那天晚上的事儿就咱俩，他谷文昌咋会知道呢？

王巧儿端上几个菜来。

王德合：来，兄弟，喝两杯宽宽心！

两人举杯对饮。

岳文明：老兄，这事儿恐怕还要连累到你，只怕你又要挨斗了。

王德合：唉，斗就斗吧，反正也不是斗了三次五次了。我想好了，今天，我去找谷文昌，主动把那些子弹交上去。不过，我倒是担心你呀，怎么过得了这一关？

说着又举起了酒杯。

十九、申九叔家　日　外

柴门半开。

谷文昌走进院子。

屋门上挂着一把锁。

谷文昌坐在门前的石头上，从腰里掏出烟袋来，揉了一锅烟，吸着。

太阳当头照着，又过了一个时辰。

谷文昌磕磕烟锅，站起身来。

他望着屋门上的锁思索着。

稍顷，他失望地走出小院，转身把柴门掩上。

二十、王德合家　日　内

岳文明举杯一饮而尽，他放下酒杯，重重地叹了一口气。

王德合：兄弟，听老哥我说一句，人这一辈子，谁还不栽个跟头？湿几回鞋？古人云：胜败乃兵家常事，要我说，你得爬起来，挺起脊梁接着干！

岳文明夹起一口菜，抬眼盯着王德合，若有所思，良久，才把菜填进嘴里。

王德合：兄弟，人生一世，此一时，彼一时。依我说，你得想办法东山再起！人非圣贤，谁还没个闪失？你得攥紧拳头，暗暗盯着对手，看准他的闪失，对准他的软肋，不用多打，只一下，就把他打趴下了。

岳文明：德合兄高明，一番话令兄弟我茅塞顿开，来，我敬你一杯！

把酒杯呈到王德合跟前。

王德合接过杯，仰脖饮干。

王德合：我看他谷文昌，哪一点也比不上你岳文明，别的不说，我就单讲你们俩的名字。你的姓是岳，他的姓是谷，它山谷能高过你山岳？这第二个字，你有文，他也有文，可你是正经八百的高小毕业生，他谷文昌是个啥？要饭的出身，去年冬天才在民校里学了几个字，他咋能跟你比？再说最后一个字，他是昌，两日，火气太盛，迟早有一天他会引火烧身，自命不保；你呢，你是明，有日有月，阴阳相济，刚柔兼施，明争不行，你就暗斗，这才能成就大事业。

岳文明：德合兄，真是听君一席话，胜读十年书呀，今日听你这么一讲，我岳文明知道今后的路该怎么走了。来，咱们共饮！

王德合笑着：明白就好，我王德合就等着看你老弟的好戏哪！来，干！

二十一、村头谷场　日　外

谷文昌从山路上走下来，走到谷场，正碰上喝得半醉的岳文明。

谷文昌：老岳，老岳！

岳文明抬眼瞥了一眼谷文昌，转过身摇摇晃晃地往前走。

谷文昌几步跑过去，搀扶着他。

谷文昌：老岳，你这是在哪喝的酒？走，到我家歇息一会儿，我给你

泡点儿茶，醒醒酒。

岳文明：谷大区长，到您府上喝茶，我可高攀不上。

谷文昌：老岳，你这是说的哪的话，我那三间破石板房还成了府了。说实话，昨晚开会，我就看出来你不高兴，当时我就想跟你叨扯叨扯，可张书记把我叫住了。老岳，你是七区的老区长了，我谷文昌打心眼里佩服你，论工作，你有能力，经验多，论文化，你学问高，能说能写，我谷文昌哪点儿也比不上你。今后的工作中，我得多多向你学学，老岳，俗话说：'一只巴掌拍不响'，今后，咱七区的工作咋搞，你还得多指导哇！

岳文明：谷区长，您太客气了，指导工作我可不敢当，只求您今后少在背后说我的坏话，少垫我的黑砖，我岳文明就感激不尽了。

谷文昌：老岳，你误会我了，我谷文昌是那种人吗？

岳文明：谷区长，谁是啥样的人，今儿个咱不说。不过有句话我得告诉你，人这一辈子，路长着呢！这一回，你绊我一个跟头，我忍了，可我岳文明绝不会让人踩着我的肩膀踩一辈子！谷文昌，骑驴看唱本，咱们走着瞧！

谷文昌直视着岳文明，欲言又止。

二十二、申九叔家门口　夜　外

屋里亮着灯，透出一阵阵咳嗽声。

谷文昌走进院子，敲着门。

屋内：谁呀……咳咳……

谷文昌：申九叔，是我呀，南湾的谷文昌。

良久，门开了。

微弱的灯光下，映出一位老者的身影。

谷文昌进屋，返身关上屋门。

二十三、申九叔家屋内　夜　内

谷文昌扶着申九叔坐在炕边。

申九叔不住地咳着，震得油灯火苗一明一暗的。

谷文昌：九叔您快躺下！

扶申九叔躺在炕上。

谷文昌伸手摸摸申九叔的额头：哎呀，九叔您烧得这么厉害，请先生看了没有？申九叔有气无力地摇了摇头。

谷文昌：九叔，我这就给您请先生去。

他掖了掖九叔的被子，匆匆走出门去。

二十四、山路　夜　外

崎岖的山路上，谷文昌深一脚浅一脚地走着。

谷文昌走进一座小村。

他在一户门口敲门：张先生，张先生。

院中的狗汪汪地叫着，屋窗上有灯亮了。

二十五、申九叔家　夜　内

谷文昌领着张先生走进门。

谷文昌：九叔，我把张先生请来了。

张先生放下药箱，坐在床边拉过申九叔枯瘦的手诊着脉。又让申九叔张开嘴伸出舌头看了看舌苔。

张先生：谷区长，他这是重伤风，邪火入肺。

他打开药箱，拿出几包药来：这是我配好的祛风散，发汗，解热，祛痛止咳。今晚，你让他吃两包，剩下的一天三次，一次一包。

谷文昌：中，我这就喂他吃药。

张先生：谷区长，我回去啦，有啥情况，及时喊我！

背起药箱朝外走。

谷文昌：张先生，这半夜三更地把你喊起来，又跑这么远的路。真不知道咋谢你呀！这药钱我明儿给你送去。

张先生：乡里乡亲的，缓个三天五天，没事儿。

谷文昌：天黑，路不平，你路上慢点儿！

张先生：放心吧，我常走夜道。哎，谷区长，我咋不知道，这老申是你家亲戚？

谷文昌笑笑：他不是我家亲戚，是咱区里的亲戚。

张先生不解地站住了，继而，他走出了柴门。

谷文昌坐在灶前，划着火柴引着火烧水。

火光映亮他清癯的脸庞。

水开了，谷文昌舀出一碗水来，用两只碗来回倒着。

谷文昌把水端过来放到桌上。

他把申九叔扶起来，喂他吃药。

吃完药，又扶申九叔躺下。

申九叔睡着了。

谷文昌吹熄了灯，悄悄走出屋门。

二十六、谷家　日　内

桑氏正在擀面。

谷文昌走进：娘，您给我炒俩鸡蛋。

桑氏：这不年不节的，炒啥鸡蛋呀？

谷文昌笑笑，撒娇道：娘，您就给我炒吧！

桑氏一笑：这都当区长了，还像孩子似的。

谷文昌：孩子在娘眼里，永远都是孩子。娘，不是我要吃，是申九叔病了。

二十七、申九叔家　日　外

申九叔坐在院里垛柴火。

谷文昌手提一个手巾兜，走进院子。

申九叔扔下斧头，站起身来：谷区长……

谷文昌：九叔，身体咋样啦？

申九叔：你看，好多了，谷区长，俺这场病多亏了你呀，一连跑了好几趟，又请先生又端药的，让九叔咋感谢你这片心哪！

谷文昌：乡里乡亲的，说不上谢。九叔，只要您身体好了就行。给，我让娘炒了俩鸡蛋，给您补补身子。

申九叔：哎呀，使不得，使不得呀！谷区长，你这一趟一趟地跑，是不是找我有啥事？

谷文昌：九叔，我想请您出山哪。

申九叔：出山？出山干啥？

谷文昌：干您的老本行……养蚕。

申九叔：养蚕？哈哈哈，这年头儿，养蚕有啥用？就算你养好了，收了蚕茧，可又卖给谁哟？去年，我在南山坡上养了不少，可到现在蚕茧还没处卖呢！

谷文昌：九叔，咱共产党、区政府一心一意想领导老百姓过上好日子，可咱这儿地少土薄，光靠种地，连肚子都填不饱啊！所以，我才想到养蚕。卖茧的事儿九叔您不用愁，区里会想办法的。

申九叔：哎呀，说起这养蚕，那可是咱老百姓的钱袋子呀，养好了，足足能供一家人一年的花销呀，那些年，咱这一带家家养蚕，坡坡养蚕。嗨！自打这小日本一来，这手艺就断了。

谷文昌：九叔哇，您可是咱这儿的养蚕高手呀！为了让老百姓过上好日子，我想请您出山，教大家养蚕。

申九叔：谷区长，要真是这样，我跟你走。

他站起身来，从房梁上解下一个小布袋来：这是我去年留的蚕种，我把它献给区里。

谷文昌紧紧握住九叔的手：谢谢您，九叔！

二十八、村头　日　外

群众大会上，谷文昌在讲话。

谷文昌：乡亲们，咱这七区穷山恶水，土少地瘠，咱光靠种庄稼，肚子都填不饱呀！咋办？我们都得动脑筋想想，我琢磨着，要想过好日子，还得养蚕。

群众议论纷纷：养蚕？谁会养？蚕种哪儿来？

谷文昌：蚕种？这儿有！

谷文昌举起布袋给大家看：这是桃花洞申九叔献出来的。另外，区里又专门派人越过日伪封锁线，从外边买回来一批江苏蚕种。区里赊给大家养，等卖了茧再还区里蚕种钱。至于技术，大家放心，我把养蚕能手申九叔请来了，下面，咱就请他给大家讲讲！

群众纷纷鼓掌。

申九叔站起身来。

二十九、蚕神庙　日　外

一位老太太跪在蚕神庙前烧着香。

她双手合十，嘴里喃喃地祈祷着：

蚕姑奶奶发慈悲，
保佑俺家蚕宝贝。
吃得香，屙得光，
蚕茧结得满箩筐。

又过来两个妇人跪在庙前磕头。

妇人甲：他婶子，这养蚕发财不发财，全靠这蚕姑奶奶神保佑着。

妇人乙：可不是，啥技术能抵上神灵？

三十、赵石头家　夜　内

一家人正围在一起吃饭，谷文昌走进来。

赵石头：区长哥，吃了吗？

谷文昌：吃了。石头，你这区长后边加个哥，听着咋恁别扭。

赵石头喝着汤，笑得喷了出来。

谷文昌：区里发动大家养蚕，这大会讲，小会说的，可这底下咋动静不大呀！

赵石头：据我了解，这江苏蚕种许多人怕养不好，还有人担心将来蚕丝卖不出去，怕收成不稳。

谷文昌：老弟，我看这样，咱是党员，得给大家带个头，养好了，让大家看看。

赵石头：中，那我就养它二十席。

谷文昌：好。

三十一、一组镜头

山坡上，申九叔在放蚕，蚕在树叶上爬。

赵家，赵石头在往席上撒桑叶，蚕儿贪婪地吃着。

谷家，桑氏在剪桑叶。

桑氏往席上撒着细细的桑叶条。

三十二、又一组镜头

蚕在树上结茧，放眼望去，满树银白。

申九叔在笑。

赵家院中，满枝的茧，又大又白。

赵石头一家在乐。

谷家院里，桑氏与谷文昌摘茧。

谷文昌脸上笑成了一朵花。

三十三、七区区公所　日　内

区干部正在开会。

谷文昌：在前一段的斗争中，我们的干部大多数表现很好，立场坚定，大义灭亲，咱们区武委主任金延路同志就是我们的榜样。但是，也有个别干部态度不明，立场不稳，和大户拉拉扯扯，为敌人通风报信，这是绝对不允许的！

岳文明不满地说：谷区长，请你把话说明了，不要指桑骂槐！

谷文昌扫了一眼岳文明：谁做了这样的事，谁自己心里清楚。我们都是党的干部，连阶级阵线都划不清，还当什么干部！

谷文昌用拳头狠狠地砸在桌子上。

与此同时，传来一阵手榴弹的爆炸声。

谷文昌：这是民兵岗的信号，敌人来了。今天的会就开到这里。

随手拔出枪，率先冲出屋。

三十四、山路　日　外

谷文昌提着枪与金延路带着民兵跑来。

迎面跑过来一位民兵。

他边跑边喊：谷区长，区长……

谷文昌：怎么回事？

民兵气喘吁吁地说：从姚村过来一百多个日伪军，他们偷偷越过了白草坡，正朝我们这儿来。

谷文昌：同志们，小鬼子又来“扫荡”了，赶快带领乡亲们往山里撤，其他人跟我到前边掩护。

三十五、山崖　日　外

民兵们身边摆放着一堆堆的石头，严阵以待。

山沟里，敌人出现了。

金延路猛地站起身来，端起枪就打：奶奶的，老子跟你们拼了！

谷文昌把他拉了回来，按倒在地。

一串机枪子弹扫射过来，打在石崖上，崩起一片石渣。

谷文昌：小刘，把那两颗土雷准备好，大家听我的命令。

枪声停了，山谷中静悄悄的。

卧倒的敌人在军官的督促下，一个个爬了起来，小心翼翼地往前走。

敌军官举着枪：弟兄们，给我上，这几个土八路，他们没有几支枪，快上，抓住活的有赏。

敌人冲了上来。

谷文昌举枪：打！

民兵们开火了。

土雷爆炸了，石块从山上纷纷滚下。

一个伪军抱着头嚎叫着：妈呀，这不是土八路，是正规军！

谷文昌笑笑，挥枪继续向敌人射击。

第三集

本集剧情简介

1948年，谷文昌带领马栓柱和申家贵报名参加了南下支队，岳文明也跟着报了名。乡亲们敲锣打鼓，把谷文昌送出了村。

谷文昌被任命为长江支队三中队五小队队长。河北武安集训中，他认识了教唱《国际歌》的女战士史英萍。

遥远的征程，艰苦的行军，谷文昌和战友们走过安阳，越过新乡，跨过黄河。在老田庵火车站，疲惫不堪的小侯掉队了，他扒上火车，日夜兼程地追赶队伍。在长江边上，小侯终于追上了谷文昌和队伍。

一、麦场上　日　外

一片空旷的麦场上坐着一大片人。

场边的两棵杨树间横挂着一条标语：太行区南下干部报名动员大会。

谷文昌、马栓柱、申家贵等坐在人群中。

他们身后不远处，坐着岳文明。

组织部长马开元立在一张旧桌子边讲着话。

马开元：同志们，我先向大家报告一个特大喜讯：淮海战役已经取得了决定性的胜利！

全场一片热烈的欢呼。

谷文昌激动地鼓着掌。

马开元：目前，在党中央、毛主席的英明决策下，在全国人民的大力支持下，我们的人民解放战争已全面进入战略进攻阶段，全国新的解放区迅速扩大，不久的将来，我们就要打过长江去，解放全中国！同志们，大片大片的新解放区，需要一大批干部到那里去工作，去战斗，这是党的需要，是革命的需要，也是解放区人民的需要！我们的党员、干部要抛弃狭隘的乡土观念，树立四海为家，将革命进行到底的观念，积极报名，随军南下。

谷文昌认真地听着。

马开元：我们这里解放了，人民翻身当家做了主人，但是江南的老百姓还在国民党的压迫下受苦受难，我们有责任去解放他们！我们不但要解放全中国，还要管理新中国，建设新中国！

全场干部激动了，大家纷纷鼓掌。

马开元：我作为地委组织部长，一个老党员，向大家表个态，我坚决响应党的号召，到革命最需要的地方去！今天，我第一个报名！

马开元在一张大纸上写下了自己的名字。

全场响起热烈的掌声。

宣传部长罗亮走到桌边；我坚决报名，参加南下！

他激动地写着自己的名字。

会场上的议论声更大了。

……南下，谁知道究竟跑到哪儿哟。

我听说到南方连个窝头、面条都吃不上，一年到头全是米。

南蛮子待的地方，不能去，到那儿连话都听不懂。

南边还没解放，到处在打仗，去了，十有八九回不来……

有人在互相商量，有人低着头，还有人在偷偷抹眼泪。

谷文昌坐不住了，他猛地站起来，激动地说：人家马部长、罗部长都是外地人，背井离乡，跑到咱林县，把咱解放了，可人家又要随军南下，解放江南。咱们林县人咋能光顾咱自己，不顾江南老百姓呢？

谷文昌伸手拉起身边的马栓柱和申家贵：走，咱们报名去！

三人走出人群，朝报名的台子走去。

会场上的气氛顿时热烈起来，许多人纷纷站起来，涌向前去。

岳文明望着谷文昌的背影，心中七上八下地犹豫着。

良久，他站起身，朝报名的人群走去。

二、坟地　夜　外

大山的剪影像一堵灰色的大墙矗立在夜中。

谷文昌走到爹的坟前，他停下了脚步。

星光灿灿，隐隐映出墓碑上的字：谷玘和之墓。

谷文昌跪在坟前喃喃地说：爹，今天我在县里报了名，参加了南下支队。今后，逢年过节，孩儿不能为您烧纸添坟了。爹，我这一去，是为了天下的老百姓，您该不会埋怨孩儿吧！

谷文昌给爹的坟磕了三个头。

他坐在坟前，倚着石碑，掏出旱烟袋，揉满了一锅烟，划着火柴点着抽起来。

[闪回]

三、谷家　日　内

大雪纷纷扬扬地飘着，落在纸矮的石板房上。

谷玘和立在门口，愁眉紧蹙地望着漫天飞雪。

突然，他转身从门后拿起斧头和绳子往腰里别。

桑氏：他爹，下这么大的雪，你就别上山了。

谷玘和：唉！我看这雪一天两天停不了，今儿个都腊月二十四了，不砍两捆柴卖，这年咱咋过呀！

桑氏：哎！年关，年关，这过年可不就是过关吗！文昌，文昌！

谷文昌从北屋里跑过来：娘，啥事？

桑氏：你爹要上山砍柴，你跟他一块儿去。下雪天，山上路不好走，你们爷俩当心点儿！

谷文昌答应着，拿起斧头和绳子跟着爹走出了门。

桑氏揪心地看着父子俩消失在漫天风雪中。

四、山中　日　外

皑皑白雪罩住了山，蒙住了河，盖住了村庄，到处是一片惨白。

空旷的山谷里，走着谷玘和和谷文昌。

父子俩走过河滩，雪地上留下两行深深的脚印。

积雪在他们脚下发出咯吱咯吱的响声。

五、崖畔　日　外

谷玘和抱着一抱柴走到崖边，突然他眼睛一亮：崖边的石缝里有一根枯木。

谷玘和扔下柴禾火：文昌，你过来。

谷文昌跑过来，看着崖缝的枯木。

枯木在寒风中抖动着，下边是万丈深渊。

谷玘和紧紧扎腰，趴下身去。

谷文昌：爹，您别下，这儿危险。

谷玘和头也不抬，扒住岩角，用脚打摸着崖缝。

他站稳脚后，示意儿子把绳子递过来。

谷文昌把绳子递给他。

谷玘和拉过绳头，挽在树桩上，又把绳头甩给儿子。

谷文昌接过绳头，紧紧地拉着。

谷玘和左手攀着岩块，右手从腰中抽出斧头，挥斧朝枯木砍去。

随着斧头的起落，木屑一片片落下深渊。

树桩被砍折了一多半。

谷玘和收回斧子，微微侧过身子，用双手扒住石崖，用右脚使劲踩那枯木。

枯木发出咔嚓咔嚓的断裂声。

谷玘和看了一眼儿子。

谷文昌双手拉紧了绳子。

谷玘和猛一使劲，咔嚓一声，树桩断了。

谷玘和左脚一滑，他大叫一声，身子跌出悬崖。

谷文昌大惊：爹，爹……

手中的绳子松开了，枯木带着绳子掉下深渊。

谷文昌趴在崖边，呼喊着：爹……

山谷回应着谷文昌的呼喊。

树桩掉入深谷，在谷底发出轰然一声。

谷文昌猛地站起身，哭喊着朝山下跑去。

风雪淹没了他的哭喊。

［闪回完］

六、坟地　夜　外

谷文昌擦去脸上的泪水：爹，时候不早了，孩儿走了。

他站起身，一步一回头，朝村里走去。

七、谷家　夜　内

屋内，油灯闪着暗淡的光芒。

桑氏坐在炕上的被窝里，望着油灯出神。

谷文昌走进来：娘，您咋还没睡？

桑氏叹口气：睡不着啊！

谷文昌坐在娘的床边，从兜里掏出烟袋来。

他揉满一锅烟，就着灯火点着。

烟雾在房梁上绕着。

谷文昌：娘，我跟您商量个事儿?

桑氏：是南下的事吧?

她深深地叹了一口气。

谷文昌点点头：娘，我这一走，就不能天天伺候您了，您得多保重身体呀!

桑氏：昌儿，娘真舍不得你走哇……

桑氏用衣袖擦着眼泪抽泣起来。

谷文昌：娘，您别难过，咱得想开点儿，看远点儿，眼下咱这边解放了，可江南的老百姓还在受苦受难哪！我在党，就得听党的话。

桑氏：文昌，娘知道你这一去是为了江南的老百姓，是去干大事业，可这一路上枪林弹雨的，那枪子可是不长眼哪，这万一……

谷文昌含泪看着白发苍苍的娘：娘，您放心吧！我会注意的。

桑氏停止抽泣：昌儿，好好干，干出点儿名堂来给娘和乡亲们争口气！娘会照顾好自己的，你就放心地去吧！

谷文昌动情地用衣袖擦去娘脸上的泪痕，坚定地点点头。

八、村头　日　外

大树上挂着标语：“送文昌，过长江”。

红红的标语格外醒目。

男女老少聚在村头，敲锣打鼓，放鞭炮。

谷文昌穿着军装，背着背包，胸前戴朵大红花，站在碾盘上。

谷文昌：乡亲们，我谷文昌绝不给咱家乡人丢脸，不解放江南的老百姓，我绝不回来！

群众在鼓掌，一双双手握住谷文昌的手。

赵石头：文昌，我是跟你走不成了，动员了三四天，我娘她死活不让我走，文昌哥，这一路，你要多保重啊！

郭富森：文昌，一路保重！

谷四叔紧紧握住谷文昌的手：文昌，跟着咱队伍好好干，四叔相信你，一定能成就一番大事业！

谷文昌：四叔，你放心吧，我不会让你失望的！

他朝大家挥挥手：乡亲们，回去吧，别送啦！

人群中，桑氏用手掌擦着泪。

谷文昌看着白发苍苍的老娘，眼泪止不住流了下来。

稍顷，他转身疾步向前走去。

村头，人群渐渐散去。

桑氏向远去的谷文昌招着手。

谷文昌在队伍中的身影越来越小……

九、武安街头　晨　外

“一、二、三、四”的喊声在大街上回荡。

谷文昌精神抖擞地跑在队列中。

十、院内　日　外

三中队干部战士正在集合。

罗亮：同志们，今天，我们马队长特意从二大队请了一位女同志来教我们学唱歌，大家欢迎不欢迎啊？

众：欢迎！欢迎！

罗亮：好，现在让我们以热烈的掌声，欢迎史英萍同志教我们学唱《国际歌》。在热烈的掌声中，史英萍微微红着脸，面带微笑走到队伍前。

史英萍：同志们，《国际歌》是全世界无产阶级的歌，半个多世纪以来，它唱遍了全世界的每一个角落，鼓舞了千千万万个革命者站起来，向敌人作英勇的斗争！《国际歌》告诉了我们一个真理：从来就没有什么救世主，要创造人类的幸福，全靠我们自己！它还给我们指明了前进的方向，那就是一定要实现共产主义！

一阵暴风雨般的掌声。

人群中，谷文昌激动地鼓掌。

史英萍：下面，我们就学唱《国际歌》。我唱一句，大家跟着唱一句。

史：起来，饥寒交迫的奴隶，唱！

众：起来，饥寒交迫的奴隶，

史：起来，全世界的罪人，

众：起来，全世界的罪人，

史：满腔的热血已经沸腾，

众：满腔的热血已经沸腾，

谷文昌盯着台上的史英萍动情地唱着。

史：作一次英勇的斗争。

众：作一次英勇的斗争。

雄浑的歌声在院子里回荡。

十一、农舍　夜　内

屋内打着两排地铺。

墙上贴着“三中队五小队学习园地”。

谷文昌坐在油灯下，手里拿着小本。

他一边哼唱，一边在膝盖上写着《国际歌》。

起来，饥寒交迫的奴隶，
起来，全世界的罪人，
满腔的热血已经沸腾，
作一次英勇的斗争……

十二、场地　日　内

大树上方悬挂着长长的会标：长江支队第二次干部大会。

一干部：现在，请南下区党委书记楚冷先同志讲话，大家欢迎。

会场上响起热烈的掌声。

楚冷先：同志们，我怀着无比激动的心情告诉大家，4 月 15 日，在北平香山的双清别墅，我们的领袖毛主席和朱总司令亲切接见了我们支队的领导。

全场掌声雷动，谷文昌把手掌拍得尤其响亮。

楚冷先：毛主席和我们亲切握手。关切地询问了太行区农民生产生活的情况，毛主席还让我转达他对长江支队所有干部战士的问候！

会场上又一阵暴风雨般的掌声。

史英萍兴奋地鼓掌。

楚冷先：前不久，党中央在西柏坡召开了七届二中全会，会议号召我们：在胜利面前务必保持谦虚谨慎、不骄不躁和艰苦奋斗的作风。我们一定要认清党的工作重心转变的重要性和迫切性，在新解放区工作，要提高警惕、防止敌人破坏，警惕资产阶级的糖衣炮弹。同志们，三大战役后，蒋介石的主要军事力量只剩下一百多万人，这一百多万又分散在从新疆到台湾的广大地区和漫长的战线上，首尾无法相顾，只要我们打过长江去，老蒋就没有什么能力抵抗了，我们的胜利已是指日可待。过去，我们是农村包围城市，现在，是以城市领导农村，这是一个伟大的战略转变。我们南下的任务主要有两个：一是铲除反动基础；二是胜利后建设新中国。摆在我们面前的任务是光荣而又艰巨的，既有许多有利条件，也有不少困难：

新解放区的群众对我们不了解，我们对新的环境也不了解。再加上我们大多是北方人，不习惯南方生活，气候炎热，语言不通，但这些困难吓不倒我们共产党人，我们不但要打碎一个旧世界，而且一定能建设起一个新中国！

满场掌声雷动。

楚冷先挥挥手：4 月 21 日，也就是前天，毛主席、朱总司令发布了《向全国进军的命令》，同志们，按照上级的指示，我们长江支队明天出发！

会场沸腾了。

谷文昌带头喊起了口号：打过长江去，解放全中国！

十三、冀南平原　阴雨　外

广阔的平原上，麦苗碧绿，菜花金黄，桃花盛开。

长江支队在行进。

谷文昌踏着泥泞走在队伍中。

马栓柱：老谷，今天可是黄道吉日呀，咱一出武安城就清水洒地，黄泥铺路。

谷文昌：这可是好雨呀，常言说：三月春雨贵如油，今年的麦子一定丰收。

申家贵：谷队长，你穿过雨衣吗？

谷文昌：雨衣？这不正穿着呢吗？雨衣、雨衣，就是雨淋湿透的军衣！

众人哈哈大笑。

远处，岳文明看着这边的谈笑，眉头紧皱，吃力地走着。

十四、路上　阴雨　外

雨越来越大了。

队伍在泥泞中艰难跋涉。

小侯滑倒了。

谷文昌伸手把他拉起来。

马栓柱：小侯，你这一摔可成了泥猴了。

小侯干脆脱下鞋，光着脚走。

路边，史英萍与宣传队的战士打着竹板：

……打竹板，响连天，
前方的捷报频频传，
南京前天得解放，
昨天咱又解放太原。

同志们，壮壮胆。
顶着风雨朝前赶。
跨过黄河过长江，
打得老蒋他没处钻！没处钻！

风雨中，谷文昌一边回头看着满脸雨水的史英萍，一边迈步与队伍全速前进着。

十五、河边　阴雨　外

战士们手拉手走下河堤，涉水过河。

一头驮着皮箱的骡子蹄子一滑，倒在河中。

牵骡子的申家贵也跌坐在河中。

他大呼：文件，文件，箱子里有文件。

谷文昌：大家快来，把骡子拉住！

几个人又抬又拉，把骡子拉上岸。

申家贵解开箱子。

箱子里哗哗往外流水。

申家贵：糟糕，全湿了。这可是机密文件哪！

小侯：老申，这一湿更机密了。

十六、汤阴岳飞墓　日　外

人们排着队参观岳飞墓。

谷文昌望着那参天的古柏，陷入深深的回忆之中。

［闪回］

十七、村头　夜　外

大树下聚着一帮人。

场子中间摆着一张方桌。

桌上放着一盏马灯。

瞎老头拉着坠胡，悠扬的琴声在山村飘荡。

一位中年妇女打着剪板，开口唱出一腔浓郁的河南坠子。

……小弦子一拉吱咛咛，
我来唱，乡亲们听，
今儿个咱不把别的表，
单唱唱岳飞这位大英雄。

孩子们围挤在桌边，有的啃着锅饼，有的端着饭碗。

谷文昌坐在地上，出神地听着。

……说起岳飞，在咱林县那可是无人不知，无人不晓。为啥？因为岳飞岳元帅的老家就在离这儿不远的汤阴县。宋朝那时候，咱这一片都归彰德府管，那位老乡问了，说彰德府是哪儿？彰德府就是现在的安阳城。

这一年漳河它发了大水，
浩浩荡荡是又猛又凶。
汤阴县城被水淹，
岳家庄也被洪水冲。
岳老夫人一看大事不好，
忙抱起岳飞跳进水缸中。
水漂起大缸它随波走，
摇摇晃晃它流向东，
一漂漂到那汤河岸，
母子俩这才活了两条命。
众：哎呀，这漳河发水厉害呀，差点儿要了娘俩的命。
岳飞他长到一十七岁，
正赶上金兵犯我大宋，
老百姓逃难妻离子散，
金兵它又杀又抢气势汹汹，
岳飞闻听怒发冲冠，
率领那岳家军去抗金兵。
临行时岳母叫住了他，
鹏举吾儿你且慢行！

岳飞正要提枪上马，听到老母亲唤他，就问：“母亲大人，您还有什么吩咐”。岳母说：“儿啊，为娘送你四个字”。岳飞忙问：“哪四个字？”岳母说道：“精忠报国。孩子呀，常言说国家国家，没有国哪儿有家呀，来，把衣服撩起来，为娘要把这四个字刺在你背上”。

谷文昌专注地听着。

男人们停下了烟，女人们停住了活儿。

……岳飞忙把衣裳撩起，
扑通一声跪在地中央，
岳母含泪把针锥拿起，

一锥一锥刺在儿的身上。
都说儿是娘的心头肉，
老母明大义铁石心肠。
一滴滴血，一行行泪。
血和泪刺成那字一行。

岳母放下锥子，说："儿啊，你去吧，为娘盼着你多打胜仗。"岳飞拉下衣裳，对娘磕了个响头说，"母亲，孩儿记住您的教诲。我这一去，一定奋力杀敌，精忠报国！"

……岳飞说罢忙站起，
跨上战马提起枪，
战马仰头咴咴叫，
驮着那英雄上战场。
唱到这里算一段，
下一回咱再接着唱。

人们纷纷站起往家走，谷文昌还痴痴地坐着。

[闪回完]

十八、岳飞墓　日　外

谷文昌站在岳飞墓前鞠着躬。

史英萍痴痴地看着谷文昌。

她对身边的梅荣说：梅荣，你看这个人，对岳飞元帅这么崇敬。

梅荣：英萍姐，咱也给岳元帅鞠个躬吧！

史英萍似乎没听见，还在痴痴地看着谷文昌。

梅荣看看谷文昌，又看看史英萍偷偷一乐。

梅荣拉拉史英萍：英萍姐……

史英萍急忙回过神来。

两个人向岳飞墓三鞠躬。

十九、路上　日　外

太阳强烈地照射着大地，把一个个急匆匆的身影投到路上。

谷文昌一边走，一边大口地吃着馒头。

申家贵：队长，这馒头可真大呀，又暄又白又好吃。

谷文昌：这是新乡的特产。大家跟上，别掉队！

一个战士，走着走着睡着了。

后边的人吃着馒头一下撞到他的背包上。

路边，史英萍与宣传队员在为大家鼓劲。

有个战士叫小高，
革命路上胆气豪。
别看他的年纪小，
行军路上表现好，
脚底打泡不掉队，
一个劲儿地往前跑，往前跑！

小侯：小高，人家夸你呢！

小高笑笑，加快了步伐。

二十、老田菴火车站　日　外

支队开进火车站。

大家放下背包，喘着粗气坐在站台上，擦着满头满脸的汗。

战士甲：哎哟，妈呀，这一路可真够劲儿！

战士乙：130 里哟，这辈子头一回走这么远的路。

小侯跑下站台，靠在一棵小树上，坐下就睡着了。

一列火车吐着浓浓的白烟，吼叫着开过来。

申家贵吓得捂着耳朵，躲下站台，狼狈地摔倒了。

众人一片哄笑。

火车停下来，放着水。

人们纷纷端着茶缸跑过去接水喝。

申家贵爬起来，走到火车边，好奇地摸着、看着：乖乖，这么老长！老岳，你说它吃啥喝啥？

岳文明：吃煤喝水。

众人哈哈笑着。

马栓柱：这一回，俺可算见着火车啦，这家伙叫唤起来，可比俺家那头大牤牛嗓门大！

众人又是一阵哄笑。

急促的集合哨子在站台上吹响。

人们纷纷背起背包上火车。

一个干部吹着哨子跑过来：各小队清查人数。

二十一、货车厢　日　外

谷文昌在清点队员：哎，怎么少一个人？

众：少谁呀？

大家互相瞧着。

谷文昌：小侯，小侯！

岳文明：这个小侯，十有八九是开小差跑了。

火车吼叫着，缓缓开出了老田菴。

二十二、老田菴车站　夜　外

小侯靠着小树还在酣睡。

月光照在他疲惫的脸上。

二十三、火车上　夜　外

火车在暗夜中呼啸向前。

战士们挤在车厢里，背靠着背睡着。

二十四、老田菴火车站　夜　外

一列火车吼叫着，驶进车站。

小侯猛地一下醒来。

他左右看看空荡荡的站台，急忙爬了起来，冲上站台。

一位老工人手拿铁锤在叮叮当当地敲打车轮。

小侯：老乡，队伍呢？

老工人：队伍？咳！早走半天啦！

小侯懊悔地又是跺脚又是打脑袋。

火车鸣着笛，缓缓开动了。

小侯把背包往车厢上一扔，飞身扒上了火车。

二十五、火车上　夜　外

谷文昌在抽烟。

申家贵醒来，睡眼惺忪地问：老谷，啥时候了？

谷文昌：兴许大半夜了吧？

申家贵：哎，这火车咋停了？

谷文昌：到徐州了，车要掉头往南开。

申家贵：老谷，我下去解个手。

说着跳下火车，走到黑暗中。

火车叫了两声，缓缓开动了。

谷文昌：家贵，火车开了，快，快上来！

申家贵转身急忙扒住车厢板。

谷文昌用力把他拉到了车内。

申家贵：哎哟，我的娘！好悬，这泡尿差点儿把我留在徐州。

谷文昌哈哈大笑。

第四集

本集剧情简介

征途上，三中队按照上级的指示进入福建。在闽北山区部队遭到敌人的伏击，战士张振业中弹牺牲。

行军的艰苦，张振业的牺牲，使申家贵思想上产生了很大波动，在一个云遮雾罩的月夜，他悄悄地离开了队伍。谷文昌集合战士，愤慨地斥责了申家贵的逃跑行为，他带领同志们坚决南下，一直来到古雷半岛上。

渔市上，谷文昌结识了从东山岛过来的渔民何顺，并从何顺口中得知不少敌情。在解放军的猛烈进攻下，东山岛解放了，谷文昌和战友们踏上了东山的土地。

一、火车上　日　外

火车在淮北平原上行驶。

车上，马栓柱伸开双臂：呀，这坐火车可真像飞一样啊！

申家贵：栓柱，你看这火车，爬着走还跑这么快，那要是站起来，跑得才快呢！

众大笑。

谷文昌笑得咳了起来。

突然，火车刹住了。

众人停止了说笑，一个个引颈探看。

一阵阵哨声吹起：下车，集合！

人们纷纷跳下车，集合在铁路边。

一个干部站在平板车上：同志们，前面就是淮河，国民党临逃跑，把铁路桥给炸毁了，往前的路，得靠咱们的两条腿啦。大家听口令，向右转，齐步走！

队伍沿着铁路向南走去。

二、路上　日　外

长江支队浩浩荡荡向南开。

大路上，支前民工浩浩荡荡。

人们推着小车，挑着担子，背着铺盖。

一队队国民党俘虏走过来，一个个垂头丧气。

马栓柱：队长，咱们的胜利真快呀！

谷文昌：可不，天天都有胜利的捷报。

马栓柱：可我们每天都是赶路，连子弹都没打过一发。

谷文昌笑笑：急什么，有的是仗打。为了让天下的老百姓都过上好日子，我们就是跑断了腿也值得。

一群群逃难的百姓走过来。

岳文明：老谷，听说，马上就到长江边了。

申家贵：长江？那咱南下的路快走到头了，这下可好，胜利就在眼皮底下了。

三、长江边　日　外

长江支队的干部战士们列队长江岸边。

众：啊，长江，我们到长江喽！

谷文昌擦着汗水，放眼望去。

宽阔的江面，江水涛涛，帆影点点。

一个干部手拿广播筒不停地在队伍边喊着：上下船要服从命令听指挥，进南京城要军纪严明，着装整齐，手里拄的棍子一律不准带上船！

不少人纷纷把棍子扔掉。

小侯慌慌张张地在队伍后边跑着，找着。

远远地，他看见了谷文昌：谷队长……

谷文昌回过头，惊喜地喊了一声：小侯！

小侯跑过来，一把抱住了谷文昌：谷队长，我可撵上你们了！

他激动得哭了起来。

谷文昌：小侯，你跑哪去了？

小侯：谷队长，那天急行军到老田菴，我一坐下就睡着了，等我睁开眼，你们早走了，这可把我急得又哭又气，我扒上火车撵你们，这一路撵呀，跑呀，问呀，这不，一直追到长江边上才追上你们。

小侯哭着，用双手揉着眼，脏手把脸弄得像个大花猫似的。

大家一阵欢笑。

四、南京　夜　外

街头，霓虹闪烁。

沿街店铺，琳琅满目，十分繁华。

谷文昌与马栓柱、申家贵、岳文明等结伴走在大街上。

街上人来人往。

西装革履的阔少。

长袍马褂的遗老。

满头大汗的车夫。

沿街叫卖的报童。

一个残脚的乞丐扯着一个七八岁的孩子走到谷文昌跟前，伸出脏兮兮的破碗。

谷文昌从兜里掏出两张零钱，放进碗中。

乞丐蹒跚着走了过去。

一对男女搂抱着，坐在黄包车上。

一个涂脂抹粉的女子抽着烟，走过来，高跟鞋在马路上敲得“笃笃”响，她走到谷文昌跟前，故意把大腿从旗袍摆下抖出来：哟，几个兄弟，来陪姐姐玩玩吧？

谷文昌瞪了她一眼：去，走远点儿！

那女人横了他一眼：哼，土老帽！

她轻蔑地转过身去，扭着肥硕的臀走了过去。

岳文明出神地盯着那女人的背影。

马栓柱：妈呀！你看那张脸，抹得像个妖精！老岳，当心，别把眼珠子看丢了。

岳文明：栓柱，你见过妖精？

众人哈哈大笑。

五、礼堂　日　内

大礼堂里，会议正在进行。

楚冷先：同志们，根据形势的发展，革命的需要，我们长江支队要继续南下，随同人民解放军第十兵团，进军福建！

会场上嗡地一声乱了。

楚冷先：大家安静、安静！会后，有大家讨论的时间。下面我们请华东局组织部长张鼎丞同志给我们作报告，大家欢迎。

会场上响起了热烈的掌声。

张鼎丞：长江支队的全体同志们，你们辛苦了。我代表华东局党委向你们的到来表示亲切的慰问和热烈的欢迎！

全场掌声雷动。

张鼎丞：同志们，解放战争的形势发展迅猛，可以说是势如破竹，一泻千里呀！蒋介石在长江的千里防线上，摆布了45万大军，他们有坚固的工事，有飞机、大炮，妄图以长江天险为屏障，把我军阻截在江北。我们的党中央原计划过江以后，对南京和上海实行围而不打，采取解放北平的方式，用3个月时间解放这两座大城市。没想到，我军渡江之后，南京城的敌人不到3天就跑光了。

众人一片哄笑。

张鼎丞：敌人逃跑时，用了500辆汽车拉金银财宝，刚逃到金华，就被我军全部缴获。

又是一阵掌声。

张鼎丞：南京上海解放以后，南方几个省纷纷派代表来，要求我军快去解放他们。所以，这次你们长江支队的任务就是南下福建。说起福建，你们北方的同志大多不了解，今天，我先给大家简单介绍一下。福建地处我国东南沿海，那里有几多：山多、雨多、蚊子多，方言多、说话难懂。同时福建也很贫穷，这些都是事实，会给我们的工作带来一定困难。但是，福建也是个山清水秀的好地方，那里雨水充沛，四季常青，盛产木材，另外，福建的水果多、海产多、稻米多。同时，海运方便，特别要告诉大家的是，闽西是红旗不倒的革命老区，毛主席曾经率领红军在这里建立过根据地，播下了革命的种子。福建人民需要我们去解放，福建人民欢迎我们去建设！同志们，我们要学好《将革命进行到底》的社论，学好城市政策，到最艰苦的地方去，与当地人民同甘共苦，为建设社会主义的新福建而努力奋斗！

暴风雨般的掌声。

史英萍在记录。

谷文昌在鼓掌。

六、街头　日　外

书摊上围着一大群人，人们在抢购地图。

申家贵手里举着一张地图挤出人群：老岳，买到了。

两人坐在马路边，摊开地图铺在地上。

申家贵：老岳，你看看福建在哪儿?

岳文明看着地图：找到了，福建在这儿。

申家贵：咱老家林县在哪儿?

岳文明：你看，在这儿。

申家贵一脸愁容：啊，这么远哪！照这么说，咱是离家越来越远了。老岳，说句心里话，越往南走，我越想家。

岳文明：想家？谁不想！自打出了武安，咱们就一直向南，向南，谁知道走到哪儿算是个头呀！

申家贵把嘴凑到岳文明耳边：老岳，咱俩偷偷跑回家吧?

岳文明：偷跑？当逃兵？家贵呀家贵，瞧你那点儿出息！亏你说得出口！眼看革命就要胜利了，我岳文明参加革命十几年，说啥我也要尝尝革命胜利的甜果子，好好享享革命的福！家贵，可别瞎想了，这话你也就说到我这儿，要让谷文昌知道了，可没你的好。

七、营房　夜　内

战士们坐在地铺上，纷纷议论着。

谷文昌：大家请安静。刚才，支队召开了干部会议，我把上级的有关指示精神向大家传达一下。目前，我们所住的市上村，属于江山县管辖，这个地方是浙江、江西、福建三省的交界处，自古就多土匪、多强盗。另外，这里又是国民党大特务头子戴笠和毛森的家乡，国民党逃跑时，潜伏下来的匪特很多，据了解，这附近的山中就有600多人。昨天晚上，一股匪特来摸我们的岗哨，被我们的战斗队打跑了。支队要求我们一定要提高警惕，每夜四班轮流放哨。同志们，过了江山，就进入福建了，天气炎热，山高路险，大家要做好充分的思想准备。为了保证胜利进军福建，支队专门制定了纪律。总起来说是三不准、四不离，三走三不走。具体内容如下：三不准就是不准喝冷水，不准吃生冷食物，不准用冷水擦身；四不离是：人不离队，枪不离身，人不离被，被不离肚；三走是：小病要走，累了要走，脚打泡要走；三不走是：宿营地不打扫干净不走，不向房东交代清楚不走，青苗地不走。另外，为了减轻负担，每人行李不能超过十斤。大家记住了吗?

众人异口同声地：记住了！

谷文昌：记住了，马上休息，明天五点起床，为老乡打扫完院子我们就出发。窗外射进来几束路灯的光芒。

战士们都睡不着，三三两两在议论。

……哎，知道福建在哪儿吗?

福建哪，在大海边上，我听这儿的老乡说，那儿可穷了，说是地无一里平，天无二日晴，人无三分银，一年四季风。

福建就是南蛮，到那儿，人家说话你听都听不懂。

我听人家说，那儿的蚊子可大了，像小麻雀，三只蚊子能炒一盘菜。

哎哟，妈呀，那叮人一下还不把人叮个半死!

那儿的风才大呢，刮起来，能把碾盘给刮到天上!

谷文昌坐了起来，心平气和地对大家说：咱们是革命的队伍，就是要听党的话。越是艰苦的地方，越是要去，好了，大家要遵守纪律，休息吧!

营房里一下子安静下来。

有人假装打着呼噜。

似乎有人在啜泣。

八、山村　晨　外

谷文昌手持扫帚在为房东打扫院子。

申家贵挑着一担水走进院里。

他把水桶往缸沿上一碰。水缸烂了，水流了一地。

谷文昌扔下扫帚跑过来：家贵，你这是怎么搞的？你——你刚担了一挑水，咋把老乡的水缸给弄烂了？啊!

申家贵：我……

谷文昌：我什么我，还不赶快去给老乡认个错。栓柱，你马上去中队，称十五斤大米来，赔给房东。

房东：谷队长，不用，不用，俺这缸本来就是个烂缸，你可不能怨这位同志啊!

谷文昌：老乡，实在对不起。按我们的规定，一定得照价赔偿。

谷文昌弯下腰捡起碎缸片。

申家贵委屈地低着头。

岳文明走过来，拍拍申家贵的肩膀：家贵，你担水怎么也不小心一点儿？好了，好了，别委屈了，赶快把这碎缸片拾掇拾掇，今后干活小心点儿。

岳文明转过身对着谷文昌：老谷，家贵不是故意地，你也别难为他。

一会儿，马栓柱提着半袋米回来，递给房东。

房东推辞着。

谷文昌：老乡，你一定得收下！

房东感激地接过了米袋子。

集合的哨子吹响了。

战士们纷纷背起背包，跑出小院。

谷文昌挥手向房东告别。

九、山路上　日　外

队伍在闽北的山路上行进。

申家贵低着头，无精打采地走着，岳文明从身后追了上来。

岳文明：家贵，你咋像霜打过的茄子一样！还在想刚才打破老乡水缸的事？

申家贵：老岳，我好心好意为老乡挑水，谁知道那水缸那么不禁碰。再说了，我又不是故意地，他老谷对我咋能那样凶……

岳文明：家贵，事情都过去了，别难过了，啊。咱们乡里乡亲的，这么多年了，老谷的为人你还不清楚？关键时候，他就是好打击别人，显摆自己，今后，再遇见什么事，你留个心眼儿就是了，不用跟他计较。碰上什么困难，心里有什么委屈，你就跟我说。

申家贵：老岳，我信你的话。

他用手指头刮了刮脸上的汗，甩出一串汗珠子。

申家贵：老岳，咱打从武安出发，几个月来，就这么不停地走哇，走哇，你说咱走到哪儿算个头呀？

岳文明：走到哪儿算是个头，我也不知道。不过，我总觉得快了。

突然，一阵枪声。

谷文昌：同志们，快卧倒！

战士们纷纷卧倒在石块后面。

一串串子弹打在石块上，发出一阵阵鸣响。

战士张振业中弹。

申家贵扑过去，抱着张振业大声哭喊着：振业，振业！

张振业睁开血肉模糊的眼睛看了申家贵一眼，嘴唇颤抖着要说什么，但他什么也没说出来，就永远地闭上了双眼。

谷文昌冲过来，看着死在申家贵怀中的战友，愤怒地大喊：同志们，狠狠地打，为张振业同志报仇！

战友们喊叫着，奋力举枪向山上的敌人还击。

谷文昌冷静地观察着周围的地形。

他匍匐到马栓柱身边：拴柱，你率领一班用机枪掩护，我带人从那条山沟抄过去！马栓柱点点头，端起机枪就是一梭子。

谷文昌：二班三班，跟我来！

他一跃而起。

岳文明和一群战士跟在他身后，沿一条小山沟向前冲去。

十、山上　日　外

谷文昌冒着枪林弹雨，带着战士们在崎岖的山路上前进。

谷文昌带着战士们冲入一片树林。

透过茂密的树林，只见一伙敌军正端着枪，疯狂地朝山下射击。

一军官赤膊上阵挥舞着手臂喊叫着：弟兄们，为党国立功的时候到了，给我打呀！

谷文昌举起手枪，一枪就撂倒了那个赤膊的军官。

谷文昌：同志们，冲啊！

岳文明端着枪，第一个冲出了树林。

战士们呼喊着，冲了出来。

一梭梭子弹射向敌军。

敌军纷纷倒下。

激越的冲锋号吹响了。

山下的战士冲了上来。

漫天遍野的喊杀声和拼搏声。

十一、山坡　日　外

一座新筑的坟包。

坟前摆着用野花编成的花圈。

一块木牌立在坟前。

上面写着：南下战士张振业之墓。

山上、山下，站满了默哀的人。

震天的口号声响起。

为张振业烈士报仇！

血债要用血来还！

解放福建！将革命进行到底！

谷文昌威严地向烈士敬礼。

十二、山路上　日　外

烈日当空，火般炎热。

行进的战士们，一个个汗流浃背。

有人晕倒了，被抬到蕉树下。

谷文昌拄着棍子，艰难地走着。

他不时停下来，大口地喘气，剧烈地咳嗽。

岳文明赶过来：老谷，你怎么了？

他伸手摸摸谷文昌的额头：呀，这么烧！

谷文昌：怕是多年的肺病又犯了。

岳文明：马栓柱，把老谷抬到马车上。

谷文昌吼着：老岳，我这是老毛病，顶一顶就过去了，要不了命。我这个当队长的坐马车，要是有人掉队了咋办？快走吧，我能行。

说着拄起棍子又往前走去。

十三、天空　夜　外

月亮在云层中穿行着，时隐时现。

十四、营房　晨　内

起床号声在营房内回荡。

谷文昌一骨碌爬起来，迅速穿着衣服。

众人纷纷起来，只有一个人躺着不动。

谷文昌走过去喊：家贵，申家贵！

被窝一动不动。

谷文昌弯下身一把拉开被子。

被子下是一堆衣物。

谷文昌一惊：大家快起来，申家贵跑了！

十五、营房前　晨　外

五小队战士集合在营房前。

谷文昌：申家贵半夜偷偷跑了，这个软骨头，胆小鬼！这是咱们五小队的耻辱哇！我们从武安南下，一路上都在喊“打过长江去，解放全中国！”如今，长江我们过来了，可全中国还没有完全解放啊，现在上级命令我们南下福建，我们就不能计较去哪里，不去哪里，难道福建不是我们中国的土地吗？福建的老百姓不是咱中国人吗？同志们，只要是中国的土地，我们就有责任去解放，去建设！

十六、漳州　日　外

队伍开进漳州城。

老百姓挤在街道两旁，兴高采烈地欢迎。

谷文昌兴奋地走在队伍中，一边走，一边看着街景。

小侯：漳州，漳州，南下到头，这回可算走到头了。

谷文昌：小侯，别高兴得太早了，这儿离咱们要接管的东山岛还有300里呢！

小侯：我的娘呀，还有300里，这么说来，咱们是长江支队里走得最远的啦！

谷文昌笑笑：从武安到这儿，6000里都走过来了，剩下那300里路算啥！

众人全笑了。

十七、礼堂　日　内

礼堂里坐满了人，大家在收听国庆广播。

振奋人心的乐曲，激动人心的讲话。

毛泽东：中华人民共和国中央人民政府成立了。

会场沸腾了，口号声震天动地：毛主席万岁！中国共产党万岁！新中国万岁！

谷文昌在呼喊。

史英萍在呼喊。

十八、古雷半岛　日　外

海风驱赶着海浪，一次又一次地向礁石冲击。

海滩上几个衣衫破烂的人在拣海。

谷文昌与小侯站在嶙峋的礁石上，隔着东山湾向东山岛眺望。

东山岛笼罩在一片乌云中。

谷文昌伸出手：小侯！

小侯把望远镜递过来。

谷文昌举起望远镜，对准东山岛，从岛头望到岛尾。

依稀，有凄凉的哭声传来。

十九、东山岛冬古村　日　外

何顺与儿子何满仓从船上抬下两筐鱼往村里走。

爷俩刚把鱼放在院子里，大门“咚”地一下被踹开了。

几个国民党兵冲了进来。

一个当官的走到何顺跟前：老头儿，出海回来啦！哟嗬，今天收成不错呀，你回来怎么也不给老子报告一声！

何顺满脸堆笑：长官，我们爷儿俩在海上漂了两三天，才打了这两筐鱼，这不刚进门，连饭还没……

军官：饭？有鱼吃谁还吃饭哪，何顺，你也该孝敬孝敬老子了吧！老子不远万里，从陕西来到这荒岛上，辛辛苦苦地保护你们不受共匪侵害，这是多么大的恩情哪！

何顺从筐里抓起两条大鱼：长官，你看，我这两筐鱼里就数这两条大，你拿回去吧！

军官：何顺，你糊弄我呀，这两筐鱼，你就孝敬我两条哇，我一个排长手下几十号人，一个人还分不到一根鱼刺哪，弟兄们，把这一筐给我抬走！

何满仓抄起扁担，怒目而视：谁敢动这鱼，我跟他拼了。

军官：哟嗬，脾气还不小哇！你怕是吃了熊心豹子胆了吧，你也不睁开眼看看这是谁的天下，告诉你吧，这可是蒋家的天下！

何满仓：老蒋早跑到台湾去了，留下你们这帮祸害，早晚有一天……

军官：早晚有一天怎么啦？我看你是活腻了吧你。

说着，从腰里掏出手枪来。

何顺照儿子臂上抡了一巴掌：胡说什么呢？回屋去！

他转过脸：长官息怒，小孩子家不懂事，你别跟他一般见识，这筐鱼算我孝敬你们了。

军官转怒为喜：哎，这还像句人话，弟兄们，抬走！

两个匪兵抬起鱼筐，一个匪兵又从另一筐里拎走两条鱼。

军官：何顺，我告诉你，出海归海都要跟我打报告，不然，我判你个私通共党，你可有好看的！

何顺点点头：是，长官，你慢走，慢走！

军官率众兵离去。

何满仓怒气冲冲地跑出屋子：呸！什么国军，简直就是强盗！

何顺：孩子，好汉不吃眼前亏呀！忍忍吧，我听说云霄、漳浦都解放了，他们再凶再狠，也是秋后的蚂蚱，蹦跶不了几天了。

二十、古雷港鱼市　日　外

港湾停泊着大大小小的船只。

码头上人来人往。

渔市上摆着一筐一筐的鱼。

何顺手拿破斗笠驱赶着苍蝇吆喝着：卖鱼嘞，刚打回来的鲜鱼！快来买喽！

谷文昌与小侯走在鱼市上。

谷文昌：老乡，这鱼咋卖？

何顺：随行就市呗，1500 元一斤。长官，您要买？

小侯：大爷，我们这儿不兴叫长官，兴称同志，这是我们谷队长。

何顺满脸堆笑：谷队长。

谷文昌：老乡，你就叫我老谷吧！

何顺：谷队长，您是官，俺是民，我咋能叫您老谷呢？

谷文昌：共产党的官和老百姓都是平等的，老乡，你是什么地方人啊？

何顺抬手指了指东山岛。

谷文昌：东山的，那边让过海来卖鱼吗？

何顺：谷队长，他们不让啊，我是趁天不亮偷偷过来的！

谷文昌：老乡，你的鱼我全买了，走吧，麻烦你给我们送过去。

何顺高兴地挑起担子，跟谷文昌走出了鱼市。

二十一、驻地　日　外

谷文昌领何顺走进一个院落。

谷文昌：司务长，司务长……

司务长从室内跑出来：谷队长，什么事？

谷文昌：我给你买回一筐鱼，你给老乡称称。

司务答应着与两位炊事员抬着秤称鱼：62 斤。

何顺从筐中抓出两条鱼：算整 60 斤，这两条鱼算我老汉送谷队长的！

谷文昌：老乡，这可不行，俺解放军的纪律上写着呢，“不拿群众一针一线”；司务长，你把钱算清，送到我办公室。走，老乡，到我屋里坐坐！

何顺把两条鱼扔进筐里，在裤子上擦着手，跟谷文昌走进屋里。

二十二、队部　日　内

谷文昌：来，老乡，坐！

何顺坐在一把旧椅子上。

谷文昌递过去一支烟，何顺老汉推让着。

谷文昌：老乡，咱解放军和老百姓是一家人，你可别客气哟！

说着把火柴划着伸到何顺跟前。

何顺赶忙凑过来吸着了。

谷文昌：老乡，说了半天话了，我还没请教你的尊姓大名呢？

何顺：我姓何，叫何顺。

谷文昌：老何大哥，家里几口人哪？

何顺：老伴病死了七八年啦，眼下，家里就我和儿子两条光棍儿。

谷文昌：老何，日子过得咋样？

何顺：唉，别提啦！俺那荒岛上，风大沙大，庄稼是十种九不收，就只剩下这一条路，从海里捞食。前些年还勉强能糊住口，自打去年国民党的“军官团”从大陆撤到岛上，这日子是一天不如一天。出海得经过他们允许，回岛得向他们报告。前一段从金门又开来了杨维翰的五十一师，两三千人呀，把老百姓折腾得简直没法过。

谷文昌：他们猖狂不了几天了，过不多少天，你看我们怎么收拾他！

何顺：谷队长，听你这么一说，俺东山老百姓有盼头了。

司务长：报告。大爷，给你钱，62 斤，一斤 1500 元，一共 93000 元，你点点！

何顺：跟谷队长做生意，还点啥呀！

谷文昌：老何，你得点点，做生意，当面点钱是天经地义的。

何顺把手指头搁嘴里沾沾，一张一张地数着钱：嗯，93000 元，一分也不少，好了，谷队长，不麻烦你了，我该走了。

说着，站起身来。

谷文昌：老何，先别急着走，我有一件事求你。

何顺：谷队长，您有啥事尽管吩咐，我一定效劳。

谷文昌走过来，低声对他说着什么。

何顺连连点着头。

二十三、东山岛　夜　外

乌云密布，海风呼啸。

随着一阵哨子声，一队国民党兵集合在大院里。

一个军官从屋里走出来，站在台阶上讲话：弟兄们，按照上司的指令，今天晚上，我们来一个突然行动，突击抓兵。只要是男的，16 岁以上，50 岁以下，给我统统抓起来，抓得越多越好！本司令给你们立个奖项，抓 10 个人，可升为班长，抓 30 人升排长，抓 100 人可以升为连长，另外再奖 100 块大洋。听清了吗？

众兵齐答：听清了。

军官：今晚的行动要隐秘，速度要快，十点半统一行动！

暗夜中，一队队蒋匪兵急速出动。

二十四、铜钵村　夜　外

几个蒋匪兵砸开大门，冲入黄阿婆院中。

砰砰砰砰的砸门声：开门，快开门！

黄阿婆系着扣子拉开门：谁呀，半夜三更的……

两束手电光照在黄阿婆脸上。

兵甲：你的几个儿子呢？

黄阿婆：没在家呀！

兵甲：胡说，下午还有人看见他们呢！

说着，一耳光扇过去：弟兄们，给我搜！

黄阿婆捂着脸，血顺着嘴巴往下淌。

众匪兵从屋里拉出两个小伙子，立马用绳索捆上。

弟兄俩竭力反抗着。

黄阿婆：你们怎么能抓人哪，长官，我老婆子求求你，把我儿子放了吧！

一匪兵一脚把黄阿婆踹倒：去你的吧，老婆子！

两弟兄挣扎着大喊：娘，娘……

黄阿婆在地上爬着喊着：儿呀，儿……

凄惨的哭声，在暗夜中令人撕心裂肺。

二十五、何顺家　夜　外

一帮蒋匪兵冲进何顺家。

匪兵用枪托乒乒乓乓地砸门。

何顺一把拉起儿子：满仓，快从后窗跑，我去开门，快，快跑。

匪兵将门砸开：快把你儿子交出来！

何顺：昨天进城卖鱼没回来呀！
匪兵：别跟老子装蒜，搜！
一匪兵大呼：后边有人跑了。
众匪兵向外跑去，何顺也跟着跑出去。
海滩上，何满仓被一群匪兵抓住，五花大绑带走了。
何顺追过去哭喊着：满仓，满仓……我的儿呀……

二十六、东山岛　夜　外

海滩上，一队队抓来的壮丁被绳捆索绑，在蒋军的押解下，缓缓地走向海边。

壮丁们一步一回头，恋恋不舍地望着家乡的山水与村庄。
一群渔民拥在海滩上，被持枪的蒋匪堵着。
人们在呼唤，在哭泣。

二十七、古雷　日　外

何顺挑着鱼担，走进中队驻地。
小侯：何大爷，你来啦。
何顺：谷队长在吗？
小侯：谷队长正在开会，你等等吧！
何顺：同志，快去报告谷队长，我有要事见他。
小侯答应着跑进队部。

二十八、队部　日　内

谷文昌与几个干部正围着一张地图在开会。
小侯跑进来，在谷文昌耳边嘀咕着。
谷文昌：会暂时开到这儿。小侯，快把客人接过来。
小侯跑出去，稍顷，领着何顺进来。
何顺：谷队长……
顿时声泪俱下。
谷文昌：老何，出啥事啦？来，坐下慢慢讲！

何顺：谷队长，俺东山岛遭了大难了！昨天夜里，蒋匪军折腾了一夜，挨家挨户抓人，我儿子也被他们抓走了。

谷文昌：被抓走的有多少人？
何顺：村上的青壮年差不多全被抓走了，今天天不亮，他们就把抓的壮丁押上了船，看那阵势，估摸有几千人。谷队长，你们赶快开过去吧，我们的日子实在是没法再过了。

谷文昌：岛上还有什么动静？

何顺：蒋匪军像疯狗一样地抢东西，大包小包地捆扎。稍稍值几个钱的东西，差不多被他们抢光了。

谷文昌：你讲的这个情况很重要。看来，敌人要逃。这样吧，老何，你先回去，我得马上到中队部去一趟。

大院门口，谷文昌挥别了何顺，带着小侯匆匆向中队部赶去。

二十九、海岛　夜　外

三颗信号弹在海上升起。

解放军向东山岛发起猛攻。

遥遥望去，东山岛上，战火纷飞。

谷文昌、小侯、马栓柱、岳文明兴奋地观望着。

小侯：东山战斗打响了，打响了！

谷文昌：大家准备行装，等候命令，随时准备登岛！

三十、古雷半岛　晨　外

嘹亮的军号声回响在海岛上。

晨光中，长江支队三中队的干部战士在集合。

中队长：大家听到了吧，昨天晚上，东山岛的枪炮声响了一夜。我中国人民解放军第三野战军于傍晚时分，兵分五路向东山岛发起了猛攻，经过一夜的激战，现在已取得了完全胜利。盘踞在岛上的国民党残兵败将丢盔弃甲，连滚带爬地逃到台湾去了。东山岛回到了人民手中！

众人欢呼：噢，东山解放了，东山解放了！

中队长：同志们，今天，我们长江支队三中队历时 382 天，横跨 8 个省，路途 6000 里的南下征程算是彻底结束了。但是，一个新的征程又摆在我们的面前，眼下我们的任务是飞渡东山湾，接管东山岛！

嘹亮的军歌奏起：向前，向前，向前……

队伍跑步，朝着大海边前进。

三十一、海上　日　外

木船乘风破浪，水手奋力操桨。

谷文昌手提手枪，警惕地盯着前方。

东山岛越来越近，依稀有枪炮声传来。

三十二、东山　日　外

海浪拍打着礁石，海风吹拂着海滩。

船靠岸了，谷文昌站起身，一个箭步，跳上一块礁石。

战士们纷纷下船。

谷文昌挺立在礁石上，举目四望。

海上，一艘被摧毁的敌舰冒着狼烟。

岸边，几艘渔船在燃烧。

村子里依然弥漫着硝烟。

三十三、海滩　日　外

谷文昌带领着小侯等几个干部走在海滩上。

不远处，一位衣不蔽体的老人扯着一个光腚娃娃在沙地上挖着什么。

谷文昌走过去，不解地静观着。

老人从沙地里挖出一茎草根，用手捋了一下土，塞进嘴里嚼着。

良久，他把嚼烂了的草根吐在手指上，抿进孩子口中。

孩子一仰脖，把草根咽下。

谷文昌从身上解下米袋，悄悄地放在老人身边。

老人惊愕地看着他，扑通一声跪下，眼里噙着泪，激动得说不出话来。

谷文昌慌忙搀起老人：老人家，使不得，使不得呀！

三十四、渔家　日　内

谷文昌与小侯一行走进一户渔家。

一农妇坐在灶前，疑惑地望着他们。

谷文昌走过去揭开锅盖：看到的是清水漂着几根野菜叶。

史英萍从身上解下米袋，放到农妇面前。

农妇感动地连声说：好人啊，好人，你们真是救命的活菩萨！

小侯：大嫂，我们是共产党领导的队伍，东山解放了，咱穷人翻身了，以后的日子会越过越好的。

三十五、海滩　黄昏　外

谷文昌快步走在沙滩上。

小侯背着枪，警惕地跟在他身后。

突然，海边的礁石后边有个影子晃了一下。

小侯飞快地端起枪，瞄准了礁石，大喊：什么人？

谷文昌闻声也拔出手枪，蹲了下来。

礁石后边静悄悄地，没有一点儿动静。

两人交换了一下眼色，慢慢朝礁石包抄过去。

小侯冲了过去：不许动！

从礁石后边战战兢兢地站起一个人来。

他一身烂衣服，赤着两只脚。

谷文昌把枪插在腰间，走上前去：老乡，别怕，我们是解放军。

男青年：解放军？

他不解地哆嗦了一下。

谷文昌又近前一步，从兜里掏出烟来，递过去一根：老乡，你咋躲在这儿？

男青年颤颤巍巍地接过烟。

谷文昌划着火柴给他点上。

男青年猛抽了两口，怯怯地说：你，你们不抓人？

谷文昌：抓人？噢，抓人的是国民党，已经被我们打跑了。我们是解放军，是专门来解救老百姓的，你别藏着了，村里都解放啦，快回家吧！

男青年疑惑地瞪大眼睛：解放啦，能回家啦？

谷文昌深深地点点头。

男青年转过身冲海边的礁丛大喊起来：阿龙、阿海，小顺子，你们出来吧，共产党来了，解放了，咱们能回家了！

礁石后边站起几个人来。

他们迟迟疑疑地走过来，看着谷文昌与小侯。

谷文昌微笑着说：老乡们，用不着东躲西藏了，快回家吧！

几个人离开礁石，朝村子走去。

走了几步，他们跑了起来。

边跑边喊着：共产党来了，解放了，解放了！

谷文昌看着他们又跳又喊的样子，开心地笑了。

第五集

本集剧情简介

渔霸林海潮纠集汪明图、尚家权等人在山洞内密谋策划，成立了“海潮暗杀团”，欲乘共产党立足未稳，把共产党赶走，并扬言谁杀死区委书记谷文昌，赏500大洋。

林海潮到区委会向副区长岳文明要求区政府让出林氏祠堂，说7月15日，林氏家族要祭祀祖宗。

月夜，汪明图带杀手伏击谷文昌，却错杀了区干部老谢和小李，谷文昌发现老谢和小李失踪，连夜带人寻找。

7月15日，林海潮聚众冲击区委会，打伤了沈玉杰。谷文昌和小侯在海滩上发现了老谢和小李的尸体，经过一系列的调查，他立即召开区委会，布置打掉“海潮暗杀团”的行动计划。正当林海潮一伙在山洞内大吃大喝庆祝胜利时，谷文昌率领战士们出其不意地把林海潮一伙一网打尽。区委会在林氏祠堂前召开公审大会，果断地镇压了一批海匪渔霸，大快民心。

一、海上　夜　外

海浪拍打着礁石，发出阵阵喧哗。

几个黑影走过海滩，跳上一只小船，向海上划去。

小船划向一个海岛。

船上亮了三下手电筒，稍顷又亮了一下。

岛上的手电筒同样回应着。

小船靠岸，几个黑影跳上岸去。

二、区委会　夜　内

灯下，谷文昌在写信。

岳文明走进来：老谷，你咋还没睡？

谷文昌：我给俺娘写封信，把东山岛解放的喜讯告诉她老人家。

岳文明：哎呀，自打离开家，整整一年半了，是得给家里写封信了。

三、石洞　夜　内

一支蜡烛粘在石壁上，烛光跳动着，把几个人的影子投到嶙峋的石洞壁上，影子忽大忽小。

洞外不时传来几声凄厉的鸟叫声，依稀听得见阵阵涛声。

林海潮从兜里掏出烟，每人发了一支，然后用打火机点着。

石洞内顿时烟雾缭绕。

林海潮：各位仁兄贤弟，共产党一来，搅了我们的好日子，我们岂能善罢甘休，任凭那帮穷光蛋吆五喝六？我们要趁他们初来乍到，立足未稳，赶快把他们赶走！

汪明图：大哥说得对！我恨死这帮共匪了，他们生生分了我八条船哪！大哥，你就说咋办吧！

林海潮：今儿叫大家过来，就是要成立组织，我们不能单枪匹马地跟他们干，他们不是有农会、渔会吗？咱们也得组织起来，我琢磨好了，咱就成立个暗杀团，专杀共产党的干部。

汪明图：要杀就先杀他们的书记谷文昌，这几个河南的穷棒子，跑几千里地来整治咱们来了，哼！

吴铁牛：咱东山的那个沈玉杰也不是个好东西，整天跟着谷文昌上蹿下跳的。

林海潮：放心吧，这几个都写在我的黑名单上，一个都跑不了。咱这个团就用我的大号叫“海潮暗杀团”，洪师长撤退前专门安排了人留下来，给咱们供应钱和枪弹，咱立个规矩，杀一个村干部赏大洋 100 块，杀一个区干部赏 200 块，杀了谷文昌的赏大洋 500 块！

胡赖：好，咱说干就干，把咱的地盘从共产党手里夺回来！

林海潮：老话说得好，知己知彼，才能百战百胜。要消灭共产党，首先我们得主动接近他们，摸清他们的底细，最好是打入他们内部，这样，主动权就抓在咱们手里了。要不了几天，这东山还得是咱们的天下。哈哈……

众人发出一阵狂妄的笑声。

四、祠堂 日 外

门上挂着一块牌子：东山县第一区委会。

两个民兵背着枪在门口站岗。

林海潮走到门口。

民兵拦住了他：干什么的？

林海潮：我找谷书记反映情况。

民兵：谷书记不在，你走吧！

林海潮：这……岳区长在不在？

民兵：在，你进去吧！

民兵摆摆头。

林海潮走进祠堂。

五、区委会 日 内

岳文明坐在桌边看文件。

林海潮走了进来。

林海潮：岳区长，正忙着呢？

岳文明：你是……

林海潮：我叫林海潮，就住在镇上。我来替乡亲们反映点儿事情，谷书记呢？

他从兜里掏出烟来，抽出一支，恭恭敬敬地奉到岳文明跟前。

岳文明接过烟：谷书记到铜钵村去了，有啥事儿，你跟我说吧！

林海潮殷勤地为岳文明点着烟：是这样，岳区长，明天是七月十五，按习俗，我们林氏家族要祭祀祖先。乡亲们推举我跟咱区领导说说，看区委会能不能把祠堂开放一天，让我们祭祭祖先灵牌。

岳文明：你说的这个事儿还真是个问题，我们共产党是无神论者，但我们一贯尊重民族习俗，顺从民众意愿。我看这样吧，回头谷书记回来，我们开会研究研究再说。

林海潮：岳区长，那我什么时候听信儿？

岳文明：研究完了，我们会通知你们的。

林海潮：那好，那好。岳区长，您忙吧，我走了。

说着，唯唯诺诺地退了出去。

六、街头　日　外

林海潮匆匆在街上走着。

拐过街角，走进芳春苑。

七、芳春苑　日　内

林海潮走进来。

老鸨吸着烟迎了上去：哎哟！这不是林老板吗？可有些日子没见您啦，最近在哪儿发财呢？

林海潮：发财?！哼哼，发个屁！好端端的生意，全让共产党给我搅和了。刘妈，我咋看你这生意也不好干了。

老鸨：可不是吗？自打国军一跑，共产党一来，我这芳春苑是一天不如一天。原先，国军那些当官的、当兵的，三五成群地来玩。可打从解放到现在，解放军的官兵却没一个来的，我就纳闷，同样是官、是兵，咋就不一样呢？敢情这些共产党的官和兵都不食人间烟火，没有七情六欲！嗐，你看我，尽顾着跟你说话了，春风，快接林老板上楼。

春风跑过来，娇滴滴地搀着林海潮：林老板，你这么久不来，让人家都想死了！

林海潮：小乖乖，我也想你呀！刘妈，麻烦你打发个人去演武街“海品轩”把汪明图找来，就说我有事找他。

老鸨：哎，我这就派人过去，春英，给林老板泡一壶上好的铁观音，烧上等的好烟泡。

春英答应着，搀林海平上楼。

老鸨：小柱子！

小柱子拎着大水壶匆匆跑过来：老板，啥事儿？

老鸨：你去一趟演武街，把“海品轩”的掌柜汪明图找来，就说林老板有事找他，快去快回！

小柱子答应一声，放下水壶跑了出去。

八、芳春苑春水阁　日　内

林海潮躺在床上过着烟瘾。

春风跪在床上为他揉腿。

汪明图推门进来：海潮兄，你可真会享福啊！这地方，我是好几个月都没来过喽，今天你怎么有心情来享受。

林海潮：明图，你先别说享受，我找你是要让你去干一桩大买卖。

汪明图一愣：啥大买卖？

林海潮使劲吸了一口烟，把烟枪放下，坐了起来：春凤，你先出去一会儿，我有话跟汪掌柜说。

春凤：林老板是怕我春凤坏你们的事吧？俗语说：好话不背人，背人没好事！你们俩准没好事。既然信不过我，好，我走了。

说着，穿上鞋走出了春水阁。

林海潮起身关上门：明图，我刚去过区委会，听岳文明说谷文昌去了铜钵村，我揣磨着，天黑前，他肯定返回铜陵区委会。

汪明图：哎呀，这不正是干掉他的机会吗？

林海潮：老弟真是聪明过人啊！这桩买卖你去做怎么样？

汪明图：没问题，只是吃不准他们几时回来，走哪条路？

林海潮：铜钵村到铜陵，不就那一条土路吗？

九、铜钵村村头　日　外

村头，一棵古榕，根如苍龙探爪，枝似虬龙腾空。

林月与婆婆躬立树下，双手合十，口中喃喃地祈祷：神树，保佑……

谷文昌带着小侯和两个区干部走过来。

干部甲：阿婆，又在想儿子吧？

黄阿婆：唉，没有一天不想啊！你们是……

干部甲：阿婆，这是咱区里的谷书记，他来看看您。

黄阿婆：谷书记来了，林月，快，快回家烧茶，让书记到家里坐坐！

林月答应一声，转身往家里走去。

谷文昌：阿婆，您今年多大年纪了？

黄阿婆：五十四了。谷书记，走，到我家坐会儿。

谷文昌搀起黄阿婆：好！阿婆，您慢点儿。

黄阿婆领着谷文昌一行走向村里。

十、林月家　日　内

林月提着铜茶壶，走进屋里，为谷文昌等斟茶。

谷文昌：阿婆，咱这村为啥起名叫铜钵村呀？

黄阿婆：哎呀，说起俺铜钵村，那可有来历呀。听老人们讲，那是大明朝开国时，连年战乱，民不聊生。俺黄氏的老祖上有 21 个儿子。当时，老父亲把一只铜钵碎成了 22 块，给儿子们各拿 1 块四处逃生，老父亲拿了

1块钵底，作为以后认亲的凭据。就这样，姓黄的与姓谢的两户表兄弟从诏安漂过海来，在这儿落了户。黄氏子孙为了纪念先祖，就取了这么个名。

谷文昌：啊，原来是这么个来历。阿婆，家里有几口人呀，生活上可有什么困难？

黄阿婆：谷书记，我的3个儿子全让国民党抓到台湾去了，你看这家里老的老、小的小，俺这孤儿寡母的，日子能不难吗？

说着抽泣起来。

谷文昌：阿婆，您别难过，党和政府会帮大家渡过难关的。

黄阿婆一边抽泣，一边点头。

十一、芳春苑楼道　日　外

春英托着茶盘走上楼梯，看见 春风站在楼道里。

春英：凤姐，你不是在伺候林老板吗？

春风：海品轩的汪掌柜来了，林海潮让我出来，俩人不定又捏什么坏点子！英子，你去送茶，可要小心一点儿。

春英点点头，端着茶盘走了过去。

十二、春水阁　日　外

春英站在春水阁门外，侧耳静听。

屋内林海潮的声音：明图，你放心，咱们还按原先讲好的兑现赏金，这一次，你能一下把谷文昌、张金荣全干掉，光赏金那就是一千块大洋，你那个海品轩只怕是一年也赚不到这个数呀！

汪明图：那是，那是！海潮兄，只是枪……

林海潮：枪？嗨，这事不能用枪，得用这个，悄悄地……

他用手做出暗杀的姿势。

汪明图：好，我这就带人过去，海潮兄，你就等着听好吧！

林海潮：痛快！我就在这“芳春苑”静候佳音，完事后，你过来，我把女人和烟枪给准备好！

春英正欲敲门，正碰上汪明图开门出来，差点儿把盘子撞翻。

汪明图瞪了春英一眼，匆匆走出春水阁。

春英把茶放在小桌上：林老板，这是刘妈妈特意让为您沏的极品“铁观音”，您慢用。

说着，转身就走。

林海潮：慢走，小妹子！

春英回过头：林老板，还有什么吩咐？

林海潮：你是新来的吧？叫啥名字？

春英：俺叫春英，来这儿没几天。

林海潮端起茶呷了一口：这茶沏得有一会儿了吧？

春英：林老板说笑话吧，这茶刚沏好我就端了上来，怎么会呢？不信，您去问烧水的小柱子。

林海潮：哈哈哈，小丫头，嘴倒乖巧。这儿没事了，你去吧，把春凤给我喊来。

春英答应着，走出春水阁。

十三、芳春苑后院　日　内

春英提着空水壶来到后院，走进灶火间。

柱子正在灶前烧火。

春英：柱子哥，我跟你说个事。

柱子：啥事呀，看你神神秘秘的样儿！

春英：刚才我去楼上送茶水，听见林老板与那个汪掌柜正在商量，今晚要杀掉谷文昌。柱子哥，你知道谷文昌是干啥的吗？

柱子：春英，你说的可是真的？

春英：柱子哥，我啥时候骗过你呀！我进门时，见那个汪掌柜急急忙忙下楼走了。

柱子：哎呀，糟了！这可怎么办……

他脸上一脸焦急。

春英：柱子哥，看把你急的，那个谷文昌到底是干啥的呀？

柱子：他是共产党的区委书记。前些天，他们到过我家看望我妈，还给我家送了半袋子大米呢？他可是好人哪！不行，我得马上出去把这消息告诉他们。

春英：刘妈妈会让你出去吗？

柱子：我有办法。

他的目光盯着炉前的几根柴火。

十四、海品轩　日　内

桌子上放着两把匕首。

汪明图坐在椅子上，正往手枪里面压子弹。

尚家权进来：汪哥，你找我？

汪明图：家权，我想让你跟我去做一单生意。
说着他把手枪插进腰里。拉开抽屉，取出十块大洋码在桌子上。
汪明图：先把这个装着，事成之后，我再给你两个这么多。
尚家权满脸惊喜：汪哥，这买卖肥哟！
说着贪婪地抓起大洋，装入口袋：说吧，让老弟干啥！
汪明图：走吧，到那儿你就明白了。
尚家权：汪哥，我回去拿把枪。
汪明图：不能用枪，得用这个。
他抓起一把匕首递给尚家权：我带枪是为了预防万一。
两人揣起匕首，一前一后走出屋门。

十五、芳春苑　日　内

老鸨正坐在椅子上喝茶，一个姑娘给她捶着腿。
柱子走过来：刘妈，灶火间柴火没了。
老鸨：没了？这一担柴还没烧几天就没了？柱子，你这火是咋烧的呀？嗯？还愣着干啥，快去叫老黄头赶快送一担柴来！
柱子答应一声，撒腿就跑。

十六、铜陵街头　日　外

汪明图与尚家权匆匆走过街角，拐入一条胡同。

十七、铜陵街头　日　外

柱子匆匆忙忙地跑着。

十八、铜钵村　日　外

谷文昌一行告别黄阿婆，走向村里。

十九、铜陵街边　黄昏　外

汪明图与尚家权走出铜陵镇，沿一条土路走去。

二十、铜陵街头　黄昏　外

柱子走出胡同，跑向林家祠堂。

二十一、铜钵村　黄昏　外

谷文昌一行在村里走着。

二十二、沙岗　黄昏　外

汪明图与尚家权来到沙岗上，四下打量着。

夕阳西下，黄沙漫漫，土路上了无行人。

汪明图：家权，就这儿吧！

他向尚家权使了个手势。

两人分头走向路边的小树林中，隐蔽下来。

二十三、林家祠堂　黄昏　外

柱子急急忙忙往里跑，被站岗的民兵拦住。

民兵：小鬼，干什么的？

柱子：叔叔，谷书记在吗？

民兵：不在。

柱子：他到哪儿去了？

民兵：你这个小鬼，打听书记干吗？

柱子：我有重要情况要报告他。

岳文明与沈玉杰从祠堂走出。

沈玉杰：哎，这不是柱子吗？

柱子：玉杰叔，我有重要情况要报告谷书记。

沈玉杰：谷书记到铜钵村去了。这是岳区长，你有什么重要事情，就跟他说吧！

柱子：岳区长，有人要杀谷书记。

岳文明：小鬼，你说清楚点，是谁要杀谷书记？

柱子：是汪明图。

岳文明：汪明图是谁？

沈玉杰：汪明图是镇上演武街“海品轩”的老板，柱子，你听谁说的？

柱子：玉杰叔，别管谁说的了，你赶快去救谷书记吧！

说完，他转身就跑。

沈玉杰：柱子！柱子！嗨，这孩子。

岳文明：沈干事，这是谁家的孩子。

沈玉杰：这是顶街李有福家的，李有福被国民党抓到台湾去了。岳区长，这个情况很重要，我们得马上通知谷书记。

岳文明：沈干事，我看咱们还是先把情况摸透再说。你看这个孩子，说话没头没脑地，谁知是真是假？走，咱们找柱子去。

沈玉杰：岳区长，不管这情况是真是假，我们都得马上告诉谷书记，不怕一万，就怕万一呀！我这就抄近路到铜钵村去。

说着，沈玉杰匆匆走入暮色中。

岳文明看着沈玉杰匆匆离去的背影，深深地抽了一口烟，意味深长地笑了笑，背手朝另一个方向走去。

二十四、铜钵村　黄昏　外

谷文昌一行 4 人走到阿银家门口。

谷文昌：这样吧，天不早了，老谢、小李你们两个先回镇上吧！老谢你告诉岳区长和沈干事一声，晚上开碰头会。另外，告诉沈干事，明天派人给黄阿婆家送 20 斤救济粮来。

小李：好，我们先回去了。

老谢：谷书记，我们走了。

谷文昌：好，路上当心。

小李、老谢转身走入暮色中。

谷文昌与小侯走进小院。

二十五、海边　夜　外

月亮在云层里穿行。

礁石嶙峋，海涛阵阵。

沈玉杰踏过礁石，匆匆走过。

二十六、路上　夜　外

老谢与小李匆匆走在小路上。

他们走过一片小树林。

突然，两个黑影从路边窜出，猛地扑向老谢与小李。

老谢猛地拔出枪来厉声喝道：谁？

月光下，只见一道寒光划过。

枪响的同时两声惨叫，令人毛骨悚然。

汪明图与尚家权拖起两具尸体，拉到远处的一个土岗上，扒开沙堆，埋了下去。

二十七、阿银家　夜　内

油灯下，阿银抱着吃奶的孩子在向谷文昌哭诉。

阿银：谷书记，我到死也忘不了，那是阴历三月二十四，那天夜里，我们一家人刚睡下，就听见乒乒乓乓的砸门声，我丈夫老王刚走到门边去开门，屋门就被他们砸开了，那帮土匪，二话不说，抓住我丈夫就往外拉，我大女儿五岁，小女儿两岁，孩子吓得哇哇大哭。我拖着五个月的身孕追出屋去，被那帮坏蛋一脚踹倒……等我跑到海边，远远地，只看见东去的兵舰冒着一缕缕黑烟……

突然，一声枪响传来。

谷文昌一惊。

小侯：怕是出了什么事！

谷文昌：阿银，我们改天再来看你，小侯，咱们走！

两人提着枪，冲入浓浓的月色中。

二十八、铜钵村　夜　外

沈玉杰匆匆地走在村路上，突然，一声枪响。

沈玉杰猛地站住了。

远远地，传来匆匆的脚步声。

沈玉杰：谷书记！

谷文昌与小侯跑过来：玉杰，你怎么在这儿？

沈玉杰：谷书记，你没事儿吧？

谷文昌：没事儿。

沈玉杰：没事儿就好，我得到一个紧急情报，说有人要在半路上暗杀你们，就急急忙忙跑来了。

谷文昌：玉杰，哪儿打枪？

沈玉棕：听着好像是铜亭方向。

谷文昌：你来的路上遇见老谢和小李了吗？

沈玉杰：没有啊！我是走近路来的。

谷文昌：糟了，老谢与小李该不会在路上出事吧？走，咱们马上赶回区委会。

三人匆匆消失在村头。

二十九、区委会　夜　内

屋内烟雾缭绕。

干部们坐在一起开会。

谷文昌：老岳，你一直没看见老谢与小李回来吗？

岳文明：没有哇！

谷文昌：这就怪了，按常理，他俩早该回来啦。玉杰，暗杀我的消息你是从哪儿得到的？

沈玉杰：天快黑的时候，柱子跑来报告的，当时，岳区长也在。

岳文明：是啊，那个孩子慌慌张张地跑来，刚说了几句就又慌慌张张地跑走了。我一听这话，就赶快让玉杰去找你们。

沈玉杰吃惊地盯住岳文明。

谷文昌：柱子，哪个柱子？

沈玉杰：顶街的李柱子，他爹李有福被抓了壮丁，家里就剩他们娘儿俩，前一阵，咱们一起去过他家。

谷文昌：啊，我想起来了，是那个孩子，他不是在“芳春苑”打杂吗？

沈玉杰：是啊。

谷文昌：我看这样吧，老岳你们俩马上集合咱们区小队，分头去寻找老谢与小李，活要见人，死要见尸。玉杰，咱们俩到“芳春苑”找小柱子，一定要把这件事查个水落石出。

岳文明：文昌，还有一件事儿。今天上午，林海潮来反映，说明天是七月十五，按习俗，他们家族要在林氏祠堂祭拜祖宗，要求我们区委会开放一天。你看……

谷文昌：这事回头再说，现在找人要紧。走！大家马上行动。

三十、芳春苑　夜　内

谷文昌与沈玉杰还有小侯走进“芳春苑”。

老鸨：哎哟，这不是区里的谷书记吗？你可是稀客呀！春梅、春香，有贵客来了，快安排！好生伺候。

春梅、春香跑过来，分别拉住了谷文昌与沈玉杰。

谷文昌推开了春梅。

沈玉杰：刘老板，你误会了，我们是来找柱子的！

老鸨：嗨，来我这儿的人都是找女孩子玩的，你们却来找一个烧火的孩子，真扫兴！去吧，他在后院灶火间呢！

谷文昌、沈玉杰、小侯往后边走去。

三十一、海滩　夜　外

海风吹拂，波涛喧哗。

月光下，岳文明与几个战士举着火把在礁石丛中寻找着、呼喊着：小李！老谢！

三十二、沙岗　夜　外

夜风阵阵，沙丘起伏。

月光下，马栓柱与几个战士举着火把在搜寻着、呼叫着：老谢，小李。

三十三、春水阁　夜　内

林海潮正与春风调情。

汪明图进来。

林海潮收了手脚：春风，你去歇息吧，我跟汪老板有事儿说。

春风瞪了汪明图一眼，气哼哼地走了出去。

汪明图：海平兄，事完了，两人全做了。

林海潮：好，我把这单生意交给你做，就是看中了你的本事。干掉的可是谷文昌？

汪明图：按你提供的情报，我想不会有错吧。海潮兄，那赏金……

林海潮：明图老弟，我林海潮的为人你还不清楚，赏金一分都少不了你的。明天，你到我那儿拿去！今晚，我要好好慰劳你，春暖阁早给你安排好了，女人，烟枪，还有美酒。你就去好好享受享受吧！记住，别喝多了，去吧，我就不陪你了。

汪明图一脸高兴，垂涎欲滴：兄弟我谢谢海潮兄了。

说完，转身离去。

林海潮穿衣下楼，在楼梯上，他猛地站住了。

谷文昌与沈玉杰正急匆匆地往后院走去。

林海潮惊恐地看着谷文昌，急剧思索着。

第六集

本集剧情简介

1952年，谷文昌就任东山县县长，史英萍从外县调来东山任民政科科长。两个老战友又重逢了。

中秋，谷文昌与史英萍到寡妇村黄阿婆家送月饼，又一次感受到“敌伪家属”这个问题的严重性。时过不久，何顺到县政府拜访，更促使谷文昌对这一问题的沉思。县委会上，谷文昌冒天下之大不韪，提出要把“敌伪家属”改为“兵灾家属”，岳文明等人坚决反对，并扬言要到专署上告谷文昌。

一、芳春苑灶火间　夜　外

炉子上烧着水壶，一股股热气从壶中冒出。

柱子倚着墙，坐在灶边睡着了。

谷文昌与沈玉杰走过来。

沈玉杰：柱子，柱子！

柱子惊醒过来：玉杰叔！

他用手揉着迷迷糊糊的眼睛。

沈玉杰：柱子，谷书记找你。

柱子：谷书记。

他亲切又高兴地拉着谷文昌的手：你没啥事吧？

谷文昌：你看，我这不好好的吗？柱子，你今天说的事儿是从哪儿听到的？

柱子：我是听这儿的春英说的。

谷文昌：春英？她现在在哪儿？

柱子：我这就叫她去。

说着匆匆走出灶火间。

二、区委会　夜　内

油灯下，谷文昌抽着烟，眉头皱成一团。

沈玉杰在小本子上记着什么。

马栓柱风尘仆仆地走进来。

谷文昌急切地问：怎么样，栓柱？

马栓柱一屁股坐在凳子上：咳！找了一夜，一点儿消息也没有，这个老谢小李会跑到哪儿呢？

岳文明匆匆走进来：文昌，该找的地方我们都找遍了，连个人影也没见着。

谷文昌：老岳，来，咱们开个碰头会。根据我和玉杰在“芳春苑”得到的情报，我琢磨着老谢与小李肯定出了意外，而这事很有可能与汪明图及林海潮有关。

岳文明：林海潮？我看这个人挺精明的，很热心为群众办事的嘛！

谷文昌：老岳，看人不能光看表面。“芳春苑”的春英说：今天下午，林海潮和汪明图都到过芳春苑，她送茶水时，亲耳听到林海潮让汪明图暗杀我。

马栓柱：老谷，我现在就带人去把这两个家伙抓起来。

谷文昌：栓柱，你别着急。第一，我们还没有找到老谢与小李的下落，第二，假如老谢他们俩真的出了意外，我们还没有掌握确凿的证据。目前，我们不能动他们俩，但我们得盯紧他们，是狐狸终究会露出尾巴的。对了，还有昨天老岳说的七月十五祭祖那件事，玉杰，当地有这个习俗吗？

沈玉杰：有，七月十五是中元节，家家都要祭祖的。

岳文明：在咱河南老家，七月十五不是叫鬼节吗？家家也都要上坟烧纸的。

谷文昌：我看可以把区委会开放一天，我们初来乍到，应该尊重当地的习俗，你们说呢？

马栓柱：老谷，东山刚解放，斗争形势很复杂，我们一定得提高警惕，严防阶级敌人乘机捣乱。

谷文昌：对，明天，咱们分头行动，老岳和我带队寻找老谢及小李。栓柱，你负责盯住汪明图与林海潮。玉杰你留守区委会，有什么情况，立即通知我。天快亮了，大家抓紧时间睡会儿吧！

众人打着哈欠，纷纷离去。

三、海品轩　日　外

门开着，不时有人进出。
不远处，停放着一个货郎担。
货郎头戴破斗笠，倚墙站着抽着烟。
他不时往“海品轩”瞄两眼。
尚家权走了进去。
货郎对不远处卖水果的摇了摇拨浪鼓。
卖水果的点点头随尚家权而去。
汪明图叼着烟从海品轩走出来，左右看了一眼，转身走出。
货郎扔掉烟头，挑起担子，摇着拨浪鼓，远远地跟在汪明图后边。
汪明图拐入一条小巷。
巷口坐着一位卖烟的小贩，货郎对小贩使了个眼色，小贩点了点头。

四、林海潮家　日　内

林海潮坐在椅子上喝茶，汪明图进来。

林海潮：汪掌柜来得早哇！如果我没猜错的话，你是来表功领赏的吧？

汪明图：海潮兄，昨晚你不是说好的，让我今天来吗？

林海潮：给，拿去吧！

说着，他把一个小钱袋扔到桌子上。

汪明图抓过钱袋，倒出钱来数着。数完，他一脸愠怒：海潮兄，就这几个子儿？你这是打发要饭花子吧！

林海潮：汪掌柜，你嫌少哇？嫌少那就放这儿吧！

他点着一支烟，悠然地抽了一口，吐出一串烟圈来。

汪明图：那天夜里，在山洞里开会你亲口说的，杀掉谷文昌的赏大洋五百块！你怎么能说话不算话呢？

林海潮：汪明图，昨天夜里，你干的那叫啥事呀！谷文昌毫发未伤。

汪明图：不可能，我亲手宰的他们，你骗我。

林海潮：哼哼，昨天晚上我从“芳春苑”一下楼，就看见了谷文昌与沈玉杰。汪明图，你毁了我的计划，你干掉的只是谷文昌的两个小喽啰，给你这些，已经够便宜你了！拿上钱滚吧，老子今天还要给谷文昌演一场好戏！你睁眼看看，我的戏是怎么演的！记住，管好你的嘴！

汪明图气急败坏地抓起钱走了。

林海潮抬眼看看太阳，又猛抽了一口烟，把烟头狠狠地掐灭在桌子上。

他从花瓶里取出一把手枪，揣进腰里，快步走出家门。

五、区委会　日　内

沈玉杰坐在桌边记录，几个区干部在清点账目。

突然，祠堂外锣声大起，人声鼎沸。

沈玉杰撂下笔，隔着窗往外看。

只见祠堂门外围满了人。

守卫的民兵与他们争执着。

一个人高喊着：冲进去，我们要祭拜祖先！

民兵竭力拦着，可人们潮水般地向前涌。

有几个人还拿着锄头、鱼叉和棍棒，脸上腾着一股杀气。

沈玉杰转过头：不好！他们不是来祭拜祖先的，有人要闹事！老陈，你赶快去报告谷书记，让他带驻军快来解围。

老陈答应一声，转身跑去。

六、祠堂门口　日　外

人群拥着、挤着、喊着，冲进院子。

林海潮光着膀子，挥着棍棒大喊：大家不要怕，那两个河南人已经被我们干掉了，守在这里的是咱本地人，是他们把共产党引来，要和咱共产共妻，咱们冲进去，把这几个王八蛋给宰了！

一个胖子举着石头：乡亲们，冲进去打死他！

人群拥着、喊着：打死他！

沈玉杰冲出祠堂，大喊着：乡亲们，大家别乱，你们上了坏人的当了！

石头、砖块雨点般地飞向祠堂。

一块石头砸在沈玉杰的头上，鲜血顿时顺脸流下。

沈玉杰一晃，倒了下去。

一位农会干部扶着他，挤出了混乱的人群。

祠堂内一片混乱。

一个人在用镢头砸区委会的牌子。

林海潮指着墙上的毛主席与朱总司令的画像高喊：咱林氏祠堂，不能挂共匪头子的像！

一把将画像扯了下来。

七、沙丘　日　外

谷文昌带领小侯等几个战士在寻找着。

突然，小侯发现远处有一个黑点。

他停下脚步，喊着：谷书记，你看，那是什么！

沙堆中，露出一双脚。

谷文昌弯下腰，扒起沙堆来。

沙堆中，老谢与小李的尸体露了出来。

八、区委会　夜　内

区委在开会。

谷文昌：今天，发生在林氏祠堂的事件是严重的，我们的两名干部被杀害，沈玉杰同志也负了伤。这不是一般的群众闹事，这背后有暗藏的阶级敌人在操纵！同志们，我们千万不能放松革命警惕啊！我已经向县委汇报了林氏祠堂事件，县委指示我们，要抓紧土改工作，深入发动群众，挖出暗藏的敌人！只有这样，我们才能取得人民的信任和支持，才能巩固新生的人民政权。

一战士匆匆跑进来：报告，林海潮与汪明图等五六个人划着一只小木船，驶往东门屿方向。

谷文昌：盯紧他们！

战士：是！

转身离去。

谷文昌：同志们，根据昨天小柱子和春英提供的情报，再加上今天林海潮赤膊上阵煽动群众围攻区委的事，我看可以采取行动。这样，咱们组织几条船，另外再找一名熟悉东门屿地形的向导，我带一个排过海去，一定要把这帮家伙一网打尽。老岳和栓柱各带一个排，分别在风动石和古城堡两处接应。联络信号：手电光，一长两短。

沈玉杰：谷书记，就让小柱子当向导吧，这个小家伙常去东门屿。对岛上的情况特别熟。

谷文昌：好，大家分头行动！

九、海上　夜　外

夜色深深，涛声阵阵。

两只船离开码头，驶向茫茫大海。

十、山洞　夜　内

烛光跳跃，人影摇荡。

林海潮：弟兄们，今晚，我们开个庆功会，看，我给大家带来了啥东西。

说着，他打开一个包裹。

包裹里是两瓶酒，一大块牛肉，两只卤水鸭。

众人七嘴八舌：呀，好东西。嗯，好久没吃过牛肉了……

林海潮从腰上解下刀子，切下一块牛肉来，递给尚家权：家权，你到洞口站着哨。

尚家权接过牛肉，呱叽咬了一大口，边嚼边说：好，好，我去放哨，一会儿得来人换我，让我也喝几杯呀！

汪明图：海潮兄，今儿个林家祠堂这出戏你唱得好啊！

林海潮：哈哈……这两天，明图宰了共产党的两个干部，我又砸了他们的区委会。大快人心哪！来，弟兄们，喝！

说着，他拎起酒瓶咕咚喝了一大口。

汪明图夺过酒瓶也喝了一大口。

胖子：这一下，大大杀了共产党的威风，让他谷文昌顾了这头顾不到那头。

秃头：那帮跟着共产党吵吵的穷鬼们也不敢蹦跶了。

林海潮：可惜的是，没能干掉谷文昌。

十一、东门屿　夜　外

木船靠岸，小柱子第一个跳上礁石。

谷文昌挥手指挥战士们跳下船。

十二、风动石　夜　外

马栓柱领着战士们埋伏在风动石边。

十三、古城堡　夜　外

岳文明率领一群战士埋伏在城垛后。

十四、鹰嘴岩　夜　外

谷文昌带领队伍隐蔽在山腰上。

海风呼啸，海涛咆哮，海岛幽鸣。
小柱子趴到谷文昌耳边：那就是鹰嘴岩，岩下是石洞。
谷文昌抬头望去，只见那岩状似雄鹰，鹰喙如钩。
一声怪怪的鸟叫传来，让人毛骨悚然。
洞口透出一丝亮光，洞口坐着一个人。
依稀有粗鲁的喧笑声传来。
谷文昌回头对两个战士悄悄说着什么。
两个战士点头，悄悄摸向洞口。

十五、山洞口　夜　外

尚家权吃完牛肉，在衣襟上擦了擦手。
他站起来转身小解。
两个战士冲上去，一把把他按翻在地，顺手用毛巾塞住了他的嘴。
谷文昌指挥战士们冲了上去，包围了洞口。

十六、山洞　夜　内

汪明图：大哥，这回我失手了，下次，我非亲手宰了谷文昌不可！
林海潮：好，来，我代表咱们海潮暗杀团先敬你一杯。
汪明图接过杯子，一饮而尽。
林海潮扭头朝洞外大喊：尚家权，外边有事儿没有？没事儿你也进来喝两杯。
谷文昌端着手枪冲战士们一挥手，冲进洞里。
众战士：不许动！举起手来！缴枪不杀！
林海潮一惊，杯子掉在了地上。
汪明图乖乖举起了手。
谷文昌：林海潮，你不是要杀我谷文昌吗？现在我来了！
林海潮急忙伸手从怀里掏出枪来。
谷文昌叭地一枪，打中了林海潮的手腕。
手枪掉在了酒瓶上。
谷文昌厉声喝道：林海潮，别做梦了，举起手来！
林海潮缓缓地举起了手，右手在滴着血。
谷文昌：走，把他们押回去！
众战士扭着林海潮等一帮匪徒，依次押出洞来。
谷文昌：小侯，发信号！

小侯：是！

他攀上一块岩石举起手电筒，对准风动石方向，发出了胜利的信号。

十七、风动石　夜　外

马栓柱倚在风动石后的岩座边，两眼盯着东门屿。

月夜中的东门屿在波涛起伏的大海中宛如一只黑乎乎的船。

突然，有一束光亮起，一长、两短，接着，又是一长，两短。

马栓柱：同志们，谷书记他们胜利了，走，咱们到海边迎接他们去！

战士们从岩石后跳出来，欢呼着向海边冲去。

十八、林氏祠堂　日　外

祠堂前挂着一幅会标：镇压反革命公审大会。

会场上挤满了人。

会场前，解放军战士押着林海潮、汪明图、尚家权等七八个海匪。

谷文昌：乡亲们，今天，我们在这里召开公审大会，就是要镇压一批十恶不赦的反革命分子！东山解放以后，被我们推翻的地主老财，渔霸海霸不甘心他们的失败，互相勾结，与国民党潜伏下来的特务密谋策划，组成了以林海潮为头子的"海潮暗杀团"。他们煽动不明真相的群众，冲击区公所，破坏村农会。暗杀我们的干部，祸害我们的老百姓，反革命气势十分嚣张。他们疯狂报复，四处活动，企图夺回他们失去的天下，这是绝对办不到的！乡亲们，共产党是为广大人民办事的党，人民政府是为老百姓撑腰做主的政府，谁敢反对共产党、与人民政府为敌，都必将受到严惩！现在我宣布：对林海潮这一批罪大恶极的反革命分子判处死刑，立即枪决！

一队解放军战士把林海潮等押出人群。

人们欢呼着，高喊着：拥护共产党！坚决镇压反革命！

十九、东山县政府　日　内

谷文昌正坐在办公桌前看文件，史英萍挎着军用挎包，英姿飒爽地走进来。

史英萍：报告——

谷文昌抬起头，意外地看着史英萍：同志，你是——

史英萍：民政科科长史英萍向你报到！怎么啦，谷大县长，不认识我啦？

谷文昌：史英萍——噢，我想起来了，你是我们长江支队的文化干事。

武安集训时，你教过我们唱《国际歌》，南下六千里，一路上都有你的快板声在鼓励着我们。英萍同志，欢迎欢迎！

谷文昌兴奋地站起来，热情地握住史英萍的手：老战友，来，快坐！

史英萍从上衣口袋里掏出一张纸递给谷文昌：谷县长，这是我的介绍信。

谷文昌接过介绍信，放在桌子上，给史英萍倒了一杯水：来，喝口水。先歇歇脚！

待一会儿我带你到民政科去。

史英萍：谷县长，你工作这么忙，我自己去吧！

谷文昌：英萍，咱们是老战友了，你别一口一个县长地叫我。你从漳浦调来东山工作，咱们就是一家人了。从今往后，你就叫我老谷。

史英萍喝着水，不由地咯咯咯咯笑起来。

史英萍：行，那我就叫你老谷。哎，我听说，梅荣也在东山工作？

谷文昌：是啊，她就在民政科上班。

史英萍：哎哟，这可太好了，我们两个老战友又能天天在一起了！

二十、铜陵镇　日　外

一处大宅院里，反霸斗争会正在进行。

两个老地主低着头站在会场前边，脖子上挂着牌子。

会场上坐满了群众，一个个义愤填膺。

谷文昌坐在桌边，小侯背着枪站在他身后。

群众高呼：打倒地主！打倒渔霸！共产党万岁！

一位阿婆跌跌撞撞的从人群中挤出来，冲到会场前边，她挥动着瘦弱的拳头在老地主身上捶打着，哭诉着：朱扒皮，你这个丧尽天良的坏蛋，你害得俺一家好苦呀……

阿婆哭着，身子一晃倒了下去。

谷文昌急忙上前搀起阿婆，把老人扶到椅子上坐下。

阿婆一把抓住谷文昌的手：谷书记，亲人哪，你们咋不早一天过来呀，你们早过来，我儿子他……

谷文昌：老人家，您别难过，慢慢说，慢慢说！

阿婆大哭起来。

一位干部走过来，急忙把谷文昌拉出场外：谷县长，你千万别理她，她是个："敌伪家属"！

谷文昌一愣：她是"敌伪家属"？

干部：是呀，她儿子在台湾给蒋介石当兵。

二十一、民政科　日　内

史英萍与梅荣一边忙碌着工作，一边亲热地说着话。

梅荣：英萍姐，你来东山工作，我真高兴。

史英萍：梅荣，自打南下一结束，咱姐俩就分开了，前一阵，我听说你在这儿工作，就动了心思要调到东山来。

梅荣：真的？英萍姐，你给我说实话，你调来东山，怕是另有企图吧？

史英萍：鬼丫头，你什么意思？

谷文昌背着手走进来：哟，可真是老战友啊，说得这么热闹！

梅荣：谷县长驾到，请——

谷文昌：你这个鬼丫头，你是在为本县长鸣锣开道啊！

梅荣扮了个鬼脸，哧哧地笑了。

史英萍：谷县长，有事吗？

谷文昌：没事，没事，我只是随便走走看看。怎么样，英萍，来这一段，生活上、工作上有什么困难吗？

史英萍：没有，没有。这条件挺好的。

梅荣：报告谷县长，英萍姐学习好，工作也好，她只有一个困难——

谷文昌：什么困难？英萍，你可别瞒着我啊！

史英萍：谷县长，你别听她瞎扯，我真的没什么困难。

梅荣：谷县长，英萍姐的困难是——晚上没人陪着，老孤单。

史英萍脸红了，她扬起手，追着梅荣：你这个疯丫头，再瞎胡闹，你看我怎么收拾你！

谷文昌脸也红了。

他看着两个人，若有所思。

二十二、县政府　黄昏　内

谷文昌正埋头看一份文件。

史英萍拿着两个纸包走进来。

史英萍：谷县长，今儿个是八月十五中秋节，区机关每人供应两斤月饼，我给你买回来了。

谷文昌：八月十五？好，放这儿吧！

史英萍应了一声，将月饼放到桌子上，转身要走。

谷文昌：英萍，你等一下！

史英萍转过身来：谷县长，有事吗？

谷文昌：你把这月饼带上，咱俩到铜钵村走走。

史英萍：谷县长，中秋节，大伙儿都与家人团聚，你去铜钵村干啥？

谷文昌：国民党匪兵一夜之间把铜钵村变成了寡妇村。中秋节，那里的孤儿寡母们更需要党和政府的温暖呀！

二十三、海滩　夜　外

圆圆的月亮从海上升起。

海风送来一阵阵凉爽。

谷文昌与史英萍走在宽阔的海滩上。

他们走近铜钵村，只见海滩上跪着一片人。

一位阿婆坐在海滩上，她从筐里端出一碗米饭摆在沙地上，又放上一双筷。

阿婆：儿啊，今个是八月十五，娘给你蒸了一碗米饭，还放了你最爱吃的红枣。我放这儿啦，等一会儿，让海浪给你送过去，你慢慢吃，啊！

一边跪着一位年轻妇女：阿贵，我求妈祖在台湾保佑你四季平安。

两个孩子跪在沙地上哭喊着：阿爹，你回来吧，快回来吧。俺娘病了，俺想你呀！阿爹，俺喊你你听见了吗？

月光下，谷文昌热泪盈眶。

史英萍将手帕递给谷文昌。

一位妇女挽着刚会说话的孩子跪在海滩上：儿子，对着台湾叫一声爹，让你爹听听，叫呀，叫阿爹。

孩子张开小手，叫着：爹……

妇女：阿福，咱儿子叫你呢！你听见了吗，听见了就快点儿回来吧……

说着，她哭了起来。

史英萍将月饼掰开分别送到小孩子手中。

所有的人都用感激的眼光看着谷文昌与史英萍。

二十四、黄阿婆家　夜　外

皎洁的明月给院子里洒下了一片银辉。

谷文昌和史英萍踏着月辉走进来。

小院摆着一张小桌，上面摆着瓜果及碗盏。

黄阿婆一家人在吃饭。

桌上多摆着两只盛满米饭的碗，上边各放了一双筷子。

史英萍：阿婆，谷县长看您来了。

黄阿婆连忙站起：谷县长，您快坐，快坐！

谷文昌：大娘，您坐！

说着从史英萍身上的挎包里掏出月饼放到桌上。

谷文昌：过节了，我给您送来一斤月饼。

黄阿婆：月饼，唉哟，谷书记呀，俺好几年不知道月饼是啥滋味了。

谷文昌掰开一块递到黄阿婆手上：大娘你尝尝。

黄阿婆颤颤抖抖地接过月饼，浅浅地咬了一小块嚼着：嗯，甜，甜哪！要是俺那老大、老二在家，让他俩也尝尝你谷县长送的月饼那该多好呀！

说着哭泣起来。

谷文昌把另一块月饼递给小三。

谷文昌：老人家，你放心，咱解放军迟早要解放台湾的！

黄阿婆：那可好，俺就盼着这一天哪！

谷文昌：老人家，生活上有什么困难吗？

黄阿婆：困难是有，可那不算个啥。就是这头上的帽子让俺受不了。俺黄家几代受穷，好容易盼着解放了，却给俺戴了一顶“敌伪家属”的帽子。俺那俩儿子要是自己跑到台湾去给老蒋卖命的，评俺个“敌伪家属”俺认，可他们是被国民党捆着抓走的呀！

儿媳妇林月抽泣着：谷县长，俺和阿祥结婚不到半年，阿祥就被抓走了，到现在俺儿子都不知道他爹啥样？谷书记，你到俺村里看看，有多少哭儿的娘，有多少没爹的儿，有多少独守空房的寡妇呀！

黄阿婆：谷县长，俺祖祖辈辈受苦受难，是共产党给我们分了田、分了房子，说句掏心窝子的话，我们真是把共产党当恩人，当亲人的呀，可共产党咋就拿俺们当敌人对待呢？

谷文昌沉思良久，坚定地：大娘，这个问题我们县政府会尽快解决的！

二十五、海边　夜　外

月光如水，沙滩如银。

谷文昌与史英萍并肩走在海边。

谷文昌：英萍，你还记得在武安集训时，你到三中队教我们唱歌的事吗？

史英萍：咋不记得，那是我平生第一次教大人们唱歌。虽说在济源老家教过小学生，可心里还是慌得很，有几次打拍子都打反了。

谷文昌：你唱得真好，嗓音又洪亮又好听，那首《国际歌》是我平生学的第一支歌。唱着，唱着，我就止不住想流泪。外国的那个老鲍怎么会写出我们中国人的心里话呢？当时我还想……

史英萍：想什么？

谷文昌：我觉得，站在台子上打着拍子的你是咱长江支队里女同志中最好看的！我想，我要是能娶这么个俊俏的媳妇该多好！

史英萍止不住笑了：老谷，你别逗了！我个头矮，身板瘦，长相也不漂亮，你可别拿我寻开心！

谷文昌：英萍，真的，我说的都是心里话，我一直遗憾着，当初怎么没跟你在一个小队呢？我还一直盼望着中队能再请你教一次歌。到现在，《国际歌》我还是会唱第一段。

史英萍：那时没在一个小队，现在不是在一块工作了吗？

谷文昌：是啊，是在一块工作啦……

一阵沉默，只有大海的阵阵涛声。

谷文昌：英萍，你再教我唱一遍《国际歌》吧！

史英萍：现在？

谷文昌：对，就现在，那时，我们对着太行山唱，现在我们对着大海唱。

史英萍：那好，咱俩一起唱。

静谧的月夜，一曲男女声交织的《国际歌》在海滩上回荡着。

起来，饥寒交迫的奴隶。
起来，全世界的罪人。
满腔的热血已经沸腾。
作一次英勇的斗争。
旧世界打个落花流水，
奴隶们起来，起来，
不要说我们一无所有。
我们要做天下的主人。
这是最后的斗争。
团结起来，到明天。
英特纳雄耐尔就一定要实现！

圆圆的月亮高挂在夜空。

歌声中，谷文昌与史英萍的手不由自主地拉在了一起。

二十六、东山县城　日　外

何顺头戴破呢帽，趿拉着破布鞋，挑着担子在街上转。

他一边走，一边吆喝：卖草药嘞，上好的草药，有败火的、止泻的、镇咳的、养胃的……

走过县政府大门，何顺径直往里走。

门卫拦住了他：同志你干啥？

何顺：我找谷县长。

门卫上下打量了他几眼：这是县政府办公重地，闲人不得随便出入。

何顺：那麻烦你去跟谷县长通报一声，我有事找他。

门卫不耐烦地：哎，我说你这个老头儿，你该卖药卖药去吧，谷县长一天到晚地忙，你还跑来添乱，去去！

何顺：哎，哎……你这个小同志，这么说话我老头儿可就不爱听了，我告诉你，谷县长跟我可是朋友。

门卫：咳咳，你这个老头，越说越离谱了，谷县长怎么会有你这么个朋友？去！一边呆着去吧，神经病！

说着把何顺推到了大门外边。

何顺生气地跺着脚叹了一口气。

他撂下担子，十分无奈地蹲在门一边抽着烟。

二十七、县委大院　日　外

谷文昌从办公楼下来。

门卫：谷县长，下班了？

谷文昌：下班了。

说着走出大门。

何顺看见谷文昌赶忙踩灭烟头站起身：谷县长……

谷文昌一扭头：哟，这不是老何吗？你来了咋不进去坐坐？

说着三步两步走过去，握住了何顺的手。

何顺：我早就想进去，可他硬是不让我进。

何顺指着门卫。

谷文昌回头看了一眼门卫。

门卫低下了头。

谷文昌：老何，这一阵怎么样，生活还好吧？

何顺：还好，谷县长，我有老婆啦！

谷文昌：好哇，你有老婆了咋不告诉我一声？怎么，怕我喝你喜酒哇？

何顺：老婆是有啦，可麻烦也来啦。

谷文昌：怎么啦？

何顺：老婆一身的病。

谷文昌：老何，你这儿不是有药吗？

何顺：我这药也就治个头痛脑热的，唉，别说给老婆看病，我常常连烟也抽不起哟！

谷文昌从兜里摸出半包烟：给你，还剩半包。走，老何，咱到食堂吃饭去！

何顺挑起担子，和谷文昌一起走去。

二十八、食堂　日　内

谷文昌与何顺坐在桌边。

何顺端着碗贪婪地吃着，三口两口，一碗米饭吃完了。

谷文昌：老何，够不够吃？不够再来一碗！

何顺客气着：够，够！

说着眼睛直往锅里瞅。

谷文昌：刘师傅，再盛一碗饭！

刘师傅端着米盆过来，又给何顺盛了一大碗。

谷文昌：刘师傅，你再给来点儿菜。这是我的穷朋友老何，他对咱东山解放还做过贡献呢！

何顺老汉吃饱饭，把碗筷放下。

谷文昌：老何，你来找我有什么事儿？

说着，习惯地往兜里掏烟。

何顺见状，赶忙把那半包烟掏出来，递给谷文昌一支。

谷文昌划着火柴，两人点着烟。

何顺：谷县长，我早就想来找您说说话，可一走到县政府门口就又拐回去了，我总觉得您刚从区里调上来当县长，工作忙，老怕打扰你。可我这一肚子委屈老憋得我整夜整夜睡不着，今天我又路过县政府，就硬着头皮往里走。

谷文昌；老何，咱俩是老朋友啦，有啥苦你就说吧！

何顺：谷县长，要说解放了，穷人翻了身，可我咋觉得我还没解放呢？

谷文昌：这话咋说呢？

何顺：谷县长，我是个“敌伪家属”呀！这顶帽子就像一块大石头，

天天压在我心上，让我喘不过气来呀。唉！就因为我是个“敌伪家属”，别人分好田，我分赖田；别人享受政府救济，我干瞪眼；开群众会，让我跟那帮地富分子坐一堆。我的县长大人呐，您说我穷了一辈子，好容易盼来了解放，可咋就变成了坏人了呢？俺咋也想不通这个理。谷县长，您是一县之主，您得替俺说句公道话呀！我何顺求您啦……

何顺说着老泪纵横。

谷文昌从兜里掏出手绢，递给何顺。

何顺接过手绢，一边擦泪一边抽泣着。

谷文昌抽着烟站起来，踱着步子。

突然，他停下来，拍着何顺的肩膀：老何，我相信你不是坏人，党也相信你，你先回去，我会说这个话的！

何顺把手绢递给谷文昌，深深地点着头，站起身来。

谷文昌把何顺送出大门。

望着何顺离去的背影。

谷文昌眼中浸满了泪水。

二十九、县委会议室　日　内

会议正在进行。

谷文昌：同志们，今天召开一个特别会议。主要研究一下咱们东山特有的“壮丁家属”问题，也就是所谓的“敌伪家属”问题。大家知道，在东山解放前夕的1950年5月10日，将要溃逃的蒋匪在东山制造了一场大抓兵的人间悲剧。一夜之间，他们从岛上抓走了4792个青壮年。咱们东山县1万多户人家，差不多有一半的家庭被拆散。铜钵村共有289户，就被抓走了147人。成了远近闻名的寡妇村。这场灾难遍及73个村，几乎涉及到东山县的所有家庭和居民。同志们，这些被抓走的壮丁，现在大都在台湾为蒋介石国民党效命，这是不争的事实。根据我们党的现行政策，按照常规的政治思维，为他们的家人戴上“敌伪家属”的帽子是理所当然的，是顺理成章的。但是，大家是否想到，那些壮丁并非心甘情愿地跟着蒋介石卖命当炮灰，他们是被绳捆索绑抓走的，是用枪杆子逼着押到台湾去的，他们的家人绝大多数是穷苦百姓，其中有不少人是土改反霸的积极分子和骨干，应该是我们党和政府依靠的基础和团结的对象。他们的亲人被抓走了，这本身就够让他们难受的了。我们怎能不问青红皂白就给他们扣上一顶“敌伪家属”的大帽子，把他们打入另册，推向敌人一边呢？关于这个问题，我与立新书记多次交换过意见，所以才召开这个专门会议，提请大家讨论。大家谈谈吧！

会场上的宁静一下打破了，大伙窃窃私语，议论纷纷。

干部甲：我认为谷县长讲得很有道理，我们确实应该重新认识、慎重对待这个问题。

岳文明：我说几句，我不同意谷文昌同志的意见！不管是主动也好，被动也好，这帮人现在确实在为蒋介石国民党卖命，这是任何人也更改不了的事实，说不定此时此刻，他们就架着枪炮瞄着我们东山岛呢？谁敢说他们不是敌人？既然是敌人，叫他们的家属是“敌伪家属”，难道还冤枉了他们？

高部长：我赞成岳主任的观点，毛主席说过：谁是我们的朋友，谁是我们的敌人，这是革命的首要问题。我想质问谷文昌同志，你的屁股是坐在人民这一边，还是坐在国民党反动派一边？

史英萍：岳副县长和高部长的意见我不赞成！这样看问题也未免太片面、太机械了吧！我们共产党打江山靠老百姓，坐江山搞建设更离不开老百姓。我们民政科算了一笔账，这5000名壮丁按一家五口计算，光家属就是25000，再加上他们的远近亲戚是个什么数字，恐怕占我们东山人民的百分之七八十！这样一来我们的政权还怎么巩固？我们的社会主义还怎么建设？

会场上吵吵起来，有人交头接耳，有人拍打桌子，有人唇枪舌剑。

张立新：我来讲几句。文昌同志为我们提出了一个十分尖锐、十分严肃、十分现实的政治问题，这个问题很独特、很棘手，但又必须妥善解决。我们的前任书记临走前给我交接时也谈到了这件事，今天的会议，我们一定要给这些家属的政治地位定个准！毛主席教导我们，一切工作都要从实际出发，要实事求是。我们执政党应该有面对现实的勇气。我个人认为把这批家属称为“敌伪家属”，不符合我们党的根本宗旨，不利于团结群众、孤立敌人，更不利于我们的社会主义革命和建设。因此，我建议，这个名称一定要改一改！

干部乙：既然实事求是，干脆就叫“壮丁家属”算了。

众人议论纷纷：不好听！不对味……

谷文昌：同志们，这个问题是由国民党抓兵造成的，其实是一场罕见的大灾难，依我说咱们叫它“兵灾家属”行不行？

张立新：“兵灾家属”，好。文昌同志的这个词好，既符合历史现实，又不带任何政治歧视，好，我同意。

大众纷纷举手：我同意！我也同意！

岳文明：我保留意见。

高部长：我也保留意见。

谷文昌：好，我们党的组织原则是少数服从多数。同志们，今天我们基本上统一了认识，达成了共识，并形成决议，把“敌伪家属”改称为“兵灾家属”，这可是我党历史上前所未有的一个名词。国民党抓兵制造了一场大灾，我们共产党人就应该救灾！回去以后，大家一定要转变观念，多做工作，对兵灾家属政治上不歧视，经济上多救济，对孤寡老弱要多照顾。让他们享受与其他村民一样的政治待遇。

岳文明：文昌同志，我郑重声明，我反对这个决议，同时，我还要将你们这种敌我不分，乱造政治名词的严重问题，向专署领导反映。

谷文昌：这件事不管是对还是错，就让历史去评判吧！

他用威严的目光扫了一下岳文明。

岳文明急忙避开谷文昌的视线，低下了头。

三十、田间　日　外

谷文昌带着几位干部在帮“兵灾家属”刘杏花锄田。

刘杏花送水到田头：谷县长，大伙歇一会儿，喝点儿水！

她向大伙招呼着。

谷文昌放下锄头走过来，刘杏花递过去一碗水，谷文昌接过碗喝了一口：杏花，这水你放糖啦？

刘杏花笑笑：谷县长，“兵灾家属”这帽子你给俺改得好啊，让俺觉得头顶上猛然一轻，眼前豁然一亮。

谷文昌：是吗？那就对了。

一位干部：谷县长，这改了两个字，群众的心情可是大不一样啊！

众人喝着水，欢笑着。

三十一、专署贾天喜办公室　日　内

贾天喜立在办公桌前，挥着毛笔写条幅：旷达。

岳文明拎着提包，站在门口敲门。

贾天喜回过头来：哟，文明来了，过来，过来，看看我写这几个字咋样？

说着，写下了“达”字的最后一笔。

岳文明进来，把提包放在桌边：贾部长，您是专署的书法家，这功夫可真是炉火纯青啊！

贾天喜：是吗？哈哈哈哈……文明，我只是一个书法爱好者，谈不上书法家呀！

岳文明：旷达，这两个字好啊，贾部长，这幅字送给我吧，我要好好把它裱一裱，挂在我办公室。

贾天喜：文明，既然你喜欢，我就题上款送给你。

说着，他提起笔，题上了：文明同志惠存、贾天喜书。

三十二、何顺家　日　外内

谷文昌推开院门，走进院子：老何，老何。

何顺应声从屋里出来：哟，谷县长来啦，来，快进屋！

谷文昌与小侯走进屋子。

屋内灰暗、破旧、四壁空空。

何顺妻在床上坐着。

何顺：老伴，谷县长来了。

谷文昌走到床前，关切地问：大嫂，病好些了吗？

何顺妻：唉，我这是老病了，总也不见好。

谷文昌：老何，你得领大嫂去医院看看病呀！

何顺：看是看了，可拿药的钱不够啊。

谷文昌从兜里掏出一叠钱，塞到何顺手中。

何顺推辞着：谷县长，您的钱俺不能收，您这么忙，能来我家看看，我就知足了。

谷文昌：老何，你就别客气了，咱俩谁跟谁呀？拿着！

何顺激动地接过了钱。

三十三、专署贾天喜办公室　日　内

岳文明：贾部长，您的墨宝，我要永远永远收藏着。

说着，他把字叠起来，装入提包。

又从提包里掏出一个纸包来：贾部长，我也要送您一幅字。

贾天喜：字儿？谁的？

岳文明：您看看就知道了。

说着，把卷轴打开。

贾天喜一脸惊喜：呀，黄道周的。这可是明末的大书法家啊！曾经当过隆庆朝的吏部尚书和兵部尚书。文明，你从哪儿弄来的！

岳文明：黄道周是东山铜陵人，我从铜陵他的后人那儿费了好大劲儿才弄来的呀！

贾天喜：好好，文明，你说吧，这么重的礼，你要我拿什么谢你？

岳文明：贾部长客气了，咱俩之间还说什么谢不谢的！快过节了，这是我的一点儿心意。贾部长，我今儿来主要是向您反映一件大事。

贾天喜：什么大事？你快说。

岳文明：谷文昌、张立新他们把东山的“敌伪家属”帽子全摘了，改成了“兵灾家属”。

贾天喜：乱弹琴！翻翻党的本本，哪一页上有这么个名词？这么大的事，他怎么不向上级汇报，私自做主，说改就改了？文明，你反映的这个问题很重要，这可是关系到党的政策的大事，是政治问题，是立场问题，是大是大非问题，一点儿玩笑也开不得！明天，我一定要把这件事反映到专署常委会上去。

三十四、东山岛　日　外

山坡上，几个农民正挥锄劳作。

突然传来一阵飞机的轰鸣，众人停下锄，纷纷仰看。

几架敌机呼啸而来，机翼上有硕大的国民党党徽。

一青年人大呼：不好，敌机来了，大家快跑！

人们纷纷往山下跑。

敌机掠过头顶，几颗炸弹从天而降，在山坡上炸响。

人们纷纷倒下。

三十五、县长办公室　日　内

谷文昌立在地图前。

突然电话铃骤响，他转身快步走向办公桌。

谷文昌：喂！哪里？

听筒：谷县长吗？我是五区区长李平安，有三架敌机刚才轰炸了我们区的山南村，炸死农民 5 人，重伤 7 人，轻伤 26 人。

谷文昌：李区长，你马上组织人，把受伤群众抬到安全地带，我马上去。

谷文昌扣下听筒，焦急地摇着电话机。

谷文昌：喂，医院吗？杨院长，我是谷文昌，刚刚接到报告，敌机轰炸山南村，有几十个群众受伤，你立即组织医护人员，跟我去山南村！

第七集

本集剧情简介

谷文昌与史英萍结婚，马栓柱和小侯一帮人大闹洞房。

7月15日深夜，80团游团长接到军区首长急电，敌舰十二艘已从金门出发，正开往东山方向。游团长立即打电话通知了县委。谷文昌与张立新连夜安排人员转移，并组织干部准备战斗。

敌军强攻东山岛，游团长指挥战士们顽强阻击。谷文昌与张立新率干部和群众冒着炮火到阵地支前，极大地鼓舞了士气. 经过两天一夜的激战，敌军狼狈逃窜。东山战斗取得了伟大的胜利。

一、山南村　日　外

村头破庙前，围着一群人。

家属们围着被敌机炸死的亲人在痛哭。

许多人抬着伤员，匆匆走着。

一个人喊了一声：谷县长来了!

众人纷纷回头张望。

谷文昌带着卫生队来到庙前。

谷文昌：杨院长，赶快组织抢救!

杨院长应声率众医生散开，匆忙投入抢救中。

谷文昌来到一位哭泣的老人跟前，关切地：老大爷，你得注意身体呀!蒋介石造的孽，我们总有一天要跟他清算的!

老人：谷县长，我儿子被他们抓走两年多了。现在，老伴又被他们炸死，今后，剩我一个孤老头子我可怎么活呀……谷县长，你得跟毛主席说说，咱不能让他们这样欺侮呀!

谷文昌动情地拉着老人的手。

二、街头　日　外

一个小贩挑着货郎担，摇着拨浪鼓边走边吆喝：挑子不大货儿全，又便宜来又好看，大人小孩快来买，货不真来不要钱。

小贩走到县委门口，远远地把挑子放在路边的树荫下，点着烟抽着，时不时往县委门口瞄两眼。

谷文昌与县委书记张立新从县委大门里出来，一边走一边热烈地交谈着。

小贩从挑子上抽出一个笔记本，他翻开，里边夹着一张谷文昌与张立新的照片。

他看看照片，又抬眼看看走在路上的张立新与谷文昌。

小贩不动声色地把本合起来，塞入货郎担中，他把烟叼在嘴上，挑起担子，摇起了拨浪鼓。

三、广场　日　外

民兵列队，阵容整齐。

主席台上，大红的会标在微风中摆动着：东山县民兵团成立大会。

谷文昌：同志们，今天，我们东山县民兵团正式成立了，我代表县委、县政府向民兵团的成立表示热烈地祝贺！

暴风雨般的掌声。

谷文昌：我们东山岛，孤悬台湾海峡，是祖国海防的最前哨，解放以来，蒋介石国民党不甘心他们的惨败，他们伺机反攻大陆，妄图卷土重来。近一个时期，敌人不断出动飞机对我们进行轰炸，还派出舰艇在近海乱窜，撞翻我渔船，捕杀我渔民，制造了一桩又一桩惨案，犯下了一桩又一桩滔天罪行。基于严峻的斗争形势，摆在我们面前的第一要务就是巩固海防、保卫东山！我们不只要成立民兵团，还要成立自卫队、运输队、担架队、卫生队。县委县政府号召大家，要积极开展民兵训练，学习军事知识，掌握实战本领。渔民们一手划桨，一手拿枪，农民们一手拿锄，一手拿枪，做到生产战备两不误、两促进。农业民兵坚持“农闲大训，农忙小训”的原则，渔业民兵坚持“大潮小训，小潮多训，休海大训”的原则。我们坚决响应毛主席“全民皆兵”的伟大号召，筑起一道钢铁海防线，蒋匪胆敢来犯，定叫他有来无回！

一阵热烈地鼓掌。

谷文昌：下面，请县委书记张立新同志为民兵团授旗。

张立新举起一面大旗，郑重地交给民兵团团长。

团长挥动大旗。

“民兵团”大旗在掌声中飘扬。

四、县委书记办公室　日　内

县委书记张立新坐在办公桌前，与史英萍正在说话。

谷文昌进来：张书记，你找我……英萍，你咋也在这儿？

张立新：文昌同志，来，坐吧！

说着拉过来一把椅子。

谷文昌坐在史英萍身边。

张立新：请你们俩来，是要告诉你们一个好消息，你们的结婚申请，组织上批准了。

谷文昌、史英萍交换一下目光。

张立新：文昌、英萍、大家早就等着吃你们的喜糖呢！尤其是咱们一块南下的战友们。说吧，哪天举行仪式，请我们吃喜糖？

两个人对视着笑了。

谷文昌：张书记，喜糖肯定请大家吃，至于仪式就免了吧！

史英萍：我们俩铺盖卷往一块一搬，就算仪式了。

张立新：好，不愧是南下干部，这婚礼也有南下特色。依我说，过几天就是国庆节了，就趁国庆把喜事办了吧！

两人微笑着点点头：我们服从组织安排。

张立新：我给你们俩透个信儿，小侯和马栓柱他们几个，可是早就准备着闹你们的新房哪！

说完，哈哈大笑起来。

谷文昌与史英萍红着脸也笑了。

五、洞房　夜　内

墙上贴着大红纸剪的双“喜”字，一对红烛在旺旺地燃着。

谷文昌与史英萍肩并肩坐在床边上，岳文明、马栓柱、小侯、梅荣等一大帮人围着他们俩说着、笑着、闹着。

岳文明：今天是个大喜的日子，要我说，咱们欢迎新娘子给咱们唱个歌好不好？

众：好！新娘子，来一个！新娘子，来一个！

史英萍羞涩地红着脸。

谷文昌：英萍，你就给大家唱一个吧！

史英萍用手捋了捋头发站起来：好，我很高兴大家来参加我们俩的婚礼。为感谢大家的祝福，我给大家唱一首我们老家的民歌《编花篮》。

众人热烈鼓掌。

史英萍唱道：

编，编，编花篮，
编个花篮上南山，
南山开遍红牡丹，
朵朵花儿真娇艳。

众人又一阵热烈的掌声。

小侯：嫂子，我看那南山的牡丹再娇艳，也不如你娇艳，谷大县长，你说呢？

谷文昌腼腆地低着头，众人哈哈大笑起来。

岳文明：新娘子的节目出完了，大家说新郎官咋办？

众：新郎官，来一个！新郎官，来一个！

谷文昌从床上站起来：大家知道我谷文昌五音不全，我可唱不了歌。

岳文明：不唱歌也行，那就给我们讲讲你们俩的恋爱故事吧。大家伙说，要不要听啊？

众人异口同声：要！

谷文昌红着脸：我们俩能有啥故事呀！要说，还是咱们在武安集训时，英萍到我们中队教《国际歌》，一下把我的心唱红了，唱热了。就这些……

马栓柱：那就给我们讲讲，这心是怎么红的，怎么热的。

谷文昌的脸更红了，他只是笑着不开口。

岳文明朝小侯使了个眼色：好了，好了，我们不难为新郎官了，时候不早了，咱们让小两口早点儿休息吧！

众人说着笑着走了，谷文昌与史英萍送众人到门口，小侯趁大伙不注意，哧溜一下，钻进新房，爬到了床铺下。

六、新房外　夜　外

窗户上映着橘红的烛光，透着双“喜”字的剪影。

几个听房的人挤在窗前，窗户上映出几颗脑袋的影子。

七、洞房内　夜　内

史英萍关上房门，深情地看着谷文昌。

在红烛的映照下，她的脸上泛着一片红润的光。

史英萍：老谷，忙碌了一大天了，早点儿歇息吧！

谷文昌：好，早点儿歇息。

谷文昌说着，他朝史英萍使了个眼色，又用手指了指床下。史英萍低头要往床下看，谷文昌拉住了她，并趴在她的耳边悄悄说着什么。史英萍点了点头。

谷文昌脱下袜子：哎哟，我这双臭袜子早该洗了，先扔床下边吧！

说着，他把袜子团成一团，使劲扔进了床底下。

床底下，袜子正好打到小侯的脸上。

小侯极力忍着袜子的臭味。

史英萍看着谷文昌，两个人捂住嘴笑得前仰后合。

稍顷，谷文昌故意对史英萍说：英萍，我记得昨天拾掇新房时，发现床底下有个老鼠窝，我给它堵上了，不知道它是不是又扒开了，不行，我得下床看看。这新婚之夜，可不能让老鼠搅了咱俩的好梦。

说着，谷文昌从床上跳下来，十分夸张地用脚打摸着鞋子。

小侯土头土脸地从床下爬了出来。

谷文昌：哎哟，这么大一只老鼠呀！

小侯：老谷，你的袜子可真臭得够呛！差点儿把我熏晕过去。嫂子，他不洗脚，可别让他上床。嗨，老岳这家伙，他这是给我安排的什么活呀！

谷文昌：小侯，你匍匐前进的功夫练得不错呀！

窗外传来一阵哄笑。

小侯拍打着身上的土，尴尬地跑了出去。

谷文昌和史英萍笑得前仰后合。

八、海滩　日　外

沙滩上，停着几只渔船。

几位老人和妇女在织渔网。

一个中年人走过来：老爹，织网哪呐？

老翁：嗯，打哪来呀？坐下歇会儿吧！

中年人：我是南浦的，到铜陵串个亲戚。老爹，来，抽支烟。

说着，他掏出烟让着大伙儿：你咋自己忙活呀？儿子呢？

老翁接过烟抽着：儿子……哎。

他朝大海那边望望：在那边。

中年人：老爹，我大哥也在那边。你们听说了吗？

老翁：啥事呀？

中年人：共产党长不了，我听人说，蒋介石的军队很快就要打回来啦。

老翁：真的？

几个妇女停下手中的活，纷纷围了过来。

中年人：老爹，你就等着吧，你儿子马上就要回来了，咱们敌伪家属千万不能听共产党的呀，咱得跟国军一条心。

妇女甲：现在不叫敌伪家属了，我们是兵灾家属。

中年人：大嫂，那是谷文昌他们搞的鬼名堂糊弄咱们哪，你想想，咱的亲人在国军里，共产党会真心实意地对咱好？我听说，那边派来了不少人哪！谁跟共产党跟得紧，跑得积极，他们都一清二楚，等国军一回来，这帮人就有好看的了。

说着他拿眼四处瞧瞧：老爹，你们忙吧，我得走啦。

他站起身，沿海边走去。

几个妇女在叽叽喳喳地议论着。

妇女乙：他们真的要打回来？

妇女丙：一听说打仗，我的心里就直扑腾。

妇女甲：别听说风就是雨的，我看刚才这个人贼眉鼠眼的，不像个好人。

九、训练场　日　外

民兵们趴在地上，在进行实弹射击训练。

谷文昌站在一边观看。

一个民兵打了两枪，一枪脱靶，一枪三环。

谷文昌蹲到他身边纠正他的姿势，讲解要领。

民兵又打了一枪，八环。

民兵连长吹着口哨，民兵们列队集合。

连长：同志们，咱们请谷县长给大家示范示范好不好？

众民兵齐声叫好。

谷文昌从一个民兵手中拿过枪来，十分老练地推上枪膛，抬手就是一枪。

报靶示出十环。

谷文昌又连发两枪。

报靶示出两个十环。

民兵们蹦跳着鼓掌，叫好，有人伸着大拇指。

十、海滨　夜　外

迷雾茫茫，海浪嚣嚣。

几位民兵在礁石后边埋伏着，密切地注视着海面。

朦胧中，海上驶来一艘船。

一条小舢板从船上放下来，几个人跳进小舢板，向岸边划来。

小舢板靠岸，几个人鬼鬼祟祟地跳上礁岸。

他们几个人聚在一块礁石边，商议着什么。

民兵们悄悄包抄过去。

几道刺眼的手电光射向几个鬼影，几个人连忙掏枪。

民兵：放下武器，缴枪不杀！

几个人乖乖地扔下枪，举手投降。

民兵们押着俘虏，消失在夜色中。

十一、金门岛　夜　内

会议厅内，蒋军将领正襟危坐，等待开会。

胡长官到！

众将领肃然起立。

胡琏昂首阔步走向主席座，他环视左右，然后坐下。

众将领整齐地落座。

胡琏：诸位，自从我军撤离大陆退守台湾以来，3个年头过去了。3年多来，在蒋主席领导下，在美国政府的强大支持下，我们的军事实力得到了显著加强，我们的武器装备是共产党军队所远远不可比拟的。蒋总统一再谆谆教诲我们：要卧薪尝胆，光复大陆！诸位，我们盼望已久的时刻来到了！蒋主席电令我部，即刻向东山岛发起攻击，务必拿下东山岛！

胡琏握紧拳头，重重地砸在桌子上。

胡琏站起身来，走到桌子对面。

参谋长唰地一下拉开地图，并把指杆递到胡琏手上。

胡琏：诸位来看，这就是东山岛，它的形状好似一只展开双翅的蝴蝶，这是蝶头，左翼，右翼，尾部有一道八尺门海峡与大陆相隔。我们之所以把目标锁定这里，是因为东山自古便是兵家必争之地，我们拿下了东山岛，便可以使之与金门，澎瑚成三足鼎立之势，为日后我军光复大陆搭造一块牢固的跳板。这是其一；其二，诸位知道朝鲜停战谈判正在进行，我们拿下东山，就可以为美国政府在谈判桌上增添一块砝码，赢得一些时间。这可是蒋总统棋盘上的重要一着啊！据我们的情报部门提供的准确情报，驻守东山的正规部队只有游梅耀的公安八十团，一共1200人，至于谷文昌的那个民兵团，完全是一帮农民、渔民，不堪一击。因为八尺门海峡的阻隔，大陆上的重型武器根本运不到岛上，这对我军极为有利。此次行动，蒋总统亲自请来了美国的高级军事顾问汉密乐顿先生与本人周密策划，全面部署，我军投入兵力13000人，是共军兵力的10倍，再加上我们海陆空配合作战，料想共产党根本不是我们的对手。诸位，我们此举是胜券在握呀！

众人得意地笑起来。

胡琏：此次反攻东山，由十九军军长陆静澄全权指挥，我在舰上给大家坐镇。下面由陆军长下达作战命令。

陆静澄：现在，我命令……朱家振！

朱家振应声而起：到！

陆静澄走到地图前：你部两个突击大队和一个加强中队，从蝶头的亲营登陆，向西北方向推进，目标是西埔与二零零高地。

朱家振：是。

陆静澄：马明礼。

马明礼：到！

陆静澄：你部海军陆战队在湖尾登陆，用水陆战车开道，登陆后兵分两路，四十五师一三四团，扑向四一零高地，一三五团扑向县城铜陵。

马明礼：明白！

陆静澄：雷子湘。

雷子湘：到！

陆静澄：你的伞兵大队从新竹机场，直飞八尺门，空降在海峡高地上，封锁八尺门海峡，切断大陆与东山的所有联系！

雷子湘：是！

陆静澄放下指杆，走回主席位：诸位，此次反攻关系重大，各部一定要密切配合，英勇作战，速战速决，力争用4到8个小时拿下东山！

众：速战速决，拿下东山！

陆静澄抬手看表：总攻时间：7月16日凌晨5点。

十二、县委会议室　日　内

会议正在进行。

张立新：根据龙溪地委召开的战备紧急会议精神，我们东山县决定成立“海防对敌斗争指挥部”，谷文昌同志任指挥，我任政委。同时，公安局成立战备治安领导组，马栓柱任组长。指挥部要求广大干部白天要枪不离身，夜晚要和衣而眠，时刻提高警惕，随时准备战斗。具体部署由咱们的指挥长谷文昌同志谈。

谷文昌：同志们，有一股味大家闻到没有？

众疑惑：什么味？

有人还吸着鼻息。

谷文昌：火药味。最近，蒋介石反攻大陆的叫嚣越来越高了，敌舰屡屡在近海窥探，敌机连连来低空打转，东山岛的火药味越来越浓了。我们东山这座孤岛，正面就是台湾，历朝历代都是兵家必争之地。如果老蒋反攻大陆，那东山就是他的首选之地！同志们，我们万万不可麻痹大意啊！自从东山民兵团成立以来，我们又相继组织了 24 个武工队，两个支前大队，192 个担架队，40 个救护队，60 个宣传队，我们的民兵也发展到了 4000 多名。为了便于调动指挥，指挥部研究决定：把全岛划为 6 个指挥区，10 个联防哨。同时在重要防御点设立 147 个固定哨，97 个流动哨。指挥部还抽出 72 个同志组成海防工作队，分头下乡，深入基层，广泛发动群众，开展对敌斗争教育，同时检查督促战备落实情况，工作队明天出发。

十三、八〇团团部　夜　内

游梅耀脱下军装，正要往床上躺。

高参谋急急跨进来：游团长，军区首长紧急来电。

游梅耀快速坐起来取衣服。

高参谋：敌舰 12 艘从金门出发，大有骚扰我沿海岛屿之势，令你部立即准备战斗！

游梅耀抬头看看墙上的挂钟。

挂钟指向 11 时半。

他踱了两个来回：高参谋，回电军区首长，我团已做好一切战斗准备。通知各营立即起床，按第二套方案准备战斗！

高参谋：是！

转身跑出团部。

游梅耀拿起电话：接谷文昌县长。

十四、谷文昌家　夜　内

暗夜中，浅浅的鼾声。

电话铃骤响。

谷文昌一骨碌坐起来，伸手抓起了电话。

听筒内传出急促的声音：谷县长，我是游梅耀。刚刚接到军区急电，敌舰 12 艘，已从金门出发向南开来，像是要骚扰我沿海岛屿，你立即组织党政机关干部及家属，天亮前全部撤离东山岛！

谷文昌：游团长，家属可以撤离，但我们地方干部一个也不会离开东山岛，我们要和你们一起战斗！

谷文昌撂下电话，拉开门大喊：通讯员，通讯员！

十五、张立新家　夜　内

灯亮着，张立新趴在桌子上睡着了。

电话铃响起，张立新抓起了电话。

他撂下电话，大喊：小江，马上通知县委所有干部召开紧急会议！

十六、县委会议室　夜　外

张立新：同志们，刚刚接到紧急情报，敌舰 12 艘正朝我东山岛开来，很可能是进攻东山岛，我们要做好一切战斗准备，全体共产党员、共青团员和每一个革命干部都要有坚定的信念，要用鲜血和生命来保卫东山！

谷文昌：干部家属全部撤离东山，转移到云霄县，由王小江同志负责，同时把秘密文件安全转移，普通文件烧毁！

王小江：是！只要我在，就保证党的文件在，只要我活着，就一定把家属们安全送出东山岛！

谷文昌：带长枪的同志组成长枪班，掩护群众转移，带短枪的同志组成短枪班，保卫首长安全，保证通讯联络。

众：是！

谷文昌：其他同志到第一线参加支前。通讯班通知各乡镇领导，马上组织民兵，担架队、救护队，配合驻军做好战斗准备。

岳文明：老谷，那些“兵灾家属”怎么办？我看，应该派人把他们监视起来，他们的亲人有可能会被派来参加反攻的。

会场上沉默了，大家都盯着张立新与谷文昌。

谷文昌：不，我们要相信他们，他们对国民党有着深仇大恨，绝不会背叛共产党！同志们，考验我们的时候到了，共产党员、共青团员全部冲到第一线去，出发！

十七、县委门口　夜　外

史英萍带领一帮女同志往外跑着，正遇到张立新。

史英萍：张书记，我们女同志要求留下参加战斗！南下 6000 里我们都走了过来，我们不怕！

张立新：不行！凡是干部家属全部撤离，一个不留，这是命令！

史英萍还想说什么，张立新带着一帮干部快步离去。

十八、村庄　夜　外

街头聚了一大片群众。

谷文昌挥着手，激动地讲着话：国民党反动派不甘心他们的失败，妄图卷土重来，还想骑在我们老百姓头上作威作福，乡亲们，咱们能答应吗？

众人异口同声回答：不答应！

谷文昌：对！我们坚决不答应！咱们这个新社会，是无数革命烈士用鲜血和生命换来的，好日子才刚刚开了个头，我们要团结起来，组织支前，以实际行动来支援解放军，和他们一起，把国民党打回台湾去！

群众喊起了口号：把国民党打回去！保卫东山！支援解放军，打垮蒋匪帮！

熊熊的火把，照亮了一片高举的拳头。

十九、前线指挥部　晨　外

游梅耀走出指挥所，来到晒谷场上，举目四望。

四周静悄悄地，东方天际露出一线光亮，海上一片白茫茫的雾。

高参谋跑过来：报告团长，距苏峰山 30 华里的海面上，发现 6 艘敌舰。

游梅耀：唔，来了，我看他们是兔子叫门……送肉吃！高参谋，通知各部，准备战斗！

高参谋：是！

转身跑向指挥所。

游梅耀抬腕看表：5 点整。

二十、海滩　晨　外

三颗绿色的信号弹升上了天空。

敌人登陆了。

大炮在轰鸣，炸弹在炸开。

东山岛上，顿时战火纷飞，硝烟弥漫。

二十一、渔村　晨　外

密集的枪声，隆隆的炮火。

村民们手拿渔叉、锄头冲出家门，跑向村外。

担架队抬着担架、门板奔跑在硝烟中。

二十二、海滩　晨　外

蒋军如蝼蚁般，密密麻麻地涌过来。

朱家振挥枪督战：快，快冲！

我海防民兵利用礁石，矮墙作掩体，节节阻击。

二十三、山道上　晨　外

谷文昌、张立新率一队干部在硝烟中急行。

突然，几发炮弹袭来。

谷文昌疾呼：卧倒！

众人纷纷卧倒。

几颗炮弹在周围爆炸，掀起团团沙石。

硝烟散去。谷文昌抬起头来，抖抖帽子上的沙尘。

岳文明及干部们跟着谷文昌又往前冲去。

对面，游团长、高参谋及几个战士迎面跑过来。

谷文昌：游团长！

游梅耀：谷县长、张书记，你们怎么在这儿？

谷文昌：我们县委的同志们来支援你们。你看，还为战士们送来了饭和开水。

游梅耀：好，谢谢你们！

炮火中，张立新、谷文昌率队向二〇〇高地攀登。

二十四、二〇〇高地　日　外

战士们趴在战壕里严阵以待。

远处传来喊声：共军弟兄们，你们已经被包围了，逃是逃不掉的，快投降吧！

战士甲：呸！瞎嚷嚷有屁用，有种的你过来呀，咱俩拼拼试试！

说着拍拍枪尖上的刺刀。

战士乙：不害臊，最后咱看看谁投降谁?

游团长、谷文昌、张立新、岳文明率一帮干部战士来到二〇〇高地。

战士们一片欢腾!

游团长：同志们，县委张书记、谷县长来看望大家了。

战士们热烈地鼓起掌来。

谷文昌、张立新及干部们与战士们握手。

干部们为战士们送开水和干粮、包子。

游团长：我们一定守住二〇〇高地，要把敌人死死地钉在这里!

众战士：首长放心，人在阵地在!

谷文昌兴奋地看着战士们：老游，咱们的战士士气高昂、斗志冲天，我看没问题。

郑连长：谷县长，我们保证，阵地绝对不会丢失!

谷文昌：好，郑连长，东山人民等着你们二连的好消息!

二十五、铜钵村　日　外

敌军攻入村子。

一匪兵举着枪砸向一扇门。

几个匪兵在追逐一个受伤的解放军战士。

二十六、刘杏花家　日　外

刘杏花提着水桶走出屋门一愣。

一个解放军伤员一拐一瘸地走过她家门前。

刘杏花放下水桶，跑过去：同志快进来。

她把伤员扶进门来，返身关上了大门。

刘杏花看看战士的伤口，她从衣摆上“嚓”地撕下一块布来，包扎在战士的伤口上，包扎完，她把战士扶进柴草间，抱一抱柴草把战士盖上。

刘杏花走出柴草间，蓦地发现地上有血迹，她赶忙抓起一把柴草要擦。突然，她灵机一动，站起身从屋里拿出一把菜刀来。

刘杏花从鸡笼里抓起一只鸡。

大门外响起乒乒乓乓的砸门声。

刘杏花使劲用刀在鸡脖子上割了一下，然后松开了手。

鸡惨叫着，满院子疯跑起来。

把血喷得到处都是。

刘杏花追着鸡，大门被砸开了。

几个匪兵端着枪冲了进来。

敌兵甲：大嫂，看没看见一个共军伤兵？

刘杏花：伤兵，俺不知道。

敌兵乙：哼哼，只怕是你知道不说吧？弟兄们，给我搜！

刘杏花：哎哎，兄弟们，我真没看见什么伤兵哪，你们是从台湾来的吧？

敌兵甲：我们奉蒋总统的命令光复大陆，专程解放你们来了。

刘杏花：哎呀，可把你们盼来了，大兄弟，咱们是一家人哪，我丈夫也在你们队伍上。他叫黄阿田。

敌兵乙：黄阿田，好像有这么个人。

刘杏花：兄弟，你见过他？这回他回来了吗？

敌兵乙摇摇头：说不清楚。

刘杏花：大兄弟，我听说你们要来，这不，一大早就为你们杀鸡，唉，我这手笨，刚下刀，就让它扑棱飞了。来，麻烦几位兄弟帮我抓住它，我给你们炖鸡汤喝。

几个敌兵抓起鸡来，满院子乱跑着。

一个当官的冲进院子：王魁，你他妈的，不抓共军，倒抓起鸡来了，混蛋！快，共军从村北过来了，快给我冲上去顶住！

几个匪兵匆匆跑出院子。

刘杏花脸上露出一丝笑容，轻轻掩上院门。

二十七、四一〇高地　日　外

六连一排战士坚守在高地上，炮弹在他们身边炸开。

机枪手牺牲。

一名战士冲过去，端起了机枪。

敌人冲了上来。

机枪发出串串子弹，突突地吼叫着。

敌人的又一次进攻被打退。

一战士向排长报告：排长，右侧的敌人包抄过来了。

又一战士报告：排长，左侧的敌人也包抄上来。

排长：同志们，我们已整整牵制了敌人 4 个小时，胜利地完成了阻击任务。黄飞龙同志带机枪班掩护，其他同志快撤。

黄飞龙：是！

机枪班战士端起机枪，射出一串串密集的子弹。

一个又一个战士牺牲了。

子弹打光了，机枪停止了吼叫，黄飞龙掏出了手榴弹。

敌人嗥嗥地叫着，包围上来：抓活的，抓活的！

黄飞龙拉开导火索，一跃而起，高举着手榴弹冲入敌群。

敌人纷纷惊恐地后退。

轰隆一声巨响。

黄飞龙与敌人同归于尽。

二十八、二〇〇高地　日　外

敌军向二〇〇高地猛攻，炮弹如狂风暴雨，倾泻在山坡上。

高地上巨石飞崩，烟尘蔽天。

战壕里，战士们猛烈还击。

战士甲：报告连长，机枪子弹只剩下一箱了。

战士乙：连长，手榴弹用完了。

连长摇着电话：喂，喂喂！喂。游团长，我是二连连长郑战德。二〇〇高地弹药告急，请火速支援，火速……

一颗炮弹落下，电话线被炸断了。

二十九、山道上　日　外

硝烟中，谷文昌扛着弹药箱，率队往山上冲。

岳文明扛着弹药箱，紧跟在谷文昌身后。

武装部长马栓柱从掩体中露出脑袋，看见谷文昌冲过来，他跳出战壕，跑上去抢过谷文昌肩上的弹药箱。

马栓柱：老谷，你不在指挥所呆着，上来干什么？小李、小赵你们俩过来，把谷县长给我押回指挥所去！

小赵、小李跑过来，拉起谷文昌就往山下跑。

突然，几发炮弹袭来。

岳文明大喊一声：老谷！

他一下扑倒在谷文昌身上。

炮弹在他们身边爆炸。

硝烟散开，谷文昌抱着昏迷的岳文明大喊着：老岳，老岳！小李，快过来，帮我把老岳送下去抢救！

小李跑过来，把老岳扶到谷文昌背上。

谷文昌背起岳文明朝山下跑去。

三十、指挥部　日　内

谷文昌与小李、小赵跑进指挥所。

小李：张书记，按照马部长的命令，我们俩把谷县长送回来了。

张立新：好，来，喝杯水。

小李、小赵接过茶缸，咕咚咕咚地喝着。

谷文昌转身扛起一箱子弹冲了出去。

张立新：老谷，老谷……

三十一、三五〇高地　日　外

指挥所里，电话铃声、发报机声响成一团。

游梅耀举着望远镜观察着阵地。

报务员：游团长，你来听，敌人的报话员在对讲！

游梅耀跑过去。

……共军的援兵来了！

来了多少？

一个营。

游梅耀兴奋地一拍桌子：好，我们的增援部队来了。

报务员：游团长，你再听。

……伞兵报告指挥所，伞兵报告指挥所，共军进岛的部队越来越多，请马上派人增援我们……

随着“嘎吱”一声，匪兵不吱声了。

游梅耀：哈哈，敌伞兵完蛋了。

一战士冲进来：报告团长，敌 4 个主力团突入樟塘集结待命。只有第二突击大队单独进攻我二〇〇高地。

游梅耀：高参谋，四一〇高地有何动静？

高参谋：没有，敌人没有发动任何进攻！

游梅耀踱着步思考着。突然，他停下来：敌人在耍花招，企图诱我抽兵增援二〇〇高地，然后一口吞掉四一〇高地。高参谋，通知二〇〇高地的二连长郑战德，坚守阵地，不准出击！

高参谋：是。

三十二、县城　日　外

谷文昌与小侯走上街口。

谷文昌：小侯，走，咱俩到城关的大街上逛逛。

小侯：谷县长，这火烧眉毛的时候，你还有心事逛大街？

谷文昌：对，逛大街！蒋匪军不是到处造谣，说我谷文昌被活捉了，我就是要去大街上逛逛，让东山人民看看，我这个县长还活着！我要亲自粉碎敌人的谣言。

小侯：好，谷县长，咱们走！

谷文昌大摇大摆地走在大街上，小侯也大摇大摆地跟着他。

街上的群众吃惊地看着：吔，那不是谷县长吗？可不是么？谷县长回来了，谷县长回来了！

人们欢呼着，越聚越多。

一位老妇人：谷县长，你没有被他们抓走啊？

谷文昌：老嫂子，他们抓不走我，我要和大伙一道，把保卫东山的战斗打到底！

一位老汉走上前，拉着谷文昌的手：老谷啊，你去台湾又回来啦？

人群中发出一阵哄笑。

三十三、二一四高地　黄昏　外

山顶的三个地堡中射出一串串子弹，压制得我军战士抬不起头来。

张学栋：机枪掩护，我去端了它。

机枪手交叉射击。

张学栋端起一挺机枪，一跃而起，勇猛地向敌人的地堡冲去。

一串子弹打过来，张学栋的大腿和胸部几处受伤，他摔倒在地上，昏了过去。

剧烈的伤痛使他清醒过来，他又一次跃起，冲到了敌人的暗堡跟前。

张学栋端起机枪对准了暗堡的枪口。

他扣动了扳机，可枪哑了。

张学栋看了一眼战友们。

他扔掉了机枪，跳过去用胸膛堵住了敌人的枪口。

冲锋号响了，战士们冲上了高地。

硝烟滚滚，杀声阵阵。

敌兵如热锅上的蚂蚁，纷纷向山下逃去。

三十四、山坡上　黄昏　外

解放军战士，押着一队队俘虏走过。

民兵们在打扫着战场。

谷文昌走在战后的战场上。

脚下，到处是敌军的尸体。

远处，我军一名战士与敌军同归于尽。

谷文昌躬身用力将战士的遗体分开。

他双腿跪在战士的遗体前，亲手为战士合上双眼，理好军衣，系好扣子。

谷文昌流着泪，凝视着血与火的战场。

第八集

本集剧情简介

谷文昌带领通讯员陈保国走村串户了解民情。老百姓吃不饱饭，穿不暖衣，没有柴烧，没有水喝像一块巨石压在他心上。他暗下决心，一定要改变东山的贫困面貌。他殚精竭虑地带领干部群众挖水井，修水渠，建水库，积极组织生产自救。

干部家属曾凤琴到县政府上访，谷文昌热情接待，并亲自买票送她回家。

侄女史玉姗要求调个好一点的工作，谷文昌一口回绝，史玉姗摔门而去。

东山接二连三发生渔民翻船事件，谷文昌默立在海滩上，听着群众撕心裂肺的哭声，欲哭无泪。星夜，谷文昌独坐在礁石上，望着八尺门海峡沉思默想，他下定决心要修一座海堤，让东山这座孤岛与祖国大陆连起来。

在湖塘村，谷文昌走访老村民，亲历常年肆虐的风沙灾害，心灵受到强烈的震撼。他住到农民蔡福林家里，与老蔡彻夜谈论如何治理风沙。为了改变东山西貌，谷文昌跑到漳州地委申请资金，网罗人才，寻找技术，并亲自带领机关干部参加修建水库的义务劳动。同时，着手修建东山县第一条公路。

一、会场　日　外

主席台上方悬挂着巨幅会标：东山保卫战庆功大会。

台上正中挂着毛主席、朱总司令的画像。

台下，战斗英雄与支前模范胸佩大红花，站在前排。

张立新主持会议：现在，我宣布，东山保卫战庆功大会隆重开幕！

鞭炮骤响，乐曲高奏，锣鼓喧天，彩旗飘扬。

会场上，一张张笑脸划过镜头。

张立新：首先，请东山县县长谷文昌同志讲话。

台下响起暴风雨般的掌声。

谷文昌：同志们！七月十六日拂晓，敌人在台湾拼凑了4个主力团，4个突击大队，1个伞兵大队计13000多人，约10倍于我们的兵力，海、陆、空三军配合，登陆东山岛，企图在4至8小时内占领东山岛。但在我驻岛部队，全县党政军民的英勇战斗下，来犯的蒋匪军遭到了可耻的失败，美蒋匪帮的如意算盘被我们彻底粉碎了！

台下再次爆发出雷鸣般的掌声。

谷文昌：同志们，党中央、毛主席一直关注着我们东山的战斗，当胜利的捷报传到北京，毛主席非常高兴，他亲自给我们的叶飞司令员打来电话称赞说：东山战斗不光是东山的胜利，也不光是福建的胜利，这是全国人民的胜利！

会场上喊起了震天的口号声：毛主席万岁！共产党万岁！中国人民解放军万岁！

谷文昌：同志们，在总结胜利的同时，我们一定要克服麻痹思想，不要骄傲自满，要继续巩固海防，保卫东山。另外，我们还要抓紧恢复生产，做好抗旱工作，努力把战斗中的损失抢回来，争取秋季丰收。

全场又是一阵热烈的掌声。

二、谷四叔家　日　外

桑氏手里捏着一封信，兴冲冲地走进院子：他四叔，他四叔。

谷四叔从屋里跑出来。嫂子，有事儿？

桑氏：他四叔，俺家文昌从福建来信了，给，你快给俺念念。

谷四叔接过信封，撕开，掏出信纸来展开念道：娘：前一段工作太忙，顾不上给您去信，您老人家身体好吗？娘，东山岛离台湾很近，蒋介石、国民党经常派兵来捣乱，上个月17日，他们来了13000多人攻打东山……

桑氏：他四叔，俺昌儿又打仗了？

谷四叔点点头，接着念信：天上有飞机，地上有坦克，大炮，海上有军舰。敌人气势汹汹，想要杀回东山岛。结果，被我军民打得稀里哗啦。仗打了两天一夜，我们消灭蒋匪军3000多人，打落敌机2架，打沉敌舰3艘，剩余的敌人连滚带爬地逃回了台湾。

桑氏：打得好，蒋光头这个龟孙，就得狠狠地打他！

谷四叔继续念信：战斗胜利后，我们正忙着巩固海防，恢复生产，每天都有一大堆工作要干。我这里一切平安，望娘不必牵挂。娘，家里生活怎么样，秋庄稼好吗？粮食够不够吃？快八月十五了，现寄去40块钱，望娘查收，如有什么困难，一定及时来信。代我问候四叔好。此致，敬礼。儿：文昌。1953年8月29日。

谷四叔折起信纸，又装入信封里，交给桑氏：文昌这孩子，每次来信都挂念着问候俺。嫂子，要不要给文昌回个信？

桑氏：他四叔，过几天，等收完秋再回吧。

三、县委书记办公室　日　内

张立新坐在办公桌前批阅文件。

谷文昌走进来：张书记。

张立新抬起头来：老谷，来，坐。找我有事？

谷文昌：我这个县长，刚接手没几天，就赶上打仗。现在，仗打完了，我想用一段时间，下去走走，把东山的情况全面摸一摸，不然，我没有发言权哪！

张立新：好哇，老谷，咱们俩肩上扛着东山十几万人哪，是得多下去走走看看，不然的话，咱们的决策就容易失误呀！忙过这几天，我也下去看看。

谷文昌：好，咱们俩想到一块去啦！

四、村路上　日　外

新来的通讯员陈保国骑着自行车带着谷文昌骑在前面。

办公室主任刘金才骑车跟在后边。

正骑着，车轮陷进了沙窝里“呲”地一下，车子倒了。

谷文昌和陈保国两个人一块儿摔在地上。

刘金才赶忙刹闸，险些撞到谷文昌身上。

他扔下车子，赶忙去搀扶谷文昌。

谷文昌从地上坐起来，侧着身子，捂着屁股直哎哟。

陈保国扶起自行车：首长，你没事吧？

谷文昌：保国啊，你要摔我也得搞个软着陆啊，你看，就这儿有块石头，哎哟！陈保国不好意思地苦笑着：首长，我哪知道这有块石头哇！

说着走过去，把谷文昌扶起来。

他弯下腰，把那块埋着的石头从沙窝里扒出来，气呼呼地将石头扔向远处。

刘金才：谷县长，今后下乡，你就雇一辆车吧，保国参加工作时间不长，也是刚学会骑车呀！

谷文昌拍打着身上的土：雇车？金才，你这个主任是当家不知道油盐贵哟！雇一天要花 3 毛钱呐！有这 3 毛钱老百姓能吃三顿菜，可以买 9 个鸡蛋哪！现在，咱有这两辆自行车骑着，已经很不错了，走吧！

大家骑上车子，重新上路。

路两边的田地里，有三三两两的农民在劳作。

谷文昌：金才呀，这一仗打下来，毁了不少庄稼呀！我们要尽快解决群众这眼前的生活困难。我看，咱是不是提倡大家在自己家的房前屋后种点菜，过个十天半月就能吃了。

刘金才：谷县长，这可是个好主意！眼下 8 月将尽，赶一茬庄稼来不及了，可种菜还不耽误！

五、村里　日　外

谷文昌路过一户农家，见两个小孩坐在门口争一块地瓜。

孩子甲：不行，你那一半大，不行！

孩子乙：不行换换！

说着把半块地瓜换了过去。

谷文昌蹲下来：小鬼，你们家一天吃几顿饭呀？

一个小孩看着谷文昌，伸出一个手指头。

谷文昌心酸地摸了摸孩子的头。

谷文昌走到另一家门口站住了。

农家门上都没有门板。

谷文昌：这村里怎么回事？这么多家的房子咋都没有安门哪？

刘金才：打仗时，乡亲们为了抬伤员，把门板拆下来当担架。等到战斗结束，不少家的门板找不到了。

谷文昌感慨地说：金才呀，咱们的老百姓真好！保国，你去把村主任叫来。

陈保国骑上自行车走了。

谷文昌与刘金才又走向另一家。

六、村口　日　外

谷文昌、刘金才与村主任在开小会。

谷文昌：何主任，你们村委会得想想办法，把各家的门给安上啊！

主任：咳！安不安都一样，谷县长，你到村里看看，家家户户都是空荡荡地，就是来个小偷儿也没啥可拿呀！

谷文昌：咱东山风大沙大，没有门咋能行？再说这孤儿寡母多，安上门儿，他们心里踏实呀！

主任：行行，我们一定想办法。

谷文昌：何主任，你们村眼下有多少户揭不开锅的？

主任：差不多得有二十五六户吧。

谷文昌：金才，你明天催粮食部门，先挤出一些粮尽快发到这些贫困户家里。何主任，在救济粮没到之前，你们一定要想尽办法，帮群众渡过这个难关，可不能让一户百姓断顿！

七、路上　日　外

谷文昌与陈保国，刘金才步行在乡间小路上。

迎面走过来一支迎亲队伍。

一帮乐师热热闹闹地吹打着潮州锣鼓。

谷文昌好奇地立在路边观看。

迎亲队伍后边，几个人抬着嫁妆，其中有两个人挑着两担水。

谷文昌：金才，这儿结婚怎么还挑着水桶？

刘金才：谷县长，那是嫁妆！

谷文昌一愣：嫁妆？这风俗跟我们河南老家就是不一样啊，水算什么嫁妆呀！

陈保国：谷县长，东山缺水，有不少村庄都吃不上水。所以，就把水当嫁妆了。

谷文昌久久地看着远去的迎亲队伍，脸上写满了沉重。

八、田间　日　外

稻田里没水。

地表旱得龟裂成一块一块的。

稻禾焦黄干枯。

谷文昌蹲在田埂上吸着烟，一脸焦躁。

他扔掉烟头，猛地站起身来：走，咱们再到岱南村去看看。

九、岱南村　日　外

村头，排着一支长长的队伍。

人们提着水桶、罐子，有的端着盆子。

谷文昌走过来，走到了队伍的尽头。

一口井映入他的眼帘。

一个40来岁的汉子站在井边，弯腰拔着绳子。

谷文昌走到井口，伸头往井里看。

那汉子手中的绳头拴着一个小男孩的腰。

男孩趴在井里，手拿水瓢，一瓢一瓢地向桶里舀水。

一桶水提了上来，浑浑的像泥汤。

谷文昌回头看看等水的长队。

他的眼睛湿润了。

十、村头　日　外

干涸的塘边。

谷文昌与几位村干部蹲在一棵柳树下开会。

谷文昌：林主任，群众吃水都困难，这生产还怎么搞？咱得赶快想想办法呀！

林主任：唉，这老天不下雨，能有什么办法呀，塘里，井里都干了。

干部甲：咱东山岛四面是水，可就是光能看不能吃啊！

谷文昌：不行！咱们得找水！

林主任：找水？上哪找？

谷文昌：俗话说，山有多高，水有多长。有山就一定有水。我看有两条路：一是往山上找；二是往地下找。

干部乙：咱们肉眼凡胎，隔着石头隔着土，谁也看不透这水脉究竟在哪儿呀！

干部甲：哎，咱们村里的古先生不是会看风水吗？咱请他看看怎么样？

谷文昌：看风水？那是迷信！依我看，水井一般都打在水脉上，咱们就先从井边找！

十一、会议室　夜　内

谷文昌：同志们，今天晚上，我们专门召开一个抗旱找水的会，大伙有什么想法、建议、敞开了谈。小陈，你先说吧。

小陈：我们东山历来就是个缺水的地方，群众有句老话叫做“三天无雨火烧埔，一夜大雨水成灾。”确实就这么个情况。大家看看地图就会明白，东山一没有高山，二没有湖泊，三没有河流，所谓的几条河都是季节性的，一下雨，水顺着河哗哗地流到海里去了，雨一停河马上就干。咱东山咋能不缺水？

干部甲：小陈说得很对，我们气象站做过详细的统计，东山的年平均降水量是 1200 毫米。按这样计算，我们每一平方公里的面积上，一年要降 100 多万方水呀！咱东山总共 194 平方公里，这该是多少呀？将近 2 亿方哪！

干部乙：按这么一算，咱东山不缺水呀，只可惜，这么多水，大部分都白白地流进大海了。

谷文昌在本子上记录着。

干部乙：还有一部分水渗入了地下。可自然形成的那些塘和群众挖的那些小水池存不了多少水，只要一个月不下雨，塘就干了。咋能不旱！

干部丙：咱能不能想办法把水存起来？

小陈：存水可是个好办法，要存水，就要修水库，我们水利科建议修几座水库。

谷文昌：好！咱们就修水库，你们水利科抓紧行动，尽快拿出一个方案来。同志们，今天的会议开得很好，大家提了不少的建议，拿出了不少办法。但是有一点，修水库工程大，耗资多，时间长，这可是远水不解近渴呀！眼下的旱情怎么办？要我说天不下雨，我们就向地要！明天，我们所有干部都要下乡，发动群众挖井，找地下水抗旱！我给大家定个任务，每人挖它一口井。

十二、岱南村　日　外

谷文昌扛着铁锨、镢头，带领几个干部走进村子。

谷文昌站在井边，仔细地看着周围的地形地貌。

良久，他盯着一处地方，把铁锨使劲往地上一戳：就在这挖。

大伙七手八脚地干起来。

盛夏的太阳毒毒地晒着。

大伙儿的衣服全被汗浸透了。

一锨锨土扔出来，全是干土。

干部甲疑惑地问：谷县长，咱都挖了一人深了，还是干土，这儿能挖出水来吗？谷文昌从土坑中爬出来：不挖，哪儿都没水！

他脱下外衣，又脱下长裤，只穿着背心短裤，又跳进土坑中，奋力挖起来。

一筐筐土提上来，土变湿了。

大伙儿不由自主地加快了劳动进度。

一干部：呀，出水啦、出水啦！

大家蹦着跳着欢呼着，不少群众跑过来围着看。

群众甲：呀，谷县长真神哪，他指个地方，一挖就能挖出水。

群众乙：谷县长会看水脉地筋。回头得让他给我也指个地方，我也挖它一口井。

刘金才：谷县长，你出来歇歇，我下去挖一会儿！

几个人伸手把谷文昌从土井里拉了出来。

谷文昌一头一脸的汗，背心上、裤头上洒满了泥点，小腿上、脚上全沾满了泥。

十三、田间　日　外

放眼田野，到处是挖井的人。

一筐筐土在人们手中传递。

一锨锨泥从土井中扔出。

十四、一组镜头

一桶桶水从井中打出，

一队队挑水抗旱的人。

一桶桶水浇入干涸的稻田，

一丛丛稻禾抽出了穗。

十五、县委会议室　日　内

县委会议在进行。

张立新：同志们，东山战斗过去3个多月了，今天我们开会，主要研究一下群众生活问题，大家谈谈吧。

谷文昌：东山战斗中，我们大片大片的庄稼被毁，战后，地区农业局分配给我县的优良稻种也早过了播种期，没毁坏的稻子因为干旱，收成又不好，尽管我们鼓励农民在房前屋后种了些蔬菜，但那解决不了多大问题，不少群众陷入了困境。我建议咱们把群众缺粮的实际情况向地委如实汇报，请求专署救济。

干部甲：我不同意谷县长的意见，我们东山不交粮食，还再伸着手向上级要粮食，这怎么行呢？

岳文明：对！要救济是害怕困难，向困难屈服。我们东山人民有志气，靠我们自己的力量，是可以渡过难关的。

谷文昌点起一支烟，冷静地听着。

干部乙：生活困难的，毕竟是少数，暂时克服一下是可以过去的。

刘金才：饿肚子的人可不是少数，我跟着谷县长作了3个乡的调查，这3个乡中，有16000多人生活困难，这不是个小数字，也不是一个小问题，我这里有困难户的统计表。

他把几张表交给了张立新。

张立新认真地看着。

会场上出现了沉默。

谷文昌：我这个人喜欢讲实话，两三万人饿肚子的事实是回避不了的。要解决这个问题，喊几句空口号是无济于事的，也不是三天五天就能从根本上解决的。面对困难，我完全同意大家刚才说的意见，靠我们东山自己的力量，发动群众，渡过难关。但那需要时间哪！同志们，肚子是不好哄的呀，俗话说：人是铁，饭是钢，一顿不吃饿得慌。据我了解，不少人家一天只吃一顿稀饭。因此，我还是主张向上级汇报，请地区帮助我们解决，我们不能只图虚名，让群众饿肚子呀！

张立新：我同意谷文昌同志的意见。刘主任，你马上起草报告，明天报送地委。

十六、公路上　阴雨　外

一位青年妇女踏着泥泞，匆忙地走在土路上。

突然，她脚上的鞋子被泥沾掉了。

她弯下腰，提上鞋子，又挽了挽裤腿，继续迎着风雨朝前走。

十七、县委大院　阴雨　外

青年妇女站在门廊下，理了理被风吹乱了的头发，又抻了抻衣服，跺了几下脚上的泥。走进了县委院。

十八、民政科办公室　阴雨　内

史英萍正坐在办公桌前写着什么，青年妇女走了进来。

史英萍：同志，你找谁？

青年妇女：我叫曾凤琴，俺想找谷县长，说说俺丈夫工作的事。

史英萍：谷县长的办公室在楼上，走，我领你去。

说着，史英萍站起身，拿起雨伞，领着曾凤琴走出门去。

十九、谷文昌办公室　阴雨　内

谷文昌正在打电话。

史英萍领着青年妇女站在门口。

谷文昌：好，好，就这么办。

他放下了电话。

史英萍：谷县长，这位妇女同志找你。

谷文昌：来，进来坐吧。

谷文昌热情地拿过一把椅子来：你家是？

青年妇女：俺家是铜陵的，我叫曾凤琴。

谷文昌：铜陵的？这 20 多里路，你是走路来的吧！

曾凤琴：不，不……

谷文昌：看你这一双鞋上全部是泥。天还下着雨，跑这么远的路，真是难为你了。史英萍倒了一杯水给曾凤琴递过去。

谷文昌：你找我要反映什么事儿？

曾凤琴：谷县长，我想求您把我丈夫调回来工作。

谷文昌：你丈夫？

曾凤琴：我丈夫叫沙长河。

谷文昌：沙长河，我认识，他不是在咱县司法科上班吗？

曾凤琴：是呀，可前一段把他从东山调到南靖县去了。他这一走，俺家里一下子塌了天，奶奶快 90 岁了，娘是个残废，俺孩子又小，这一家四代，老的老，小的小，病的病，我一个妇女家咋能挑得起来呀！

说着，她抽泣起来。

谷文昌：凤琴，你别哭呀。你反映的问题，我们一定认真考虑，尽快想办法帮你解决。

曾凤琴：谷县长，那俺先谢谢您了。

谷文昌：不谢，不谢。听我说，这天不好，路又远，你回去呀就别再走路了。走，我送你到汽车站去。

曾凤琴擦擦泪与谷文昌、史英萍一起走出了办公室。

二十、汽车站　阴雨　外

谷文昌、史英萍撑着伞，与曾凤琴冒雨走进汽车站。

他合上伞，对曾凤琴说：你等着，我去买张票。

谷文昌来到窗口：同志，给我买一张到铜陵的票。

说着，把钱递了进去。

窗口伸出售票员的手，递出车票与零钱。

谷文昌跑过来，把票递给曾凤琴：你坐车回去，家里有老人，还有孩子，别让他们等急了。

史英萍撑开伞，两人一起走入雨幕中。

曾凤琴捏着车票，眼里噙着泪，目送谷文昌走远。

她转身跑到窗口：同志，麻烦你个事吧！

售票员：什么事？

曾凤琴：俺想退票，麻烦你把退的钱还给谷县长，他帮俺家解决了难题，俺不能再让他花钱给俺买车票。同志，俺谢谢你了。

说完，她转身匆匆离去。

售票员追出来，曾凤琴已经跑远了。

二十一、谷文昌办公室　阴雨　内

谷文昌与史英萍拿着伞刚进门，电话铃响了。谷文昌走过去拿起了电话。

听筒：谷县长吗？我是汽车站售票员。刚才，您送的那位女同志把票退掉冒着雨走了，我现在把票钱给您送过去吧？

谷文昌答应了一声，放下了电话：英萍，我不会骑自行车，你快骑上车子，顺西铜公路去追曾凤琴，一定要把她送到铜陵。

史英萍：好，老谷，你放心吧！

说完转身就走。

谷文昌：英萍，把伞带上，她没打伞。

二十二、公路上　阴雨　外

风仍在刮，雨仍在下。

史英萍顶着风雨，骑车飞驰。

远远地，前面有一个妇女的身影。

史英萍骑到曾凤琴前边，停下了车。

史英萍：大嫂，来，快上车。谷县长听说你退了车票，专门派我来送你的。

曾凤琴撑开雨伞，坐到了史英萍车后。

自行车在风雨中飞跑。

曾凤琴眼泪止不住流了下来。

风雨中，两人的身影越来越小。

二十三、路上　日　外

秋阳高照，沙岗起伏，赤地沙滩，一片荒凉。

土路上，秋风起处，沙尘飞扬。

陈保国骑着自行车，车后坐着谷文昌。

大路边的五里亭下，坐着一群人。

谷文昌：保国，你停一下。

陈保国握紧车闸刹住了车。

谷文昌从车后座跳下来。

陈保国：首长，咋了。

谷文昌：保国，你看那一群人。我一口河南腔，说话怕他们听不懂，你去问问，他们这是要干什么？

陈保国把自行车架支起，朝五里亭走去。

二十四、五里亭　日　外

亭下，呆坐着五六个衣衫褴褛，面色黧黑的男女，脚边放着几只破碗。

两个孩子少气无力地偎在母亲怀里。

一个孩子捧着母亲干瘪的乳房，贪婪地吮吸着。

陈保国走过来：老爹、大妈，你们这是去哪儿呀？

一老者两鬓染霜抬起眼皮，嚅动着干裂的嘴唇：赶集去。

谷文昌走来，看看地上的破碗空篮：这样子哪像赶集，保国，你对他们说，我是县长，有什么苦处难处，可以告诉我。

陈保国：老爹，这是咱东山县的县长，你们有什么苦，什么难处可以跟他讲。

众人把目光集中到谷文昌身上。

谷文昌朴实的脸上写满真诚，褪色的衣裤上蒙满灰尘，破旧的布鞋踩在沙地上。

老人不信地指着谷文昌问：他，他是县长？县长可是大官呀！

老人摇着头：他不像。

谷文昌：老人家，我叫谷文昌。

陈保国：老爹，我不骗你，他真是咱们的县长啊！

老人站起来：谷县长，你……俺……

谷文昌一把抓住老人的手：老人家，快坐下，慢慢说。

扶老人家坐下，自己也盘腿坐在沙地上。

老人：谷县长，实话跟你说吧，俺不是去赶集，俺这是出去讨饭哪！

老人的嘴唇颤抖着。

谷文昌把脸背过去，良久才转过来，一脸沉重地说：老人家，你们是哪个村的？

老人：俺是山口村的，那是个大风口，常年风吹沙打，庄稼十种九不收。今年秋季没啥收成，眼下这风沙又起，日子实在过不下去了，这才拉扯着出门，想到漳州去要饭，讨个活命。

老人说着，老泪纵横。

他用破旧的衣袖擦着自己红红的眼睛。

谷文昌见老人流泪，自己的眼睛也湿了，心里酸酸地：老人家，这拖家带口，逃荒要饭可不是个办法呀！听我说，你们要相信共产党，相信咱人民政府。共产党派我来东山，我谷文昌不会让大家要着饭过日子的！

老人点点头。

一位妇女：谷县长，俺信你的话，俺们就一心一意指望着共产党了。

一群人拉扯着站起来，走出了五里亭，踏上了风沙滚滚的归途。

谷文昌默默地立在五里亭下，目送这群人走远。

陈保国：首长，咱们走吧，还有十几里路呢！

谷文昌：保国呀，我小时候也要过饭哪，如今，看见他们出去要饭，我这心里像锥扎一般疼，人民有疾苦，我们就有责任把他们拯救出来，不然，我们来东山干啥？不赶快想办法改变这种贫穷状况，我这个县长对不起东山人民呐！

陈保国深深地点点头。

二十五、村口　日　外

大风在街上旋着，沙尘在风中卷着。

谷文昌与陈保国走进一家小院。

二十六、农家　日　内

屋里，一家人正在吃饭。

桌子上放着一只小碗，小碗中有小半碗水。

陈保国：大伯，这是咱们县的谷县长，他来看看你。

说着，两人跨进屋。

老汉：哎哟，谷县长，你坐，坐。

说着，递过来一只小凳子。

谷文昌坐下。

老汉：谷县长，还没吃饭吧？你要不嫌弃，就尝尝俺做的饭吧。

谷文昌：行，大爷，给我盛半碗。

门外风在刮，沙在扬，屋顶上沙尘飘飘而下，像筛面。

大娘盛了半碗饭递了过来。

谷文昌接过碗。

老汉一家人用筷子扒一口饭，便赶忙把碗藏到桌子底下。

谷文昌端着碗，好奇地看着他们。

老汉热情地：谷县长，你别客气，快吃呀！

说着扒一口饭，用筷子蘸蘸小碗中的水，放到嘴里嘬嘬。

谷文昌：保国，这儿吃饭是这么个风俗？

陈保国：这不是风俗，是为了避风沙。

说着，用筷子指了指屋顶。

老汉：谷县长，实在不好意思，俺家吃不起菜，没办法呀，就泡点盐水下饭，你别见笑啊！

谷文昌用筷子头蘸蘸盐水，放在嘴里嘬着，又扒拉了一大口饭嚼着，眼里滚出了泪花。

他强忍着不让自己的眼泪掉下来，大口大口地扒着饭。

谷文昌放下碗：保国，给我拿 10 块钱。

陈保国从挎包里拿出 10 块钱来。

谷文昌接过来，把钱塞到老汉手中：大爷，这点钱你拿着，买点青菜吃吧，孩子正长个儿呢，天天蘸着盐水下饭咋行呢？

老汉推让着：谷县长，使不得，使不得！

谷文昌把老汉的一双手紧紧地握在一起，转身走出门。

陈保国匆忙跟了出去。

老汉手里拿着钱追出门。

他望着走在风沙中的谷文昌。

老汉眼中留下了泪水。

二十七、村头　日　外

一头牛慢悠悠地往村外走，一群孩子追逐着牛。

谷文昌与陈保国走来。

老牛撅起尾巴，要拉屎了，孩子们你争我抢，有的伸着手，有的端着簸箕。

一个孩子抢到一捧热烘烘的牛粪，他兴奋地跑到矮墙边，把牛粪摔到了墙上，随手抓起一把沙土，搓着手。

谷文昌：保国，这帮孩子在争肥料？

陈保国：那不是在争肥！他们是在抢柴火。东山自古缺柴，他们把牛粪糊到墙上晒干了当柴烧。

谷文昌愣住了。

二十八、县城　黄昏　外

暮色中，陈保国骑着自行车驮着谷文昌走在县城的大街上。

路过一家理发店，谷文昌跳了下来。

陈保国赶忙刹闸下车：怎么了，首长。

谷文昌：保国，你带着我骑了一整天了，先回去吧，我理个发去。

陈保国：哎，那我先走了。

说着跨上了自行车。

谷文昌转身走进理发店。

二十九、理发店　黄昏　内

理发师傅正在扫地。

门被推开了，一股风吹进来，把扫成了一堆儿的头发碴吹飞了。

谷文昌走进来，拍打着身上的沙尘：嗐！这风刮得，把我这个县长刮成了土地爷啦！李师傅，来，给我理理头。

说着就往理发椅上坐。

理发师：谷县长，真对不起，今儿个理不成。

谷文昌：咋了？

理发师：两把推剪坏了一对！

谷文昌：咋都坏啦？

理发师：嗨，都是这风沙闹的呗，来这儿理发的，哪个人不是满头沙子呀，这个月推剪都换了三把了！

谷文昌无奈地从椅子上站起来，摇了摇头，走出了理发店。

三十、谷文昌家　夜　内

史英萍与侄女史玉姗在说话，哲惠和豫闽在写作业。

史玉姗：姑，这么晚了，我姑父咋还不回来？

史英萍：嗨，你姑父这个人哪，一天到晚扑在工作上，没明没夜的忙。

史玉姗：我听说，张志新书记要调走，要提拔我姑父当书记？

史英萍：我也听说了，说是文件这几天就下来。

门开了，谷文昌走进来。

史玉姗：姑父，你咋才回来？

谷文昌：哟，玉姗来啦！

说着脱下外衣。

两个孩子跑过来：爸爸回来了。

谷文昌亲切地摸着两个孩子的头：豫闽，今个儿作业怎么样？做完了吗？

孩子们：马上就完。

说完，又趴到桌子上写起来。

史英萍接过谷文昌手中的外衣，走出门去拍打着：老谷，快洗洗头吧，看你这一头一身的沙子！

史玉姗端起脸盆走出门去，端回来一盆水：姑父，快洗洗吧。

谷文昌接过脸盆放在盆架上，弯腰洗着头，一边洗一边与侄女说着话：玉姗，这一段工作怎么样？

史玉姗：姑父，我不想在那个破木器社干啦！

谷文昌搓着一头的肥皂泡：怎么啦？

史玉姗：当个搬运工，活又累，薪水又低，姑父，你给我调个工作吧！

谷文昌：玉姗哪，姑父是一县之长，给你调个工作，说句话就能办成。

史玉姗惊喜地：姑父，你答应啦？

谷文昌用毛巾擦着头：可这个话我不能说。

史玉姗焦急地：咋不能说？

谷文昌：我这个当县长的，经常大会讲、小会说，反对走后门儿，干部不能搞特殊化，乱照顾亲戚，现在自己又搞这一套，那今后姑父在东山讲话，还有人信吗？

史玉姗：你不给我调，我让我姑调！

谷文昌：你姑说也没用，只要是我谷文昌的亲戚，谁也不能搞特殊！

史玉姗生气地噘着嘴：不调拉倒，全当我没你这个姑父！

说着，拉开门走了。

史英萍追出去喊着：玉姗、玉姗……

谷文昌脱下外衣，坐在床上，正要躺下。

一阵敲门声。

谷文昌：进来。

朱宝财推开门。

谷文昌：哟，宝财呀，来来，坐！

朱宝财走进屋：谷县长，打扰你休息了吧？

谷文昌：没有，宝财，你还没吃饭吧？

朱宝财客气地说：吃了，吃了。

谷文昌：宝财，我听说你在西埔开了个杂货店，怎么样？生意不错吧？

朱宝财擦着脸：谷县长，我就是为这生意的事儿来找你的呀！

谷文昌：生意怎么啦？

朱宝财：谷县长，我这个人性直，不会拍人马屁，这不，今天税务所的征税员上门收税，说话特横，三句两句，我们俩吵了起来，这一下可把他得罪了，他一怒之下，把我的税款提高了 5 倍，还非让我今晚 8 点以前全部缴清，我跟他讲理，他气呼呼地说要关我的杂货店，我没办法，就跑来找你了。

谷文昌：宝财，纳税可是每个商户应尽的义务啊，就是我这个县长做生意，那也得依法纳税。你是不是漏缴了税款哪？

朱宝财：没有，没有，每个月的税我都是准时如数缴的。

谷文昌：那好，如果是税征人员不执行政策，以权践法，待我查明后，一定处理。宝财，你回去安心做生意吧！

朱宝财：好，谷县长，谢谢你！

说着，站起身走出了门。

三十一、杂货店　日　内

税务员走进来：朱老板，我们所长请你到税务所去一趟。

说完，转身走了。

朱宝财忐忑不安地踱着步：嗨，糟了，我找谷县长告状告坏了！

朱妻：我不让你去找县长，你偏不听，看看，这不是自找倒霉吗？给，我下午跑了两家，才借够 14 块钱，你赶快去吧！

朱宝财接过钱，匆匆走出杂货店。

三十二、税务所　日　内

所长正坐在桌边理账。

朱宝财耷拉着头走进来：所长。

所长：你就是朱宝财吧，来，坐，坐，喝茶！

说着递过来一杯茶。

朱宝财不安地接过茶杯。

所长：朱老板，我们的工作做得不好，真对不起你呀！今天一上班，谷县长亲自打来电话，查询按法收税的事儿。责成我这个所长立即调查你反映的问题，还要求把查处情况向他汇报，我已向税收员查明，并撤销了那张多开的税单。今天请你来所里，是当面向你道歉的，实在对不起呀！

朱宝财：所长，你这话说重了，啥道歉不道歉的。给你，我这个月的税金。

三十三、谷文昌办公室　日　内

谷文昌坐在办公桌前看着文件。

稍顷，他放下文件，从桌上拿起一支烟噙到嘴上，划着了火柴。

电话铃响了，他伸手抓起了电话。

听筒中传来一阵急促的声音：报告谷县长，铜陵镇有 4 条渔船，在海上遭遇大风沉没，14 个渔民全部遇难。

谷文昌愣住了。

三十四、海滩　黄昏　外

残阳如血，海浪呜咽。

沙滩上，立着一片引魂竿。

一面面引魂幡在晚风中飘荡。

十几个妇女在呼天抢地地哭。

有的扶着礁石，有的抱着孩子，有的坐在地上，有的跪着焚香。

一位妇女跪在地上，用双手使劲拍着沙滩：孩子他爹，你回来吧，回来吧！

谷文昌与刘金才默立在海滩上。

看着那飘飘荡荡的白幡，听着那撕心裂肺的哭声。

谷文昌的眼泪止不住流了下来。

三十五、会议室　夜　内

谷文昌：同志们，我刚从铜陵南门回来，他们那儿沉了 4 条渔船，有 14 个渔民葬身大海。惨哪，14 条人命啊！

他狠狠地抽了一口烟，把烟蒂按灭在烟缸里。

谷文昌：生为渔民，就得讨海，大海就是他们的饭碗，可这饭碗常常翻脸不认人，让我们的渔民兄弟葬身鱼腹。人民是我们的衣食父母，是我们共产党执政的基础，我们绝不能眼看着我们的父母遭难而麻木不仁，不管不问。我们要帮助他们，解救他们，决不能让广大渔民年年月月指望着老天爷保佑过日子。今晚请各个科的同志们来，就是专门讨论这个问题，大家谈谈吧！

渔业科于科长：我们渔业科做过调查，东山的绝大多数渔民，渔船小，速度慢，经不起大风大浪，生产条件差，抗灾能力也差。

干部甲：许多渔民在浅海讨不来多少鱼，就冒险到深海去捕捞，这也是经常发生海难事件的一个原因。

公安局安局长：有不少渔民还跑到公海去，常常遭到敌船的骚扰和欺侮。

广播站李站长：绝大多数渔民没有收音机，听不到天气预报。

谷文昌：我们要千方百计改变这种状况。李站长，你们广播站可不可以购买一批收音机，配发给渔民及生产合作社，让每条渔船都能收听到天气预报。

李站长：这倒是个好办法。只是，这笔钱从哪儿出呀?

谷文昌：你们出 1/3，剩下的我来想办法解决。

李站长：好，我们马上派人到漳州去联系收音机。

谷文昌：安局长，你们公安局要组织干部，深入到渔民中进行国防教育，培训他们遇到紧急情况，怎样避开敌人的骚扰。

安局长：是。

谷文昌：这项工作的大头还在渔业科，于科长，你们要召开专门会议，好好研究一下怎么改进机帆船，如何提高生产效率，保证安全生产，一定要拿出一套切实有效的措施来。

于科长：好，我们一定按你的指示办。

谷文昌：另外，我还考虑，咱们是不是在铜陵、东沈、澳角和宫前修它几处避风港，你们渔业科去实地勘察一下，尽快拿出一个规划方案。

于科长：好。

谷文昌：大家回去，马上行动。三天后，我挨个检查，散会。

三十六、县委书记办公室　日　内

张立新与谷文昌坐在沙发上交谈工作。

张立新：文昌，工作我都给你交接完了，你肩膀上的担子可不轻啊！我在东山干了这么几年，还有很多事情没干好呀，今后，东山的工作就全靠你了。

谷文昌：老书记，有空了，多回东山指导指导。

张立新深深地点点头：文昌，你打算让谁给你当副手？

谷文昌：我考虑了很久，准备推荐岳文明当这个县长。

张立新：岳文明？他可是对你意见不小呢！不过，这样也好。这个人工作能力还是很强的，可就是喜欢给人玩个小心眼儿，你可得注意和他多配合哟。

谷文昌：放心吧，张书记，是人都有缺点，老岳这人我了解，我会跟他配合好的。

三十七、海边　日　外

于海涛正在船上忙碌着。

旁边一个渔民拍了拍他：海涛，你看，县委谷书记来了。

于海涛抬头看去。

谷文昌与刘金才正朝这边走来。

他赶忙扔下手中的活，一个箭步跳上岸，迎着谷文昌跑过去。

于海涛：谷书记，你咋跑到这儿来了？

谷文昌：海涛，我和刘主任想跟你去讨一回海。

于海涛：讨海？这是俺渔民的活儿，你这县委书记……

谷文昌：怎么，不欢迎我们？

于海涛：欢迎，欢迎，县委书记跟我们一起讨海，我们当然欢迎！不过，我担心你受不了这风浪的颠簸。

谷文昌：在海岛上当书记，我得适应海边的生活呀！不然，跟人家说起渔业，尽说外行话，那我还当什么书记？你说呢？

于海涛：那是那是，谷书记，刘主任，上船吧！

他回头向船上的渔民们喊着：伙计们，准备起锚，谷书记要跟咱们一块出海了！

渔民们兴高采烈地鼓起了掌。

谷文昌踏上跳板，摇摇晃晃地朝船上走，他紧张地调整着身体平衡。

不想，跳板一弹一跳地，险些把他弹下水去。

于海涛伸出手来，一把把他拉到了船上。

刘金才也颤颤悠悠上了船。

谷文昌：金才呀，这啥事都得试试，实践实践才知道。

于海涛：谷书记，你们俩坐好，开船了！

船队向波涛滚滚的大海驶去。

三十八、海上　日　外

马达突突，船帆高扬。

十几只渔船乘风破浪，在海上航行。

谷文昌有些晕了，他闭上了眼。

于海涛：谷书记，你别紧张，放松一点，别老看着船，你往远处看。

谷文昌抬头远眺，渐渐地习惯起来。

谷文昌跑到于海涛身边，看着他掌舵。

于海涛：谷书记，你也来试试？

谷文昌接过了舵。

于海涛把着他的手指点着。

三十九、海上　日　外

渔民们在收网。

谷文昌拉着网绳。

一网一网的鱼拖上来，倒进船舱。

谷文昌一脸的兴奋：海涛，这一舱鱼装满得有多少斤？

于海涛：两千来斤吧！

突然，收音机的乐曲戛然而止：福建气象台，现在发布台风警报。第五号台风正以每小时20公里的速度，向西北方向移动，预计将于今日傍晚在我省东山，漳浦一带登陆。

渔民甲：呀，台风要来。

于海涛：大家快收网，马上返航。

他拿起广播，向其他船只高喊。

渔民们忙碌起来。

渔民乙：谷书记，县里发给我们的收音机可真管用啊，俺渔民一天也离不开它呀！

夕阳西下，船队满载而归，在海上拖出一条长长的浪尾。

谷文昌掌着舵，脸上洋溢着丰收的喜悦。

四十、沙滩　日　外

海面波涛起伏，鸥鸟飞翔。

海浪冲击着岸边的礁石，激起一团团雪浪花。

沙滩上散落着三三两两的拣柴人。

海风吹起他们破烂的衣裳，露出枯瘦的肋骨，扁瘪的肚皮。

他们用镢头刨开沙石，翻拣着枯死的草根。

他们用手扒开沙层，挖出一条条枯死的树根。

谷文昌立在海边的沙滩上张望着。

泪水在他消瘦的脸庞上滚落。

拣柴的人模糊了，沙滩模糊了，大海与蓝天也模糊了。

面对阵阵浪涛声。

谷文昌坚定地：我从河南跑到东山是来干什么的？是来帮助老百姓，让他们过好日子的，不是来指手画脚，做官当老爷的！可是，解放都四、五年了，东山的百姓还这么穷、这么苦，我谷文昌有愧于他们哪……不行！我要治住风沙，我要栽树！我要让东山绿起来

谷文昌环视着一望无垠的沙滩，目光坚定。

第九集

本集剧情简介

在填海滩建盐场的问题上，谷文昌和岳文明发生了强烈的分歧。

谷文昌忙着工作，没有多少时间照顾家里。女儿生病了，基本是靠史英萍照顾。

林青从省林校毕业，被分配到东山林业科工作。报到当天，林业科科长刘栋梁亲自送她到林站上班。路上，林青第一次领教了东山风沙的厉害。谷文昌带领测荒队测量荒山沙岗，他们历尽艰辛，走遍了东山岛412座山头，摸清了风沙的老底。

在县委扩大会议上，刘栋梁报告了调查结果，引起了很大震动，大家七嘴八舌讨论如何治理风沙，争论半夜，最后形成三个方案：筑堤拦沙，种草固沙，造林防沙。

一、谷家　黄昏　内

谷文昌下班回到家，端起碗刚准备吃饭。

突然，陈保国跑了进来：谷书记，刚才杏陈乡政府打来电话，说他们那儿出事了！

谷文昌急切地问：出了什么事？

保国：有9个农民撑着小木船到大陆上的诏安县打柴，回来时遇上了风暴，9个人全部遇难。

谷文昌一惊：保国，走，咱们马上赶过去。

放下饭碗，与保国快步走出家门。

二、海边　黄昏　外

沙滩上，暮色苍茫。

一片片飘飘荡荡的白幡。

一阵阵撕心裂肺的哭声。

一位老者，坐在地上，用双手使劲拍着沙滩号啕着：儿啦，你回来吧，回来吧！

谷文昌与陈保国走过去，默默立在老者身边。

保国：老大爷，您别太伤心了，谷书记看您来了。

老人抬起头来，一把拉住谷文昌的手：谷书记，你来看看吧，整整十条人命呐，哎呀，这日子可叫俺们咋过呀！

谷文昌：老人家，不是说 9 个人吗？

老者流着泪：谷书记，还有俺家的儿媳妇，她已经怀了 9 个月的身孕了呀。哎哟，九尸十命呀！

说着，老人又号啕大哭起来。

谷文昌仰面望着血色暮空，任泪水在脸上流淌。

三、八尺门海峡　夜　外

星光闪烁，浪涛澎湃。

谷文昌默立在岸边，向海峡那边的大陆眺望。

大陆上一片灯火。

谷文昌抽着烟，苦苦地思索着。

一个强烈的声音在他心中响起：八尺门那八尺门，总有一天，我谷文昌要把你填平，我一定要让东山岛与祖国大陆连成一片。在我们共产党人执政的今天，决不允许九尸十命的悲剧重演！

四、湖塘用村　日　外

又一个春天降临在东山岛上。

东山岛却了无春色，仰望是一天的风，俯首是满地的沙。

风像一只怪兽，发出一阵阵呼啸；

沙像一只大网，罩着东山的大地。

风沙弥漫中，太阳黄黄的、昏昏的。

风沙中，一阵苍凉的歌声传来：

三片薯干一碗汤，
草根米糠充饥肠。
狂风过处黄沙起，
一夜沙埋十八乡。

谷文昌顶着风沙，艰难地走着，他身后跟着陈保国，还有刘金才。

他们走进湖塘村。

村上空荡荡的，两个衣不遮体的孩子在抢着一根树枝。

谷文昌来到一户农家门前，院子没门，他们径直走了进去。

院子里一无所有。

一阵风袭来，卷着黄沙在院子里打旋。

一堆黄沙堵着屋门，差不多有一人高。

谷文昌：家里有人吗？

无人应答，只有风的呼啸，沙的弥漫。

众：有人吗？

屋里传出女人孱弱的声音：谁呀？

陈保国：县里的谷书记来看你们啦！

屋内女人：啊！等等，等等啊。

五、农家　日　内

空荡荡的屋，灰暗暗的窗。

女人光着膀子在床边摸索着套上衣衫，背影显出瘦骨嶙峋的肩胛，细瘦如麻杆的胳膊。

六、院落　日　外

谷文昌：大家别干站着了，来，咱们把这封门的沙堆扒开它。

众人弯腰七手八脚地扒着沙堆。

沙尘像流水般地在人们手下流淌着。

屋门吱呀一声开了。

阿婆扣着腋下的扣子站在门口。

看到众人帮她清沙，一下愣住了。

陈保国：大妈，这是谷书记。

谷文昌：大娘，我领着大家来看看你。

他笑着，脸上堆满了真诚。

阿婆：哎哟，谷书记，我老婆子陈岱兰，活这么大年纪了，头一回见到大官为俺老百姓清沙堆。谷书记，你们几个别忙活了，外边风沙大，快进屋吧。

陈岱兰转身敞开门，谷文昌走进屋子。

众人也纷纷进屋。

谷文昌打量着四壁。

四壁光秃秃的。

墙角的床上，堆着破被烂絮。

小小的窗上，堵着破苫烂席。

灶台上放着几双碗筷。

谷文昌走到灶前揭开锅盖，锅内空无一物。

陈岱兰搬过来一个残破的竹凳，他用缀满补丁的衣袖擦拭着凳子：谷书记，你坐，哎！你看看我这个家，连个能坐的板凳都没有。

两个农民打扮的人走进来：谷书记，你来了。

说着，过来跟谷文昌及其他人握手。

谷文昌：家福，你们俩来得正好。

谷文昌从兜里掏出纸烟，给大家分着。

他叼了一支在嘴上，划着火柴。

一阵风袭来，火柴灭了。

谷文昌又划着一根，迅速地把火放在空了一半的火柴壳套中，吸着了烟。

谷文昌吐出一口长长的烟雾：这样吧，正好村长、支书都来了，咱们就在这儿开个会吧。大家看见了，农民住的啥，穿的啥，吃的啥！这些天来，我一直在想一个问题，我们革命的目的究竟是干什么，还不是让老百姓翻身做主，过上好日子？可是我们解放这几年了，为什么我们的百姓还过着这样的苦日子呢？大家说说吧。

众人沉默了片刻，开始七嘴八舌地议论起来。

陈岱兰：谷书记，这是俺东山人命不好，该脱生到这荒岛上受苦。

村长：咱们穷，还不是因为风沙害的！1 年 365 天，这风能刮 200 多天。

陈家福：谷书记，我听老辈人讲，俺村北边原先还有两个村子，生生让风沙给埋掉了。

刘金才：我看了一个资料，东山岛近几十年被风沙掩埋了 13 个村庄。

陈岱兰：谷书记，你看看俺的眼，全都像烂桃一样。这风吹着沙子眯了眼，就揉揉，今天揉，明天揉，揉着揉着，就成了这样。

陈家福：俺湖塘村，大大小小 1600 来口人，光是烂眼病就有 400 多个，另外，还有 40 多个瞎子。

陈岱兰：谷书记，你得给俺想个办法呀！

村长：哎，有什么办法呀，我们祖祖辈辈都在想哪，明朝、清朝的几位县官都想过要治理风沙，国民党的一位县长也说，要把风沙赶到海里去，结果呢？还不是瞎子点灯白费蜡。

刘金才：老村长，话不能这么说，他那是国民党，咱现在是共产党。

村长：你别管啥党，能给咱东山治住风沙，才是好党，才是真正为老百姓的党！

谷文昌：讲得好！我们共产党就是真正为老百姓造福的党。现在，压在人民头上的三座大山被我们推翻了，可依我看，咱东山人民头上还压着四座山，那就是风、沙、旱、潮。这封门堵户的沙堆我们不能再扒啦，你今天扒开，明天大风一刮又堵上了，咱这样扒到哪天是个头啊？我们共产党人一定要把这四座大山搬开，把咱东山的穷根挖掉！

众：谷书记，只要能治住风沙，你咋说，俺们咋干！

谷文昌：依我看，要治住风沙，只有一个办法。

众人：啥办法？

众人把目光全集中在谷文昌脸上。

谷文昌坚定地：栽树！

众人摇着头：栽树？

一张张脸上写着疑惑。

谷文昌：对，就是栽树！

陈家福：书记大人，你没发烧吧？

谷文昌：家福，你不信我？

陈家福：谷书记，不是我不信你，这沙土窝里要能栽活树，俺东山早就成了神仙府了。

谷文昌坚定地：我就不信，东山就永远这么贫穷。

七、蔡福林家屋外　黄昏　外

村长领着谷文昌走进蔡福林家。

村长：福林，福林！

蔡福林赤着脚从屋内走出来：哟，村长来了，这是……

村长：福林呀，我今儿个给你领来一位贵客。来，我给你介绍介绍，这是咱县委的谷书记。

谷文昌热情地伸手。

蔡福林赶忙将手在裤子上蹭了蹭，握住了谷文昌。

谷文昌：老蔡，我今儿来麻烦你了。跑了一整天，回不到县上了，想在你家里借住一宿，你看……

蔡福林：那敢情好，我家祖祖辈辈几代人，还没住过官哪！来，快进屋，进屋。

村长：福林呀，我还有事，就不进去了，我把谷书记交给你了，你可得给我把他关照好了。

蔡福林：哎，哎。村长你就放心吧！

村长：谷书记，我走了。你有啥事，让福林喊我。

谷文昌：好。

转身走进了屋。

八、蔡家屋内　黄昏　内

裹着小脚的蔡母坐在床上，那床没有床腿，放在一堆沙土上。

蔡母：福林，谁来啦？

蔡福林：妈，是县委的谷书记，他要在咱家住一晚上。

蔡母：谷书记？那可是咱县的县太爷呀！

谷文昌走到床边：大娘，我叫谷文昌，您可别当我是外人。

蔡母：福林，谷书记能住咱家，可是咱家的大贵人哪，你去叫你媳妇到南院他婶子那儿借几个鸡蛋去。

谷文昌：大娘，不用不用，你们吃啥，我就跟你们吃啥，您可千万别麻烦。

蔡母：那好，那好，谷书记，我一听你说话就觉着心里近乎。

谷文昌：大娘，今年高寿哇？

蔡母：咱庄稼人，说不上寿，63了，光绪二十年生人，属马的。

谷文昌：大娘，这么说你比我妈还大两岁呢！我老家在河南林县，也是农民出身呀。

蔡母：那好，那好，谷书记，你找俺家福林一准有大事儿，你们说吧，我就不打扰你们了。

谷文昌：大娘，你坐着，我去那屋看看。

九、厨房　夜　内

油灯如豆，发着微弱的光。

蔡福林把一支床腿填进锅灶。

谷文昌：老蔡，你咋把床腿都给烧啦？

蔡福林：谷书记，俺这儿的人难哪！吃没吃的，烧没烧的。

谷文昌：福林，这是暂时的，共产党到东山来，就是为老百姓解难来的。我今儿来找你，是要和你商量大事的呀！

蔡福林：啥大事？

谷文昌：治理风沙。

蔡福林：谷书记，你这话算说到俺心窝里了，这风沙是俺东山老百姓祖祖辈辈的灾呀！

谷文昌：我琢磨很久了，这风沙就是咱东山的穷根，要想过上好日子，非得把这风沙给治住不行！福林，这个事儿，你得多给我出出主意呀。

蔡福林：我一个老百姓，斗大的字识不了几个，我能帮你出什么主意呀？

谷文昌：呃，你可是村里的能人哪，和风沙打了几十年交道，在治理风沙问题上，你最有发言权。

蔡福林陷入了沉思。

炉火照着他黝黑的脸庞。

十、屋内　夜　内

墙上挂着一盏小马灯。

谷文昌与蔡福林坐在地铺上抽着烟攀谈。

起风了，风把门吹得嗯嗒嗯嗒直响。

沙尘像筛面似的从屋顶的草缝里往下飞洒。

谷文昌：福林，你们村的风沙咋这么厉害呀？

蔡福林：这还不算大，大时能把房子给埋住。经常有牛顺着沙堆跑，踩塌房顶掉进屋子里摔死的事。唉，俺算让这风沙给害苦啦，东山为啥那么多人下南洋，流落他乡，全是让这风沙给逼走的。

谷文昌：福林，你是农民，我也是个农民。过去咱们没有土地，受穷；可现在咱手里有了土地，咱还穷！你说说，这共产党把土地从地主手里夺过来，分给农民，却不长庄稼，不打粮食，这样的土地，有啥用啊？老蔡，共产党把我派到东山来，我非把这风狼沙虎治伏不可，不然，我这个书记咋有脸吃人民的饭！

蔡福林：谷书记，只要你铁下心来治风沙，我蔡福林豁出命来跟着你干！

谷文昌：老蔡，我琢磨了很久了，只有一招可以治住风沙，那就是……

蔡福林：种树！

谷文昌：哎呀，老蔡，咱俩想到一块去了。

十一、蔡福林家　日　外

初升的太阳照着小院。

陈保国推着车子来接谷文昌。

谷文昌：保国，你来得正好，快把钱和粮票给老蔡。

陈保国从绿挎包里取出来八两粮票、一块钱，交给蔡福林。

蔡福林推却着。

谷文昌：福林，你收下，这是我们的纪律，党的干部无论走到哪儿，都不能白吃白喝老百姓的。

蔡福林：谷书记，咱不是一家人吗？哪有一家人收一家人钱的道理？

谷文昌：福林，你要不收，下次我不到你家来了。

蔡福林无奈地：好，我收，我收。

谷文昌走到门口：老蔡，别忘了我们的约定。

蔡福林立在门口，望着谷文昌越走越远。

十二、漳州　夜　外

谷文昌提着包，陈保国背着兜从漳州汽车站走出来。

陈保国：首长，咱住哪呀？

谷文昌：住旅社，走，咱找一家便宜的旅社住。

两人沿街走去。

十三、人民旅社　夜　内

谷文昌与陈保国走进旅社。

陈保国：同志，有床位吗？

女服务员：有，有，你们两位？

谷文昌：一个人多少钱？

女服务员：六块。

谷文昌：同志，还有没有比这再便宜点的？

女服务员：最便宜的也得五块钱。

谷文昌拉起陈保国走出人民旅社。

十四、漳州　夜　外

谷文昌与陈保国在路灯下走。

陈保国走进“悦来旅社”，稍顷走出来。

陈保国走进“客家旅社”，出来给谷文昌说着，谷文昌摇头。

谷文昌与陈保国走在路灯下。

街上的行人越来越少了。

谷文昌与陈保国远远地看见了“大众旅社。”

陈保国：首长，咱别跑了。咱从福州开完会，又坐了一整天的汽车，就随便找个旅社住下吧，反正又不超过你书记的住宿标准。你看，这都十点半啦。

谷文昌：保国，东山穷呀！咱花的每一分钱都是人民的血汗，这钱来得不容易呀，咱们能省一分是一分，能省一毛是一毛，走，咱再到大众旅社看看。

说着拉着陈保国向前走去。

十五、大众旅社　夜　内

登记处壁上的挂钟指近十一点。

谷文昌：同志，你这儿最便宜的床位多少钱?

服务员：一块五，住下吧，同志，这可是咱漳州最低的床价了，这不，下边一楼是澡堂，凡在这儿住宿的免费洗澡。

谷文昌：好，你给我登记两个床位。

服务员：介绍信?

陈保国从挎包里掏出来递过去。

服务员：哎呀，你是县委书记？住我们这儿……

谷文昌：怎么了，大众旅社不让县委书记住?

服务员笑了：让，让。

十六、水电局门口　日　外

谷文昌与陈保国走进龙溪地区水电局，迎面正碰上张局长。

张局长：哟，这不是谷书记吗？哪股风把你吹来的?

谷文昌：东山的海风呗！张局长，我有事求你呀！

张局长：谷书记，我就知道你来水电局肯定有事儿。说吧，只要我能办到的。

谷文昌：张局长，我想在东山修一座水库，希望局里能给我们一些支持。

张局长：没问题，我给你派去最棒的工程师，至于钱么，我这儿可是罗锅上树……钱紧，不过多少我也要出点血的，毕竟东山也是我的老家呀！

谷文昌：那我先谢谢你啦，人员什么时候能过去？

张局长：老谷呀，都说我炮捻急，我看你比我还急呀，哈哈哈。

谷文昌也笑了。

张局长：既然如此，我尽快安排他们到东山。

谷文昌：好，张局长，那我就不打扰了，你忙吧。

张局长：老谷，你怎么说走就走，也不到我办公室坐一会？喝杯水。

谷文昌：我还得到公路局、林业局去跑跑。

十七、林业局局长办公室　日　内

谷文昌与陈保国走进。

赵局长：哎哟，是老谷来了，来来来，快请坐。

两人握着手坐在沙发上。

谷文昌掏出烟，让着赵局长。

赵局长：老谷，你的烟先装着，到我这儿，抽我的烟，保准你爱抽。

说着，从兜里掏出一包“金钟”烟来，抽出一支递给谷文昌。

谷文昌抽着烟，吐出一口浓浓的烟雾来：嗯，好烟，乍一抽还有点我们林县老家烟叶的味道。

赵局长：老谷呀，你可真是个抽烟高手啊！算你说对了，这是安阳出的“金钟”，前一阵儿，我回磁县老家，回来时路过安阳，带了两条回来。

谷文昌：还有没有？有了，给我两包。

赵局长：就剩两包了，全送你吧。

他站起身，从抽屉里拿出两包烟来，递给谷文昌。

谷文昌接过来交给陈保国：给我装好了。

陈保国接过烟，装进挎包里。

赵局长：老谷，你来找我有啥事儿？

谷文昌：赵局长，我可是无事不登三宝殿哪，这回来，是想跟你要几个人。

赵局长：跟我要人？

谷文昌：赵局长，东山你去过，风大沙大。我想在东山植树造林，治理风沙，但缺少懂林业的人才，想求你给我派几个学林业的大学生。

赵局长：老谷，植树造林是个大事、好事，也是我们林业部门分内的事儿。你们东山的森林覆盖率，在咱龙溪专区是倒数第一呀，这种状况早就应该改变啦！不过，东山的自然条件十分恶劣，在那儿栽树可不容易呀。但既然你们有这个决心，我们林业局全力支持。不过话说回来，我这儿也缺人手哇。你看，国家一年才分过来三四个大学生，你知道，龙溪地区九个县，就算局里一个不留，全分下去，一个县要等三四年才摊到一个呀！这样吧，我尽量想办法给解决，力争从明年的毕业生里给你派一个过去。

谷文昌：好。

赵局长：老谷呀，你们也别干等着，我建议你们自己先培养几个土技术员。

谷文昌：赵局长，你这个主意出得好！行，你忙着，我得赶回东山去。

说着站起身来。

赵局长：老谷，吃了饭再走嘛！

谷文昌：不了，不了，我去福州开会，这都出来五六天了，家里一大摊子事儿等着我呢！

赵局长与谷文昌握握手，送出办公室。

十八、谷文昌办公室　日　内

谷文昌摇着电话：刘主任，你通知一下，让文教科文科长到我办公室来一趟。

谷文昌放下电话，坐到桌边批阅起文件。

文科长进来：谷书记，你找我？

谷文昌：文科长，你坐。有这么两件事，一是咱们能不能办一所中学？我认为，我们东山起码应该有一所中学，咱总不能只让孩子们念到小学毕业吧。你说呢？

文科长：谷书记，你这个问题提得好哇，前几天科里的同志还讨论这件事呢，有不少学生家长也提出过这个要求。只是我们这儿的教师缺呀！

谷文昌：那咱就想办法去请、去聘，你们抓紧把办中学的事落到实处。再一件事，我看咱们东山的艺术人才很多呀，咱们是不是组织一帮人，成立一个潮剧团？

文科长：好，我马上就去办这两件事。

谷文昌：文科长，抓紧办吧，这可是你们文教科的大事呀！有什么难题，我出面帮助协调解决。

文科长激动地握着谷文昌的手。

十九、山上　日　外

一群人立在山顶上，围着一张图在看。

马工：谷书记、岳县长，你们看，这可是个建水库的好地方啊！

他用手指着山间的一片地方。

谷文昌仔细地看着：马工不愧是水利专家呀，好，岳县长，咱就在这儿建，这水库的名字呀，我早想好啦，就叫“红旗水库”！

岳文明：“红旗水库”，这名字起得太好了！又响亮，又有时代特色。

谷文昌：同志们，这可是咱东山县的第一座大水库，我们一定要把它建好，让它成为东山水利建设的一面红旗。

二十、路上　日　外

谷文昌在小土路上默默地走着。

他不时停下来，望着远方的路出神。

小路上，偶尔有人走过。

一辆牛车慢悠悠地走在路上。

陈保国骑着车飞快奔过来：谷书记！谷书记！

谷文昌转过身来。

陈保国急忙跳下车，气喘吁吁地说：地区公路局的同志来啦！

谷文昌：好，来了几个人？

陈保国：三个。

谷文昌：保国，你让办公室安排他们先住下休息休息。

陈保国：公路局的同志们热情很高，说什么也不肯休息，他们说搞社会主义建设不能等，还要求马上去看公路现场。

谷文昌：走，咱们去看看。

陈保国掉转车把，一跃而上。

谷文昌紧跑几步，坐了上去。

二十一、康美乡　日　外

乡长张金成蹲在院中与几个人开会。

谷文昌领着一帮人走进大院。

张金成：谷书记，你咋跑来了？

说着与谷文昌握手。

谷文昌：不光我来了，我还带了一大帮人呢！来，我给你介绍介绍，这是专区公路局的张工程师，这是方技术员，这位是资料员小金。

张金成热情地与大家握手：欢迎，欢迎！谷书记，咱们到办公室说吧！

谷文昌：张乡长，你那屋里有几把椅子我还不清楚？我们都去了，恐怕得三个人合挤一张也不够。

张金成红着脸，不好意思地笑了。

谷文昌：这样吧，咱们就在这儿说吧。今天，我带地区公路局的同志，走了十几里路到康美乡来，就是为了一件事，修路。今年，我们一定要在西埔与铜陵之间修出一条公路来，结束我们东山没有公路的历史！明年，我要让全东山村村都有路通。

众人激动地鼓掌。

谷文昌：经过认真研究，县委决定成立公路指挥部，由你任总指挥。

张金成：我？

谷文昌：怎么样？敢不敢接？

张金成：南下6000里，枪林弹雨都闯过来了，这有什么不敢接的？我保证完成任务。

说着，朝谷文昌敬了个礼。

大家轰地笑了。

谷文昌：同志们，这可是咱们为东山老百姓修的第一条路啊，俗话说，要想富，先修路，这条路连着咱东山人的命啊，我们东山再穷，也要咬着牙把它修好！修路的钱县里出，但劳动力各乡镇出，尤其是沿途各乡镇。县委要求干部带头，要记工，还要评比、检查。同志们，劳动是我们革命干部的本分，劳动是我们社会的时尚，哪个干部不劳动，怕劳动，那他就不是人民的好干部！

众人鼓掌。

谷文昌：金成，你肩上的这个担子可不轻啊！你不懂技术，要多向张工他们学习请教。一定要尽全力把这条路修成，修好！

张金成：是！

二十二、县委　晨　外

天刚蒙蒙亮，集合的哨子在县委院里吹响。

人们扛着镢头、铁锨，担着扁担箩筐纷纷走进大院集合。

史英萍肩搭毛巾，手持铁锨站在队伍中。

谷文昌手拄扁担，站在队伍前边。

岳文明：咱东山县的第一座水库今天开工，我们县委、政府机关人员组织义务劳动，参加水库建设，我看大家十分积极，有几个同志，天不亮就来了，这种劳动热情我们应该保持下去，今后，我们形成一个制度，每个星期天，就是我们机关的义务劳动日，大家说好不好？

众齐答：好！

岳文明兴奋地把手一挥：大家出发！
人们说笑着走出了县委大院。

二十三、路上　晨　外

一支支参加劳动的队伍走在大路上。
红旗在晨风里招展，歌声在田野里回荡。
……嗨啦啦啦啦，嗨啦啦啦
嗨啦啦啦啦，嗨啦啦啦
天空出彩霞呀，
地上开红花呀……

二十四、工地　日　外

沸腾的工地，旗在飘，歌在唱，车在跑。
谷文昌与一帮农民在打夯。
岳文明在挑土。
沈玉杰与刘金才在抬石头。
马栓柱在拉土。
史英萍在推车。
陈保国在装土。

二十五、野地　日　外

公路测量队在测量。
一群孩子叽叽喳喳地围着看，一个调皮的孩子好奇地摸着测量仪。
张金成跟着刘技术员看水准仪，并不时在本子上记录着。
一位阿婆用手帕包着几个鸡蛋走过来，往测量队员手里塞。
一位老大爷用瓦罐送来一罐水，他喜滋滋地把水送到队员们手上。
测量队员们在风中吃午餐。
一位妇女送来一筐地瓜。
夕阳中，测量队收工。
孩子们热情地帮助扛仪器、拿标杆。

二十六、水库工地　日　外

谷文昌与几个木工师傅在讨论。
他手拿铅笔，在一张纸上边说边画。

几个木工师傅频频点头。
他们拿起锯子、斧头、凿子干起活来，不一会儿，便做成一副石磙框。
谷文昌与他们一起抬起磙框，装到石磙上。
陈保国牵了一头牛过来：首长，你要的牛我给你找来了。
谷文昌：好，来，牵过来。
他从陈保国手里接过缰绳，扎好牛套，把牛套在了石磙上。然后，吆喝着“喔、喔”赶着牛拉起了石磙。
石磙从刚垫的土层上轧过。
碾出一条又宽又亮的土带。
人们兴奋地看着、议论着。
一个人用铁锹戳戳碾过的地：呀，这招真行！
众人鼓起掌来：谷书记出的这个招儿好哇，这可比打夯快多啦！
一个小伙子兴奋地从谷文昌手中接过缰绳：谷书记，让我试试。
谷文昌把缰绳交给了小伙子：别走太快，多来回碾几遍这土才能轧实。
小伙子按照书记的指点，赶着牛往前走去。

二十七、公路指挥部　夜　内

帐篷内亮着灯，值班员趴在桌上睡着。
电话铃响起。
值班员猛地抓起电话。
听筒：喂！公路指挥部吗？
值班员：是，同志，你是……
听筒：我是谷文昌，张金成在吗？
值班员：谷书记呀，张指挥还在工地上，你等着，我去叫他。
说着，他撂下电话，抬眼看了一下桌上的马蹄表：时针指着十点。
值班员拉开门，跑出指挥部。
张金成气喘吁吁地跑进来，抓起话筒：谷书记，喂，喂，谷书记……
听筒里一点声音都没有。
张金成无奈地将话筒放在电话机上。

二十八、谷家　夜　内

两个孩子已经睡下。
史英萍在床头补着衣服。
谷文昌接电话：金成吗，这么晚了咋还在工地上呀？

听筒：我刚刚把明天的工作安排完。谷书记，你咋还没睡呀？

谷文昌：这些天来，哪天没有你的消息我都睡不着呀！路进展得怎么样？

听筒：报告书记，进展顺利。路基已经铺过东沈村了，技术问题也基本解决，各乡的民工干劲都很大。

谷文昌兴奋地：好！你要趁天不下雨把路基赶快完成，千万不能误工，但有一条你得记住，赶工期可不能忘了质量啊！

听筒：谷书记你放心吧，到时候，我一定把一条高质量的路交给你！

谷文昌：金成，这条路不是交给我，是要交给东山的老百姓！我们做每一件事，都要对老百姓负责！

听筒：是，我明白。

谷文昌：还有，公路两边的空地你一定得给我留足、留够，将来，我的树要是栽不了，我拿你是问！

孩子们被吵醒了，一个个从被窝里伸出脑袋。

史英萍放下手中的衣服，趿拉着鞋跑过来：老谷，这都快半夜了，你打电话就不能小点声？你看，把孩子都吵醒了。

谷文昌：去，快睡你们的觉，别打扰我工作！

史英萍：工作、工作，你一天到晚，就知道工作，深更半夜，还粗门大嗓地拿着电话喊，你以为咱这院就住你自己呀？

谷文昌"啪"地一拍桌子：你以为我喜欢吵人吗？每天这么多事，我不加班加点，干得过来吗？

说着，生气地把电话扣了。

孩子们拉拉被子蒙住了头。

谷文昌顺手从桌上拿起一支烟，划着火柴点着，深深地吸了一口，随着吐出的浓浓烟雾，他连连咳嗽起来。

这咳声像一根根针扎在史英萍心上。

她伸手把烟从谷文昌手上抢了过来。

谷文昌抬起头，恼怒地看着史英萍。

史英萍：老谷，医生告诫你多少次了，让你少抽点烟，你咋不爱惜自己的身子呢？瞧你咳得，恨不得把心都咳出来，你不要命啦？咱这一家少不了你呀！再退一步，抛开咱这个小家不说，你也得想想东山的老百姓啊，东山人少不了你啊！

谷文昌欲言又止。

二十九、公路上　日　外

公路竣工了，欢庆的人群走在新开通的公路上。

一条横幅高高地举着：热烈庆祝东山县第一条公路胜利竣工。

龙在舞、狮在跃，潮州锣鼓在热闹地吹打。

谷文昌、岳文明、张金成、马栓柱、史英萍、沈玉杰、张工等挤在欢笑的人群中，与人们尽情分享胜利的欢乐。

三十、谷文昌办公室　晨　内

谷文昌走到窗前，推开窗子。

院中的树上开着花，鸟儿在唱着动听的晨曲。

谷文昌深情地看着那片片绿叶。

一片片绿叶幻化成一片片树林。

林边是金穗飘香的稻田。

谷文昌兴奋地走在林中，他停下来，伸开双臂搂抱着一棵大树。

他仰起头来，看那高高的大树。

金色的阳光在树叶间照射着，折射出七彩光芒。

一个稚嫩的女孩的声音从树林深处传出：爸爸，我藏好了，你找吧。

谷文昌放开大树，在树林中跑着，找着，与孩子们捉迷藏。

女孩：爸爸，我们在这儿呢！

一阵银铃般的笑声在林子里荡漾。

谷文昌抬起头，儿女们爬在树上，挥着手朝他笑着。

谷文昌仰头对孩子们笑着，他的帽子掉了下来。

他弯腰拾起帽子往头上戴。

他的手触到头，头顶上没有帽子。

谷文昌从梦幻中回到现实中来，依旧微笑着。

三十一、海边　日　外

陈保国骑着自行车驮着谷文昌。

岳文明与通讯员小李各骑着一辆自行车。

三辆自行车同行在海边的小路上。

谷文昌：到了，到了。

说着跳下车来。

几个人同时刹住了车。

谷文昌：老岳，你来看，这就是双东村的那一片滩涂。

岳文明：哎呀，这么大一片！老谷，咱要给它围起来能造多少地啊？

谷文昌笑笑：少说也得有个千把亩。

岳文明：好！老谷，你这可是个金点子哟，造出 1000 亩庄稼地，咱东山的日子就好过喽！只是不知道这水有多深。

谷文昌：水深水浅，咱一趟不就明白了。

岳文明挽起裤腿，脱下鞋，跳进了水里。

他没走几步，就“扑唧”一下，踩进烂泥沼里。

他惊叫了一声，差点跌倒。

通讯员小李赶忙脱下鞋，跳进水里扶住他。

谷文昌：怎么样，踩到实地了吗？

岳文明：踩到啦，差不多有一米深。

谷文昌脱下鞋，挽起裤腿。

他把鞋挂在自行车把上，又从车上解下锄头，趟进水中。

陈保国从另一辆车上取下锄头，跳进水中递给小李。

谷文昌：老岳，走咱往前趟趟，看这片滩究竟有多深。

说着，一步一步朝前走去，每走一步，他都用锄头往前打探着。

岳文明从小李手中接过锄头，也学着谷文昌的样子，用锄头打探着往前走。

陈保国与小李一摇一摆地跟着他们俩。

他们趟着，走了好远好远，水已齐腰深了。

谷文昌与岳文明远远地指点着，谈论着。

谷文昌：老岳，我围地可不是种庄稼呀！

岳文明：那你要干啥？

谷文昌：我要建盐场！

岳文明：建盐场？老谷，咱东山人缺的不是咸盐，而是粮食。

谷文昌：我知道盐挡不了饥，可是它能卖钱哪！

岳文明：老谷，你这话可不像个县委书记说的，我咋看咋像个小商小贩。老谷，你别忘了党的方针、农业是基础是根本，我不同意这种重商轻农的做法！

谷文昌：我知道农业是根本，可毛主席还说农林牧副渔要全面发展呢？老岳，你别管啥法，能让群众生活好起来，就是好法！再说了，卖了盐，赚了钱，再去买米、买面、买菜、买肉，不是一样可以让群众过上好日子吗？

岳文明：咱们是社会主义制度，咋能用资本主义那一套！老谷你这样再往前走很危险！

谷文昌沉默着往前趟着。

两个人之间的距离越来越远了。

第十集

本集剧情简介

筑堤拦沙，种草固沙，造林防沙三种方法的成效均不好。正当谷文昌一筹莫展之时，刘栋梁跑来说，国外有资料记载，种植木麻黄树可以有效地防治风沙。恰巧，县政府办公室主任刘金才打来电话，说在白埕村发现了3棵木麻黄。这两个消息令谷文昌喜出望外，他匆忙赶去看木麻黄，并及时召开现场会议，号召大种木麻黄。

在陈保国的指导下，谷文昌学会了骑自行车。母亲的来信，勾起了谷文昌强烈的乡愁，他和史英萍带着孩子们回到了阔别九年的老家。老院里围满了乡亲们，谷文昌把一支钢笔送给了谷四叔的小孙子谷为民。在村头，谷文昌和史英萍邂逅了申家贵，申家贵泪流满面，对当年的逃跑行为悔恨不已。

从林县回到东山后，谷文昌抓紧时间安排种植木麻黄。刘金才和刘栋梁从广东省电白县学习种植木麻黄回来，谷文昌听了他们的汇报后，带领大伙儿栽种木麻黄40万棵。不料一场倒春寒袭来，木麻黄全被冻死了。谷文昌铁下一条心，指天发誓：不治服风沙，就让风沙把我埋掉！

一、县委院　夜　外

一弯残月，满天繁星。

平房的门吱呀一声开了。

月光中，史英萍走出门来。

她仰头看看天上的弯月，又看看二楼那扇亮着的窗。

窗上映着谷文昌抽烟的身影。

史英萍迟疑了一下，快步走向办公楼。

她走上楼梯，木楼梯在寂静的夜里发出咚咚的脚步声。

史英萍推开了谷文昌办公室的门。

谷文昌一手执烟，一手握笔在笔记本上写着，听见门响，他回过头来：英萍，你还没睡？

史英萍：老谷，豫英病啦，发高烧。

谷文昌：发烧，那你还不赶快抱她去医院。

史英萍欲说又止。

谷文昌：还愣着干什么？快去吧！

说着，他陡然想起了什么，又埋头在本上写起来。

史英萍低声叹了口气，悄悄地掩上了门。

二、盐场　日　外

阳光下，一畦一畦的盐田闪着银光，一群群盐工在耙盐。

谷文昌赤着脚，与白岩从盐田里走过来。

洁白的盐堆边，谷文昌抓起一把盐，盐粒像一颗颗珍珠在他手上闪着光：白场长，今儿来你这儿一趟，我可学了不少东西哟！吃了几十年的咸盐，头一回知道盐是咋生产出来的。

白岩：谷书记，咱东山的盐可是上等晶盐呀！

谷文昌：白场长，这盐可是咱东山的一大优势呀，东山风沙干旱，农业不行，工业也就靠你这盐场了。你们要想办法提高产量，一定把好质量关。咱中国产盐的地方多啦，你质量不好，国家就不调拨东山的盐，到那时咱哭都不顶用呀！

白岩：谷书记，你放心，我们一定把质量产量都搞好！

谷文昌：对了，白岩，你和你爱人王英同志的结婚申请我看了，社会关系纯洁，政治条件合格，县委同意你们结婚。

白岩：真的？

谷文昌：我这个书记还能逗你？哪天，你把王英约来，让我跟岳县长见见。我从申请表上看，人家是福州省城的姑娘，还是中专毕业呢，那可是知识分子呀！

白岩：谷书记，我前几天就给她写了信，让她这两天来东山玩呢！

谷文昌：好，等王英来了，一定告诉我。

三、谷文昌家　夜　内

谷文昌踏着月色，走进院里，轻轻地推开了家门。

灯下，史英萍坐在床边，在为小女儿豫英喂药。

小豫英眼睛一亮：爸爸！

谷文昌深情地回答着女儿的呼唤，走到床前。

史英萍回头看看谷文昌：回来了，饭在锅里盖着呢！

谷文昌：吃过了，在老乡家里喝了两碗南瓜汤。老史，你去睡吧，今晚，我来陪豫英。

说着从史英萍手里接过药碗及勺子。

史英萍深情地看着一脸疲惫的丈夫，心疼地说：还是我来吧。

谷文昌：嗨，我天天忙，对孩子们管得少，老史，你就让我照看一晚上孩子吧。

史英萍点了点头，为豫英掖了掖被角，走了。

谷文昌：来，豫英，乖孩子，把药喝完。

小豫英乖乖地张开小嘴，一口一口地喝着药。喝完，谷文昌用手帕为女儿擦了擦嘴。他摸摸豫英的额头：不烧了，豫英，睡吧，今晚，爸爸陪着你。

小豫英点了点头，躺下了。

谷文昌给女儿盖好小被子，依偎着女儿躺下来。

豫英：爸爸，你给我讲个故事吧！

谷文昌：好，爸爸给你讲一个精卫填海的故事。在很早很早以前，咱中国有个神农氏，他的女儿叫女娲。有一次，女娲到东海边洗澡，被大海淹死了。她就变成了一只鸟，红红的脚，白白的嘴，人们都叫她精卫鸟，精卫鸟住在鸠山的柘树上，她恨透了大海，于是啊，就用嘴叼着石块，飞到东海边，投到海水里，她发誓一定要把东海给填平！就这样，她一年又一年地飞呀，填呀，飞呀，填呀……

小豫英睡着了。

谷文昌也睡着了。

灯亮着，小桌上的马蹄表在咔嚓咔嚓地走。

四、谷文昌办公室　日　内

谷文昌站在墙上的地图前，手里拿着一支小尺子比量着。

史英萍拿着一身新衣服进来：老谷，来，把衣服换上。

谷文昌依旧在地图上比量着：这天都快黑了，换衣服给星星看哪？

史英萍：你忘了！今晚咱要到盐场去看白场长的对象。

谷文昌转过身来：噢，对了。

他走到办公桌前，抓起铅笔，在笔记本上记下一行数据。然后撂下铅笔。

谷文昌看着衣服：到底是我相亲，还是白岩相亲？英萍，这套衣服是到地区、到省里开会穿的呀！

史英萍：你是县委书记，代表东山县哪。人家小王来了，除了看小白，也得看看你们县领导呀。

谷文昌：嗨，穿这衣服别扭，手脚都不自然。

说着，他被动地穿着。

史英萍帮谷文昌扣着扣子：嗨，老谷，你看看，这才像个官样，才有点领导的派头。

谷文昌：英萍呀，你可不要小看这穿衣戴帽，这可关系到干部和群众的关系呀！

史英萍点点头，往后退了两步，满意地打量着谷文昌：好啦，走吧，别让人家等急了。

说着，两个人一块儿走出了办公室。

五、盐场办公室　日　内

坐着一大群人。

女职工：岳县长，你上次来，给我们讲的保尔与冬妮娅的故事还没有讲完呢，再给我们讲一段吧！

众：是啊，再讲一段吧。我们都等了半个多月啦。

岳文明：好，今天我就再讲一段。有一天晚上，保尔坐在灯下，打开日记本，写下了这么一段话：人生最宝贵的是生命，生命属于人只有一次。人的一生应当这样度过，当回忆往事的时候，他不会因为虚度年华而悔恨，也不会因为碌碌无为而羞愧，在临死的时候，他能够说：我的整个生命和全部精力都已经献给了世界上最壮丽的事业——为人类解放而斗争。

众人鼓起掌来。

掌声中，谷文昌与史英萍进来。

众人的掌声更热烈了。

谷文昌：哟，这么热闹呀，岳县长，又是你在讲故事吧？

岳文明：没办法哟，我每次来，她们都缠住我让我讲，这样吧，我给大家讲一段新的爱情故事，大家说好不好？

众：好！

岳文明：这个故事叫“两个河南人的爱情故事”。话说……

史英萍：岳县长，你又在故事新编吧，同志们，咱们欢迎岳县长讲讲他自己的爱情故事好不好？

众人齐呼：好，好！

正热闹间，有人喊了一声：来了！

屋子里一下静了下来。

王英推门进来，看到这么多人，一下怔住了。

谷文昌一本正经地：请问这位女同志，你找谁呀？

王英扑闪着大眼睛：我……

白岩从门外挤进来，大声说：谷书记，她找我。

众人哄地一声笑了。

白岩：来，我给大家介绍一下，这是我爱人王英。

众人热烈地鼓起掌来。

白岩拉着王英：王英，这是岳县长，这是谷书记，这是史主任，谷书记的爱人。王英一一握着手。

岳文明：白场长，什么时候请我们吃喜糖呀？

白岩与王英红着脸，不好意思地低下了头。

谷文昌：同志们，我郑重宣布，经过审查，县委批准了白岩与王英同志的结婚申请。

众人一阵欢呼。

谷文昌：白岩、小王，你们选个吉日，到时候，我来为你们俩当证婚人。

白岩、王英：谢谢谷书记！

岳文明：小白，你这个盐场场长，可别包着盐块当喜糖让我们吃啊！

众人又哄地一声笑了。

谷文昌：王英同志，我跟岳县长商量着，准备办个县委干部文化补习班，想请你当教员，你看怎么样？

王英：我没教过书呀！谷书记，要是让我教个小学生还差不多，让我去教你们县委领导，我可不敢。

岳文明：你就当我们是一帮小毛孩子！

谷文昌：王英，你只管大胆地教，到时候谁不听你的话，我替你打他们的屁股。

大伙又是一阵哄笑。

王英：既然谷书记和岳县长这么信任我，那我就试试吧！

六、岳文明办公室　日　内

岳文明正捧着一本书在专心地读着，谷文昌悄悄走进来。

谷文昌：老岳，读得这么专心，是什么书啊？

岳文明合上书，把书给谷文昌看。

那是一本刘少奇的著作：《论共产党员的修养》。

谷文昌：好书哇，老岳，八尺门海堤工程方案弄完了吗？

岳文明：马上就好，只差预算那一块了。

谷文昌：好，咱得抓紧做好报到省里去。老岳，我有个想法你看行不行，咱们是否成立个林业科，专门管植树造林的事。

岳文明：好哇，这一块得有个机构管理，不然，全是空谈，啥事儿也干不成。

谷文昌：我想让吴栋梁来当这个科长，你看咋样？

岳文明：行，老谷，你可挑了一员好将啊！

七、谷文昌家　晨　内

马蹄表叮铃叮铃地响着。

谷文昌从床上坐起来，穿上上衣，却找不见了裤子，他床里床外地翻着：英萍，英萍！我的裤子哪儿去啦？

史英萍：裤子，我昨天晚上给你毁啦。

谷文昌：什么？毁了？那还能穿哪！

史英萍：还能穿！你看这膝盖都磨成啥样子啦，补丁摞补丁。昨天夜里，我本来想再给你补补，可咋补都没法补，我就把它剪了，给咱林东改成了短裤。

谷文昌：嗨，你呀，你呀，你让我今天出门穿啥？

史英萍：放心吧，谷书记，不会让你穿着裤头上台作报告的。给——

史英萍说着扔过来一条裤子：我新做的。

谷文昌：这么新的裤子，我穿出去咋走路呀！给你讲过多少次了，穿得太好了会脱离群众，你穿一双新鞋怎么下田？

史英萍：再旧的衣服开头都是新的，我说老谷，你这个县官，咋说也得穿得像个县官的样子吧。

谷文昌：哎，你这个同志啊，咱东山这么难，我这个书记还充什么派头、摆什么谱呀！哎哟，到点了。

说着提上裤子，一边勒腰带一边找鞋。

史英萍：老谷呀，这 3 毛钱一尺的布做的裤子，穿到哪儿也不会有人说你摆谱。

谷文昌匆匆擦了一把脸，拿起笔记本出了门。

八、学校　晨　外

“东山县西埔镇完小学”的牌子格外醒目。

一群特殊的“大学生”走进学校。

他们拿着书本，有的还挎着书包。

九、教室　晨　内

“大学生们”坐在矮矮的课桌边。

谷文昌坐在第一排，他回头对大家说着：大家安静，今儿个咱们县委干部文化补习班正式开课，我先讲几句。以前，因为贫穷，我们上不起学，所以大家普遍文化水平不高，这不怪我们自己。如今，我们都是国家干部，要带领人民建设社会主义，可我们自身却没有文化，不懂科学，那我们的社会主义建设怎么能够成功呢？就像我吧，讲话稿要秘书写，读个书、念个报，老念错字，‘闲人免进’我念成‘间人兔进’，‘叫嚣’我念成‘叫器’。

众人笑。

谷文昌：念错字，闹笑话是小事，关键是丢党的脸，损害人民政府的形象，降低我们的执政水平和能力！毛主席教导我们：一个没有文化的军队是愚蠢的军队，而愚蠢的军队是不可能战胜敌人的。同志们，为了提高大家的文化知识水平，县委特举办这个文化补习班，从今天开始，每天早上两节课，一节语文，一节算术。咱先说好，谁也不许迟到！迟到，就是对老师的不尊重！

王英拿着书本走进教室。

班长很响亮地喊着：起立！

大家起立，碰出一片桌凳的撞击声。粗粗的男声掺和着细细的女声向老师致敬：老师好！

王英：同学们好！

班长：坐下。

王英：同学们，根据大家的实际情况，加减法我们就不讲了，今天我们学乘法。乘法是加法的简便算法，比如栽树吧，5 个人，每人栽 2 棵，一共是多少棵呢？这里有两种算法，先说加法，大家看黑板。

她拿起粉笔在黑板上写下一道算式：2＋2＋2＋2＋2＝10。现在我们用乘法算：5×2＝10，大家看，这是不是比加法简便呢？

众答：是……

王英：下面，大家跟我念乘法口诀：一二得二，二二得四，二三得六，二四得八，二五一十，二六十二，二七十四，二八十六，二九十八。

十、林业学校　日　外

校园里回荡着歌声。

……我们年轻人，
有颗火热的心，
革命时代当尖兵。
哪里有困难，
哪里有我们，
赤胆忠心为人民。

林荫道上，林青背着行囊，提着网袋，与几个同学意气风发地走来。

同学甲：小林，到了东山，可别忘了给我来信。

同学乙：林青，再见，我们等着你的好消息。

林青：放心吧，我会努力的。同学们，让我们在不同的岗位上，为社会主义建设添砖加瓦！再见！

同学们走了。

林青立在学校大门口，回头对母校深情地望着。

她陡然转过身，迈步走向前方。

十一、一组镜头　日　外

林青坐在汽车上，她微笑着往车窗外眺望。

漳州汽车站，林青上车。

八尺门海峡，林青立在船头，脸上写满了新奇与兴奋，还有向往。

船靠岸，林青一个箭步，踏上了东山的大地。

十二、路上　日　外

林青大汗淋漓地走在土路上。

她不时地掏出手绢擦汗。

手绢浸透了，一拧，拧出一串汗水。

她想找一个树荫歇歇，可举目四望，阔野茫茫。

林青走进一个小村庄。

她坐在一座房山的阴凉下，从挎包里拿出甘蔗，大吃大嚼。

跑来几个孩子，围着他看。

她每吐一口甘蔗渣。

便引起孩子们的一阵哄抢。

林青：小朋友，你们捡它干啥？

一个孩子：拿回家烧火做饭。

林青不解地看着孩子们远去。

十三、谷文昌家　日　外

谷文昌匆匆走出家门喊着：保国，准备好了吗？

陈保国给车子打气：马上就好。

史英萍追出门来：老谷，你这个月的工资都到哪儿去了？

谷文昌：我不知道！

说着就要走。

史英萍：老谷，你不能总这样啊！孩子是咱俩的，这一家老小的，要吃、要穿、要上学，买菜、看病、打针，哪一样不得花钱哪？总不能光靠我一个人吧！

谷文昌：这么说，孩子你不想养是吧？那好，你撂下吧，我自己养。

史英萍：你怎么能说出这种话呢！这两口子过日子，你咋就不能明明白白告诉我，你的工资都花到哪儿去了？

陈保国：史大姐，你别生气。谷书记的工资都在我这儿，花的每一毛每一分我都记着呢？这个月的工资寄给林县老母亲 30 元，交党费 3 块 8，工会费 1 块 5，伙食费 8 块 7，给山口村林和顺家买药 10 块，给铜钵村黄阿婆家 12 块，还剩下 23 块 5 毛 6 分。

史英萍长长地叹了一口气：老谷，咱们家今天连买菜的钱都没有了，就算我先借你的行不行？

谷文昌：保国，拿 10 块钱给她。

陈保国从挎包里掏出一个信封，拿出 10 元钱交给史英萍。

谷文昌：保国，快走，不然就耽误开会了。

陈保国装好信封，一步跨上自行车，骑出大院。

谷文昌抓住陈保国的肩膀，一个垫步，坐上了车后座。

史英萍无奈地摇了摇头。

十四、学校　日　外

下课铃声响了，同学们纷纷涌出教室在院子里追逐打闹。

谷林东穿着肥胖的短裤在院子里跑过。

一个胖男孩高喊着：谷林东，大裤裆！

一群孩子见状，也跟着起哄，一边喊一边笑。

谷林东气恼地跑过来，冲胖男孩就是一拳。

胖男孩的鼻子顿时鲜血直流。

他捂着鼻子大哭，泪水和着鲜血揉了满脸。

小朋友们哄地跑开了，边跑边喊：老师，老师！谷林东打人啦！

一位女老师跑过来，掏出手绢为胖男孩擦脸上的血，并掰了一段粉笔头，塞在胖男孩的鼻孔里止血。

上课铃声响了。

学生们纷纷跑进教室。

老师：谷林东，为什么打人？

谷林东：他骂我，我就打他！

老师：我先不管你有理没理，首先一条，你打人就不对！这个学期，你可是第三次打架了。这一次，我一定告诉你的家长！走，跟我回教室，你必须当面跟同学道歉，并向全班同学作检讨。

谷林东扭着头，背着手，咬着嘴唇，一声不吭地跟老师朝教室走去。

十五、林业科　日　内

吴栋梁正在画图。

林青背着背包走进来。

吴栋梁：同志，你……

他打量着林青，一眼看见了小林胸前的校章：你是林青！

他热情地迎上去握住了林青的手：小林，我们早也盼，晚也盼，总算把你这个高才生给盼来啦，来，快坐，快坐。

吴栋梁接过小林的背包放在桌子上，又为她倒了一杯水：一路上辛苦啦！

林青：不辛苦。

她从口袋里掏出两张纸：同志，这是我的报到证。

吴栋梁接过来，兴奋地看了一遍：好，小林，你这一来，咱东山就有希望啦！

说着，他把报到证放入抽屉：小林，我叫吴栋梁，是咱们林业科的科长，你今后就叫我老吴就行了。咱们科研究过了，决定先安排你到林业站工作。等你喝完水，我就领你过去。

林青咕咚咕咚喝完水放下茶杯：走吧，我想现在就去。

吴栋梁：好哇，小林，痛快，是个干事的人。

说着从桌上拿起林青的背包背在肩上。

两人走出了林业科办公室。

十六、谷文昌家　日　内

谷文昌坐在小椅子上看报纸，史英萍在切菜。

谷林东提着书包，耷拉着脑袋走进来。

谷文昌：林东，你过来。

谷林东一步一蹭地来到父亲跟前。

谷文昌：今天为什么打架？

谷林东：谁让他说我的坏话！

谷文昌：行啊！谷林东，你把同学的鼻子打流血，你倒有理啦！

说着，他生气地把报纸往桌子上一摔，抬手照儿子头上就是一巴掌。

谷林东哇地一声哭起来。

谷文昌：你们班主任告诉我，这个学期你这是第三次打架了！怎么？你以为你爹是个书记，你妈是科长，就可以任意欺侮同学吗？今天，我就是要打掉你的霸气！　说着又是两巴掌。

史英萍放下切菜刀，走过来把谷林东拉开了。

谷文昌：谷林东，你给我记住，别以为你爹妈是官就不知天高地厚，就在学校逞霸道，欺侮那些老百姓的孩子，我告诉你：你爹妈也是老百姓出身！

史英萍拿过毛巾为谷林东擦眼泪：林东呀，你看爸妈，天天起早摸黑地工作，是为了啥呀？不全是为了老百姓啊，你怎么能抬手就打老百姓的孩子呢！

谷文昌：英萍，你拿几个鸡蛋，带着他给人家赔个不是去！

史英萍叹了一口气，默默地用手帕包了几个鸡蛋，硬拉着谷林东走了。

十七、路上　日　外

吴栋梁与林青走在土路上。

他们一边走，一边攀谈。

吴栋梁：小林，你来东山工作，家里人同意吗？

林青：到祖国最需要的地方去，是我们新中国一代青年的选择，我还没告诉我爸妈呢。我想等安顿住了，再给家里写信。

吴栋梁：小林，咱东山风沙大，条件差，你要做好吃苦的准备呀！今后遇到什么困难，你就跟我说。我帮你！

林青感激地看了吴栋梁一眼：嗯。

一阵风袭来，卷起一股股黄沙，扑头盖脸朝他们打来。

林青赶忙从挎包里掏出红纱巾往头上蒙，一不小心，红纱巾被风吹跑了。

林青：哎哟，我的纱巾！

吴栋梁拔腿就追，几经周折，终于把纱巾追了回来。

他把红纱巾递给林青：这回，你可要系好了。

林青接过纱巾一边往头上系着，一边说：老吴，谢谢你。

吴栋梁：谢啥呀，快走吧。

两人不得不背着风沙退着走。

十八、林站　日　内

吴栋梁与林青推开门冲进屋内，拍打着身上的沙尘。

蔡福林迎上来，接过背包：吴科长，你咋背着行李来啦？

吴栋梁：老蔡，咱这儿添新兵了，这是小林，省林业学校刚毕业的中专生。

林青：蔡叔叔，你好！

蔡福林：好，好。小林哪，你来得正是时候，这一下，咱植树造林就有指望了。来，洗洗脸，快吃饭。

吴栋梁端来一盆水，林青从挎包拿出毛巾洗着脸。刚洗几下，盆里的水就成了泥糊涂。

林青：老吴，这东山的风沙可真厉害呀！

吴栋梁：小林，刚才的风沙可不算大，还有比这更厉害的呢！

林青吃惊地“啊”了一声。

蔡福林放下背包，盛了一碗地瓜稀饭递给林青。

林青接过碗，大口大口地吃起来。

蔡福林与吴栋梁吃完饭，把碗一推，便着手摆弄着一捆绳子。

见小林吃完，老蔡夺过碗，走到锅边，把锅里剩下的全盛进碗里：年轻人，别管饭好坏，得吃饱。

说着，把碗递过去。

林青一边吃，一边看着两个人忙碌。

十九、教室　日　内

王英：同学们，经过半个月的学习，我们把乘法学完了，这节课咱们考试一下，看大家掌握得怎么样！

众：啊！考试？

有人伸着舌头：只怕要考糊！

王英：昨天晚上，我连夜把考试卷写好了，现在发给大家。

发完试卷，王英巡视着。

大伙儿静静地答题。

有人搔头，有人皱眉。

谷文昌奋笔疾书。

交完卷的学员陆续走出教室。

谷文昌走出来。

朱科长赶上他：谷书记，你答完了吗？

谷文昌：答完了。老朱，你呢？

朱科长：别的题我都会，就一道题把我难住了。

谷文昌：哪一道题？

朱科长：7×3，我想啊，想啊，咋也想不起这句口诀来，最后我一看大家都交卷了，我不管它三七二十一，在等号后边写了个24，交卷啦。

谷文昌放声大笑。

众人也大笑起来。

谷文昌：老朱啊，你真不愧姓猪，你咋会整出个三七二十四呀！

朱科长不好意思地搔着头：三七二十一，七三也二十一呀？

二十、林站　日　外

吴栋梁、蔡福林、林青在忙碌着。

他们把一捆绳子抖开，比照着皮尺丈量着，每量出一米长，便用笔画一个记号，然后在记号处把两股绳分开，塞进一个红布条。

正忙碌间，谷文昌等人匆匆赶来。

吴栋梁：谷书记，这么早你们就来了。

谷文昌：你们不是比我还早吗？

说着，他打量着林青：你就是林青吧？

林青点点头。

谷文昌把手放在小林的肩上：好，小林哪，你可是我们这儿难得的一个林校毕业生啊！

他转过身对着吴栋梁：栋梁啊，你可得给我把小林照顾好，好好发挥她的作用！

吴栋梁：谷书记放心吧，我会的！

谷文昌：老蔡，准备好了吗？

蔡福林：准备好了。

谷文昌：同志们，咱们要想治理风沙，首先就要搞清风沙的情况，摸透风沙的脾性，比如风口的位置，风速的级别，沙丘的面积，流动沙丘滚动的方向及速度等。从今天起，咱们成立一个沙荒调查队，我任队长，吴栋梁任副队长。没有标杆，咱用竹竿，没有皮尺，用绳子，咱们要把东山的风口、沙丘量个遍！同志们，出发！

二十一、山口村　日　外

迎着初升的朝阳，一支队伍走在东山的大地上。

他们扛着竹竿，背着绳捆，带着水壶和干粮。

测荒队走进山口村，几个年轻人围上来。

一个年轻人问：福林大叔，你们这是干啥去呀？

蔡福林：我们跟着谷书记测量荒山沙冈。

年青人：那荒山野岭的，测量它有啥用啊？

谷文昌：小伙子，看见这儿捆绳子了吧，我们要用它把沙丘捆起来。

众笑了：捆沙丘？我们也去！

队伍中又多了几个年轻人。

二十二、村里　日　外

谷文昌带着测荒队，站在一座房屋的废墟边，默默地观看着。

房顶没了，只剩下残墙断壁，沙土把房屋埋住了。

吴栋梁用竹竿使劲往沙中探插着。

谷文昌：这家人到哪去了？

众摇头：不知道。

一群众：他们一家逃荒去了。这一走，三年了，再也没有了音信。

村支书：谷书记，俺这儿是个风口，这风沙呀比那老虎都凶！这些年，也说不清埋没了多少房屋了。

谷文昌默默地转身走了。

测荒队跟在他身后。

队伍沉默着前进，只有沙在脚下响着。

二十三、沙滩　日　外

蔚蓝色的大海，白茫茫的沙滩。

测荒队行进在碧水黄沙间。

一面红旗飘在最前面，在碧水黄沙的背景下，显得格外鲜艳耀眼。

起风了，大海波涛汹涌，大地黄沙弥漫。

风沙罩住了行进的队伍。

红旗在风沙中剧烈地翻卷，发出“噼啪”声响。

队伍的行进速度陡然慢了下来。

风魔用鞭子驱赶着沙怪扑向行进的人群。

人们猫着腰尽可能地缩小受风面积。

一只只脚艰难地在沙窝里踏过，每走一步，要滑回半步。

谷文昌走在队伍的最前面。

吴栋梁回头看了看吃力行进的队伍。

他紧赶几步，追上了谷文昌：谷书记，这么大的风，怎么办？

谷文昌停下脚步，喘了两口大气：这不正是测量风口的最好时机吗？栋梁，风大，咱们的决心比风更大！

说完，又弯腰奋力向前。

队伍跟着谷文昌顽强地前进。

二十四、亲营山　日　外

漫天风沙中，依稀显现出一座沙丘的轮廓。

谷文昌站下来，大口大口地喘息着：大家……歇一会儿，喘口气……

队伍停下来，人们坐在沙窝里，背着风，扭开水壶，吸一小口水，漱着满口的沙子。漱完吐掉，纷纷扬脖喝水。

谷文昌想抽支烟，可划了几根火柴，也没把烟点着。

他无奈地把烟又装进口袋里。

林青喝一口水，停下来喘两口气，然后再喝一口水。

谷文昌把水壶拧上，回头高喊着：同志们，来吧，大家按分工、分头行动，咱们先把这个沙丘拿下来。

说完，他弯腰把鞋脱下来，塞在腰带上。然后从蔡福林肩上扯下绳子，牵着绳头就往沙丘上走。

一股风扑过来，把他吹了一个趔趄。

谷文昌转过身，把帽檐拉到眉毛处，一只手提着衣领护着脸，一只手拉着绳子，后退着往沙丘上走。

拴满红布的绳子像一条奇异的长蛇，一圈圈抖开了，在沙丘上急速爬行。

大家学着谷文昌的样子，分散开来，有的拉绳，有的插竿，有的大声报着数。

林青紧张地在本子上记录着。

突然，她的眼被沙迷住了，她用手背使劲地揉着，直揉出两眼泪来。

林青回头往沙丘上看。

昏黄的阳光中，谷文昌已快到顶上了。

她猛一下站起身来，奋力向谷文昌追去。

二十五、沙丘　日　外

谷文昌一步一步地退行着，终于到达了丘顶。

他侧身左右观察，寻找着风口的位置。

大风呼啸着，飞沙扑打着，撕扯着他的衣裤。

一股沙灌进他嘴里，呛得他剧烈地咳嗽起来。

林青攀上来，一把扶住谷文昌：谷书记，你没事吧？

谷文昌捂着嘴摇了摇头：小林，你来看，这个地方就是风口的中心。你把它记下来，我试试这风力。

林青打开本记录着。

谷文昌从怀里掏出一条红围巾，捏着一角伸向风中，围巾被风吹卷着，噼噼啪啪地像甩鞭。

谷文昌：小林，你看这风有几级？

小林：少说也有九级。

谷文昌：围巾吹到这个样，是十级，你记上。风向是……

小林从兜里掏出指南针，对应着丝巾飘舞的方向：东南方向，33度。

风沙迷住了谷文昌的眼，他用手揉着。

一不小心，红围巾被风卷去。

谷文昌大喊着：围巾！

他伸手去抓围巾，身子一歪，被风吹倒了，整个人顺着沙坡滚了下去。

林青大喊：谷书记！谷书记！

风沙弥漫，霎时不见了谷文昌的身影。

风中只有林青急促的呼喊。

大伙纷纷朝山下跑去。

二十六、沙丘下　日　外

大伙围着谷文昌喊着：谷书记！

林青伸手去拉沙埋住的谷文昌。

谷文昌喘息着：别拉我，就这样，让我躺一会儿。

他闭着眼，喘着大气。头上的帽子刮丢了，满头满脸的沙土。

大伙有的坐着有的跪着围在谷文昌身边，良久，才把他扶起来。

吴栋梁拧开水壶递过去：谷书记，你喝口水吧！

谷文昌接过水壶，喝了两口，又递给吴栋梁：走，咱们接着干！

一挺身子站了起来，迈步向前走去。

人们站起来，跟着谷文昌走向漫天风沙。

二十七、林站　夜　内

呼呼的风声在屋外啸叫，重重的鼾声在屋内震荡。

噼里啪啦的算盘珠声在风声与鼾声中拨响。

一盏灯在亮着。

灯下，林青在一遍遍计算测量的数据。

她不时停下来，把计算结果写在本子上。

二十八、县委会议室　日　内

会议室坐满了人，县委扩大会议正在进行。

岳文明：同志们，今天我们召开县委常委扩大会议，中心议题是治理风沙。大家知道，我们东山有四大灾，那就是风、沙、旱、潮。这四大灾中，风沙是最大的灾难。国民党反动派被我们打垮以后，风沙就是我们最大的敌人！只有治住了风沙，东山的面貌才能彻底改变。不然的话，我们的社会主义建设就无从谈起，要谈也是一句空话。前不久，县委专门组织了一个沙荒调查队，谷书记亲自担任队长，他带领一帮人起早贪黑，含辛茹苦，顶风冒沙，忍饥受渴，把咱们县的沙丘、风口察了个遍。下面，就请调查队副队长吴栋同志谈谈这次调查的结果。

吴栋梁：各位领导，同志们，一个多月来，谷书记带领我们沙荒调查队的 28 位同志，从苏峰山到澳角山，从亲营山到南门湾，走遍了 412 个山头，把每一座沙丘的位置、高度、坡度、体积都作了具体测量，把每一个风口的地点、风向、风力都作了详细记录。调查结果令人触目惊心。在我们东山岛，一年 365 天，六级以上的大风差不多要刮 200 天，从清朝的同治年间到 1950 年东山解放这将近 100 年里风沙就吞没了 13 个村庄，全东山出外要饭、做苦力谋生的人数占全岛总人口的 1/10，地处大风口的山口村共有 900 多人，就有 600 多人逃荒要饭，成了远近闻名的乞丐村。湖塘和山口两村共有 1600 多口人，因为风沙得烂眼病、红眼病的就有 400 多人，瞎眼的、半瞎的有 90 多人。大家看看地图，在我们东山岛的东南部沿海 30 多公里的海岸线上，到处是白茫茫的沙滩，连一棵草芽都不长！同时，还有 43 个流动沙丘，随着风势不断向村庄逼近。我们东山的树木本来就少，因为没有柴烧，又被人为地砍掉了不少。目前我们全县 194 平方公里的土地，森林覆盖率只有可怜的 0.12%，打个比方说吧，这就像一个光秃秃的脑袋上，只长了两三根头发呀！

众笑。

吴栋梁：同志们，风沙灾害使得我们东山的百姓有田无法种，种了没有收。看看群众家里，家徒四壁，粮囤空空；看看百姓锅里，一年四季，煮着青菜、谷糠，实在令人揪心呐！同志们，风沙时时威胁着人民的生命，处处制约着东山的建设和发展，已经到了非治不可的地步了！这就是我们调查得出的结论！

会场上沉寂了片刻，人们思索着。

岳文明：调查队的调查是艰苦的，数据是翔实的，结果是惊人的，结论是深刻的！治理风沙，一定要治理风沙，这就是我们东山的头等大事。同志们，治理风沙就像治病一样，调查队查明了病状，探明了病因，接下来，就是开处方了，大家讨论讨论，看看这风沙怎么治，从哪儿下手。

干部甲：我家门前有一个小沙丘，原先离我们家有 200 米远，不几年就往前移动了 80 米，自从前年，沙丘上长出了一片草，这沙丘就趴在原地不动了。

刘金才：俗话说，兵来将挡，水来土掩，我建议修筑防沙堤，只要咱把风挡住了，这沙就自然起不来了。

干部乙：我看种草是个招儿，小时候我就听老辈人讲，草能压沙。

朱科长：要我说，咱发动群众，挑土压沙，沙压在土下边，就是风刮过来，沙也不会飞啦。

刘金才：这个办法不行，35000 多亩沙地，你得挑多少土把它压住？老朱呀，这法比你那三七二十四还笨！

众笑。

谷文昌：刚才大家说的筑堤挡风，种草压沙这两条办法我同意，不过我琢磨着，咱要想彻底制服风沙，还得靠植树造林，这是防风固沙最有效的办法！

岳文明：老谷，你说种树？我看不行，东山这个鬼地方，自古就不宜长树。

干部甲：那沙滩上，夏天烫得能炒花生，冬天狂风能吹倒房，这站不住人、睁不开眼的地方能种活树？我不信！

谷文昌：我们可以栽不同的树种试试嘛！

干部丙：老谷，你要能在沙滩上把树种活，这科长我不当了，我天天去给你栽的树浇水去！

大伙一阵哄笑。

岳文明：大家讨论了半天，我看归纳起来也就是三种药方：一是筑堤拦沙；二是种草固沙；三是谷书记说的造林防沙。我看咱是不是形成个决议：这三种方法咱一个一个试着来，大家说行不行？

众：好！行。

岳文明：最后，请谷书记作总结。

谷文昌：今天，我们开了一个很好的研讨会，大家集思广益，达成了共识，制订了方案，这是个很好的开端。俗话说得好，“治穷先立志，制胜谋为上”。我们是共产党，决不能听天由命，做自然的奴隶，决不能在困难面前退缩，我们要向风沙宣战，条件再差，生活再苦，也要建设社会主义！同志们，只要我们有毛主席，党中央的领导，有大家的团结和智慧，再加上我们勤劳的双手，我相信，任何困难也挡不住我们，我们一定能够治服风沙，挖掉东山的穷根！

全场热烈鼓掌。

二十九、海滩　日　外

浩浩荡荡的劳动大军摆开了战场。

人们在挖沙。

人们在挑土。

人们在打夯。

一条长长的拦沙大堤逶迤在沙滩上。

人们擦着汗水，脸上露出了胜利的微笑。

三十、沙堤　黄昏　外

谷文昌扛着铁锨，岳文明扛着扁担，两个人并肩走在长长的沙堤上。

岳文明：老谷呀，咱东山的群众真了不起哟，你看，县委一声令下，千军万马全出动啦，短短十几天，就建起了39条防沙堤，接一块儿有22公里长哪！

谷文昌：老岳，你看这挡沙堤，多像长城。

岳文明：哈哈……

爽朗的笑声在晚风中传得很远，很远。

三十一、海滩　阴雨　外

暴风雨来了！

海浪汹涌，扑打着礁石，撞击出一阵阵轰鸣。

狂风呼啸，吹打着沙堤，吼叫出一阵阵鬼嚎。

暴雨倾盆，冲刷着沙堤，敲击出一阵阵鼓点。

沙堤垮了，一节节坍塌下来，被雨水冲走。

三十二、沙堤　阴雨　外

谷文昌站在被风雨冲垮的沙堤上。

他一脸凝重，他默默地抽着烟。

猛地，他狠狠地摔掉烟蒂。

三十三、沙丘　日　外

烈日炎炎，绿草变黄了。

烈日如火，黄草变枯了。

狂风刮起，枯草飞上了天。

风停了，沙住了，绿草地依旧是黄沙丘。

谷文昌坐在光秃秃的沙丘上，手里捏着一茎枯草。

他把草茎填在嘴里，一截一截地咀嚼着。

枯死的树苗静静地立在阳光下的沙滩上。

竟无一棵活树，竟无一片绿叶！

谷文昌仰天怅望，欲哭无泪。

第十一集

本集剧情简介

林青偶然发现，还有3棵木麻黄没有死，这让谷文昌惊喜万分，他鼓舞大家不要气馁，从头再来。县里成立了造林试验小组，谷文昌亲自挂帅，与蔡福林、刘栋梁、林青等人苦心摸索，终于总结出植树技术六大要点。

地委副书记贾天喜到东山蹲点，要求大放卫星，推广密植。谷文昌坚持实事求是，不跟风，不信邪，在县委会议上被岳文明指名批评，最后被贾天喜降职为二把手。

一、县委院　日　外

陈保国在给自行车打气。

史英萍拿着水壶和一包烙饼从屋里出来，挂到车把上：保国，今天去哪儿呀？

陈保国用手指弹弹车胎，试着车气：我也不知道，反正是下乡。

史英萍：保国，这一段老谷身体不太好，老咳嗽，你得提醒他按时吃药。

说着把药递给保国：一天三次，一次一片。

陈保国接过药，装进了衣袋。

史英萍：保国，你替我多管管他，让他少抽点烟，我是拿他没办法啦。

陈保国：史主任，你放心吧。

二、路上　日　外

陈保国骑车带着谷文昌走在土路上。

谷文昌不停地咳着。

他每咳一阵，陈保国的车把就摇摆几下。

又是一阵剧烈的咳嗽，谷文昌从车上下来，蹲在路边使劲地咳着。

陈保国：谷书记，你咳成这样，咱就别去了呗，反正昨天咱也去过了。

谷文昌：不去怎么行?！事情还没有完全解决，昨天临走时，我说过今天再去的。保国，你记住，对老百姓说过的话要兑现，只说不兑现，群众就不信我们了。

陈保国递过水壶，谷文昌接过去，喝了两口水。

谷文昌用手背擦了擦嘴说：走吧，好些了。

两人上车往前骑，陈保国吃力地蹬着。

谷文昌：保国呀，瞅个空儿，教我学骑车吧，我不能总让你驮着呀！

陈保国：好哇，回去我就教你。

三、谷文昌办公室　日　内

谷文昌在看报纸，一边看，一边用红铅笔画着粗粗的红线。

吴栋梁兴冲冲地跑进来，他晃着手中的一卷纸：谷书记，报告你一个好消息。

谷文昌放下手中的铅笔站起身来：栋梁，什么好消息？你快说说！

吴栋梁：我查到了国外的一个资料，种木麻黄可以有效地防治风沙，你看。

他把资料递给谷文昌。

谷文昌接过来，捧在手上兴奋地看着。

他把资料往桌上一拍：好！木麻黄，太好了！咱不管它是中国货、还是外国货，只要能治住风沙就行！栋梁，你们抓紧行动，看看在哪儿能找到木麻黄树种。

吴栋梁：好，我们马上联系，一定要找到木麻黄！

说完，兴冲冲地走了。

谷文昌抑制不住兴奋，坐在椅子上又拿起了那份资料读起来。

电话铃响了。

谷文昌抓起电话筒，眼睛还在资料上。

听筒：谷书记，我是刘金才。

谷文昌：啊，金才呀，有什么事儿，你讲。

听筒：我们发现了 3 棵木麻黄。

谷文昌急切地把听筒放在右耳上：什么？3 棵木麻黄，在哪儿发现的?

听筒：在白埕村。

谷文昌：好，你们等着，我马上过去。

他撂下电话，大声喊着：保国！快走！到白埕村。

四、白埕村　日　外

沙丘边，围着几个人。

小路上，陈保国带着谷文昌飞驰而来。

一农民：看，谷书记来了。

众人纷纷扭过头去。

车未刹住，谷文昌已跳下车，小跑着来到沙丘边。

在厚厚的沙堆上，长着 3 棵 1 米来高的木麻黄。

它挺挺的干，细细的枝，嫩嫩的叶。

谷文昌扑通一声跪在沙丘上。

他欣喜地摸摸树干，又抚抚细叶：金才，这就是木麻黄？

刘金才：是呀，这是白埕村的林东升种的。老林，你给谷书记说吧。

老林：三年前的清明节，我到坟上扫墓回来，路过西山岩林场，看见一片小树苗长得怪旺的，就顺手拔了 3 棵。回来后，随便挖了个坑，种在了这里，没想到风吹沙打，它竟然活了，要不是刘科长说，我也不知道这就是木麻黄。

谷文昌仰着头，专注地听老林讲着，脸上露出抑制不住的喜悦。

他双手抚摸着细细的树枝：木麻黄，我终于找到你了！

五、县委会议室　日　内

东山县干部扩大会议。

岳文明县长在作总结：同志们，我们的干部扩大会今天就要结束了，我们开了一个团结的大会，鼓劲的大会，胜利的大会。下面，请谷书记讲话。

会场上响起一片掌声。

谷文昌：岳县长的总结很全面，也很生动，在这里，我就不多讲了。我就讲一句话，大家马上出发，跟我到白埕村去，我要让大家看一样东西。

众人纷纷站起，心存疑惑地议论着：到白埕？白埕有什么好看的？

六、白埕村　日　外

沙丘边，小树旁，围着里三层外三层的干部。

谷文昌站在 3 棵小树边激动地讲着：今天，带大家跑了十几里路，就是让大家看看这 3 棵树，这树的名字叫木麻黄，是白埕村的林东升在三年前的清明节种下的。

大伙儿静静地听着，细细地看着，深深地想着。

谷文昌：同志们，为了战胜风沙，挖掉穷根，我们作了几年的艰苦努力，先是筑堤拦沙，沙堤垮了。后来种草固沙，草芽枯了。接着我们又试着栽树，柳树、槐树、杨树、桉树、榆树、黄槿、松柏、相思树、老鼠刺树，我们几乎把能找到的树种都栽遍了，可是结果呢，几十万棵树一棵也没活啊！大家想想，我们为什么一次又一次失败？依我看，原因有两点：一、我们没有找到与东山土质相适应的树种；二、我们还没有掌握栽树的成功方法。尽管我们屡战屡败，但是我们不灰心，不认输，我们要屡败屡战！大家看到了，木麻黄在白埕能种活，在别处就一定能种活！这 3 棵木麻黄就是咱东山的希望，明年春天，我们要广泛发动群众，大种木麻黄！让我们东山的大地绿起来！

大伙报以热烈地鼓掌。

一张张脸上洋溢着兴奋和激动。

七、河南林县南湾村谷四叔家　日　外

谷四叔坐在小板凳上，一锤一锤地锻着石磨。

他的孙子谷为民趴在碾盘上写着作业。

谷文昌的母亲桑氏走进院里：他四叔，正忙着哪。

谷四叔停下手中的活儿：嫂子。

桑氏：他四叔，我这几天老想昌儿，再麻烦你给俺写封信吧。

谷四叔：中，嫂子，你先坐，我去拿纸去。

说着递给桑氏一只小板凳，转身回屋去了。

谷四叔从屋里拿了几张纸出来，铺在碾盘上：为民，来，让爷爷用用你的钢笔。

谷为民把钢笔递给爷爷。趴在一边看着。

谷四叔：嫂子，你说吧。

桑氏：昌儿，每回听你四叔念了你的来信，我就像瞧见你了一样，知道你们两口工作顺利，几个孩子活泼健康，娘就放心啦！上封信邮回来的 30 块钱收到了。儿呀，你在外边有家有室，有儿有女，还有工作。就别老是牵挂我了。娘的身体结实，家里粮食也够吃，你不用再寄钱啦，安安心心工作，多为老百姓干事儿。这几天夜里，娘老是梦见你，一梦就是你担着小米从山西回来了，站在床边叫我。一睁开眼，床前空荡荡的。儿呀，你这一去就是 9 年了，娘老想见见你啊！就这几句吧，他四叔。

谷四叔停下笔：为民，念一遍让你奶奶听听，看写的中不中？

谷为民接过信念起来：昌儿：每回听你四叔念了你的来信，我就像瞧见你了一样，知道你们两口工作顺利，几个孩子活泼健康，娘就放心啦！上封信邮回来的30块钱收到了。儿呀，你在外边有家有室，有儿有女，还有工作。就别老是牵挂我了。娘的身体结实，家里粮食也够吃，你不用再寄钱啦，安安心心工作，多为老百姓干事儿。这几天夜里，娘老是梦见你，一梦就是你担着小米从山西回来了，站在床边叫我。一睁开眼，床前空荡荡的。儿呀，你这一去就是九年了，娘老想见见你啊！娘　1957年7月27日。

桑氏：中，就这样写就中，为民这孩子，学上得不赖，都能念信啦！

谷为民：奶奶，我都上五年级了。

桑氏：好，有出息。他四叔，你忙吧，我回去啦，这一来，又耽误你不少工夫。

谷四叔把笔递给谷为民，站起身来送桑氏出门：嫂子，你慢点。

看桑氏走下石阶，他才转身进院。

谷为民：爷爷，俺这个奶奶老跑来叫你给昌儿写信，这个昌儿是谁呀？

谷四叔：这个昌儿呀，大名叫谷文昌，是你这个奶奶的二儿子，你得叫他二大爷。他可是咱谷家门里出来的大官呀！你两岁那年，他就离开咱南湾村，南下长江，解放江南老百姓去了。革命成功后，留在了福建省东山县，前几年当县长，现在是东山县的书记。

谷为民：爷爷，这个谷文昌学问大吗？

谷四叔：说起识字，他就在咱西乡坪念了一冬天民校，虽说学问不高，可他本事可大。为民哪，你可得跟你二大爷好好学学，把书念好，将来出去干大事。

谷为民点着头，若有所思。

八、场地　黄昏　外

谷文昌学跨车。

他一遍一遍地跨着，练着，跑得满头是汗，汗衫也溻透了一大片。

陈保国：谷书记，你坐到座上骑骑试试。

谷文昌：怕不行吧！

陈保国：没事的，你坐上试试，我扶着你。

谷文昌坐上车座，紧张地抓住车把。

陈保国在后边扶着跑了一圈，把手放开了。

谷文昌颤颤悠悠地骑着，车子歪歪扭扭，几乎摔倒。

陈保国：谷书记，你别老看车轱辘，往前看，往远处看。

谷文昌往前看着，车把稳当了一些。突然，前边出现一块石头，他一紧张，嘴里“哎哎哎”地喊着，咚地一下撞了上去，摔倒了。

陈保国跑了过去。

自行车压着谷文昌的一条腿，车轮仍在转着。

陈保国把自行车搬起来，又拉起了谷文昌。

谷文昌：我想躲过这块石头，可这车把它就是不听话。

他抹了一下脸，手上有血。

陈保国：呀，你脸上受伤了。

谷文昌：没事，蹭破了点皮儿。

陈保国：快回去抹点药水吧。

陈保国推起车子，两人一块往回走。

谷文昌：不行，明天还得接着练。

九、谷文昌家　夜　内

谷文昌坐在床边洗脚。

史英萍坐在灯下给孩子们补衣服。

谷豫平哼着歌推门进来：妈，今晚的电影可有意思了……

史英萍：啥电影？

谷豫平：《鸡毛信》，那里边的小海娃又机智，又勇敢。

谷文昌：豫平，谁给你买的票？

谷豫平：爸，你啥时候给过我钱让我看电影啊？是把门的叔叔认识我，就让我进去了。

谷文昌生气地把擦脚布扔在水盆里：你这个孩子，把门的叔叔让你进去，还不是因为你爸是县委书记，你妈是民政局长？豫平，你这样做是占公家的小便宜，你过来！

谷豫平低着头，怯生生地走到爸爸面前。

谷文昌从床上拿过外衣，从兜里摸出 1 毛 5 分钱：给，趁把门的叔叔还没走，赶快去把电影票钱还给人家！今后，绝对不许再这样做，记住没有？

谷豫平：记住了。

说完，从爸爸手里接过钱，拉开门跑了出去。

十、公安局　日　外

陈保国骑车来到公安局门口下车，推着车子走进院里。

他扎下车，径直走进局长办公室。

马栓柱局长正在看卷宗：哟，保国来了。怎么，谷书记找我？

陈保国：不是谷书记找你，是我有事求你。马局长，我想跟你换换自行车。

马栓柱：换车？

陈保国：是这样。谷书记要学骑自行车，他那辆是二八车，车架高，他骑着老摔跤，所以我想换你这辆二六的。

马栓柱：谷书记都四十多了，他还学骑车？既然如此，我就跟他换换，给，这是车钥匙。不过，你得跟谷书记说说，我这辆车可比他那辆值钱啊！等他学会了，他得请我的客。

陈保国：行，我替他答应你。那辆车我放在你门前了，谢谢你，马局长，我走了。

他兴冲冲地跑出办公室，骑上二六车，哼着小曲骑出了公安局。

十一、县委院　日　外

谷文昌下楼，正碰上陈保国推着自行车过来。

陈保国：谷书记，会开完了？你看，我给你换了一辆车。

谷文昌惊喜地看着：哪儿弄的？

陈保国：跟公安局马局长换的，这辆是二十六车，座矮，你好学。

谷文昌：好。走，咱们练车去。

两人有说有笑地走出县委院。

十二、场地　日　外

两人来到空场地。

谷文昌接过车把，一跷腿坐了上去：嘿，嘿，这车就是比那一辆矮。

陈保国：这下好了，你这两腿一伸，就够着地了，保证摔不着。

谷文昌笑了：好，我试试。

他两腿一蹬地，车子走了。

他抬起脚，忙乱地找到了脚蹬，车子歪了几歪，终于走稳了。

谷文昌骑了一圈又一圈，逐渐熟练了，速度也渐渐快了起来。

谷文昌：保国，我咋让它停下来呀？

陈保国：捏左闸，左闸。
谷文昌抓住左闸，车骤然减速。
谷文昌叉开两腿，蹚在地上滑了几米，稳稳地停住了。
陈保国：行啊，谷书记。你才学了三次就会骑了。
谷文昌：今后再下乡，你们的负担就减轻了。
两人会心地笑起来。
谷文昌：我骑到街上去试试。
说着，他一使劲，骑上了路。
灿烂的霞光中，映出谷文昌骑车的身影。
谷豫平、谷林东看见了，高兴地跳着、喊着：啊！爸爸会骑车了！

十三、谷文昌家　日　外

谷文昌蹲在院子里，很仔细地用抹布擦着自行车。
谷豫平和谷豫英趴在小凳子上写作业。
陈保国跑过来：谷书记，范县长说有个临时会议，请你马上去参加。
谷文昌扔下抹布：豫平，来，帮爸爸把自行车擦完，我要去开会。
说着匆匆走了。
谷豫平放下笔，拿起抹布擦起车来。
谷豫英跑过来，把车铃捏得叮铃铃响。
谷豫英：姐，趁爸爸不在，咱俩去学骑车吧？
谷豫平点了点头，又朝院里左右看了看。
姐妹俩推起自行车，悄悄跑出院。

十四、场地　日　外

谷豫平腿短够不着座，只好站在两只脚蹬上歪歪扭扭地骑着。
小豫英两手抓着车后座，跟着疯跑。
转了两圈。豫英喊着：姐，该我骑一会儿了，你都骑了两圈了。
谷豫平跳下车，把车交给豫英。
豫英兴奋地跨着车。
谷豫平用衣袖擦着汗。

十五、谷文昌家　日　外

谷文昌开会回来，老远就看见自行车不见了。
他一边走，一边喊：豫平，豫英！

小凳子上，摊开着姐妹俩的书本和作业。

谷文昌生气地跺着脚，抬腿走向大门。

十六、场地　日　外

谷豫平扶着车后架，豫英跨在车上，两人尽兴地飞跑着。

谷文昌疾步走过来：豫英，你给我下来！

一声大喊，吓坏了两个孩子，车子歪歪扭扭地向前冲去，咚的一声，撞在一棵小树上，谷豫英摔了下来。

谷文昌跑过去，见那树被撞破了一块皮：豫平，谁叫你们骑的？这是公家的车，是分配给爸爸工作用的，你们没有权利骑！

谷豫平拉起妹妹，噘着嘴嘟囔着：不就是一辆破车吗？有什么了不起的事呀！

谷文昌火了，抬手照豫平头上就是一巴掌。

豫平哭着朝家里跑去。

小豫英十分害怕地看看一脸怒气的爸爸，跟着姐姐跑了。

谷文昌蹲下身，心痛地抓了一把土捂在树的伤口上。

他扶起倒在地上的自行车，推着朝家里走去。

十七、谷文昌家　日　外

谷豫平趴在小凳子上抽泣着写作业。

谷文昌推着车子走过来。

他把车子立好，走到女儿身边坐下。

谷豫平揉着眼睛，头也不抬。

谷文昌沉默着。

良久，他拍拍女儿的肩膀：豫平，爸爸不该打你。别哭了，啊！爸是让你明白一个道理：公家的车不能随随便便就用，公家的东西也不能想拿就拿。你们想学骑车，等爸爸有钱了，专门给你们买一辆新的，让你们姊妹几个骑个够。

谷豫平抬起头，一双泪眼盯着父亲：爸，真的？

谷文昌深情地望着女儿，点点头。

十八、屋里　夜　内

谷文昌在洗脚。

史英萍从抽屉里取出一封信：老谷，老家来信啦。

说着递给谷文昌。

谷文昌撕开信封，掏出信纸，细细地看着。

看完，他把信伸过去递给史英萍：英萍啊，娘又想我啦。

史英萍看着信：老谷，咱该回去看看娘了。

谷文昌：是啊，南下一走，一晃，9年过去了，9年啦，娘恐怕也老啦……

说着，眼睛湿了。

史英萍：等孩子们放了假，咱们回去看看。

谷文昌：中，九年了，也该回去看看啦。

孩子们听说，高兴地欢呼着：要回老家了，回老家了。

谷文昌擦着脚：豫平、豫英、林东，你们要好好学习，把期末考试考好，谁考不及格，谁不能回老家。

三个孩子兴奋地点着头。

十九、白埕村　日　外

谷文昌骑着自行车，满头大汗骑进村里。

迎面碰上一老汉。

谷文昌下了车：老耿，我听说你们打井时挖出了黑炭土?

老耿：谷书记，你也听说了？那土可神了，能烧火。

谷文昌：真的，快带我看看去。

老耿：不用去啦，我这儿就有。

他从背着的筐里拿出一块黑土递给谷文昌：这就是黑炭土，刚从井边背回来的。

谷文昌捧在手上仔细地看着。

他从兜里掏出手绢，把土块包起来挂在车把上：老耿，你忙吧，我回去啦。

说着，掉转车头，骑上车，飞速往回骑去。

二十、公共厨房　日　内

公共厨房内烟熏火燎，几家人都在忙着做饭。

史英萍在切菜。

谷文昌提着手绢兜，兴冲冲地跑进来。

一家属：哟，大书记回来啦，买的啥好吃的?

谷文昌：你猜?

妇女：牛肉。

谷文昌：比牛肉还好哪！你看。

说着解开了手绢。

几个家属围上来：这不是黑土块嘛！

谷文昌神秘地蹲在灶火前，掰下一块黑土，填进了灶膛。灶下的火呼地燃起来。

史英萍：呀！这土块能烧？哪儿弄的？

谷文昌；白埕村打井挖出来的。我看这东西像煤，这说明古时候东山有树，有森林，英萍，咱东山一定能栽成树！

史英萍：你呀，啥时候都想着栽树。哎呀，锅开了，妈，快下面片。

家属甲：谁不知道，咱谷书记是个栽树迷。

家属乙：谷书记见了树，比见了史大姐都亲。

厨房里一阵欢笑。

二十一、谷文昌家　夜　内

史英萍在整理行包。

谷文昌推门进来。

史英萍：咋回来这么晚？

谷文昌：英萍，我已给县委请了探亲假，并把往前这一段的工作，详细安排了一遍，要不然，咱回老家一趟，这一来一回得半个月，我怕工作掉空子。

史英萍从床上拿过一件大衣递给谷文昌：老谷，这衣服你穿上试试。

谷文昌接过衣服，兴奋地看着：呀，还是呢子的呢！英萍，从哪儿弄的？

史英萍：买的呗。

谷文昌：买的？这么好的衣服得花多少钱呢？你……

史英萍：我在估衣街旧衣店买的，你猜猜多少钱？9块。

谷文昌：9块，值。

说着穿在身上试着。

史英萍帮谷文昌抻着衣服：好，正合身。老谷，你一走9年没回家，这次回去，咋说我也不让你穿补丁衣裳回去，在乡亲们眼里，你可是大官呀！

谷文昌：英萍，咱回老家，在乡亲们面前可不能摆谱。

史英萍：摆谱？你一个县委书记，穿一件9块钱买的旧大衣，大家知道了，不说你寒碜就够了！

二十二、火车上　日　内

谷文昌一家五口坐在火车上。

孩子们兴奋地望着车窗外的景色。

谷文昌：英萍，你还记得这个地方吗？

他指着窗外的山坡，山坡上有一座墓碑矗立着。

史英萍：咋不记得，咱们南下走到这儿，遇到敌机扫射，张振业同志当场牺牲了。咱们还为他开了追悼会。

谷文昌叹了一口气，凝神望着窗外。

谷林东：爸，那就是张叔叔的墓碑吗？

谷文昌：是呀！孩子们，你们今天的幸福来得不容易呀，那是无数先烈用生命换来的，你们一定要珍惜！

孩子们频频点头。

二十三、谷四叔家　日　外

谷为民背着书包走进家。

谷四叔在院里伺弄玉米棒子：为民，放学了？

谷为民：爷爷，我今儿个又得了5分。

说着从脖子上取下书包，放在碾盘上。

谷四叔：为民哪，咱村的那个大官儿回来啦。

谷为民：真的，我去看看大官啥样！

说着，谷为民蹦蹦跳跳跑出了家门。

二十四、桑氏家　日　外

院子里坐了一片人。

谷文昌热情地给乡亲们让着烟。

谷为民跑进门来，他挤到谷文昌身边，好奇地看着。

谷文昌：红领巾，来来，你是谁家的孩子呀？

谷为民：二大爷，我叫谷为民，俺爹叫旺福。

谷文昌：哎哟！旺福家的孩子都长这么高了，来，告诉二大爷，上几年级了？

谷为民：五年级。

谷文昌摸着谷为民脖子上的红领巾：好，我一看红领巾，就知道这是个好学生。

众人笑着。

谷为民：二大爷，我听俺爷爷说，你就上了一冬天民校，那你咋当了那么大的官呀？

谷文昌呵呵呵地笑起来：为民哪，那时候当官，凭的主要不是学习，是勇敢，不怕死，只要枪子打不死，大小都能干个事儿！

众人又笑了。

谷为民：二大爷，你当县长，当书记，经常开大会，你会写讲话稿吗？

谷文昌：孩子，讲话稿是秘书事先写好的，开会时我只是念念，就这样，不少时候还念错字呢！等我念完了，下边鼓掌欢迎，都说：谷县长你讲得真好！我听了都脸红，那不是我的本事呀！孩子，你可得好好学习呀，将来，你当了官，讲话稿可不能叫别人写噢。

谷为民点点头。

谷文昌：为民哪，你二大爷是个穷官，也没啥送你的，我把这支钢笔送给你吧。

说着，从衣袋上取下钢笔，别在谷为民衣兜里。

谷为民：二大爷，我一定听你的话，当个好学生。

说完，又蹦蹦跳跳跑出去了。

二十五、桑氏屋　夜　内

谷文昌坐在炕沿跟娘说着话。

史英萍端着一盆热水进来：娘，来，我给您洗洗脚。

桑氏：哎，放下，我自己洗。

史英萍把盆放在床前：娘，我们常年不回来，就让我这个儿媳妇伺候您一回吧。

说着，给桑氏脱下了鞋。

桑氏高兴地眼角流着泪花：中，中，你们给娘洗。

史英萍为婆母撩着水，洗着，搓着。

谷文昌：豫平，豫英，我给你们取的名字里，都带个“豫”字，就是希望你们永远记住咱河南老家，记住咱林县的太行山。我和你母亲在东山，天天有通讯员和秘书给我们服务。你奶奶在老家，平时只有你叔叔，婶婶，大爷，大娘照应她。咱轻易不回来，回来了，就得多尽些孝心，把你奶奶孝敬好！

两个孩子答应着：爸，俺知道。

洗完了，谷文昌为娘擦着脚。

谷豫平端着洗脚水出去了。

史英萍把婆婆的脚放在自己的膝盖上，认真地剪着脚指甲。

一位老大娘走进来：文昌，你啥时候回来的？

谷文昌回头一看，赶忙站起身来：哟，大娘来了。来来，您坐炕上吧，我今儿个前晌回来的。

老大娘高兴地走过去坐在床沿上，打量着史英萍：文昌，这是你媳妇吧？

谷文昌：是呀。英萍，这是前院大娘。

史英萍：大娘，你身体好吧？

老大娘：好，好。我听说你是个局长。当局长了还给婆婆洗脚，你可是咱谷家门里数得着的孝顺媳妇哇。

说着，她拉住桑氏的手：老姐姐，你可真有福呀！

桑氏高兴地笑着。

史英萍：大娘，这是俺当晚辈的应该做的。

二十六、村头　日　外

村路上，谷文昌与史英萍边走边说。

迎面，申家贵挑了一担粪走过来，身后跟着妻子，肩头扛着粪叉。

谷文昌站住了脚，他打量着申家贵：你是申——

申家贵看见谷文昌，赶快撂下挑子，一把拉住了谷文昌的手：老谷，你啥时候回来的？

谷文昌：回来好几天了。家贵，怎么样，过得还好吧？

申家贵低着头：老谷，谷队长，当年，我申家贵真浑哪！我对不起你，对不起革命也对不起党。偷跑回来后，我肠子都悔青了呀！

谷文昌：家贵，事情都过去了这么多年了，你就别再恨自己了。

说着，谷文昌从衣服兜里掏出烟来，递给申家贵一支，又划着火柴为他点着。

申妻：谷县长，听说你回来了，他老想去看看你，可又觉着没脸见你。哎呀，当年南下，他要是半道不跑回来，跟着你到福建该有多好！村里人哪个不说他呀，都说申家贵，你看看人家谷文昌，早几年都当县长了。你申家贵半道弯腰当逃兵，现在你混得算个啥嘛！

谷文昌：嗨，人这一辈子，路都是自个选的。掰着指头算算，我们都是50多岁的人了，大嫂，你就别埋怨他啦。

申家贵蹲在地上，一把鼻涕一把泪地揉着：老谷，不是你嫂子数落我，

我是真没脸见你呀！你不知道，我在家过的是啥日子，党员没了，军属牌子摘了，全村老少都不拿正眼瞧我，老谷，有时候，我真觉得连个狗都不如啊！

谷文昌：家贵，你可千万不能这么想啊，人这一辈子还长着呢，俗话说，世上没有后悔药，听我说，你得挺起腰杆子，活出个人样来。

申家贵一边擦泪，一边连连点头

谷文昌：大嫂，你们下地忙吧，我去串串门，看看郭伏山和赵石头他们。

谷文昌与史英萍转身朝前走去。

远处，申家贵呆呆地看着远去的谷文昌与史英萍。

二十七、县委办公室　日　内

谷文昌与岳文明正在研究工作。

刘金才、吴栋梁风尘仆仆地进来。

两人一见，惊喜地迎上去。

谷文昌：金才、栋梁，回来了。来，来，快说说，这次去广东省电白县学习学得怎么样？

岳文明拉着刘金才坐在椅子上。

刘金才：这次收获可大了。电白县林业科的同志十分热情，不光带我们参观了大片大片的木麻黄林带，还亲自让我们实地实习栽种，细致地向我们传播了经验。

吴栋梁：临回来，他们还赠送我们一捆树苗。

谷文昌：树苗在哪儿？

刘金才：在我们农业科的院子里。

岳文明：真是太好了，老谷，咱们看看去。

二十八、农业科　日　外

一群人在看树苗。

岳文明：金才，这回你们可为咱东山立了一大功啊！

谷文昌：栋梁，这树苗可不能这样放着呀！咱得马上把它栽上。

刘金才：栽在哪儿合适呢？

谷文昌：分开栽吧，一半栽在西山岩林场，其他栽在林业站，白埕，山口。你让林业技术员一人包几棵，一定要把它栽好栽活。

众人扛上树苗，带上工具走出了林业科。

岳文明：咱东山 3 万多亩荒滩，这一捆树苗怎么够呢？

谷文昌：这样，金才，栋梁，你们明天组织他 200 来人，分头出动，到厦门市和永春、平和、南靖这几个县去采集树种，越多越好。

岳文明：老谷，这两天，我再到地委和省林业厅跑一趟，争取让上级给我们调拨一批树种来。

谷文昌：好，咱们说干就干。

二十九、东山　日　外

一条条大路上，行进着一队队植树造林的人马。

山坡上，沙丘上，海滩上，到处是植树的人们。

树上的大喇叭播放着乐曲：《没有共产党就没有新中国》。

土喇叭呼喊着口号：上战秃头山，下战飞沙滩，三年绿化全东山。

春风中，一棵棵木麻黄，挺拔玉立，充满生机。

突然，乌云遮住了太阳。

风来了，越刮越大，人们纷纷往家跑去。

三十、县委院　阴　外

谷文昌站在住室门前，一边穿着毛线衣，一边仰脸看着天。

天空乌云滚滚，树梢飘飘摇摇。

刘金才穿一件薄棉袄走过来：老谷，这场寒流可真厉害呀，来东山这么多年，头一回遇上一个这么冷的春天。你看，我都穿上薄棉袄啦。

谷文昌一脸愁容：金才，这是“倒春寒”哪，咱栽的那四十万棵木麻黄不知能不能抗得住呀？

刘金才：怕是够呛，木麻黄属热带树种。

三十一、东山　日　外

风停了，云去了，太阳出来了。

春阳无精打采地照耀着东山大地。

山坡上，一片一片的木麻黄枯了。

海滩上，一行一行的木麻黄萎了。

沙丘上，一棵一棵木麻黄死了。

吴栋梁迈着沉重的脚步走在死树林中。

他的手抚过一棵棵小树。

林青跪在死树边：四十万棵，四十万棵树苗就这样死了。

蔡福林坐在树丛中仰望着天，饱经沧桑的脸上老泪纵横：天公啊，你咋这么对待俺东山人啊。

刘金才折下一根枯死的树苗，摇头长叹。

岳文明在沉默。

谷文昌站在枯死的树苗中，呆呆地抽着烟。

不远处，站着一群农民。

人们小声地议论。

……算了吧，咱东山没指望了。

沙荒上要能长树，那鸡蛋壳上就能长毛！

沙滩种树，纯是瞎折腾，劳民伤财！

谷文昌猛地摔掉烟头，指天发誓：我谷文昌不治服风沙，就让风沙把我埋掉！

第十二集

本集剧情简介

地区审干肃反办公室干事沈冰来到东山，说东山县委宣传部副部长王冠英是国民党潜藏特务，引起轩然大波，同时也加剧了谷文昌与岳文明的矛盾。经过深入调查，王冠英的所谓“特务”问题被查清。岳文明向谷文昌道歉，表示接受批评。

东山召开“植树造林誓师大会”，谷文昌号召全县植树。东山岛上又掀起一个造林高潮。

一、沙丘　日　外

林青擦干眼泪，站起身来，沿着枯死的树苗走着。

突然，她发现一株木麻黄活着！

她欣喜地跑过去，无限爱怜地抚摸着嫩嫩的树枝。

她拔下几棵死树插在这株木麻黄一边，做成记号，又迈步朝前走去。

在一处沙丘边，她又发现了一株没死的树苗。

林青惊喜地看着，突然，她急切地跑了起来。

二、谷文昌办公室　日　内

谷文昌坐在办公桌前，抽着烟，扭开了收音机，静静地听着。

中央人民广播电台，现在播送郭沫若同志的新诗《太阳问答》，在诗的开头，郭老用热情的笔触写下了这样一段话：“大跃进”中，农民向太阳挑战，要它下来比一比，我替太阳拟了回答。

农民：太阳，太阳我问你，
敢不敢来比一比。
我们出工老半天，
你睡懒觉迟迟起。

我们摸黑才回来，
你早早收工进地里。
太阳：同志，同志你问得好，
我举起双手投降了。
我因为要朝西方跑，
故有半天你见不到。
西方的情况真糟糕，
不劳动的人光胡闹。
超英15年不需要，
同志同志我敢担保。
农民：太阳，星星和月亮，
你们的话儿开心肠。
感谢你们的光和热，
处处都提高了亩产量。
小麦亩产5000斤，
感谢你们，并感谢党。
林青匆匆忙忙跑进来：谷书记。
谷文昌关掉收音机：小林，出什么事啦？
林青：40万棵木麻黄没有死光。
谷文昌惊喜地：小林，你再说一遍！
林青：我挨个数了一遍，40万棵木麻黄还有9棵活着。
谷文昌：真的？走，快带我去看看！
说着，跟着小林跑出了办公室。

三、白埕村　日　外

谷文昌与林青匆匆地骑过村子。
许多村民聚拢来，都以为出了啥事，纷纷追着自行车跑去。

四、沙丘　日　外

谷文昌与林青把自行车支在路边。
他们急急忙忙跑进了树丛，跑到了不死的木麻黄跟前。
谷文昌弯下腰，像慈母爱抚婴儿一样，抚摸着木麻黄，注视着木麻黄。
一群农民围过来，惊喜地看着。
良久，谷文昌直起腰来：大家看，咱们种的木麻黄活了9棵啊，依我看，能活这9棵，就能活90棵，900棵，9000棵，90000棵，就能绿化全东山！

有人鼓起了掌。

谷文昌扭过头：小林呐，当初栽树时，群众干劲那么大，遇上倒春寒，树死了那么多，大家心里难过，这很自然。有人泄气，发牢骚，甚至还有人说风凉话，这都可以理解。但咱不能泄气，我们是共产党人，我们不怕失败。古人不是说"失败是成功之母"吗？咱们总结经验，汲取教训，重新学习，从头再来！这样吧，咱们马上成立一个三结合造林试验小组，尽快拿出一套新的方案来，先小范围试验，等成功了，再大面积推广。

林青：好！

五、草寮　日　外

沙滩上新搭起一座草寮。

草寮上挂着一块牌子：造林试验小组。

谷文昌与小组成员坐在沙地上开会。

吴栋梁：我琢磨了个办法，不知行不行。为了摸透木麻黄的生长规律，咱们每隔10天就种它一批，看看哪一批成活率高。

谷文昌：旬旬种树，虽说方法笨点，但怪实际，可以试试。

蔡福林：在农村，老百姓移树，都带一大疙瘩土，这样栽下去，扎根快，活得稳。

谷文昌：对，俺河南老家也用这法儿，那叫"姥娘土"。

林青：我建议，咱们晴天栽，雨天也栽，而且每一批树都定时观察，把天气，气温，湿度，风力全部记录下来，肯定能找到规律。

谷文昌：好，咱就这么干！另外还有一条，得注意病虫害。

六、县委会议室　日　内

室内坐满了人，谷文昌坐在桌子角上抽着烟。

岳文明：同志们，今天我们召开县委扩大工作会议。首先，我向大家介绍一下，这位是地委副书记贾天喜同志。

会场上响起一阵热烈的掌声。

岳文明：今天会议的中心是积极贯彻密植方针。为了加强领导，推动我县的密植工作，地委专门派贾副书记到咱们东山来任第一书记，亲自抓这项工作。下面，我们欢迎贾书记讲话。

一阵掌声。

贾天喜：同志们，我这次受命来东山，主要是推广密植工作。大家知道，我们的整风运动和“反右派”斗争，在广大干群中造成了敢想、敢说、敢做的新风气，为大跃进打下了坚实的政治思想基础和组织基础，全国形势一派大好！“大跃进”以来，人民群众的积极性空前高涨，创造性得到了充分的发挥。同志们，“人有多大胆，地有多高产”可不是一句口号，而在许多地方变成了现实。许多新生事物如雨后春笋，层出不穷，河南省连连放卫星，遂平县的小麦亩产已达 7320 斤；西安市雁塔区沙浮沱农业社把棉花嫁接到椿树上；安徽把小麦嫁接到玉米上，山东省把苹果嫁接到南瓜上都获得了成功。前几天的报纸上还登了一篇报道：河北省徐水县雁门乡徐庄农业社用狗肉汤喂瓜，结果一个北瓜就长了 110 斤。

会场上发出一阵惊叹：啧啧，乖乖。

贾天喜：看看外地，比比东山，我们大大落后了呀，同志们。据我了解，我们的个别领导同志，思想保守，反应迟钝，动作缓慢，甚至消极抵触，这很危险哪！全国都在大跃进，我们东山怎么能按兵不动？这很成问题嘛！

他气急地拍着桌子。

会场上静静地。

谷文昌抽着烟，低着头沉默着。

马栓柱也在沉默。

贾天喜：关于密植问题，外省外地已有许多成功的经验，他们水稻的种植密度是 2 寸×2 寸。

会场上有不少人在议论。

……这么近？从来没见过这么种稻子的。这么密能行吗？

贾天喜：密植，不是行不行、想不想、干不干的事情，是必须做的工作。我们要统一思想，认清形势，发动群众，把东山的密植工作搞上去！我就先讲这么多，大家谈谈吧。

会场上议论纷纷。

干部甲：贾书记，许多田里稻秧都插完了，怎么办？

干部乙：2 寸是不是太密了，这么近一株苗，脚都下不去，将来怎么锄草呀？

贾天喜：你这个同志还是老观念哪，现在都有锄草剂了，往田里一洒，草就全死光了，还下脚干什么？

岳文明：同志们，今天下午的会就先开到这儿，散会后，大家抓紧时间吃饭，晚上 7 点集合，贾书记带领咱们连夜赶到广东饶平县，参观密植样板田！

大家纷纷离席往外走。

七、路上　夜　外

暗夜中，两辆大客车在山间公路上急驶。

谷文昌抽着烟，望着窗外。

夜空中，繁星点点。

车停了，人们打着手电筒，纷纷下车。

贾天喜带队走向田间。

手电光下，有一块牌子立在田埂边：密植样板田。

岳文明：同志们好好看看吧，人家广东是怎样密植的！

他打着手电筒，在稻田里来回照着。

谷文昌蹲在田埂上。

马栓柱站在他身边打着手电筒。

谷文昌用手扒开密密实实的稻苗，仔细地看着，他用手指量着株距。

谷文昌站起来，点着一支烟。

暗夜中，火柴的光亮照着他紧皱的眉头。

谷文昌：栓柱哇，都这样搞密植，我担心到秋后老百姓吃什么呀？

一阵哨声吹响。

岳文明：大家抓紧上车，别掉队，咱们回去接着开会！

人们陆续走出稻田，登上汽车。

车鸣着汽笛，消失在暗夜中。

八、县委会议室　夜　内

岳文明：同志们，俗话说得好，趁热打铁才能成功，咱们干革命就是得有一股劲，既然是大跃进，就不能四平八稳按部就班，慢慢腾腾。咱们趁热继续开会。

贾天喜：刚才在广东饶平，大家看到了吧，人家就是这样搞密植的。大家说说，我们东山怎么办？

干部甲：那还有啥说的？前有车，后有辙，人家咋干，咱就咋干呗！

干部乙：咱们得向先进学习，赶快掀起一个密植高潮。

岳文明：咱东山得奋起急追，也弄它个亩产吨半谷，万斤薯，咱们也得放两颗“卫星”让他们看看。

贾天喜：谷书记，这会开大半夜了，咋还没听见你说话呢？你给大家表个态吧！

谷文昌：搞密植，我不反对。可是大家别忘了，中央提出的是“合理密植”，什么叫合理，多远一株才叫合理，得摸索。我们党历来讲实事求是，不管在任何时候，在任何情况下，都要坚持从实际出发，说实话，办实事，对人民负责。咱们要按饶平的样板去做，通风问题怎么解决？田里下不去脚，怎么搞田间管理？如果一定要这么搞，我看咱们是不是先弄它两分地，试验试验，看看再说。

贾天喜站起来，怒气冲冲地拍着桌子：老谷，你思想太保守了！

岳文明：谷文昌，你这是典型的右倾言论，是在给大跃进泼冷水！党中央毛主席号召大炼钢铁，你硬顶着不执行，咱河南老家一个县建小高炉5万座，咱东山就弄了一座，湖北一个社搞密植上万亩，你让咱东山种两分地试试，你脑子里就只记住栽树、栽树！我岳文明怀疑你还是不是一个共产党员，还配不配当一个县委书记？

人们震惊了，大伙都盯着谷文昌，替他捏一把汗。

谷文昌依旧抽着烟，沉默着。

九、县委院　夜　外

夜深了，满天星在闪烁。

二楼的一个窗户亮着灯。

阳台上，有一点火光一明一灭地闪着。

谷文昌依在阳台上抽着烟。

史英萍走了过来。

史英萍：老谷，这么晚了，回去睡吧？

谷文昌：唉！压力太大，睡不着呀！

史英萍看看谷文昌：老谷，我看岳文明可是来者不善哪，你可得防着他点儿。

谷文昌：我知道，他这个人哪，早在林北县老七区时，就对我有成见。

史英萍：他背后有地委贾副书记撑腰，我看他是想把你整下去。

谷文昌：这是明摆着的。英萍，我觉得我做得对，我得咬着牙坚持下去，只要这个县委书记我干一天，就要坚决把树栽下去。

十、试验田　日　外

吴栋梁在挖树坑。

谷文昌与蔡福林在栽树。

林青在测量湿度和温度，并不时记录着。

十一、农业机械厂　日　外

谷文昌走进机械厂。

厂里电机轰鸣，锤声叮当。

张厂长正在指挥工人抬钢管。

他看见谷文昌，赶忙跑过来：谷书记，你咋有空儿来我们厂看看？

谷文昌：张厂长，我来求你个事儿。

张厂长：谷书记，你太客气了，啥求不求的？你说吧，啥事儿？

谷文昌：我想让你给我打制一把小锄头。

张厂长：你打锄头干啥？

谷文昌：我经常下乡，带一把锄头，可以随时随地参加劳动。张厂长，参加劳动可是咱党员干部的本色哟。

张厂长：好，没问题！

谷文昌：你可得给我用好钢打哟。

张厂长：好钢？有的是！1953 年打仗时，打毁的国民党坦克上，全是美国的优质钢。我就用坦克轮轨上的钢给你打，保证让它结实、锋利、耐用！

谷文昌：好，那我先谢谢你了。

张厂长：行，我这就去安排工人师傅给你们打。

十二、水田　日　外

两个干部在田埂边栽一块木牌，上面写着：埕英密植试验田。

几个农民挽着裤脚，在田中拔稻秧，另外几个农民在搞密插。

贾天喜一手叉着腰，一手指点着：近点，再密点。

农民甲：这不是瞎折腾吗？前天刚插下的秧，再拔了重插！

农民乙：唉，我老郭种了一辈子田，现在倒连插秧也不会了，还得叫贾书记教！

农民丙：郭大叔，插这么密，能增产吗？

农民乙：说不了啊，按现在的说法，要增产得先增胆呀！

农民丁：唉，你们几个瞎咧咧啥呀！领导咋说你就咋干呗，你没看咱谷书记，不愿搞密植，都降成二把手了吗？

农民乙：我不怕，我在家本来就是“二把手”呀！

众人笑了。

十三、草寮 夜 内

马灯下，林青一边查着书，一边记录着。

吴栋梁在刻蜡板。

蔡福林与一个青年人在推油印机。

墨网掀起，纸上显出：造林技术六大要点。

十四、试验田 日 外

谷文昌拿着《造林技术六大要点》的小册子，兴奋地看着：好，小林，咱们分头把这批小册子发到各村去。

林青把一叠小册子递给谷文昌。

谷文昌装到口袋里。

吴栋梁、刘金才纷纷往口袋里装着小册子。

几个人分头骑车而去。

清脆的车铃声在大地上响着。

十五、谷文昌家 日 外

谷文昌坐在门外的小树下看着报纸。

一行醒目的大标题映入眼帘：长风社乘长风破万里浪，早稻亩产15000斤。

谷文昌专注地念起来：

据新华社武汉30日电，全国最先大胆提出搞水稻亩产万斤试验田的湖北省孝感县长风农业社，29日收打了试验田的早稻，大大超过了原来的规划，他们在1.21亩地里收获了干谷18000多斤，平均亩产稻谷15000多斤。

谷文昌停下来，仰头望着树喃喃自语：一亩地能打15000多斤谷?

他又接着往下念。

……他们在这块田里，狠狠地搞密植，一般田都是每亩插三四万蔸，他们每亩插了244000蔸……

谷文昌又停了下来：插这么密?

谷豫平背着书包高高兴兴地跑回来。

史英萍从厨房走出来：放学了豫平?快进屋吃饭。

说着他走到谷文昌跟前，一把夺过报纸：别看了，快吃饭！啥事呀?让你一张报纸看了老半天。

谷文昌站起身，一把又把报纸夺了回来：你们先吃。

谷豫平端了一碗面条从屋里走出来，一边走一边吃：今天妈妈做的面条真香！

谷文昌：豫平，晚会儿吃饭，来，帮爸爸一个忙。

谷豫平：爸，啥事呀，等吃过饭再说呗。

一边说一边往嘴里扒着饭。

谷文昌：来，帮爸算一道题，这数太大，爸算不出来。

谷豫平把碗放在石桌上：爸，啥题?

谷文昌：244000÷660。

谷豫平捡了一根小树棍在地上算着：爸，除不尽呀，四舍五入得 370。

谷文昌：好，还是中学生算得快，去把你的小米尺拿来让爸用用。

谷豫平跑回屋，拿出一杆 20 厘米长的小木尺递给谷文昌，又从石桌上端起饭碗，一边吃一边看着爸爸。

谷文昌用小木尺在地上划了个一米见方的框子，又跑到墙边捧来一捧石子，他在方框里摆着。

他看着摆满石子的方框，自言自语：1 平方米栽 370 蔸？这么密，苗长起来，不通风，不透光不说，这就是踮着脚尖也进不去呀，咋锄草，咋施肥，生了病虫害咋喷药?

史英萍走过来，把一碗面条放在他手上。

谷文昌呆呆地端着碗仍在沉思。

十六、密植试验田　日　外

烈日下，密匝匝的稻苗黄黄地，无精打采。

岳文明跟着贾天喜走在田埂上，后面是技术员。

贾天喜蹲下来，伸手拔出一棵稻苗，根烂了。

他又拔起一棵，根依旧是烂的：技术员，咋会是这样?

技术员接过枯根烂秧看着。

一农民：咋这样？还不是插得太密了，把根焖烂了呗！

岳文明：贾书记，中午了，走吧，该吃饭了。再忙的工作，也得吃饭呀！

贾天喜叹了一口气，站起身来。

十七、县委会议室　日　内

县委常委正在开会。

贾天喜：这次去地委开会，可让我这个第一书记把面子丢尽了，在评比栏上，咱东山的猪还不如外县的猪尾巴大，这究竟是怎么搞的嘛！咱东山炼钢落后，密植落后，养猪弄了个倒数第一。

谷文昌：没有人家的猪尾巴大，我看这没关系，那表上的猪是画的，栏里的猪才是真的，表上的猪画得再大，栏里没那么多猪，还不是空的，我们东山不干那糊弄党的事！我们实事求是，栏里有多少头猪就报多少头。

贾天喜：你这个老谷呀！咋就抱着葫芦不开瓢呢?！现在是大跃进，你这个死脑筋该换换了，你就不怕拔咱东山的白旗！

谷文昌：咱们下功夫把养猪好好抓抓，我就不信咱东山赶不上他们。

十八、宫前村　黄昏　外

谷文昌与刘金才走出村子。

谷文昌：金才啊，咱们检查了一天了，你觉得这几个村子，哪个村的生产搞得比较好?

刘金才：我看还是宫前村比较好，尤其是他们的渔业生产，比那几个村子都强。

谷文昌：我看应该奖励他们。金才啊，陪我到海边去转转，我想拣些贝壳。

刘金才一愣：捡贝壳？谷书记，你喜欢贝壳?

谷文昌：我想拣些送人。

刘金才：送人？送给谁?

谷文昌：金才呀，你也可能听说了吧，说要把我调离东山。我这个县委书记哟，穷得叮当响，这迎来送往地，实在没什么东西拿出手送人，只好拣些贝壳哟！

刘金才：谷书记，这一段时间，县委大院里有不少人在风言风语地，说你要调离东山，他们瞎嚷嚷什么呀！

谷文昌：在东山工作这么多年，有许多事情，可能得罪了某些人。

刘金才：谷书记，你是一心为公，全心为民，就算得罪了他们又能怎么样?

谷文昌弯腰捡起一个大贝壳，抠着上边的泥沙：我这个人太实在，容不得眼睛里揉沙子，我是农民出身，要我说那些不打粮食、不长树的大话，空话，办那些劳民伤财的傻事、蠢事，我不干，我就不信1亩地能打1万斤粮食。

刘金才：谷书记，我们几个常常议论，像你这样的官太少啦！

谷文昌：不少人说我傻，金才，你跟着我这么多年了，你觉得我傻吗?

刘金才：怎么说呢？按那些投机钻营，一心为自己打算的人的标准衡量，你就是傻。不光你傻，我们也傻，咱县委的不少干部都傻。

谷文昌：唉！其实我早就想通了，只要你当官，你就会得罪人，不得罪人的官绝对不是好官！我作为一个共产党员，只要无愧于党，对得起老百姓，至于是非功过，是褒是贬，任人评说吧！我一直在问我自己，党派我来东山干啥来了，不就是要我来为东山人民排忧解难吗？只要东山人日子过得安稳了，生活富裕了，我就是傻点儿，委屈点儿，又有什么？

刘金才突然发现一个贝壳。

他急忙跑过去捡起来：谷书记，你看！

谷文昌接过来欣喜地看着：呀，真美！

他抬头望着大海，深情地说：金才呀，说句心里话，我还真舍不得东山。

刘金才：谷书记，我们也舍不得你走哇！还有东山的老百姓，他们也不会让你走！唉，谷书记，我也想不通，现在这叫什么风气，会干不如会说，会说不如会吹，这样下去，真让人担心哪！

谷文昌沉重地叹了一口气。

十九、岳文明办公室　日　内

岳文明坐在办公桌前看报纸。

有人敲门。

岳文明：进来。

沈冰：岳书记。

岳文明抬起头：你是……

沈冰：我叫沈冰，是地区审干肃反复查办公室的干事。

岳文明放下报纸，热情地站起身来与沈冰握手：沈干事坐，请坐。通信员，倒一杯茶来。

沈冰坐下：岳书记，我这次来东山，主要是调查县委的一个干部。

岳文明：上级的工作，我们县里全力配合，你说吧，调查谁？

沈冰：王冠英。

通信员何坤端着一杯水进来，放在桌子上。

岳文明：小何，把门带上。

何坤：是！

他转身出门，反手带上了门。

岳文明：王冠英是我们县委宣传部的副部长，怎么，他有什么问题吗？

沈冰：他是国民党特务！

岳文明一脸震惊。

二十、谷文昌办公室　日　内

谷文昌与王冠英并肩坐在一起，交谈着。

谷文昌：冠英，我听说咱东山的潮剧团很多啊！

王冠英：谷书记，潮剧是咱东山的主要剧种，差不多的村镇都建有业余剧团，像马銮、康美、古港、前何、岐下、铜陵、樟塘等，算是比较出名的，不瞒您说，我打小就是个潮剧迷。

谷文昌：好，前一段咱们成立了县潮剧团，再加上这么多的群众业余剧团，这可是个不小的文艺队伍啊，我看，你这个宣传部副部长是不是把咱东山的群众文化好好抓一抓。农村可是咱们的一大块宣传阵地哟。

王冠英：好，我想，咱们应该让文化科、文化馆的工作重点放到这方面来。

二十一、岳文明办公室　日　内

岳文明：沈干事、王冠英这个同志平时工作表现挺积极的呀，他会是国民党特务？

沈冰：敌人是最善于伪装的呀！岳书记，你来看。

沈冰拉开公文包的拉链，掏出一个档案袋来，他解开档案袋上的绳，抽出一张表递给岳文明：这是我们从省公安厅查到的东山县国民党党员名册，你看，这是他的名字，后边还按着他的指印呢！

岳文明接过表，认真地看着。

沈冰：这表是原始的，指纹我们也作了鉴定，确实是他本人的。

岳文明严肃地：哎呀，想不到敌人埋藏得这么深，竟然在我们县委的要害部门隐蔽了这么多年，沈干事，你们打算怎么办？

沈冰：岳书记，东山现在是您主持工作，我来找您就是先向您打个招呼，此事一定要保密，仅限于县委常委知道。我打算先找王冠英谈谈，看看他的态度和反应。

岳文明：好，那就在我这儿谈吧，我这安全。

沈冰：行，不好意思，打扰您的工作了。

岳文明：这也是我们的工作。小何，小何！

何坤匆匆进来：到！

岳文明：你去把宣传部的王冠英副部长找来，就说我找他有事。

何坤答应了一声，走了出去。

二十二、谷文昌办公室　日　内

谷文昌：你的想法很好，应该组织几个能写的人，创作出一些新戏来。

王冠英：谷书记，你给我们拟一个宣传提纲吧！

谷文昌：要我说，植树造林、打井修路、对台斗争、农副生产都可以写，要写得实际，让群众爱看。

有人敲门。

王冠英埋头在本上记着。

谷文昌：进来。

何坤：谷书记，我找王副部长。

王冠英：小何，有什么事吗？

何坤：岳书记让你马上到他办公室。

王冠英：好。

他合上本：谷书记，我走了，回头我再找您。

说着跟着何坤走出了大门。

二十三、岳文明办公室　日　内

王冠英匆匆跨进门：岳书记，您找我？

岳文明：冠英，这位是地区审干办公室的沈干事，他找你了解一些情况。沈干事，你们谈吧。

说完，他走出办公室，并带上了门。

王冠英走到沈冰跟前，热情地伸出手：沈干事。

沈冰一只手插在裤袋里：一只手挥了挥，冷冷地：王冠英，坐吧。

王冠英尴尬地收回右手，不知所措地来回搓着，失落地坐在椅子上。

沈冰严肃地坐在桌子后边，冷冷地盯着王冠英。

沈冰：你是王冠英。

王冠英：是。

沈冰：我代表地区审干肃反复查办公室到东山来，想了解你个人的一些情况，希望你能如实回答。

王冠英局促地沉默着。

沈冰：王冠英，你加入过国民党吗？

王冠英猛地站了起来：国民党？我入过国民党？同志，你是不是开玩笑？

沈冰：不要激动，坐下来，王冠英，我专程从地区跑到你们东山县委岳书记的办公室找你谈话像开玩笑吗？坐下来，回答我的问题！

王冠英无可奈何地坐了下来：我，我入的是共产党，这在我的履历表上写得清清楚楚。

沈冰：根据我们的调查，你加入过国民党。

王冠英：这是诬告，是栽赃，俺家被国民党祸害得家破人亡，我对国民党恨得咬牙切齿，我怎么会加入国民党，笑话！

沈冰：你仔细想想。

王冠英：我不想，没有的事我想什么？

二十四、走廊　日　内

听见隔壁有吵闹声，谷文昌抽着烟拉开门，走出办公室。

他走到岳文明办公室门口，停下了脚步，听见了激烈的争吵声。

沈冰：王冠英，你死不认账是不是，我告诉你，我们已经掌握了充分的证据！

王冠英：证据？狗屁证据！我根本没入过国民党，你哪儿来的证据？

沈冰：王冠英，你要明白，我代表的是地委。

王冠英：诬告我，你就是代表省委我也不认！

沈冰：你把态度放端正！

重重的拍桌子声。

二十五、岳文明办公室　日　内

王冠英：我态度咋了？我这态度够端正的，有一是一，有二是二，我王冠英从来没有向组织说过假话！

谷文昌推门进来。

谷文昌：冠英，你给我坐下。

王冠英一屁股坐在椅子上，委屈地大哭起来：谷书记，他，诬告我是国民党……

谷文昌拍着王冠英的肩膀：冠英，你别激动，冷静冷静。要相信党组织。

他转向沈冰：同志，请你到隔壁我办公室坐一会儿好吗？

沈冰无可奈何地点了点头，夹起公文包、气呼呼地瞪了王冠英一眼，跟着谷文昌走了出去。

二十六、谷文昌办公室　日　内

谷文昌递过来一杯水：同志，消消气，喝口水。

沈冰接过水杯：您就是谷书记吧。

谷文昌：是，我叫谷文昌，你是……

沈冰：我是地区审干肃反复查办公室的干事，我叫沈冰。这次来东山，是专门调查王冠英加入国民党一事的，岳书记让我先跟他本人谈谈，没想到，这家伙死活不承认，还跟我大吵大闹！

谷文昌：沈干事，王冠英真的入过国民党？

沈冰：谷书记，你看……

他放下水杯，从公文包里掏出一张表递给谷文昌：铁证如山，他不承认也没用。

谷文昌接过表格仔细地看着：沈干事，会不会是异人同名这种情况啊？

沈冰：不可能，这张表是从省公安厅档案处查到的、经过技术鉴定，这上边的指纹就是王冠英的。

谷文昌：沈干事，我看这样吧，我让人先安排你住下。明天，再让组织部派一个同志，陪同你到王冠英的老家陈岱乡去做进一步的调查。说实话，这个王冠英出身很苦，他在宣传部的工作也干得很出色。今天这个事儿关系到他的政治生命和个人前途，我们可千万不能性急，一点也不敢含糊呀！

沈冰：好吧，谷书记。我也希望县委协助做做他本人的思想工作。

二十七、岳文明办公室　日　内

岳文明正在打电话，谷文昌走进来。

岳文明放下电话：老谷，坐吧。

谷文昌：老岳，你对王冠英的事怎么看？

岳文明：这事让我很震惊，我怎么也想不到，一个国民党特务会在我们的县委机关潜伏这么多年。老谷，这事发人深省哪！

谷文昌：老岳，根据王冠英平时的工作表现，我觉得他不像个坏人。

岳文明：老谷，在敌我面前，你可不能感情用事呀，他的国民党员是板上钉钉，白纸黑字红手印，你还护着他，这很危险哪，我的同志。

谷文昌：老岳，我觉着这事蹊跷，咱们应该重证据，重调查研究，只凭一张纸就下如此结论不妥当。

岳文明：还要什么证据？那一张纸就足以说明一切了。

谷文昌：今天，沈冰和金才到陈岱村调查去了，我们还是等他们回来再作结论吧。

第十三集

本集剧情简介

春天来了，荒芜了千年的海岛终于披上了绿装。

坑北村大食堂发生几十个人食物中毒事件，谷文昌火速骑车赶去，却晕倒在半路上，繁忙的工作，沉重的压力，长期的营养不良，使他的身体疲惫不堪。通信员何坤看在眼里，急在心上，便偷偷地跑回县城批来一斤饼干为他补养身子，却遭到谷文昌一顿训斥。

地委会议上，谷文昌嫌住宿费太高，坚持要搬到便宜的房间去住。地委方书记让谷文昌注意身体健康，他告诉谷文昌，省委批准了东山的规划，准备拨200万元修建八尺门海堤。

浮肿病在东山蔓延，人们缺少食物。县委会议上，谷文昌提倡党员干部节俭生活。岳文明抓住何坤批饼干的事奚落谷文昌，被何坤当面说了个没趣。

广播站站长陈保国从省里开会回来，向谷文昌汇报省广播会议精神，同时申请10万元经费建设东山县广播网，得到谷文昌大力支持。

谷文昌下乡路过赤土村，发现一棵木麻黄树被砍了，他气呼呼地跑进村子找到李有富，对他进行了严厉的批评和教育。他语重心长的话语，感动了李有富。

一、陈岱村　日　外

沈冰与刘金才在街头询问一位老汉。

老汉转身指点着。

沈冰与刘金才向老汉道谢，顺老汉指点的方向而去。

二、农家　日　外

院门口，刘金才在敲门。

门开处，一位50来岁的老汉走了出来：同志，你俩找谁？

刘金才：老伯，您是王仕泉吧？

老汉：是啊，是啊，你们是……

刘金才：王老伯，我是东山县委的小刘，这位是地委的沈干事，从漳州来，想找您了解点事儿。

老汉：啊。好，好，来，进屋吧。

王老汉转身领沈冰与刘金才走进院子。

三、宿舍 日 内

王冠英躺在床上，默默地流着泪。

谷文昌走进来，在床边坐了下来：冠英，还没吃饭吧，我让老史给你摊了两张鸡蛋饼，来，起来，趁热吃吧。

说着伸手去拉王冠英。

王冠英：谷书记，我吃不下呀！

说着，又哭起来。

谷文昌：冠英，听我的话，别哭了，哭有啥用？来，坐起来，先吃饭。

王冠英坐起来，倚在床头抹眼泪。

谷文昌从脸盆架上拿起毛巾，在水里投了投，拧了拧水，递给王冠英。他打开布兜，把鸡蛋饼卷好，递到王冠英手上，并把毛巾搭回到脸盆架上。

谷文昌：冠英，吃吧，天大的事也不能不吃饭哪！人是铁，饭是钢，不吃饭咋行？

王冠英点点头，咬了一口饼慢慢吞吞地嚼着。

谷文昌拎起暖水瓶想倒水，可壶里空空的。

他拎上壶出去了。

四、农家 日 内

王老汉端起茶壶，斟了两杯茶，端起茶盘让给沈冰与刘金才。

沈冰：王老伯，您认识王冠英吗？

王老汉：王冠英，他不是在县上干事吗，认识，认识，他家就住在这个小巷里，论辈分，他还得喊我叔哩。

沈冰：那您一定了解他的情况了？

说着，他打开了笔记本。

王老汉：了解，这巷子里，恐怕谁也不如我了解他的家底，因为，我跟他爹王仕章是朋友。唉，那年头，他家可苦了，他爷爷是俺村上的秀才，在私塾教书，有一年过春节，因为写春联得罪了渔霸赫老七，被活活打死了。家里没法过，他爹就挎着个纸箱领着小冠英卖纸烟瓜子。

沈冰：老伯，听人说，王冠英入过国民党？

王老汉：入国民党？嗯，有这事。俺村入国民党的人多了，不信打听打听，十有八九都入过。

老汉点上烟袋，深深地吸了一口，吐出一片烟雾来：唉，说起来，我还入过国民党呢，是跟冠英他爷儿俩一块报的名，为这，解放后可没少折腾俺哪。

刘金才：大伯，那是咋回事？

五、宿舍　日　内

谷文昌拎一壶水进来。

他倒出半茶缸水，递给王冠英。

谷文昌：冠英，这件事可是件大事。你一定要冷静。首要一条，得相信党，相信组织，党是不会随意冤枉一个革命同志的，说真心话，我认为，论你的工作、你的为人都是没得说的。但事情既然出来了，总归是有原因的。冠英，你好好想想，解放前填没填过什么表？

王冠英：谷书记，你是了解我的，解放时，我才 15 岁，我向党发誓，从没有填过任何一张表格。

谷文昌：那你按没按过指印？

王冠英：指印？好像……

他陷入了深思。

六、农家　日　内

王老汉：唉，说来话长啊！那是 1948 年冬天。国民党为了扩大势力，在俺陈岱村街上唱了三天党戏。

他吧嗒吧嗒猛吸了两口烟，吐出一团浓浓的烟气来。

［闪回］

七、陈岱村　日　外

街头空地上，搭着一个高高的戏台，周围围了一圈蓝幕布，里边传出一阵喧闹的锣鼓声。一大群人，踮着脚拥挤着往里看着。

戏场门口站着两个背枪的卫兵。

门边摆着一张桌子，一位戴眼镜的先生坐在桌子边，手执毛笔在纸上写着什么。

一个戴礼帽的中年人，手举喇叭筒，对着人群吆喝着：各位父老，诸位乡亲，蒋大总统为了答谢广大民众的厚爱，特派来汕头著名的潮剧团来此义演三天，第一场是《铡美案》、第二场《三哭殿》、第三场是《打金枝》，凡来看戏的乡亲，不用花钱，不须买票，只要你到这儿报个姓名、住址，再在这张纸上盖个手印，就可以进场了。

人们纷纷涌到门口，挤着争着报着家门、姓氏，并按着指印。

中年人：乡亲们，这可是百年不遇的大好事啊，报报家门、姓名，再轻轻按个指印，就能看一场不花钱的大戏，这么好的事儿你往哪儿找哇！老少爷们儿，走过，路过，可千万不要错过。

王仕章挎着纸烟箱，扯着年幼的王冠英挤在人群中。

王冠英脖子上挎着瓜子盘，一边走一边吆喝：瓜子啦，王香瓜子地卖咧！

王仕泉挤过来。

中年人：仕章老弟，带着冠英进去看看吧，你没听见人家吆喝：看戏不要钱吗？这可是抡八百杠子也碰不着的好事呀！

王仕章：仕泉哥，吆喝归吆喝，谁知道他们这葫芦里边卖的什么药！这年头，人都被蒋总统哄怕啦。

王仕泉：唉，你没看这么多人都进去了吗，看来，不会有假。

王冠英：爹，进去看看吧，我都好几年没看过戏了，去看看吧。

王仕章：行，咱们也进去看看，要有什么不对事，咱再出来。

说着，三个人往戏场门口挤去。

[闪回完]

八、宿舍　日　内

王冠英：谷书记，我想起来了，有一年我跟我爹在陈岱看戏时按过手印。

谷文昌：看戏咋会按手印？

王冠英：人家把门的说了，只要按个手印，不用买票就能进去看戏。

王冠英陷入了回忆。

[闪回]

九、戏场门口　日　外

王冠英一只手扯着爹的衣角，一只手护着瓜子盘，挤在戏场门口。

卫兵：姓名？

王冠英：王冠英。

卫兵：家住在哪儿？

王冠英：陈岱西街。

卫兵：来，伸出手，在这儿按个指印。

说着，从盘子上抓了一把瓜子。

王冠英翻眼瞪了卫兵一眼。

他用食指在印泥里戳了戳，在纸上按下了指印。

卫兵：好，进去吧！

王冠英三步两步追上了爹爹。

戏台上，黑脸包公捋着长须唱道：包龙图打坐在开封府……

王冠英与父亲王仕泉乐呵呵地看着戏台。

十、农家　日　内

王仕泉：就这样，俺村里很多人都盖个指印看了场戏，稀里糊涂入了国民党。

沈冰：噢，原来是这样。

王仕泉：唉，现在想想，这场《铡美案》看得太上当了，太不值了。刚解放那两年，动不动就拿国民党这顶大帽子整俺的事儿。老蒋这个坏蛋可真坑人哪！

沈冰：王老伯，谢谢你给我们提供了这么详细的材料。

王仕泉：嗨，谢啥呀谢，沈同志，我冒昧地问一句，你们调查冠英，是不是他出了啥事？冠英这孩子心眼实在，为人厚道，又知书达礼，可是我们村上不可多得的一个好小伙呀！

沈冰：王老伯，你别担心，我们就是要弄清他入国民党这件事。今儿听您这么一讲，我们知道了，他也是上了国民党的当。

十一、宿舍　日　内

王冠英：谷书记，当时我还小，只是急着去看戏，就匆匆忙忙按了指印，那纸上写的啥，我连看都没看。

谷文昌：嗨！这准是国民党为了扩大力量搞的一个骗局！冠英，起来，你主动去找沈干事，把这事儿给他讲清楚。另外，一定要为昨天的态度给人家道个歉，求得沈干事的谅解。

王冠英爽快地答应着，从床上起来，跟谷文昌走出宿舍。

十二、岳文明办公室　日　内

岳文明与沈冰在交谈着。

谷文昌与王冠英走进。

岳文明：老谷，问题查清了吗？

谷文昌：查清了，还是让王冠英同志跟你们说吧。

十三、田间　日　外

时近中午，骄阳似火。

田间，阿根在犁田。

一头水牛慢悠悠地在泥里走着。

土路上，谷文昌与刘金才走过来。

走到田头，谷文昌站住脚，看阿根犁田。

刘金才：谷书记，快走吧，11 点多了，回去晚了，食堂怕又没有饭了！

谷文昌不吱声，他蹲下身，用手扒开泥土，用手指量了量犁沟的深浅：金才，你来看，这地他没犁透。

谷文昌站起身来，从口袋里掏出“大前门”烟，抽出一支来。

阿根赶着牛犁到地头，看了一眼谷文昌与刘金才。

刘金才：阿根伯，犁田呢？

阿根答应了一声，赶着牛调头。

谷文昌脱下鞋，走到阿根跟前：老哥，你抽支烟，歇一歇，我来帮你犁一会儿。说着递给阿根一支烟。

谷文昌从阿根手里接过犁杖，熟练地赶起牛朝前走去。

牛乖乖地走着，犁铧顺顺地耕着，一块块黑土顺着铧面翻过去，像一排浪。

阿根坐在田头看着谷文昌，喃喃地说：不错，是个好把式。

他划着火柴，看了看烟：哟，大前门，这可是好烟哪！

他扔掉火柴，珍惜地把烟夹在耳朵上。

谷文昌犁了一个来回，把犁停下来：老哥，你刚才没把地犁透啊！政府号召大家精耕细作，就是要求把地犁透、耙匀，你隔一犁翻一犁怎么能行，这地一块生一块熟的，来年可是要减产的呀！

阿根佩服地点着头。

谷文昌：金才，你过来犁一会儿。

刘金才：我……我不会犁呀！

谷文昌：过来，过来呀，不会犁没关系，我教你。

刘金才脱下鞋子，挽起裤腿，走到谷文昌跟前，接过犁杖，谷文昌教着他：看，这么扶，对，对！走。

牛拉着犁向前走去。

刘金才把犁杖抬得过高，犁铧深深地扎在泥中，老牛拉不动，停了下来。

谷文昌：你犁杖扶得太高了，要这样。

谷文昌做着示范，然后又交给刘金才。

刘金才用力压着犁杖，犁铧翘起来，牛拉起犁子跑起来，谷文昌追上来，拉住了牛缰绳。

谷文昌：这一回，你把犁杖压得太低了，应该掌握住分寸，不能太深，也不能太浅，同时，犁杖还得不停地左右摇动一些，这样才好，来，你再试试。

刘金才又一次接过犁杖，这回，犁得顺当多了。

谷文昌跟在后面鼓励着他：对，就这样。对，对！

犁完一趟回来，刘金才把犁杖停在地头，抬腕看了看表，回头对谷文昌喊起来：谷书记，12 点多了，县委食堂早开饭啦，咱快回去吧！

阿根：金才，你喊他啥！

刘金才：谷书记呀！

阿根：他就是谷书记？县委书记咋会犁田？

谷文昌从泥中走过来：好，金才，咱们回去吃饭。

阿根：谷书记，你可真是一把犁田的好手啊！

谷文昌笑了笑：老哥，我也是农民哪！

说着，提上鞋子走了，刘金才也提着鞋跟了上去。

谷文昌：金才呀，干咱们这一行，不懂得农业，不会几样农活，就跟农民说不到一块去呀！

刘金才：谷书记，我一定跟你多学几招。

远远地，阿根还在望着他们。

十四、石埔村　日　外

“东山县造林誓师大会”的会标迎风飘荡。

一面面红旗上写着：解放军造林队、青年造林队、民兵造林队、三八造林队、东山中学造林队、县直造林队……

谷文昌站在讲台上，激动地讲着话：同志们，今天，我们在石埔村召开大会，就是要向风沙宣战！去年栽树，我们失败了，40 万棵木麻黄，只活了 9 棵。但是，我们没有灰心，没有气馁，没有被失败和困难所吓倒！我们东山人民是勇敢的、是坚强的。当年，蒋介石派来 1 万多人围攻我们，结果呢，被我们打得落花流水，屁滚尿流！今天的这点困难又算得了什么?!老话说得好：路是人走出来的。我们共产党人，就是要干前人没干过的事业，走前人没走过的道路，失败了从头再来，这就是我们共产党人的性格和气概！经过一年来的摸索和试验，我们总结出了六大成功经验，可以说栽树的技术问题已基本解决，剩下的就看我们怎么干了。今年，我们的口号是："全党总动员，全民齐行动，上战秃头山，下战飞沙滩，绿化全海岛，建设新东山！"我们的目标是："举首不见石头山，下看不见飞沙滩，上路不被太阳晒，树林里面找村庄。"将来，我们的木麻黄长高了，你们得仰着脸看它们，到那时，大家可要当心，别让帽子掉下来砸了脚后跟哪！

会场上发出了开心的笑声。

谷文昌：为了鼓励造林，县委、县政府还制定了一项新的政策，叫全县造林，国造国有，社造社有，房前屋后栽树归个人所有！除此之外，还有四保："保浇水、保施肥、保成活、保成材"。我们要苦干三五年，将苦根一铲锄掉，让穷岛变富岛，孤岛变半岛，海滩变盐坎。沙滩变良田，荒山变果园、旱地变水田，低产变高产，让我们的东山变成金山。

全场爆发出经久不息的掌声。

十五、一组镜头　日　外

大风中，人们在栽树，红旗在风中猎猎飘舞；
烈日下，人们在栽树，汗水在脸上纵横流淌；
大雨里，人们在栽树，歌声在雨声中飞扬。

十六、又一组镜头　日　外

林青跪在地上，用手扒开被沙尘埋住的树苗。
蔡福林手持剪刀在为木麻黄剪枝。

十七、田间　日　外

谷文昌手持铁锨，正为一棵小树培土。
一个戴眼镜的年轻人走过来：谷书记，你好！
谷文昌停下手中的铁锨，把手伸出来与年轻人握着。
年轻人：我叫夏乡，是《福建日报》驻闽南记者站的记者。

谷文昌：欢迎欢迎。夏乡，你这名字起得好啊，我这个书记喜欢下乡，你们当记者的更得多下乡哟。

夏乡：谷书记说得好。

说着，打开本子写了起来。

谷文昌：真不愧是记者，还没说三句话就记起来了。

众人笑了，夏乡也笑了。

夏乡：谷书记，我想专门采访您种树的事迹。

谷文昌：夏乡啊，我有什么好写的。对了，我先领你去看一块石头。

夏乡：石头？

十八、沙滩　日　外

茫茫沙滩上，斜立着一块石碑。

风剥雨蚀，石碑上字迹斑斑。

谷文昌与夏乡立在石碑前。

谷文昌：大记者，这就是咱们要采访的石头。这石碑我看了好几遍了，可上边写的啥意思，至今没弄通。东山岛上文化人不多，我找了几个都念不下来。今儿个，你就给我好好讲讲。

夏乡蹲下身来，用手掌擦拭着斑驳的碑面：谷书记，碑头上刻的是两行篆字：邑侯郑公封沙惠农功德颂碑。

谷文昌：这么说，它是一块功德碑？

夏乡：是啊，是歌颂一位姓郑的官员封沙造福老百姓的大功大德。

谷文昌：姓郑的，啥时候的官？

夏乡：我看看，万历庚戌，这石碑是明朝万历年间立的，算来差不多有350来年了。

谷文昌：夏乡，快给我讲讲，他是怎么封沙的！

夏乡逐字地念着：环海之都屯，靡所不受风沙，而独当风沙所冲吃者，碧浦为甚。每高飚四起，沙砾俱飞，俄顷之间，桑陵易向，而竞尺寸者，又扬其尘而鼓之，方垦者未收耕获之利，而垂穰者已蒙风沙之害，盖都民之罹久矣。……这一段是说：当时，此地风沙灾害很凶，大风来时，石走沙飞，沙丘移位，庄稼有种无收，老百姓苦不堪言。

谷文昌感慨地说：这么说来，风沙在东山祸害人民几百年了。

夏乡：是呀！这下一段是说郑化麟来到东山，见老百姓过着这样的日子，心里很难过，他十分感慨地说：人力可以回天！并走遍乡里，为老百姓订下了乡规民约；海边当风的沙田不准开垦，黄沙堆积的沙墩不要开垦，田间的大路不要开垦，谁开垦就罚谁，他号召老百姓在不毛之地上种草封沙。

谷文昌：种草封沙，看来古人也用过这一招呀！那后来呢？

夏乡：老百姓听信郑公的话，纷纷种草，接着连续下几场雨，沙地上处处长满了青草，结果从秋天开始，刮大风沙也不飞了。第二年春天，绿苗遍野，薯秧遍地。秋后，老百姓获得了好收成，家家户户，车满囤尖。老百姓为感谢郑公的恩德，就为他立了这块石碑。

谷文昌：夏乡啊，封建时代的官僚都心存百姓，带领人民植草封沙，而且取得了显著成效，我就不信我们共产党人治不了风沙旱潮，难道我们还不如明朝的县官？　如果我们不为人民造福，要我们到这里来干什么？不！我要与风沙一战到底，不斗败它，我死不瞑目！

夏乡掏出本来，在疾书。

夏乡：俗话说：为官一任，造福一方，从古至今，只要为人民做过好事的人，人民总不会忘记他。谷书记，你在东山为老百姓做了这么多好事，我相信，将来东山人民会给你立碑的！

谷文昌：夏乡啊，话可不能这么说。咱共产党一不图名，二不图利，图的是祖国的发展，图的是人民的幸福。人这一生啊，名、利都是身外之物。只要东山的老百姓能过上好日子，我就心满意足了。

夏乡又在本上记着。

谷文昌：走吧，夏乡，我这话你记它干啥？大记者，今天对石头的采访怎么样？

夏乡：不虚此行，收获颇丰。

谷文昌：我也是啊！

两人哈哈大笑起来。

十九、东山　日　外

春天来了，山坡绿了，沙滩绿了，村庄也绿了。

谷文昌站在绿树丛中，欣喜地看着木麻黄枝头萌发的绿芽。

他笑了，泪花从眼角的鱼尾纹淌出。

蔡福林走过来：谷书记，这木麻黄可真是一天一个样啊，走，咱到那边看看去。两人有说有笑地走着，看着。

突然，谷文昌发现有两棵树苗被踩倒了，地上清晰地印着牛蹄印。

他蹲下身，小心翼翼地把小树扶起来，消瘦的脸庞上露出十分痛惜的神色，额头蹙起深深的皱纹。

他用小锄头刨着土，把小树培直了。

谷文昌：老蔡啊，咱栽活一棵树不容易呀！我看见踩伤一棵树，就像踩伤了我一条腿；谁要折断一条枝，就像折断了我一个手指。常言说“十年树木，百年树人”，“打江山容易，坐江山难”哪，咱一定得把树保护好！

蔡海福：谷书记，你放心，这树就是东山人的命啊，我会把它看护好的！

远远地，刘金才边骑车边喊着：谷书记，谷书记。

谷文昌站起身来，迎上去：金才，有啥事儿？

刘金才下车：谷书记，刚接到报告，坑北村大食堂发生食物中毒，几十个人严重腹泻。

谷文昌一惊：走，咱们马上赶过去。

二十、路上　日　外

谷文昌与刘金才骑着自行车，在土路上飞驰。

太阳在头上明晃晃地照着，沙地上热气蒸腾。

谷文昌一边骑，一边不停地用手指刮脸上的汗。

他的衬衣汗湿了一多半。

谷文昌吃力地蹬着。

他觉得头有些晕，自行车歪歪扭扭地行进。

刘金才在后边喊：谷书记，你慢点！

突然，谷文昌觉得天旋地转。

他一头栽下自行车。

刘金才扔下车子，急忙跑过来。

他抱起了谷文昌，大声喊着：谷书记，谷书记！

谷文昌一脸汗水一脸沙尘，额角被蹭破一大块，殷红的血珠在冒。

刘金才赶忙掏出手帕，为谷文昌擦着额头的血。

谷文昌：金才，给我喝一口水。

刘金才赶忙从身后抓起水壶，拧开盖，喂着谷文昌喝水。

谷文昌一口一口地喝着：金才啊，我真想就这样睡一会儿啊！

他有气无力地闭着眼。

刘金才眼里含着热泪：谷书记，你就这样睡一会儿吧！

火辣辣的太阳下，谷文昌躺在刘金才的怀中迷糊着。

猛地，谷文昌坐起来：好了，金才，给我一支烟。

刘金才从口袋里掏出烟，抽出一支递给谷文昌，然后划着了火柴。

谷文昌大口大口地抽着烟，站了起来：金才，咱们快走！

说着，跨上车子，猛地向前骑去。

刘金才跑几步，扶起车子一跷腿跨上了车座，奋力直追。

二十一、坑北　日　外

村头树荫下，躺着一大片打吊瓶的人。

吊瓶挂在绳上，竹竿上，铁锨把上。

几个医生和护士在忙碌着。

谷文昌骑着车子飞奔而来。一边下车，一边喊：杨院长！

杨院长：谷书记，你的头……

谷文昌：我没事儿，情况怎样？有什么危险吗？

杨院长：没什么生命危险，就是有几个严重的有点脱水，已经做了处理。

谷文昌：怎么引起的？

杨院长：初步看是菜的问题。因为没有菜，他们就摘了些杨树叶子煮了当菜。

谷文昌深深地叹了一口气。

二十二、县委办公室　日　内

刘金才正在小黑板上写着通知。

何坤急急忙忙跑进来：刘主任，正忙着哪？

刘金才：哟，小何回来啦！跟着谷书记蹲点怎么样？

何坤：挺好的！刘主任，我想求你批 1 斤饼干。

刘金才：批饼干？怎么，你母亲病了？

何坤：没有，没有。我合计着，想批 1 斤饼干给谷书记补补身子。他这一阵胃病、肺病老犯，常常头晕，出冷汗，前几天，他虚火上升，牙疼得在床上直打滚儿。

刘金才：好，我这就给你批。

说着，刘金才扔下粉笔走到办公桌前写了张纸条，又抽开抽屉，拿出一枚公章，在嘴上呵了呵，盖了上去：给，你直接到供销社找老赵。

何坤接过条子：谢谢刘主任，我走了。

说着匆匆走出办公室。

刘金才猛地想起了什么，他追出去喊着：小何，你等等！

何坤跑回来：刘主任，还有事儿？

刘金才：差点忘了一件大事，你告诉谷书记，地区来电话通知，要他 6 号到地委参加农业会议。

何坤：好，我记住了。

二十三、供销社　日　外

何坤拿着饼干走出供销社，正遇见岳文明往供销社走。

岳文明：小何，买的啥呀？

何坤：岳县长，我给谷书记批了 1 斤饼干。

说着匆匆走了。

岳文明立在供销社门口，看着小何的背影，若有所思。

二十四、农家　夜　内

矮矮的小屋，小小的油灯，忽明忽暗地燃着。

谷文昌趴在破桌子上，不时地咳嗽一阵。

何坤走了进来：谷书记，地委来电话，通知你 6 号到地区参加农业会议。

谷文昌扭过头：好，我知道了。

何坤走到谷文昌身边，把饼干放在桌子上：谷书记，我给你买了 1 斤饼干。

谷文昌猛地放下书，仰头盯着何坤大声喝道：何坤，谁叫你买饼干啦？你赶快给我退掉！

何坤捧着饼干：谷书记，俺看你没日没夜地操劳，这大食堂的伙食又差，再说，你又有肺病、胃病，就合计着找县委办公室批了一张条子。

谷文昌长长地叹了一口气，脸上充满了忧患。他缓缓地说：小何呀，群众天天在挨饿，我能吃得下饼干吗？我这个当书记的怎么能有脸吃饼干……

何坤忍了半天的眼泪终于冲了出来：谷书记，你就听俺一句话，吃一块补补身子吧！

他把饼干放在桌子上，哽咽着跑了出去。

油灯照着桌上的饼干。

谷文昌望着饼干沉思。

二十五、地委招待所　日　内

谷文昌挎着包与通信员何坤走进招待所大门。

在登记处登记完，拿着房间钥匙往楼上走。

何坤打开门，两人走进来。

谷文昌站在房中，四下打量着房间。

窗帘，吊扇，沙发，痰盂，还有卫生间。

何坤放下包，兴奋地躺在床上：谷书记，这房子可比你那书记办公室阔气多啦，这回，你可该好好享受享受了。

谷文昌沉默着走到门口，喊着服务员。

女服务员跑过来：首长，您有什么事儿？

谷文昌：这房间住一晚上多少钱？

服务员：统一标准，10 元。

谷文昌转身走进屋提起挎包：何坤，走，咱们不能住这儿！

何坤：那咱们住哪儿？

谷文昌：咱们找个便宜的房去住。10 块钱住一晚，太吓人啦，你想想，一个农民辛辛苦苦，干一天的工分才合 1 毛钱，咱住这一晚上，一个农民得干 3 个月呀！走。

二十六、报到处　日　内

谷文昌：同志，我想换一间房。

服务员：谷书记，那间房不好吗？

谷文昌：好是好，就是太贵，你给我换个便宜点儿的。

服务员：这是按地委规定的标准安排的，县委书记都住这样的房啊！

谷文昌：我们东山县穷，住不起这房。

服务员：好，谷书记，我给您换个 5 元一间的。

他拿出一把钥匙递过来：谷书记，比这再便宜的房，咱招待所可没有了，你要还想便宜，那我们只好在院里给您专门搭一间草寮啦。

谷文昌笑了。

他接过钥匙，领着何坤走了。

二十七、客房　夜　内

谷文昌洗完脚，正擦着。

门吱呀一声开了，走进来几个人。

谷文昌：哎哟，方书记来了，小何，快把鞋给我。

方书记：文昌同志，你可让会务组的同志为难了，害得我们几个转了一大圈才找到你。

说着，伸出手与谷文昌握手。

方书记：呀，你的手咋这么烫？你在发烧！

何坤：谷书记咳嗽好几个月了。

谷文昌斜了何坤一眼，示意他不要说。

方书记：文昌同志，这住房标准是地委定的，目的是让你们基层的同志好好休息几天。地委开会，用不着花你们东山的钱，你把包拿上，立马给我搬回去。

谷文昌：方书记，地委的钱也是钱哪！再说了，住这样的房间已经满好了，您就别折腾我了。

方书记：嗨！你这个同志，叫我怎么说你呀！那好，既然这样，你就住这儿吧。这几天的会议，重要的你参加，讨论嘛，你就不用参加了，趁这机会，你到地区人民医院，好好检查检查病，我给你安排最好的医生。

谷文昌：方书记，我这是老病了，南下时候就这样，没事的。

方书记：文昌同志，身体和工作一样重要，列宁同志早就说过，不懂得休息的人，也就不懂得工作。好了，你早点儿休息吧，我们走了。

说着走出门去。

二十八、小礼堂门口　日　外

方书记站在台阶上。

谷文昌拿着笔记本，走上台阶：方书记，你早哇！

方书记：文昌同志，今天分组讨论，你不用参加了，你的任务是去医院看病。

谷文昌：方书记，我这病用不着去医院。

方书记：这是我的安排。你要明白一个道理，你的身体不是你自己的。那是党的，是东山人民的，我的车在下边等你。医生也都安排好了。

谷文昌感动地抖动着嘴唇。

方书记向台阶下招呼，司机小李跑了过来。

方书记向他嘱咐着：小李，我把谷书记交给你了。去吧。

小李扶着谷文昌走下台阶，打开车门，扶谷文昌坐进去。

他关上车门，驱车而去。

二十九、招待所　晨　外

幽幽小径，鸟语花香。

谷文昌踏着小径在散步。

他仰起头，看着绿树丛丛，静听着鸟鸣声声。

渐渐地，那绿树变成了木麻黄，在晨风中摇曳。

何坤远远地喊：谷书记，开饭了。

谷文昌猛一下从幻觉中回来。

三十、客房　日　内

小桌上放着两个鸡蛋，还有一茶缸牛奶。

谷文昌：小何，这牛奶是哪儿弄的？

何坤：招待处苗处长派人送来的，说是方书记交代的。

谷文昌：小何呀，地委有几个领导同志，年岁高、体力差，还经常犯病。为了给他们增加营养，地委招待所专门养了一头奶牛。我喝一杯，他们那边就少一杯，这怎么可以呢？你把牛奶送回去，再替我谢谢苗处长。

何坤：谷书记，你不是有病嘛！

谷文昌：昨天，全面检查了一遍，没什么大毛病。小何呀，方书记、苗处长为咱着想，咱也得为他们多想想呀！去吧。

何坤无奈地端起牛奶走出房间。

谷文昌从桌上拿起一个鸡蛋在桌上轻轻磕着。

何坤端着牛奶走进来，放在桌上。

谷文昌生气地把鸡蛋使劲磕在桌子上。

鸡蛋裂了。

谷文昌：你这个何坤，怎么回事？你怎么又把它端回来了？啊！

方书记走了进来：是我让他端回来的！

谷文昌尴尬地：方书记……

方书记：文昌同志，你是嫌我这牛奶不好喝呀？还是担心我给你下迷魂药哇？我告诉你，你必须把它喝了。

说着，生气地坐在床上。

谷文昌无奈地端起牛奶，小口小口地喝着。

他眼角挂着泪花，最后大口大口地一气喝完。

方书记：唉，这才对嘛，文昌同志，我一大早来这儿，可不是逼着你喝牛奶的，我要告诉你一个大好消息。

谷文昌：大好消息？方书记，你快说说。

方书记：前几年，你们递到省里关于修建八尺门海堤的计划，省里批下来了，给你们200万元！

谷文昌：真的？啊呀，那可太好啦，我们早就盼着呢！

说着，激动地拉住了方书记的手。

方书记：怎么样，这杯牛奶喝得不冤枉吧，今天会议结束，你抓紧回去安排。尽早开工。

谷文昌：好，我回去就干！

方书记：八尺门海堤是个大工程呀，它不光是你们东山的事，也是我们地区的事，我看这样，民工以你们东山为主，我再从龙海、云霄、诏安给你调过去一部分民工、船工，还有技工。

谷文昌兴奋地：方书记，太好啦！

第十四集

本集剧情简介

根据工作需要，省委决定调谷文昌到省林业厅担任副厅长。

陈保国、刘栋梁、何坤等人听说谷书记要走，纷纷跑到县委，想要谷文昌留下。临行前，谷文昌和史英萍还去寡妇村看了黄阿婆。刘金才跑到谷家，主动提出来为史英萍调工资，为谷豫英转正，都被谷文昌坚决拒绝了。临行前夜，谷文昌走进林带和木麻黄告别，正碰上巡林的蔡福林，两人促膝长谈。

刘栋梁去省里看望谷文昌，发现他家里没有饭桌用。第二次来时就带来一个小木桌，在刘栋梁坦言木桌是用自家的旧橱柜改造的后，谷文昌才收下。

“文化大革命”中，谷文昌被打倒了，还被指控为假党员。1967年，谷文昌被下放到何家岗村劳动。东山的老百姓机智地把他接到了东山保护起来。

一、谷文昌家　日　外

院子里扯着几根绳子。

史英萍端着洗净的萝卜叶往绳子上搭。

新来的保姆杨春玲搓着衣服：史主任，这萝卜叶能吃吗?

史英萍：等腌好了，你尝尝，炒着吃可好呢!

杨春玲：嗨，豫闽这衣服可真脏啊，打了两遍肥皂了，还洗不净。

史英萍：春玲，你把他的衣服扔一边，回来让他自己洗！这帮孩子，从小就得让他们自己锻炼。

杨春玲搓完衣服，一件一件拧干。

正拧着突然听见“哧”地一声。

她连忙抖开一看：哎呀妈呀，我把谷书记的衣服拧烂了。

史英萍放下菜筐，关切地跑过来，抖开衣服看着：春玲呀，我给你说过好几遍了，老谷的衣服旧，洗的时候下手要轻，拧干时不能使大劲儿，你咋就记不住呢？啊！你看，他一共就两件半袖衫，这可让他咋换洗？

杨春玲难为情地低着头：史主任，我……

史英萍：唉！算了，回头，我试着补补，说不定还能穿。

说着，把烂衣服搭在绳子上，又端起了菜筐。

微风吹来，烂衣服在绳子上晃悠着。

二、县委会议室　日　内

屋内坐着一帮开会的人。

谷文昌：请大家站起来。

众人不解地陆陆续续站了起来。

谷文昌：大家把裤管拉起来让我看看。

人们纷纷拉起裤管。

展现在谷文昌面前的是一双双肿胀的脚，一条条浮肿的腿。

岳文明神秘地走到谷文昌跟前，弯腰要拉他的裤管。

谷文昌躲闪着。

岳文明不管三七二十一，拉起了他的裤管。

谷文昌的腿上也浮肿着。

岳文明尴尬地：老谷，我们浮肿，你天天吃饼干，怎么也浮肿啊？

谷文昌：老岳，别说笑话了，我哪来的饼干吃呀？

岳文明：老谷，咱在座的都是共产党员，都是领导干部，咱可不兴说假话。前些天我在供销社赵主任那儿，亲自看见小何给你批了1斤饼干。

谷文昌：老岳，你……

何坤提水进来。

岳文明：这不，正巧小何来了，大家让小何说说。

何坤：岳县长，你，你冤枉谷书记了。前些天我随谷书记下乡时，我看谷书记胃病犯了，就背着他，偷偷跑回县里让刘主任批了1斤饼干，当我把饼干送给谷书记时，他狠狠地批了我一顿。当时就逼着我把饼干退给了供销社。岳县长，你不了解情况，咋能瞎说呢？

岳文明红着脸低下了头。

谷文昌：同志们，我们面临的形势是严峻的，我们的国家遇到了前所未有的困难，内忧外患，政治的，自然的，人为的，可以说是天灾人祸，天灾人祸啊！我们的人民在饿着肚子，水肿病在大面积蔓延。我们的党面临着巨大的考验。在座的都是共产党员，我们要勒紧裤带，与人民共渡难关，为我们的党分忧，为我们的国家分忧。同志们，连我们的领袖毛主席都发誓3年不吃肉哇！我谷文昌在这儿给大家表个态：每月供应我的3斤虾糠我退掉！咱们得咬紧牙关还苏联的债呀！

众纷纷表态：我退掉。我也退掉！

谷文昌：同志们，革命的目的是什么？说到底，就是为了群众生活，如果我们不关心群众疾苦，那就是没有群众观点，就无所谓革命！目前，我们要千方百计地减少群众的痛苦，多抓一抓群众的生活。我建议：渔业部门应该向群众出售小杂鱼；盐业部门供应低价盐；机关干部全部下基层，组织农民抢种蔬菜和早熟作物，帮助农民渡过饥荒，决不许在我们东山饿死一个人。

三、县委食堂　晨　外

食堂门口挂着一块小黑板，上面写着：早餐改善，每人两根油条。

谷林东端着筐，排着队，排到跟前，他把筐递给炊事员。

谷林东：叔叔，我买两份。

刘师傅：好咧。

他夹了四根油条放进筐里。

谷林东接过油条正转身要走。

刘师傅又悄悄地夹了一根油条放进筐里。

谷林东：谢谢叔叔。

说完端着油条，欢欢喜喜往家走。

四、谷文昌家　晨　内

一家人端着碗吃饭。

谷林东兴冲冲地跑进来：爸，妈，今儿早上，食堂改善生活，每人两根油条。

说着把油条放在桌子上。

谷文昌夹起半根油条正要吃。

他猛地停住了筷子：林东，这油条咋多出一根？

谷林东：我说买两份，刘师傅就给了这么多。

谷文昌：不行，这便宜咱不能占，去，快把这根油条退回去！

谷林东犹豫着。

谷文昌发火地：听见没有，去呀！

谷林东端着一根油条跑出门去。

谷文昌：豫平、豫英，你们给我听着，今后，不管走到哪儿，谁也不许占公家的半点儿便宜！

五、瓜田　日　外

谷文昌与夏乡跟着一群干部走进瓜田。

瓜田里瓜蔓茂盛，西瓜滚圆。

几个瓜农搬过来几个大西瓜。

一个干部挥刀切着瓜：谷书记，刘书记，你们大老远地从福建跑到我们广东来参观，一路辛苦，来，大家尝尝我们澄海的大西瓜。

大伙纷纷拿起西瓜来，一边吃一边议论。

……嗯，澄海的瓜就是甜。

哎呀，好几年没吃过这么好的西瓜了。

夏乡一边吃，一边吐着瓜子。

瓜子噗噗噗地掉在地上。

谷文昌一边吃着一边捡地上的瓜子：夏乡，别把瓜子丢了，捡起来，我带回去。下次，你再到东山采访，我请你吃东山的西瓜。

夏乡蹲下身赶忙捡起瓜子来。

切瓜的干部：谷书记，你们东山要种瓜，瓜子我给你们提供，要多少有多少。

谷文昌：好好，那我们东山谢谢你了。

众人一边吃，一边笑。

六、谷文昌家　日　内

谷文昌坐在板凳上择着青菜，嘴里哼着小曲。

史英萍走进来：哟，大书记，这半年6个月也不听你唱一句，今个儿是咋啦？这太阳从西边出来啦？

谷文昌：今个谷书记高兴！

史英萍：老谷，你哼的啥曲呀？

谷文昌：《小放牛》哇。

史英萍：你这是小放牛？我听着你这调咋跑到猪圈里去啦！

谷文昌：它就跑到羊圈里也是《小放牛》呀，你唱得好你来一段我听听。

史英萍咯咯地笑了：老谷，跟我说说，遇上啥喜事啦？

谷文昌：大喜事！明儿你就知道了。

七、县委会议室　日　内

县委扩大会议正在进行。

谷文昌：同志们，我给大家带回来一个大好消息，八尺门海堤工程省里批准了，我们多年来把海岛变半岛的愿望就要实现了！

一张张惊喜的脸，一阵热烈的鼓掌。

谷文昌：同志们，我们今天开会就是研究建海堤的具体部署，县委成立海堤工程领导小组，这个组长我就当仁不让了。同时，成立工程指挥部，我提议，让咱们的县长岳文明同志任指挥长，大家说怎么样？

众：好！

大家鼓起掌来。

岳文明：老谷，我可不懂工程，你就不怕我把八尺门海堤给你建歪了？

谷文昌：老岳，这八尺门工程，就得由你来指挥！

八、八尺门　日　外

沸腾的工地，马达轰鸣，民工穿梭。

一车车石头推过来，倾进海峡，激起朵朵浪花。

一担担土挑过来，堆成了堤坝。

一辆辆轧路机碾过来。

一斗斗混凝土浇下来。

谷文昌在挑土。

岳文明在推车。

九、八尺门　日　外

松柏枝扎起的彩门上，插满了红旗、鲜花。

一条横幅格外醒目：热烈欢庆八尺门海堤建成通车。

海堤两边，公路两旁，挤满了欢呼的人群。

锣鼓在敲打、彩龙在盘旋，雄狮在舞蹈，鞭炮在喧嚣，人们在欢笑。

海堤上，一队汽车开了过来。

第一辆车上，站着方书记、谷文昌与岳文明。

他们开心地笑着，频频向群众挥手致意。

口号声响彻云霄：毛主席万岁！中国共产党万岁！

十、谷文昌办公室　夜雨　内

谷文昌提着暖水瓶往茶缸里倒开水。

电话铃响了。

他赶忙放下暖水瓶，抓起听筒。

沈大成：谷书记吗？我是东沈大队支书沈大成，我们村头上那 1000 多亩稻田被水淹了。

谷文昌：知道了，我马上过去！

十一、路上　夜雨　外

夜雨中，谷文昌在急速行进。

一道闪电射过来，照亮谷文昌满是雨水的脸。

十二、东沈村　夜雨　外

滂沱大雨中，谷文昌拄着一根木棍站在田埂上。

稻田中一片汪洋，即将成熟的稻穗泡在水中。

谷文昌带领一帮人往前走去，只见四处的水都在向稻田中流。

谷文昌：大成，这片稻田地势低洼，四村的水都往这儿流，咋能不淹呢？

沈大成：谷书记，咱到排洪沟那边看看去。

谷文昌：小何，你到村里把支书和村主任叫来，一会儿在小庙里开个碰头会。

何坤应了一句走了。

谷文昌，沈大成深一脚，浅一脚地在泥水里趟着。

十三、排洪沟　夜雨　外

手电光中，窄窄的排洪沟被一团烂草堵着。

谷文昌：大成，你给我照着手电。

说着他用手中的棍子使劲挑着烂草。

突然，脚下一滑，他一屁股坐在水中。

沈大成伸出手来拉他，不料，身子一歪，一下趴到水中。

几个年轻人过来，把他们拉了起来。

谷文昌扔下棍子，用手扒起来。

大家一起跟着开掘排水口。

积水顺着新开的排水口湍急地冲过去。

谷文昌：走，问题找到了，咱们到小庙开会去。

十四、小庙　夜雨　内

几支手电筒亮着。

谷文昌从兜里掏烟，结果掏出的烟流着水。

沈大成点着一根烟，递给他。

谷文昌用沾满泥巴的手接过来，使劲地抽了两口，咳了好几声。

谷文昌：大成呀，你这稻田被淹的原因你清楚吗？

沈大成：我知道，俺这一片地洼，四边的地高，水都流积到这儿啦。

谷文昌：这只是其一，其二，你那边的排洪沟太窄，随便几团草就给堵上了。其三，你这千把亩地，就这一条排水沟怎么能行？大成，你看——他一边说一边在地上划着——这儿开一条，这儿再开一条，再把现在这条排水沟加宽加大，估计就不会有啥问题了。

沈大成：好，这办法好，涝了可以排水，旱了可以浇灌，小海，你马上回村里叫人，咱说干就干！

谷文昌：小海，别忘了多带几把家伙来！

沈大成：老谷，我看咱是不是在东沈湾建一个海港？

谷文昌：大成，这事儿咱俩想到一块儿啦！大成啊，县里出资 1 万元，劳力的事你们村里出，你看怎么样？

沈大成：谷书记，只要有您这句话，剩下的事你就不用管了，全包在我沈大成身上。

十五、稻田　夜雨　外

雨中，在闪电的光耀下，人们奋力挖着渠。

谷文昌端起一锹泥，使劲往远处扔着。

沈大成弯腰从水中搬出一块石头来。

十六、田边　晨　外

天亮了，雨停了。

东方露出几丝红霞，太阳从云隙中升起来。

稻田里的水排完了。

成熟的谷穗被晨光照得金灿灿的，微风吹来，稻浪起伏。

谷文昌蹲在水渠边，捧着渠水洗脸上的泥。

十七、路上　日　外

谷文骑着车走在路上。

自行车后夹着小锄头。

何坤跟在他后边。

突然，谷文昌下了车。他把车子扎在路边，从车架上抽出锄头，跑到地里掘了一个坑。

他扔下锄头，用剪刀从树上剪下一枝木麻黄枝，走到路上，把树枝插在一摊牛粪上。

何坤跑过来惊奇地看着：谷书记，你这是干啥?

谷文昌：我做个试验，看这木麻黄能不能插活。

说着，他蹲下身，捧起了牛粪，连粪带枝放进了土坑里。

何坤赶忙拿起锄头培上了土。

谷文昌抓起一把沙子搓着手，笑着看那刚插下的枝。

十八、蔡福林家　日　外

谷文昌与蔡福林坐在院子里说话。

谷文昌：福林呀！栽树难，护林也不容易呀，我们大家都要自觉护林，要定出规矩，不管是谁，损坏了树木，就得处罚。

蔡福林：谷书记，我们村已制定了爱林公约。这些天，每晚上我都打着手电筒，到林子里转转。我决不让任何人毁坏一棵树！

正说着，蔡福林的独生女蔡小凤，背了一大筐草回来，她把草筐放在院里就往屋走。

蔡福林一看草筐中有木麻黄枝，不禁勃然大怒：小凤，小凤，你给我出来！

蔡小凤慌慌张张跑了出来：爸，咋啦?

蔡福林：你说，你在哪儿折的树枝！咱村上定的护林公约，你不知道哇？啊！

说着，冲过去，照孩子就是一巴掌。

蔡小凤哇地一声哭了：那不是我折的……

蔡福林：哭，哭也不行，我得把大队干部叫来，称称这树枝，按 1 斤 5 毛罚你！说着就要往外走。

谷文昌一把拉住了他：福林，你坐下，情况还没弄清，你咋就……

说着，走到蔡小凤身边，亲切地拍着她的肩膀：孩子，别哭，告诉伯伯，这树枝是从哪儿来的。

蔡小凤：我捡的。

说着，不住地抽泣。

蔡福林：捡的也不行，你爹我是个护林员，你草筐中有树枝，人家知道你是偷来的，还是捡来的，这样，让你爹咋去管别人？

谷文昌走到草筐边，抽出几枝木麻黄枝条来，仔细地看着：老蔡，你错怪孩子啦！你看，这树枝茬又齐又平，这分明是管理员剪下的枝。

说着，递给老蔡看：折的茬决不会这样。

老蔡看了看树枝茬，默默地低下了头。

十九、谷文昌家　日　内

谷文昌坐在椅子上看报纸。

史英萍在箱子里翻着东西。

杨春玲在扫地。

史英萍从箱子里拿出一块花布来：春玲，你过来。

杨春玲放下笤帚走过来。

史英萍：该过年了，大姨送你一件礼物。

说着，抖开花布在杨春玲身上比画着：不错，你穿上就像新娘子一样漂亮。

杨春玲：史姨，俺不要。去年你送我的棉衣我还没舍得穿哪！

史英萍：哎，这可是老谷我们俩的意思。我们俩经常不在家，这家里家外的，让你从年头忙到年尾，大姨心里过意不去。给，拿着，到街上缝纫店裁个新样式。

杨春玲不好意思地接住了布料。

谷文昌：春玲啊，你也十八九了，该处个对象了。你觉得咱县机关的小陈怎么样？

杨春玲红着脸，低下了头：谷书记，俺……

谷文昌：小陈这孩子，为人正直，勤奋，俭朴，思想又好，你找对象，就得找这样的小伙子。

杨春玲：谷书记，你看中的人还会有错？俺听你的。不过，这事我得回家跟我妈商量商量。

谷文昌：这么说，你没意见？那好，我这就去把小陈叫来，你们俩先谈谈。

放下报纸走出了门。

二十、谷文昌办公室　日　内

谷文昌正用糨糊粘本子。

陈保国走进来：谷书记。

谷文昌：噢，新任广播站站长来了，怎么样，福州的会结束了？

陈保国：结束了，我昨天回来的，谷书记。我来给你汇报汇报这次会议的精神。

谷文昌：好哇，来，保国，坐下说。

陈保国拉了一张椅子，坐在桌前：这次省里召开的广播会议，主要传达了中央宣传部的文件。中央对沿海有线广播很重视，要求不能再搭载电话线搞广播，一定要建立起独立的有线广播网。省里根据福建的具体情况，做了全面部署，全力以赴落实中央精神，建好广播网。

谷文昌：好，咱东山是对台斗争的前沿阵地，建好广播网尤为重要，我们要把党中央的声音及时传送到每户群众家中。保国，建这个广播网得花多少钱？

陈保国：我们做了个详细的预算，连材料，带人工，最少得要 10 万元。

谷文昌用手指敲着桌面思虑着：10 万元，10 万元……

陈保国：谷书记，我们广播站穷啊，今天都 20 号了，可我们这个月的工资还没发哪！职工生活困难，大伙儿一大堆怨言，我昨天刚一到家，一下就把我围住了。

谷文昌抓起了电话：给我接财政预算股……钱股长吗？我是谷文昌。

钱股长：谷书记，我是钱宝贵，您有什么指示？

谷文昌：钱股长啊，广播站同志的工资怎么到现在还没发呀？你这个财神爷，不想让人家吃饭啦？

钱股长：谷书记，您别生气，我这就给他们把工资拨过去。

谷文昌：另外，还有一件十分重要的事情，陈站长刚从省里开完广播会议回来，中央要求沿海各地县，要尽快建立起独立的广播网。

钱股长：建广播网？那得用多少钱？

谷文昌：他们做了详细的预算，得 10 万元。

钱股长：10 万元？谷书记，咱县财政可没这么多钱呀！

谷文昌：这样子吧，老钱，我让每个公社各出 1 万元，盐业处出 3 万元，剩下的你兜底儿！

钱股长：好，好，我马上落实！

二十一、山坡　日　外

一帮工人在栽电线杆。

几个师傅脚套攀杆器，爬到电线杆上架线。

二十二、陈家福家　日　外

陈家福一家人在听墙上的广播。

福建人民广播电台，现在播送歌曲《社员都是向阳花》。

喇叭里传出一曲优美的歌声。

公社是棵常青藤，
社员都是藤上的瓜。
瓜儿连着藤，
藤儿牵着瓜。
藤儿越肥瓜越甜，
藤儿越壮瓜越大。

一个孩子站在凳子上伸着脖子看着喇叭：爹，这里边没有人，咋会唱歌，还会说话呢？

陈家福：你问爹，爹也搞不懂，等你长大了，念了中学，就懂了。

家福媳妇：他爹，科学这东西可真能呀！这下可好了，咱不出门就能听歌，听戏，还能听天气预报。

陈家福呵呵地笑起来。

喇叭：下面播送通讯：东山县在我省第一个建起有线广播网……

二十三、赤土村　日　外

谷文昌骑着自行车在路上边走边看。

林带边盖了一座新房。

谷文昌下了车，把车停放在路边上。

他走下土路，大步流星地朝新房走去。

二十四、林带　日　外

谷文昌围着新房看着。

突然，他发现：一棵树被砍了。

他蹲下身，从地上捡起几片木屑，摊在手里看着。

他猛地站起来，走到房前。

门上挂着一把锁。

谷文昌气愤地扔掉木屑，转身朝大路走去。

第十五集

本集剧情简介

省委决定调谷文昌到省林业厅工作。

陈保国、刘栋梁、何坤等人听说谷书记要走，纷纷跑到县委，哭着要谷文昌留下。刘金才跑到谷家，主动提出来为史英萍调工资，为谷豫英转正，都被谷文昌坚决拒绝了。临行前夜，谷文昌走进林带和木麻黄告别，正碰上巡林的蔡福林，两人促膝长谈。

“文化大革命”中，谷文昌被打倒了，还被指认为假党员。东山的老百姓机智地把他接到了东山保护起来。谷文昌的女儿谷豫平来看望被下放劳动的谷文昌，谷文昌劝说女儿，不论在任何时候都要相信党。

在林县石板岩公社工作的谷为民负责调查谷文昌的假党员问题，他四处奔波，终于在北京找到了金延路，把问题弄了个水落石出。

一、大队部　日　内

谷文昌放下车，匆匆走进大队部。

关和平正在打电话：谷书记，你坐！

谷文昌：和平，你们村边林带那儿的新房是谁盖的？

关和平：啊，那是李有富盖的。怎么啦？

谷文昌：那儿的树砍了一棵，是谁砍的？

关和平：我不知道哇！林带的事儿你得问林龙，他是林业队长。

谷文昌：你马上把林龙给我喊来。

关和平匆匆跑了出去。

谷文昌摘下帽子，气呼呼地扇着，在屋子里来回走。

林龙跑进来：谷书记，你叫我？

谷文昌：赤土村李有富新房那儿砍了一棵树是你批的？

林龙：没有哇！谷书记，我就是知道也不会批呀！

谷文昌：既然你们支部书记和林业队长都不知道，那好，现在你们俩就去给我查清，究竟是谁砍的！

关和平与林龙匆匆走了。

谷文昌气愤地在屋里踱步。

少顷，林龙进来：谷书记，查清了，是李有富砍的！

谷文昌：你说咋处理？

林龙：依我看，咱罚他行不行？

谷文昌：罚他？怎么罚？

林龙：俺大队定了一个爱树公约，依我看，咱就按大家定的规矩罚他！

谷文昌：怎么定的？

林龙：谷书记，俺这个公约定了好几年了，里边第六条写得明明白白：谁砍一棵树，罚种 1000 棵。

谷文昌：好，老林，你们这个规矩定得好哇，罚种 1000 棵树比抓他蹲拘留所有价值！这样，你马上回去，在风口给他规划出一块地来，规划好，打电话给我，我去看看。

林龙：行，我现在就去！

二、林地　日　外

林龙与谷文昌在看规划的林地，地里插满了小树枝。

林龙：谷书记，你看这样规划可以吗？

谷文昌：行！不愧是林业队长，规划得不错！你马上通知李有富，让他今天就开始挖坑。赶哪天下雨，让他把树栽上，下雨天栽树扎根快，活得旺。树苗，你们林业队提供，等栽完了，我再来检查。

三、谷文昌办公室　日　内

谷文昌正拿着一卷文件往墙上的文件袋中插。

电话响了，他随手拿起听筒：

林龙：谷书记吗，我是林龙，李有富把那 1000 棵树栽完了。

谷文昌：好，我马上过去检查。

谷文昌扣下了电话。

四、林地　日　外

谷文昌在林地中巡视着。

他看看这棵，摸摸那棵。

一棵棵树苗在微风中摇动。

林龙与李有富跟在他身后。

谷文昌：有富，这 1000 棵树，你怎么少栽了两棵？

李有富：谷书记，你数错了吧，我真是种了 1000 棵呀！

林龙：谷书记，你是不是转晕啦？1000 棵树苗是我亲自配的，一棵也不少呀！

谷文昌：不信，你们俩自己数数。

林龙与李有富数了起来。

林龙：有富，别数了，你过来看看，你咋会把两株苗栽到一个坑里啦？

李有富不好意思地摇着头。

谷文昌：有富，你看看你这活儿干的！

李有富：谷书记，我这就把它补栽好！

谷文昌：有富呀，这回你可记住了吧！咱东山人花多大力气，吃多少苦，才能栽活一棵树啊，你怎么说砍就砍了呢？

李有富：我盖房时，请了一位风水先生看宅基，他说那棵树正对着我的房门厅，不吉利，我就偷偷把它砍了。

谷文昌：这都 60 年代了，你咋还信那迷信？要说吉凶，我看风沙才是凶神，这树是咱的吉神哪！老林，你得给我记住一条：不是树给房子让地方，而是房子给树让地方。今后再规划林带，凡影响林带的房子，该铲的就铲，该扒就扒！

林龙：好，我记住了。

谷文昌：有富，这 1000 棵树你是栽完了，但这事儿可没完，你得保证给我栽活。风沙埋了，你扒沙，天旱了，你挑水浇，树饥了，你担肥料喂，过一段我还会来检查。

李有富：谷书记，我向你保证，棵棵成活！

五、谷文昌办公室　日　内

谷文昌在打电话：喂，白埕村林业队吗？林龙，我今天下乡检查生产，回来时专门又看了那片树，发现有三十四棵没有活呀。你通知李有富，让他一定如数补上。老林，这事你给我盯住，咱们干工作一定要把情况摸透，把工作搞细！

谷文昌撂下电话，点起一支烟。

刚抽了几口，电话铃响了。

谷文昌抓起电话：喂，哪位？

听筒：谷书记，省委叶飞书记的车刚刚驶过八尺门，正在往县城的路上。

谷文昌：啊！叶书记怎么突然来了。

六、田间　日　外

一辆上海轿车驶上八尺门海堤，缓缓地走着。

省委书记叶飞坐在车上，惊喜地看着窗外。

车戛然而止，叶飞拉开车门，走下车来。

叶飞站在海堤上，看着这壮观的工程：好，好哇！这个海堤建得太好啦，这个谷文昌，有魄力，他为福建人民办了一件大好事呀！

叶飞转了一圈，又坐回车里。

车子缓缓驶过长长的海堤，驶上公路。

公路两侧，绿树成荫，蔚为壮观。

放眼四野，到处是一片碧绿。

叶飞：哎呀，四年没来东山啦，想不到东山变化这么大！这个谷文昌还真行！

七、县委　日　外

小车驶进县委。

谷文昌率着一帮人，夹道欢迎叶飞的到来。

叶飞在掌声中下了车，满面笑容地和大家握手。

叶飞：谷书记，走，带我去看看你们东山最好的地方。

谷文昌：好，叶书记，我带你去。

汽车开出县委大院，驶过热闹的街道，开出县城，驶上了林荫大道。

叶飞欣慰地看着，不住地赞叹。

车到八公里处，叶飞喊道：停车。

车停了下来。

叶飞边下车边说：文昌同志，这么好的地方，我这样走马观花怎么行。来，下车，你陪我走走。

两个人沿着公路边走边说，汽车缓缓地跟在他们后边。

叶飞：我记得第一次到东山来是 1953 年，东山战斗刚刚结束。那时的东山大地、风沙滚滚，一片荒凉，别说树，连草毛都很难看到啊！当时，我真为你这个县长发愁哟！屈指算算，到现在正好十年。要不是亲眼看到，

我咋也不相信，东山会变成现在这个样子。

谷文昌：叶书记，我们东山的树栽得艰难哪！从 1953 年到 1958 年，我们年年栽树，年年造林。六年间，我们栽了一千多万棵树，总共才栽活了 9 棵。有个社员跟我打赌，说：老谷，你要能在沙滩上把树栽活，我就不姓王了，我跟着你姓谷！我说：只要咱把树栽活了，姓啥都没关系，那天，我当着群众指天发誓：不治服风沙，就让风沙把我埋掉！我们没泄劲，没低头，总结经验，从头再来。1959 年春天，县里召开万人誓师大会，发动全民造林，号召各行各业关门 5 天，自带干粮，每人栽 100 棵树，结果，那 5 天，我们就造下了 48600 亩林地。

叶飞动情地听着。

谷文昌：造林成功了，风沙得到了治理，生态环境大大改观，许多寸草不生的沙滩也变成了水浇田。三年困难时期，我们东山没有饿死一个人。

叶飞：文昌同志，三年灾害期间没有饿死一个人，这简直是个奇迹！你们东山了不起呀！

走到九公里处，叶飞坐在里程碑上，仰头望着茁壮的木麻黄，无限感叹地说：好哇，咱福建的公路，要都像你们东山这样多好哇！文昌啊，你们的经验我看可以在全省推广。

八、大会堂　日　内

热烈的掌声。

谷文昌身着一件深灰色中山装，脸上充满着自信与激动，走上主席台。

谷文昌：各位领导、同志们，我们东山县地处我省东南端，与台湾岛东西相对，遥遥相望，是福建省解放最晚的一个县。历史上的东山岛，被称为闽南的‘西伯利亚’，是一个风大、沙多、干旱缺水的孤岛。1950 年 5 月 12 日，我们飞渡东山湾，踏着战火和硝烟，接管了东山岛。当时的东山，到处是惨白的沙滩，满目凄凉。看看山，山上山下光溜溜，望望地，庄稼十种九不收。老百姓苦难深重，纷纷离乡背井，漂泊海外逃生活。当时有一首民谣是：飞沙滩，飞沙滩，风起“迷魂阵”，日出“火焰山”，百姓万般苦，无处诉凄惨。据统计，东山的沙滩面积达 35000 多亩，每年有 150 多天刮着 6 级以上的大风。近百年间，风沙淹埋了 13 个村庄，1000 多座房屋，3 万多亩良田。东山有两个有名的村子，一个是“铜钵村”，人称“寡妇村”，村里一共 298 户，被国民党抓走壮丁 147 人；一个是山口村，人称“乞丐村”，全村 900 多口人，有 600 多人逃荒要饭。面对多灾多难的群众，面对寸草不生的荒滩，怎么办？我心焦，我流泪，我吃不下饭，睡不好觉。

我反反复复思考一个问题：群众希望共产党给他们带来幸福，如果我们不为老百姓谋福利，党派我来东山干什么？群众分到了土地，但种不出粮食，那分地又有什么用？我们是共产党人，不能做自然的奴隶，不能听天由命，我们要向风沙宣战！

全场响起热烈的掌声。

谷文昌：要治理风沙，首先得摸清风沙的底细，于是，我们专门成立了沙荒调查队，在飞沙走石的冬天，我们探风口，查沙丘，走遍了东山的412 座山头，集中群众的智慧，制定了筑堤拦沙，种草固沙，造林防沙的方案。说干就干，在县委、县政府的统一指挥下，千军万马齐上阵，花了几十万个劳动日，在风口地带，筑起了两米高、10 米宽的拦沙堤 39 条，全长22 公里。但是，不到一年，长堤就被无情的风沙摧垮了；种草固沙，播下的草籽，不是随风搬家，就是被沙埋葬；造林防沙，我们年年栽树，屡战屡败，在东山保卫战以后的五年里，我们一共栽下了 1000 多万棵树，到1958 年，只活了 9 棵。许多人仰天流泪，对着死树叹息：东山这个鬼地方，神仙也治不住风沙！失败和挫折压不垮我们，因为我们是共产党人，我们就是要做前人没有做过的事，走前人没有走过的路！当时，我指着这九棵树对群众说："咱不是栽活了 9 棵树吗，有这 9 棵，就有 90 棵，900 棵，9000 棵 9 万棵，就一定能绿化全东山"。我指天发誓，不制服风沙，就让风沙把我埋掉！

又是一阵暴风雨般的掌声。

许多人在擦眼泪，不少人在本子上匆匆记录着。

九、省委会议室　日　内

省委在开会。

叶飞：我们的农业先进表彰大会开得非常好，非常成功，东山的谷文昌可是个好典型呀！

许亚平：谷文昌那天的发言太感人啦！在与会代表中产生了强烈反响，好多县市纷纷表示要向东山学习。我看这将对我省的农业发展产生广泛影响，并大大推动植树造林工作。

叶飞：对谷文昌我们应该提拔重用。我看哪，让他当省林业厅副厅长完全可以。

十、谷文昌办公室　日　内

谷文昌在办公室收拾东西。

他突然停下来，摇起了电话：广播站吗？保国呀，你这会儿忙吗？不忙，你到我办公室来一趟。

谷文昌放下电话，接着整理东西。

刘金才走进来：谷书记，收拾东西哪？

谷文昌：金才，我正要找你呢！来，坐一会儿。

说着拉刘金才坐下：金才哪，我马上要走了，咱俩相处这么多年，你给我提提意见吧！

刘金才：提意见？没有，没有。

谷文昌点着一支烟：你好好想想，特别是我有没有欠公家的东西，不要走后让人说闲话。

刘金才回忆着：别的没有，就是那次请客花了 20 多块钱。

谷文昌从袋里掏出 30 元钱给刘金才。

刘金才推却着：谷书记，我不过随便说说，那钱已经从食堂伙食费节余中报销了。你装起来吧，我走了。

说着把钱塞在谷文昌袋里，站起身走了。

谷文昌抽着烟，思索着自言自语：请客，请谁来着……

陈保国走进来：谷书记，你找我有事儿？

谷文昌：保国啊，我要走喽！

陈保国：走？到哪去？

谷文昌：调令下来了，让我到省林业厅当副厅长。

陈保国：……老首长，我真舍不得你走啊！

说着，眼睛湿了。

门开了，何坤、吴栋梁等人匆匆走了进来。

谷文昌：哟，你们都来啦！来来，快坐，快坐下。

陈保国：老首长，你真的要走？

谷文昌：调令都来了，那还不是真的？正好你们都来了，咱们就在这儿话个别吧，别站着，坐呀！

吴栋梁：谷书记，你来东山 14 年，我们几个天天跟着你，处得像父子一样，俺不想让你走……

何坤：老首长，你不走不行吗？

陈保国：俗话说宁当鸡头，不做凤尾。老首长，你在东山当一把手多好，到林业厅不定排老几呢？你给省委领导说说，别走啦。

谷文昌：保国，话可不能这么说呀！不管鸡头，还是凤尾，那都是党的安排，都是国家需要。我一个老党员，怎么能挑三拣四，向党讨价还价，干这个不干那个呢？你没听人说：共产党员是块砖，哪里需要哪里搬嘛！

陈保国：谷书记，不光俺几个不想让你走，东山人都不愿让你走哇！

何坤：老首长，说句心里话，一听说你要调走，俺心里咋也过不来劲儿。昨天，我回家跟俺娘一说，俺娘一下子哭了……

谷文昌：唉，要说感情，我也真不想离开你们、离开东山哪，我今年49岁，在东山这14年，差不多是我岁数的1/3啦！说着，他又抽出一支烟，陈保国连忙划着火柴给他点上。

短暂的沉默。

谷文昌：这些年来，你们几个风里来，雨里去，吃了不少苦啊，说起来，我总觉得有些对不住你们哪！

他眼里泛起了泪光：你们知道，我这个人干得多，说得少，不会拉人，不会关照人，对你们几个只知道使用，不知道提拔……

陈保国：谷书记，我们心里早就明白，跟着你工作，不可能升官，更不可能发财。但是我们无怨无悔，起码有一条，我们不至于犯错误。生活上苦点、工作上累点，可我们心里踏实啊！

谷文昌：保国说得对，人这一辈子，要活得坦然也不容易啊！我希望我走后，你们要安心工作，好好做人。工作中犯些错误很正常，组织也会谅解，可我要提醒你们，贪污、腐化、堕落、明知故犯，党是不会原谅的。你们都是党员，一定要站稳立场，跟着党走到底，尤其在党遇到困难的时候，我们越是要紧跟上去。好啦，咱们今天不说这个了。保国，你去找找宣传部的黄干事，让他给咱们几个照张相，留个纪念。

陈保国答应着跑了出去。

十一、县委院中　日　外

绿树丛丛，鲜花朵朵。

一帮人围坐在谷文昌身边照相。

谷文昌微笑着，大家也都微笑着。

照相机咔嚓一声。

微笑在大伙脸上定格。

十二、谷文昌家　日　内

史英萍在整理衣物。

“嘭嘭嘭”有人敲门。

谷文昌放下手中的书，走过去拉开了门：金才，来，进来！

刘金才：谷书记，东西收拾妥了吗？

谷文昌：我这个穷家，没有多少东西可收拾的。

说着，递给刘金才一支烟。

刘金才：有两个事我来给你汇报一下。你的大女儿谷豫平当临时工都两年了，我和人事科研究了一下，准备给她转成正式工，让她跟着你一块调到福州。

谷文昌：金才，省里调的是我，可没有调我女儿呀，你给她转什么正？她还年轻，我跟老史商量好了，就是要把她留在东山，好好锻炼锻炼。

刘金才：谷书记，这正式工的名额可不多呀！

谷文昌：正是因为指标少，才更不能给她转呀。刚才你不是说还有一件事吗？

刘金才：噢，还有史主任的工资问题。

谷文昌：工资怎么啦？

刘金才：史主任的工资从解放时定的 18 级，到现在一直没有动过，这次趁着调动，我们准备给她调成 17 级。

谷文昌：老史拿 18 级的工资，在咱县的女干部中已经是最高的了。这一级工资，还是留给那些生活困难、工资更低的同志吧！金才，你代我转告人事科的同志，我们全家谢谢他们的关心。

刘金才握住谷文昌的手，久久，久久。

十三、海边　黄昏　外

礁石依然，涛声依旧。

谷文昌坐在礁石上，默默地抽着烟。

夕阳照在他的脸上、身上镀了一层金辉。

海上渔船点点，海鸥旋旋。

岸上沙黄草青，树绿花红。

谷文昌深情地望着大海、沙滩和树林，陷入了深深的回忆。

……黄河落日，长江波涛。

南下征途，炮火硝烟。

漫天风沙，百姓流离。

指天发誓，雨中造林。……

谷文昌站起身来，踏着沙滩，走向远处的树林。

夕阳把他的影子投在沙滩上，老长、老长。

十四、林中　夜　外

夜幕渐渐落下来，薄雾笼罩了大海。

谷文昌抽着烟，独自走在林中。

阵阵海风吹来，树影婆娑，林涛阵阵。

他摸摸这一棵，又拍拍那一棵。

突然一束手电光照了过来。

谷文昌用手臂遮着眼睛，他看见蔡福林走了过来。

谷文昌轻轻地叫着：福林

蔡福林惊喜地跑过来：谷书记，你咋一个人在这儿？

谷文昌：我来看看树。

说着掏出烟来，递给蔡福林一支：福林哇，我是来跟树告别的。

蔡福林：告别？谷书记，你要走？

谷文昌：上级调我到省林业厅当副厅长，调令已经下来几天啦。

说着，他倚着树坐了下来。

蔡福林抽着烟，盘腿坐在谷文昌身边沉默着。

谷文昌：福林呀，我一看这树，就想起当年在你家住那晚上，咱俩差不多说了一整夜，全是说的树。

蔡福林依然沉默。

谷文昌：一晃，十来年了。你看，这木麻黄都长这么大了。唉，栽了这么多年树，我对树倾注了心血，充满着感激，也跟树学了不少东西呀！世上的人，有的信鬼，有的信神，有的信佛，我信树。我觉得树就是神，是菩萨。你想想，咱们人给了树多少？可反过来，这树又给了咱们多少哇！你看吧，它脚踏大地、头顶蓝天，夏天给咱遮阳挡雨，春秋为咱抗风御沙，绿叶给咱供氧气，枯枝给咱当柴烧，树干为咱做梁、做檩、做床、做箱。树这一辈子一句话也不说，默默地为人做了多少事，行了多少善，积了多少德呀！你说，这树还不是菩萨，还不是神？它时时处处、日日夜夜佑护着人哪！

蔡福林吸着烟依旧不吱声，静听着谷文昌说话。

谷文昌：福林，我真不愿意离开这些树啊！

蔡福林：谷书记，你应该走。

谷文昌：老蔡，几天来，都是劝我不走的，只有你一个人这样说。

蔡福林：老谷，我能交你这个朋友，是树搭的桥，我感谢树。俗话说：树往高处长，人向高处走。老谷，我觉得省里调你去省林业厅是英明的。

这样，你就不光在东山县栽树，你会把树栽遍全省，让树保佑全省的土地，保佑全省的人。

十五、县委院　日　外

一辆红色面包车停在院里。

陈保国、何坤等一帮人在忙着装车。

简单的家底，两只箱子，几个包袱，两麻袋杂物，两只腌咸菜的坛子。

史英萍在对哲慧说着安慰的话。

杨春玲走过来与史英萍话别。

几个孩子在向杨春玲告别。

谷文昌与岳文明、马栓柱等送行的人握手。

刘金才、陈保国一边握手，一边掉眼泪。

汽车驶出县委大院，街两边站满了送别的人群。

隔着车窗谷文昌与岳文明、马栓柱等挥手告别。

汽车走远了，人们还在挥手。

十六、省林业厅大门　日　外

谷文昌骑着自行车，在厅门口下来。

他朝门口的大牌子看了一眼，推着车子走进大门。

门卫拦住了他：喂，同志，你找谁？

谷文昌：我来上班。

门卫怀疑地打量着谷文昌破旧的中山装：上班？我咋没见过你呀？你是哪个处室的？

谷文昌正待回答，周秘书跑了过来；谷厅长，您来这么早？

说着接过谷文昌的自行车。

谷文昌：不早，周秘书，你不是比我还早吗？

周秘书：邢师傅，这是咱们厅新调来的谷厅长。

谷文昌向邢师傅伸出手：我叫谷文昌。

邢师傅双手握着谷文昌的手：谷……谷厅长，您可别怪我呀。

谷文昌：哪儿能呢！一回生，二回熟嘛！

谷文昌跟着周秘书走进了大院。

邢师傅搔搔头，看着谷文昌走远的背影，嘴里喃喃着：谷文昌……

十七、谷文昌办公室　日　外

谷文昌走进办公室，四下打量着。

然后，沿着宽敞明亮的办公室走了一圈。

周秘书：谷厅长，您看这办公室，还缺啥？需要啥您随时吩咐。

谷文昌：不错，这厅里的条件就是比县上强啊。

说着，他坐在办公桌前，用手拍着沙发椅的把手。

周秘书递过来一杯茶：谷厅长，您喝杯茶。

谷文昌：周秘书，你去给我找一幅全省的林业规划图来。

周秘书应了一声出去了。

谷文昌把茶杯放在桌子上，顺手翻起了案头的报纸。

周秘书进来：谷厅长，给您地图。这图是前几年绘制的，上面有许多地方与实际不符。

谷文昌接过地图，打开铺在桌子上，仔细地看起来。

周秘书：谷厅长，我的办公室就在错对门，有啥事您喊我，我保证随叫随到。

谷文昌：好，好，你先去吧！

周秘书走出办公室。

谷文昌埋头地图上。

十八、谷文昌新家　日　外

吴栋梁拎着一袋水果，立在门口等待着。

谷文昌推着自行车回来。

吴栋梁：谷书记！不，不，谷厅长！

谷文昌一愣：哟，这不是小吴吗？你这是打哪儿来？

吴栋梁：谷厅长，我到福州出差，临走，大家伙反复嘱咐我，一定让我来看看你。

谷文昌：来，快回家。

说着，拿钥匙扭开了门。领吴栋梁走进院子。

他一边扎着自行车，一边往屋里喊：老史，快准备饭，有客人来啦！

史英萍从屋里跑出来：哟，栋梁来了，快进屋吧！我去给你们做饭去。

吴栋梁跟着谷文昌走进屋里。

十九、屋里　日　内

谷文昌：栋梁，来，坐这儿。我这一走，一眨眼都大半年了，你快给我讲讲东山的情况，咱栽的那些木麻黄怎么样？

吴栋梁：那些树长得可好呢！站在山上，你就看吧，满眼都是绿色，那个美呀，让人咋看都看不够。

谷文昌：农民生活怎么样，够不够吃？

吴栋梁：吃还是差不多够的，就是不太好，还是米少、菜少、地瓜多。

谷文昌：林业局的同志们好吗？林青还在不在局里？

吴栋梁：大家都好，小林还在林业局，最近，局里又分来两名林学院的毕业生。

谷文昌：好！树是东山的命啊，一定要把树栽好，管好。

史英萍：老谷，饭好了。

谷文昌答应着，站起身拎了两个方凳过来。

史英萍又搬来一把椅子。

谷文昌把它们拼凑在一起，当成小饭桌。

史英萍端上了饭菜。

谷文昌把筷子递过来：栋梁，来，吃饭。

说着夹了一筷子菜，放到吴栋梁碗里。

吴栋梁：谷厅长，我自己来，自己来。

他端着碗一边吃，一边看着拼凑的饭桌沉思。

谷文昌：栋梁，你可别客气哟，吃菜呀！

吴栋梁答应着，埋头吃起饭来。

二十、谷文昌办公室　日　外

谷文昌坐在办公桌前，在稿纸上写信。

他合上钢笔，对着门口喊：周秘书。

周秘书应声而入。

谷文昌：周秘书，麻烦你去邮局跑一趟，给我寄一封信，并汇 30 块钱，给东山县委的刘金才。

周秘书：好，我这就去。

二十一、谷文昌家　日　内

一家人围在“饭桌”边吃饭。

“饭桌”依然是三只凳子拼凑成的。

谷林东从椅子背的缝中伸过去小手夹菜，一不小心，菜掉了。

谷文昌瞪了他一眼。

“笃笃，笃笃笃。”有人敲门。

谷哲英跑过去拉开门。

吴栋梁扛着一张木制小方桌走进来。

吴栋梁：谷厅长，你们看，我给你们送来了啥？

说着，把小桌放了下来。

两个孩子高兴地喊着：呀，小饭桌。

谷文昌：栋梁，你这是……

吴栋梁：谷厅长，你都当这么大的官了，家里吃饭连个小饭桌也没有，还不如一般老百姓家。上回在你家吃饭，看见你们用凳子拼凑着当饭桌吃饭，我心里难过了好几天。这不，回到东山，我就请木工专门为您做了这张饭桌，今天专程为您送来。

谷文昌：栋梁，难得你一片好心哪！你告诉我，这木料是从哪儿来的？

吴栋梁：谷厅长，别管它木料从哪里来的啦，你就放心用吧！

谷文昌：栋梁，你得给我说清楚。不然，你就把它给我搬走，这小桌我不能收！

史英萍：老谷，你看你，人家小吴从东山扛几百里路送过来，你怎么能……

吴栋梁又着急又伤心地哭了。

他哽咽着说：谷厅长，我实话告诉你吧，这小桌是用俺家的旧橱柜改的。

说着，他蹲在地上抽泣起来。

谷文昌：栋梁，你别哭，我错怪你了。

说着，他跑过去从脸盆架上拿过来一条毛巾，递给吴栋梁。

吴栋梁抓过毛巾，捂在脸上擦着，仍在不停地抽泣。

谷文昌：栋梁呀！我是主管林业的副厅长，如果我做一张木桌，下面就会做几十张，几百张啊！一个领导干部，不管走到哪儿，都得先把自己的手洗干净，这样，腰杆才能挺得直，步子才能走得正，你说话群众才会信哪！不是我谷文昌不近人情，你们得理解我呀！栋梁。

吴栋梁停止了抽泣，他擦擦泪，抬起头看着谷文昌：老书记，我懂了，这个小桌，我拿回去，我要永远留着它。

说完，他把毛巾递给谷文昌，扛起小桌就走。

谷文昌一把拉住了吴栋梁：栋梁，你把小桌给我留下吧。东山到福州七百多里路，你专程给我送过来，说啥我也不能让你再扛回去啦！

吴栋梁转过身来，看着谷文昌，久久，才把小桌放在地上。

谷文昌：栋梁，你坐下。老史，你再去炒两个菜。哲英，小东，快把饭菜端过来，咱们在你吴叔叔送给咱的新桌上吃。

吴栋梁开心地笑了。

二十二、东山县委办　日　内

刘金才正伏案写材料，收发员走进来：刘主任，你的信，还有汇款单。

刘金才在单子上签了字，接过信来：啊，谷书记来信了。

他拆开信，兴奋地念着：金才，工作忙吧！我临离开东山时，你给我说起请客的事儿，我现在想起来了。那是 1962 年秋天，驻岛部队团政委调离东山，临行前来县委征求意见。我考虑到部队对咱东山支持很大，就请他吃了一顿午饭。按咱县委的规定，谁请客谁出钱。这件事是你经手办的，现寄去 30 元。原来的饭钱从哪里开支的，请把钱还给哪里。这件事当时没及时处理，拖了两年，真对不起你，让你为难啦。在此，我真诚地向你道歉。请代问同志们好！

刘金才念着念着，眼眶里滚出了泪珠。

二十三、农家　夜　内

昏暗的灯下，谷文昌倚在床头抽烟。

他盯着墙上糊着的报纸沉思。

报纸上是《中共中央关于开展无产阶级文化大革命的决定》。

突然有人敲门。

谷文昌警惕地问：谁呀？

门外一个低低的声音：谷书记，我是何坤。

谷文昌趿拉上鞋，跑过去拉开门：这么晚了，你咋来啦？

何坤：我来看看你。

谷文昌赶忙掩上门：何坤，昨天晚上，去了一大帮人，折腾了一夜，把我安排在了这儿。快告诉我，这是什么地方呀？

何坤：这是何家岗，我的老家，是我们村的支书何根旺安排的。谷书记，你走后，俺可想你了。老首长，你瘦多了，也有白头发了。

谷文昌：何坤，快给我讲讲东山现在的情况。

何坤：谷书记，你在东山一干就是 14 年，那时候你是干部头，你说啥，大伙就听啥，就干啥。可现在，你是个乞丐尾。说句实在话，你现在连个要饭的都不如，起码要饭的还有自由啊！老首长，这革命、革命，咋会搞成这个样子，我想不通！

谷文昌：何坤呀，别说你想不通，我也想不通。何坤，越是在难的时候，在乱的时候，我们越要坚信共产党！我想，毛主席是不会让长久这样乱下去的！

何坤深深地点着头。

谷文昌：何坤，你别在这儿长坐，快点回去吧。

何坤：老首长，你放心，咱东山不是福州，没事的。

谷文昌：何坤，你听我一句话，要是没啥大事儿，以后，你少往我这儿跑。

何坤：老首长，你是怕连累我吧？好，我会注意的。你放心，在我们何家岗，不会有事的。你快睡吧！

何坤拉开门，一声鸡啼传来。

谷文昌把何坤送到大门口，看何坤消失在夜色中。

他独自站在院子里，望着东方的天际，很久很久。

二十四、农家　晨　外

晨光中，小院里一片宁静。

谷文昌站在小院中，做着自己的广播操。

院门口，老支书何根旺走了进来。

谷文昌握住了何根旺的手：根旺，我谷文昌谢谢你了。

何根旺：谷书记，到了东山，来到俺何家岗，你咋还说这客套话？要说谢，俺应该谢你才对呀！

谷文昌：来，快给我讲讲村里的情况，村民们生活怎样？当年栽的那些树没有被人砍吧？

何根旺：没有，咱东山人人都知道，树就是命啊！

谷文昌：这就好，这就好！

何根旺：谷书记，你受委屈了！像你这样一心为公，一心为民的干部都要打倒，那今后我们老百姓哪有好日子过哟！

谷文昌：老何，不光你不理解，包括我在内的许多人都不理解呀！但不管咋说，我相信这是暂时的。

何根旺：我也琢磨着不能长久这样下去，今天批他，明天斗你，拉派夺权，长期这样，那还不把咱国家给毁了呀？

谷文昌：老何，县里的干部咋样呀？

何根旺：大多数人靠边站了，岳文明和个别人红了。

谷文昌：他咋那么红？

何根旺：你这个老乡啊，你最了解，他可是个整人专家，天天搞阴谋，要手腕，现在他是革总会的幕后指挥，他说斗谁，那帮红卫兵就揪斗谁。你回东山的事，千万不能让他知道，要不然，他会扒你一层皮。

谷文昌：唉！小人得志啊。

何根旺：谷书记，啥世道都有正人君子，啥年月都有黑心小人。

谷文昌深深地点着头。

二十五、石板岩公社　日　外

谷为民挎着绿挎包走进公社大院。

石秘书迎上来，交给他两封信。

石秘书：为民，福建东山一连发来两封外调函，要求我们公社调查谷文昌假党员的情况。

谷为民：假党员，不可能吧，我听俺村上老人们说过：他参加革命可早啦！

石秘书：他的党员登记表上，一直没填入党介绍人。最近你不正在搞党员摸底吗？这事就交给你吧，情况弄清了，赶快发函，给福建寄过去！

谷为民：好，石秘书，我一定把这事查个水落石出！

石秘书转身走了。

谷为民打开信，边走边看。

二十六、小楼　夜　内

谷文昌抽着烟，坐在油灯下写检查。

突然听见楼梯上有脚步声，他停下笔。

“笃笃笃”有人敲门。

谷文昌：谁

爸，是我，我是豫平呀。

谷文昌赶忙起身拉开了门：豫平……

谷豫平喊了一声：爸……

一头扑在父亲怀里。

谷文昌感慨地拍着女儿的肩，良久，良久。

谷文昌：孩子，来，快坐下，跟爸爸说，生活怎么样！

谷豫平擦着眼泪：我还好，就是老想你，想妈妈。

谷文昌：你妈挺好的，家里也都好，就是把你弟弟林东送到林县老家去了。豫平，你的党员转正了吗？

谷豫平摇摇头。

谷文昌：告诉爸爸，单位工作怎么样？

谷豫平：爸，就因为你是个“走资派”，我这临时工也不让干了！

谷文昌抽着烟，沉默了好久好久才说：孩子啊，你跟着爸受牵连啦，唉……他长长叹了一口气。

谷豫平：爸，我咋也想不通，你辛辛苦苦干工作，一心一意为群众，栽树、封沙、挖井、修渠、建水库，修公路、建海堤，哪一样干的不是社会主义？咋就变成了走资本主义道路的当权派？你为老百姓干了那么多的大事好事，咋就成了罪人？难道党的眼睛瞎了吗？

谷文昌：豫平，不许你这么说党！

谷豫平：爸，这党就是让我入我也不入了！

谷文昌：你……

谷文昌夹着烟的手颤抖着，欲说又止。

良久，他语重心长地说：孩子呀，党的眼睛永远是亮的，乌云再厚，迟早是要散的。豫平，你都二十六七了，跟着爸吃了不少苦，受了不少委屈。想想，爸这心里都觉得有愧呀！爸这一生给不了你们姊妹几个别的，可有一条爸要给你们，那就是信念。孩子，人的一生不能没有信念呀！过去，你有着坚定的共产主义信念，可不能因为遇到挫折，受了委屈，就动摇了对党的信念呀！

谷豫平若有所思地点着头。

二十七、洛阳　日　外

公路上，谷为民与同伴小胡疲累地走着。

小胡：为民，张金灿是河南省建工局局长，人家那么大的官会接见咱们吗？

谷为民：小胡，咱就说是他家亲戚，只要能见他的面，那就好办了。

小胡：这701工地，可是国家的重点项目，咱咋进去？弄不好，人家把咱俩当坏人抓起来咋办？

谷为民：既然来了，咱就冒冒险。不然，谷文昌在福建就得被红卫兵一直批斗下去！他可是个好官啊，是咱林县人的骄傲，咱得千方百计把他的入党问题摸清，让他早一天得到解放。

小胡点点头。

身后传来一阵汽车的喇叭声。

两人回头，见远远地有一辆吉普车开过来。谷为民站在路边，做出一个标准的拦车姿势。

车戛然停在他们跟前。

司机：干什么的？

谷为民：同志，我们想去701工地。

司机：那是军工重地，不能随便去的。

说着就要开车走。

谷为民：我们要找张金灿总指挥。

司机：找张局长？你是他什么人？

谷为民：我是他亲戚。

司机：亲戚？

他打量着两个人：好吧，上车吧。

谷为民与小胡拉开车门，坐进车内。

吉普车沿公路开去，一直开进701工地大门。

吉普车停在一排平房前。

二十八、张金灿办公室　日　内

张金灿坐在桌子边，正在看一张图纸。

司机带谷为民与小胡走进来：张局长，你们家亲戚来啦。

张金灿：亲戚？我咋不认识你呀？你们俩打哪儿来？

谷为民：从林县老七区西乡坪来。

张金灿：西乡坪，啊呀！

说着热情地与两人握手：坐，快坐，西乡坪，我还是四几年在那儿。这一晃20多年了，哎，你们那儿有个谷文昌，还有个金延路，他们俩怎么样？

谷为民：张局长，我们正是为谷文昌的事儿来的。

张金灿：谷文昌怎么啦？快告诉我。

谷为民：谷文昌一九四八年报名南下，解放后一直在福建省东山县当县委书记，一九六四年调到了福建省林业厅当副厅长。这不，“文化大革命”一来，被打倒了，那边说他是假党员！揪住不放……

混蛋！张金灿拍案而起，怒气冲冲。他气呼呼地背着手在屋里来回踱步：假党员，假党员，他妈的！我这个区委书记就这么官僚？我会让一个假党员给我当区长？真他妈的岂有此理！

谷为民：福建的外调函上说，他的党员登记表上没有写入党介绍人，所以揪住不放，斗了一场又一场。

张金灿：入党介绍人？我还真不知道是谁介绍他入的党，是……对了，你们去北京找找金延路，我估计他会知道，因为他是西乡坪入党最早的。

二十九、金延路办公室　日　内

谷为民与小胡走进办公室：您就是金主任吧？

金延路：你们俩是从林县石板岩来的吧。

说着与谷为民及小胡热情握手：哎呀，一听这乡音就觉得亲。来，快坐，黄秘书，给客人倒水。

黄秘书应声而入，为谷为民和小胡倒了两杯水。

谷为民：金主任，我们这次来主要是调查谷文昌入党的事儿。

小胡：福建那边说他是假党员，因为他的党员登记表上没有入党介绍人。

金延路：扯淡！谷文昌是我介绍入的党，怎么会是假党员？哎呀，这个谷文昌，也真是够糊涂的，怎么会连我这个入党介绍人都给忘了，啊！这叫啥记性嘛！

说着，他气恼地拍着桌子。

谷为民：哎呀，这下可算弄清了！为这个事，我们俩跑成都、去太原、到洛阳，可没少跑路哇！

金延路：不过，话又说回来了，这也难怪他谷文昌。那时，党是地下活动，不公开，入党时不填表，不宣誓。再说了，与他谈话的也不止我一个人。

谷为民：金主任，那你得给我们写个证言材料。

金延路：行，行，没问题，我现在就给你们写。

说着提起笔在稿纸上写起来。

写完又从抽屉里拿出公章私章，啪啪地盖着：给！

谷为民如释重负地接过来，用嘴吹着那印章。

金延路：走，我请你们俩吃饭去。

谷为民：不了，不了，不麻烦你啦！

金延路：哎，老乡亲来了，我不管饭能行？乡亲们知道了，不得把我骂死呀。走，咱们下馆子！

三个人说笑着走出办公室。

三十、小屋　夜雨　外

雨中，小屋的窗子亮着灯光。

刘金才提着一个挎包，走上楼梯。

他敲着门。

门开了，一缕灯光射出。

刘金才闪身进门。

三十一、小屋　夜雨　内

谷文昌：金才，下这么大的雨，你咋又跑来啦？

刘金才：谷书记，我妈让我给你送来几个鸡蛋。

他把挎包轻轻放在桌上。

谷文昌：谢谢你母亲。金才，我这儿有鸡蛋哪，你拿回去吧！

刘金才：拿回去，我妈又该骂我了。

谷文昌拉开抽屉：你看。

抽屉中放满了鸡蛋，还有几包烟。

谷文昌推上抽屉：金才呀，拿回去吧，给你妈补补身子。今后，没啥事别来我这儿跑，你还年轻，有许多事等着你们干呢！

说着，他拿起鸡蛋，放在刘金才手上。

刘金才无奈地拿上鸡蛋走了。

三十二、小院　夜雨　外

刘金才戴着斗笠，站在雨中回望那楼上的小窗。

雨幕中，小窗透出一片温暖的光芒。

刘金才眼中的泪水止不住流了下来。

第十六集

本集剧情简介

1969年，谷文昌被下放到宁化县劳动，他和史英萍在红旗村安下家，为村里的生产和社员的生活出了很多金点子。每天清早，两人都肩背粪筐，手拿粪叉，出门拾粪。谷文昌走村串户，扶贫帮困。在村头，他幽默地教育了偷懒耍滑的吴全，让吴全当着大伙儿的面承认错误并主动补工。

金秋时节，红旗村水稻喜获丰收，村里人送给谷文昌一个外号叫"谷满仓"。

谷文昌被任命为隆陂水库工程总指挥。水库工地上，谷文昌先从民工生活着手，很快地解决了民工偷跑的问题，并大大调动了民工们的劳动积极性。工程进入关键时刻，谷文昌合理配置人力物力，加快了施工进度。隧洞塌方，谷文昌冒着生命危险冲进隧洞指挥救人。大年三十，史英萍煮好饺子，让豫英送到工地。凛冽寒风中，女儿看着爸爸挺起单薄的身板和民工一块抬石头，不觉流下了眼泪。

正当大坝即将合龙的紧要关头，暴风雨来了，山洪猛冲，库水猛涨，眼看大坝就要决口，谷文昌带病冲上大坝，指挥抢险，经过一整夜的激烈奋战，终于保住了大坝，使公路顺利建成。

一、路上　阴　外

天空阴云密布。

一辆灰色"福建牌"小卡车在闽西北的盘山公路上疾驶。

车上坐着谷文昌，史英萍，还有谷豫英。

他们身边放着两只木箱，两只皮箱，两个包袱，一个网袋，两只坛子，还有一张小木桌。

冷风呼呼地吹。

谷文昌把大衣领子往上拉拉。

史英萍给豫英系了系围脖：老谷，这山高沟深，跑好远还看不见一个村子，在这地方咱怎么过哟！

谷文昌：不怕，南下六千里，那么苦咱俩都过来了。眼下这点难算得了啥？

谷豫英兴奋地看着起伏连绵的高山：妈，你看那座山，多高哇！

史英萍顺着女儿的手望去。

一座山峰，直插云端。

几只苍鹰，在山腰盘旋。

二、红旗村　日　外

卡车开进村子，在大队部门口停下来。

门口挂着一块木牌：宁化县禾口公社红旗大队。

汽车鸣着喇叭，一个年轻人跑出来，跨到脚踏板上，指挥着车往前开。

驶过脏乱的村口，汽车在一座小土楼前停了下来。

两个农民在扫着院子。

支书王振兴撂下铁锨跑到车边。

从驾驶室下来一位干部。

他握着王振兴的手说：王支书，我是县革委组织组的小宋。

王振兴：啊，欢迎，欢迎。

小宋：住房安排好了吗？

王振兴：一早接到县革委的电话，我们就动手准备，这不，已经差不多了。

小宋：那好，快安排卸车吧！卸完，我们好赶路回去。

王振兴：好！

他向打扫卫生的两个人喊着：吴全，你们俩过来卸车！

吴全两个人扔下扫帚跑过来，拔开车厢挡板的插销，把车厢挡板放了下来。

谷文昌从车上跳下来，与王振兴握手：王支书，我是谷文昌。

王振兴：欢迎，欢迎你们全家来呀。谷厅长，我们大队条件差，有啥安排不妥当的地方，你得多包涵呀！

史英萍下了车，接着谷豫英。

谷文昌：王支书，别叫我厅长，喊老谷就行。老史，这是大队的王支书。

史英萍走过来与王振兴握手：王支书，我们搬过来，要给你添很多麻烦哪！

王振兴：不麻烦，不麻烦，我们巴不得你们来呢！

车卸完了，谷文昌掏出烟让着司机和小宋：谢谢你们啦。

汽车鸣了鸣喇叭，开走了。

谷文昌给吴全他们两人让烟。

吴全夹在耳朵上，搬起箱子往屋里扛。

另一个人抱着坛子。

谷文昌递给王振兴一支烟，两人就着一根火柴抽着。

谷文昌：王支书，我这一搬来，就是咱红旗大队的人了，今后，村里开什么会议，搞什么政治学习都要通知我们，我和老史保证服从党支部的领导。

王振兴：哎！我会通知的。说实话，我们村还没来过你这么大的官呢！

谷文昌：啥官不官的，都一样，咱都是为群众办事的。

王振兴：这样吧，你们先忙着，今后生活上有什么困难，就直接跟我讲。

谷文昌与史英萍送王振兴走出院子。

谷文昌：王支书，你家住在哪儿呀？我今后有事儿好去找你。

王振兴：那不，就在那个山跟前，过了河，往右走，差不多有两里路。好了，回去吧，别送了。

说着走过了村口。

三、村头　日　外

几个农民在往拖拉机上装土肥。

谷文昌走过来。

吴全跟谷文昌打着招呼：谷厅长，出来走走？

谷文昌答应着，从兜里掏出“大前门”烟来，给每人散了一支：你们忙着，我随便走走。

说着，往村外走去。

农民凑到一块堆，互相就火点烟。

农民甲：这是谁呀？

吴全：你没听说呀？这是省里下放到咱们村的谷厅长。

农民甲：厅长？厅长是多大个官呀？

吴全：这么跟你说吧！比咱们王支书大的是公社书记，比公社书记大的呢是县长、县委书记，再比县长大的那就是厅长。

农民甲：哎呀！照你这么说，这厅长可是大官呀！

吴全：可不吗？你没看这烟“大前门”，你们谁吸过？

农民甲赶忙把烟掐灭，装进了口袋：这大官让的好烟，我得留着，回家让俺爹尝尝。

众人笑了。

四、王振兴家　日　外

王振兴一家正在吃饭，谷文昌走了进来。

王振兴端着碗站起来招呼谷文昌：谷厅长，吃了吗？没吃在这儿吃点儿。

谷文昌：吃过了，我来认认你家的门儿。

王振兴：小三儿，快给谷厅长搬个凳子来。

一个十来岁的小男孩搬过来一只板凳，递给谷文昌。

谷文昌接过凳子坐下来。

谷文昌抽着烟：王支书，我想找你了解了解村里的基本情况。

王振兴：俺这村原先叫石壁，是客家人的祖居之地。

谷文昌：这么说来，咱这一块的历史可够悠久了。我在河南老家就听人说过：“北有大槐树，南有石壁村”，可光知道大槐树在山西洪洞县，就是不知石壁村在哪儿，这一回，我算找到老根了。

王振兴：咱村一共九十六户，五百八十三口人，划成三个生产队，街东头是一队，你住那一片是二队，我这边是三队。

谷文昌：王支书，我这初来乍到的，人生地不熟。今天，我想请你带我四处走走，看看咱大队的地。

王振兴：行！

说着扒完碗里的饭，放下碗，领着谷文昌走出了院子。

五、田间　日　外

初冬的田间一片萧条，许多社员在往地里施肥。

王振兴与谷文昌走在田间小路上。

谷文昌蹲在田边，抓起一把泥土在手里掂着：王支书，咱这儿的土质是碱性的，还是酸性的？

王振兴摇摇头：这个……我也说不清楚，估摸着是酸性的吧。反正把青草、小树枝、树叶往地里一埋，几个月就沤烂了，可城关那边就不行，沤一年也沤不烂。

谷文昌：583 口人，一人能合多少地？

王振兴：红旗大队一共 933 亩地，人均一亩六分。

谷文昌：这地能浇吗？好年成一亩地能打多少斤？

王振兴：这几块靠河的地能浇，大部分浇不上水。赶上风调雨顺，种好了，一亩地能收 400 来斤。

谷文昌：那离跨农业纲要还差得远着呢！走，你再带我到山地去看看。

两人站起身往山坡上走去。

六、大队部　夜　内

灯下，大队干部围着炉火在开会，屋子里烟雾缭绕。

王振兴：大家都说得差不多了，最后，我们请谷厅长作指示。

大家鼓起掌来。

谷文昌：今后，大家千万别再喊谷厅长，叫我老谷就行。老喊厅长，显得外气。

众人笑了。

王振兴：老谷，你就快给我们指示指示吧！

谷文昌：振兴，我到咱大队来，是来锻炼、来学习的，我说几句可不能算指示，毛主席说的才是指示呢！

众人又笑了。

谷文昌：我来了两天啦，随便走了走，看了看，情况了解得不够，问题也摸得不透，我就给咱大队提几条建议吧！第一，我看咱们的土壤大多板结，应该多施些农家肥；第二，咱的农作物品种得改良，把高杆改为低杆，把疏植改为合理密植。这第三呢，我看咱是不是改改出工一窝蜂，干活磨洋工的现象，实行“包工分制”，把劳动效率、质量、报酬统一起来，不能干多干少一个样，干好干坏一个样。

干部甲：好！我赞成“包工分制”。

干部乙：这办法好是好，可它与上边的精神可不大一致呀！

干部丙：管它一致不一致呢，只要能增产，能跨纲要，咱就干。

干部丁对干部甲：我看老谷行，他懂生产。

干部甲：嗯，老谷说的句句是实话。

谷文昌：另外一点，咱们的灌溉方式也得改改，把串灌改为轮灌，俗话说：“有收无收在于水，收多收少在于肥”；依我看，咱们只要把肥施足了，水浇透了，夺丰收，跨纲要不成问题。

众：对呀，庄稼一枝花，全靠粪当家嘛！

谷文昌：我串了十几家的门儿，发现不少群众家里吃穿还很困难。大家想想，咱共产党的干部是干啥的，不就是为了让群众过上好日子吗？你大道理讲得再多，口号喊得再响，可不让老百姓的生活好起来有什么用？这革命，那革命，首要的一条，就是要千方百计让群众吃饱饭。不然的话，饿着肚子怎么去干革命？怎么去搞建设？

大家鼓起掌来。

七、村路上　晨　外

晨光熹微，朝霞初织。

谷文昌从山道上下来，边走边活动着臂膀。

迎面走过来一位老人。

他身背粪箕，手拿粪夹。

一边走，一边拾着路上的猪粪。

谷文昌：老高，拾粪呢？

老高：哟，是老谷呀，到山上转转？

谷文昌：我随便走走。你天天都起这么早？

说着递过去一支烟。

老高：庄稼人嘛，长年论辈子，起早贪黑惯了。

他接过烟。

谷文昌：你这一早上能拾多少粪？

老高：赶巧了，差不多能拣一粪箕吧。人多粪少，不起早，拣不着呀！咱这儿的庄稼地呀，上这粪比上化肥好。

谷文昌：老高，让我看看你这家伙。

说着从老高手里拿过粪夹，仔细地看着，比画着：老高，我求你一件事呗？

老高：求我，我一个老农民，能帮你什么忙呀！

谷文昌：我想让你给我做两个粪夹。

老高：做粪夹？怎么，你这个大厅长也要拾粪？好，老谷，我回去就给你做，管保好使。

谷文昌：那我就先谢谢你了。

八、山村　晨　外

雄鸡报晓，山雀欢唱。

谷文昌与史英萍肩背粪箕，手持粪夹，一起走出家门。

在街口，两人相背而去。

九、村边　日　外

史英萍挎着粪箕归来。

她把粪倒在粪堆上，理了理被晨风吹乱了的头发，头发上挂着一层霜。

远远地，谷文昌回来了，他满载而归，头发眉毛上结着白白的霜花。

史英萍：老谷，你在哪儿拾这么多?

谷文昌：我顺着大路，一直走到坡下才回来。

说着，他倒掉箕中的粪，两人一块往家走。

史英萍：我往西跑到杨边村。老谷，你这一招真不错，既呼吸了新鲜空气，锻炼了身体，又为队里积了肥。

谷文昌：我看咱明天得再起早点，不然，粪都被人家拣跑了。

史英萍：好，今晚我把闹钟再定早半个小时。

她为谷文昌拍打着衣服上的尘土。

十、田间　日　外

谷文昌与王振兴扛着锄头在田边小道上走。

在一块荒地边，他站住了。

谷文昌：振兴，这块地咋撂荒啦?

王振兴：这儿离村子远，土质又不好，沙石多，就撂这儿了。

谷文昌：我看这样，咱们几个大队干部把它开出来，搞个实验田种优良品种，让大伙儿看看。俗话说得好，打铁先要自身硬，咱们当干部的，喊破嗓子，不如干出样子。

王振兴：好！老谷，这块地有三亩大呢，足够咱们几个折腾啦！我回去就通知他们几个，咱说干就干。

十一、试验田　日　外

张贵与几个大队干部在担塘泥。

谷文昌手拿铁锹，把黝黑的塘泥一锹一锹铺在田里。

他光着脚，裤腿卷得高高的，腿上全是黑泥。

王振兴在与两个人挖渠。

十二、村头　晨　外

小村上空，炊烟袅袅。

谷文昌挎着满满一粪箕肥兴冲冲地归来。

走到小溪边，他把粪箕放下，蹲在溪边的石块上洗脸。

突然，远处传来女人的惊呼：救人哪！救人哪！

谷文昌急忙站起身来，循声望去。

远远地，有一位老人拄着拐杖，一瘸一拐地往溪边跑。

后边一位妇女追着她。

再远处是两个孩子跑着叫着：娘。

一个孩子绊倒了，趴在地上哇哇大哭。

谷文昌迎着老人跑过去。

妇女：救人哪！救救我爹呀！

跑到跟前，谷文昌一把把老人搂住了。

老人使劲地挣扎着：你放开我，我不活了，我没法再活了！

老人挣不脱，一下子倒在地上，大哭起来。

妇女跑过来，扑通一声跪在老人身边：爹，爹呀，你咋能走那条路哇！

两个孩子跑过来，拉着老人哭喊着：爷爷，爷爷！

谷文昌扶老人坐起：老人家，你这是……

老人：唉！老谷呀，我这残胳膊瘸腿，啥活儿也干不成，还给孩子们争嘴吃，我活着有啥用啊，我还真不如死了好哇！

谷文昌：老人家，你咋能这样想呢？人生在世，没有过不去的坎，回去吧！

老人刻满皱纹的脸上老泪纵横。

一群人围过来劝说着。

妇女：爹，你回去吧，孩子他爹没了，你要再寻短见，剩下俺娘儿仨咋过呀！

两个孩子使劲拉着老人：爷爷，回家吧！

谷文昌：老人家，回去吧！你看这两个孩子多好，媳妇又孝顺，你咋能走那条路呀！

说着，他从衣袋里掏出所有的钱，塞到老人手中：回去给俩孙子买点好吃的！

老人抬起头，呆滞地望着谷文昌，泪眼汪汪地说：老谷，你是好人哪！

谷文昌搀起老人，拾起拐杖递到他手里：老人家，难是暂时的，日子慢慢会好起来的。走吧，回家吧！

老人深深地点着头。

大孙子扯着爷爷，慢慢走去。

妇女擦擦眼泪，感激地望着谷文昌。

谷文昌：回去吧。

他脸上堆满了真诚的微笑。

妇女抱起孩子，转身去了。

不少人也纷纷走向村子。

谷文昌点着一支烟，沉思着。

良久，他走回溪边，背起粪箕。

十三、张贵家　夜　内

谷文昌走进院子，敲着屋门。

门开了，张贵：老谷……

谷文昌：晚上没事儿，我看你家的灯还亮着，就顺便过来看看。

张贵：来，快进屋。

说着把谷文昌拉进来：老谷呀，我家孩子多，你看这闹腾得不成个样子，你可别见笑哇。来，坐这儿。

他把一个竹凳子递过来。

谷文昌坐下，环视着屋子。

四壁空空，烟熏火燎。

一张大床，破被烂褥。

床上，坐的，躺的，爬的，哭的，闹的，一大堆孩子。

谷文昌：张贵，这五个都是你家的孩子。

张贵：可不嘛！桂荣，你把他们几个弄那屋去。

桂荣抱着小的，拉着大的，喊着叫着出去了。

谷文昌：张贵呀，你咋能不穷啊！人家养活两个，三个，都难得没办法，你们两口子得养活五个！

张贵：老谷，我这个媳妇也不知是咋整的，她就像下饺子一样，结婚才七年，她连三赶四生了这么一大堆。

谷文昌：那不光是你媳妇的事！亏你还是个治保主任，你就不知道计划生育？叫我看，你家穷，全是穷在孩子身上。

张贵：是啊，哪一张嘴里不得填食，哪一个身上不得穿衣呀！看看我这个家，我都愁得想哭……

谷文昌：张贵，我这儿钱也不多，给，这 20 块钱你拿着，赶明儿扯上几尺布，给孩子们做几件衣服，可不能让孩子光着身子满大街跑哇！

张贵：老谷，俺咋能要你的钱，你生活得也不容易呀！

谷文昌：拿着，咋说我们两口子都是国家干部，月月有工资发。好了，天不早了，我得回去啦。

说着，转身往外走。

张贵感激地送谷文昌到大门外。

谷文昌：别送了，回去吧。张贵，听我一句话，千万可不能再要孩子啦！

张贵连连答应着：老谷，我听你的。

谷文昌走入月夜中。

十四、谷文昌家　夜　内

谷文昌靠在床头，一支接一支地抽烟。

一串串泪水在他脸上流淌。

一团团烟雾在室内飘荡。

史英萍咳了两声，醒了：老谷，别抽了，都大半夜了，快睡吧！

谷文昌：我睡不着呀，老史。

史英萍坐起来，披上棉袄：又咋啦？

谷文昌：解放都二十年了，群众还在饿肚子，不该呀，有愧呀！老史，宁化是革命老区，我真没想到，老区的人民还这么穷。当年，农民为什么一心一意跟着共产党闹革命，不就是因为穷，没有土地，没有饭吃？如今革命胜利这么多年了，老百姓仍然不能吃饱饭，我们的革命有什么用？共产党不让人民吃饱饭，还叫共产党吗？不行，这面貌得改变哪！

史英萍：老谷哇，你可别忘了你是下放到这儿劳动改造的。

谷文昌：我不管它下放不下放，我是党员，我不能看着老百姓挨饿不管呀！

史英萍：有县里，有公社和大队，那么多地方领导呢，我说咱还是少插手，少管事儿。

谷文昌：老史，咱是老党员，群众有难，咱有不可推卸的责任！

十五、红旗村　日　外

腊月二十八，家家门上贴着对联。

一群孩子在街上嬉闹追逐，放着炮仗。

谷文昌与史英萍提着一条肉，一只瓶子走出街头。

他们走过谷坪，走过小桥，走进一家院子。

谷文昌：张大爷！

张大爷从屋里跑出来：哎哟，老谷……

史英萍：大爷，过年啦，我们俩来看看你。给，这是酱油，这是盐。

张大爷：麻烦你们啦，快进屋，外边冷。

谷文昌：这是队里杀猪分的肉，我给你带来了。

张大爷：老谷呀，你又给俺家垫肉钱了。唉，你这恩情让俺咋报答呀！

谷文昌：大爷，你说这话可就外气了，啥报答不报答的。你忙吧，我们就不进屋坐了。俺俩再去串几家门。

张大爷提着肉和酱油，激动地送谷文昌与史英萍到大门口。

十六、农家　日　外

史英萍抱着棉袄，谷文昌提着两盒点心走进一家院门。

门口挂着“烈属光荣”的牌子。

王昌盛正在院子里劈柴，看见谷文昌进来，赶忙扔下斧头迎了上来：谷厅长。

谷文昌：昌盛，你娘呢？

说着把点心递给王昌盛。

王昌盛扭头朝屋里喊着：娘，谷厅长来了。

一位老太太从屋里走出来：谷厅长，你们两口来了。

史英萍：大娘，那天下小雪，我看你穿得那么单薄，就给你做了件棉袄。来，你试试。

说着，抖开棉衣，披在老太太身上。

老太太激动地对王昌盛说：儿啦，到啥时候，你也不能忘了谷厅长呀！

谷文昌：大娘，你这一段身体咋样？

老太太：好，好，没啥大病，可就是小毛病不断。

谷文昌：过年的东西准备齐了吗？

老太太：啥齐不齐的，这年哪，有了富过，没了穷过。

十七、谷文昌家门口　日　外

谷文昌在贴对联，史英萍端着箩筐走进厨房。

谷豫平提着网兜与一位军人走进院子。

谷豫平喊着：爸。

谷文昌转过身来：豫平。老史，快，咱豫平回来啦！

史英萍慌忙跑出来：豫平……

谷豫平：爸，妈，这是小罗，我们元旦登过记了。

小罗走上前去立正行了一个标准的军礼：爸，妈，你们好！

谷文昌握着小罗的手：好，好，欢迎欢迎。

他上下打量着女婿：行，好样的！来，快进屋。

一家人欢欢喜喜地往屋里走。

十八、屋里　日　内

小罗给谷文昌点着烟。

谷豫平为史英萍剥橘子。

豫英跑进来：姐，你啥时候回来的？

豫平：刚到一会儿。豫英，你去哪儿啦？

豫英：我去同学家玩了。姐，这位解放军同志是谁呀？

豫平：还能是谁呀，明知故问！还不快叫姐夫。

豫英：姐夫。

小罗应了一声，脸红红的。

谷文昌：老史呀，赶快去拌饺子馅吧，多搞点。正好哲芬和小罗也回来了，我去把王支书，吴会计，还有公社的老肖他们几个叫过来，咱们热闹热闹。也算为咱豫平和小罗的新婚庆贺庆贺。

史英萍：好！

十九、谷家　夜　内

谷文昌与王振兴，王会计，老肖围坐在一起，抽着烟说笑着。

小罗，豫平和豫英给大家端饺子。

王振兴：这嫁闺女，娶媳妇，可是家里的大喜事呀，在俺禾口，再穷也得操办操办哪！老谷，你就这么简简单单地，吃顿饺子就算办啦？

谷文昌：振兴，现在不是提倡新事新办嘛，我们家豫平和小罗啊，这是革命化结婚。

大伙开心地笑了。

史英萍端着碗过来：大家吃，吃完再下。

王会计：史大姐，你包的饺子真香，这馅咋拌的，回头你得教教我。

史英萍笑着：告诉你吧，我这馅可是个秘方哪！

老肖：史大姐，啥秘方？

史英萍：萝卜叶掺猪肉。

众人又是一阵大笑。

二十、苗田　日　外

春风拂拂，山野披绿。

谷文昌与王振兴蹲在田埂上。

王振兴拔出一棵秧苗，捏着秧根：老谷，你看烂秧了。

谷文昌接过秧苗仔细地看着。

他跑到另一块苗田，又拔起一株秧苗看着：振兴，这一畦也烂秧了，咱得赶快想办法补育秧苗呀，要不然，就赶不上时节了！

王振兴：补育？可大队仓库里一粒谷种也没了。

他摊着双手一脸焦急。

谷文昌：买！到其他公社买谷种！

王振兴：老谷，大队的账上只剩下十几块钱了呀！唉，这可咋办？

他连连用拳头砸着手掌。

谷文昌：等我一会儿。

谷文昌匆匆回家，转回来。从衣袋里掏出300元钱来，递给王振兴。

王振兴：老谷，大队的事儿，咋能用你个人的钱？再说你和老史省吃俭用地，攒俩钱也不容易呀！

谷文昌：到这节骨眼上了，你就别说公事私钱啦。这节气可不等人哪！

王振兴激动地接过钱来，匆匆跑去。

二十一、田间　日　外

田间，到处是插秧的人们。

一队队妇女挑着一担担秧苗在田埂上飞奔。

谷文昌站在水田里，甩着秧苗。

一丛丛绿秧飞向田间。

二十二、试验田　日　外

田埂上立着一块木牌：红旗大队丰产实验田，负责人：谷文昌。

田间稻苗翠绿，长势喜人。

谷文昌在田间锄草。

两个社员站在田边喜滋滋地望着，嘴里不住地称羡：咱红旗大队几百亩地要是都像这样，那该多好。

是呀，从来没见过这么好的秧啊！

社员甲：老谷，秧苗长这么好，你用的啥法呀？

谷文昌直起身来：啥法？功夫不负有心人呗。肥施足，水浇透，勤管理，新品种，就这几招。

社员乙：没想到哇，老谷，你这个大厅长，种田比俺庄稼人种得还好！

谷文昌笑了笑，又弯腰锄起草来。

二十三、田间　日　外

一群社员在锄草。

吴全放下锄头，揉揉腰，走到核桃树下抽烟。

他仰起头看了看太阳。

阳光从头顶照下来，把一颗颗绿核桃照得鲜光鲜亮。

一个社员在远处喊：吴全，你那一块地锄完了吗？

吴全扬起脖子回答：快了！

社员：快点锄啊，下工咱们去河里洗澡去！

吴全答应着扔掉烟头，他四处瞅瞅，又走回田中，弯腰锄起草来。锄着锄着，他扔下锄，用脚把高的草踩倒。

吴全扛着锄头，吹着口哨扬长而去。

二十四、田间　日　外

谷文昌扛着锄头，用斗笠扇着风，走在田埂上。

中午，火热的太阳当空照着，田间没有一个人。

谷文昌走到核桃树下，检查着稻田，发现田里还有草。

他走过去，用手拨开稻秧，见大片大片的草没有锄。

他拔起一把草，快步走出稻田，气呼呼地往村子里走。

二十五、王振兴家　日　外

谷文昌扛着锄头，手里拿着一把草走进王家。

王振兴正端着碗吃饭。

谷文昌：振兴，核桃树边那块田是谁锄的？

王振兴：核桃树边？那块地包给二队的吴全啦，怎么了？

谷文昌：你去看看，他光把田边锄了，中间的，他一根草都没动！都像他这样搞，是要完蛋的呀！

他生气地把手中的草摔在地上。

王振兴：这个懒蛋，他怎么能这样子干！下午开会，让大伙批斗他一顿！

谷文昌：振兴，他偷懒耍滑，这是人民内部矛盾，可不能上纲上线开批斗会呀！这样吧，我去教育教育他。

二十六、街头　日　外

古榕树下，坐着一群吃饭的人们。

大家端着碗，一边吃一边扯闲篇。

谷文昌端着一碗面条走过来。

社员甲：老谷，今儿中午啥饭？

谷文昌把碗伸给他看。

社员甲：咋又是面条，你们北方人天天吃面条，不烦吗？

吴全凑到谷文昌跟前；老谷，我刚才看见一只虫子爬进你兜里啦。

说着，把手伸进谷文昌兜里，摸出一盒烟来。

他抽出一支烟夹到耳朵上，又抽出一支噙在嘴上。

然后又把烟塞进谷文昌兜里。

谷文昌：你这个吴全呀，虫子呢？我看你就是一只钻空子的虫子。

大伙哈哈大笑。

谷文昌扒完饭，放下碗，给大家散烟。

半包烟散完，他自己没有了。

便伸手从吴全耳朵上把烟拿了下来，叼在嘴上。

大伙儿又笑了。

谷文昌：吴全，今上午在哪儿锄草呀？

吴全：大核桃树边。

谷文昌：锄的质量咋样啊？

吴全：马马虎虎呗！

谷文昌一下严肃起来：我看你也是马马虎虎！我问你，地边你锄了，那中间为什么不锄？

吴全：老谷，我锄了呀！

谷文昌：你锄了？咱现在领大家看看去吧？

吴全低下头，不吱声地抽烟。

谷文昌：吴全，你咋能这样搞嘛！你现在糊弄庄稼，到秋后，庄稼也糊弄你！你想想，这样做对不对？

吴全脸红红的：老谷，你别说了，我这就去重新锄。

说着，端起碗跑走了。

大伙儿开心地笑了。

社员乙：老谷，你还真有招儿，在俺队上，能说得吴全心服口服的人，你是第一个，我们算服了你了。

二十七、试验田　日　外

王振兴，谷文昌陪着公社的杨书记站在田埂上，喜滋滋地看着金色的稻浪。

王振兴：杨书记，你看看这稻穗，我估摸着，俺红旗大队今年跨过纲要没问题。

杨书记捋下几粒谷子，剥开，放在嘴里嚼着：嗯，我看也没问题。老谷，我代表禾口公社党委感谢你！从现在开始，我们聘你当我们公社的农业顾问。

杨书记紧紧握住谷文昌的手。

二十八、田间　日　外

金秋时节，到处是一派繁忙的秋收景象。

社员们在割稻。

拖拉机在拉禾。

脱粒机在欢唱。

二十九、谷坪　日　外

谷堆如山，粮包似垛，粮囤溜尖。

社员甲：老谷呀，你这一来，俺大队可是大变样了。你看今年这收成，这可是从来没有过的呀！

谷文昌撑着麻袋口只是笑。

王振兴：老谷，俺队的社员，给你起了个外号叫三不闲：手不闲、腿不闲、口不闲。

社员乙：我还给老谷起了个外号呢，叫“谷满仓”。

大伙：好，谷文昌……谷满仓，谷文昌……谷满仓！

一群小学生走过来，也跟着齐声喊：谷满仓，谷满仓……

一辆吉普车开进谷坪，停在粮囤边。

县委刘书记与公社杨书记走过来，与王振兴及谷文昌握手。

王振兴：刘书记，杨书记，你们俩咋跑来啦？

刘书记：杨书记陪我来看看你们的大丰收。好哇，好！谷厅长，宁化县要为你记一大功啊！另外，我还要告诉你，昨天，县委专门研究了隆陂水库工程的问题，会议决定，由你担任水库工程总指挥长。

谷文昌：我服从组织分配。不过，我这个人当过区长、部长、县长、厅长，可就是没当过指挥长呀。

刘书记：谷厅长，群众反映你下放到红旗大队以来表现很出色。你实事求是，坚持原则，工作经验丰富，方法又多，这个指挥长非你莫属啊！

三十、山路　日　外

一辆拖拉机在高低不平的山路上颠簸着，扬起一团一团灰尘。

谷文昌站在拖拉机拖斗上，手扶栏杆，望着莽莽群山，片片田园。

他褪了色的中山装蒙着灰尘，饱经沧桑的脸上透着坚毅。

拖拉机开进工地，停在一处工棚前。

谷文昌跳下车，拿下行李。

他朝工人问询，一个工人指着山坡上的祠堂。

谷文昌背起行李卷，朝山坡上的祠堂走去。

三十一、张氏祠堂　日　外

破旧的祠堂、斑驳的墙，残破的瓦，屋顶上长着野草和瓦菘。

祠堂门口挂着一块木牌：隆陂水库工程指挥部。

祠堂内，几个人正围着图纸在研究着，一个身影映在图纸上。

谷文昌走进祠堂。

几个人不约而同地抬起头来，自下而上打量着谷文昌。

谷文昌脚上是胶底布鞋，下身穿一条蓝裤，膝盖处打着补丁；上身是深灰色中山装，袖管里透出一双青筋暴突的大手；最后，大家的目光落在他花白的头发和布满皱纹的脸上。

王昌瑞：同志，你是……

谷文昌：我是谷文昌。

大伙兴奋地站起来，纷纷与谷文昌握手：谷指挥长，欢迎欢迎！

黄新民：昨天，县委刘书记说你要来，可没说啥时候来。你看，我们也没去迎接迎接。

谷文昌：迎接啥呀，我就这一个小行李卷。

王昌瑞：谷指挥长，我来给你介绍一下：这位是黄副指挥长，主抓政

治思想；这位是邵副指挥长，主管后勤供应；我叫王昌瑞，主管工程技术。谷指挥长，你这一来，咱们班子就齐了。

谷文昌：叫我说，大家别叫我谷指挥长，字多，喊着咬嘴，大家就叫我老谷吧。

邵指挥：好，老谷，这是你的床铺。

谷文昌扭头看看，几块砖头支着一块门板。

他扔下行李坐下来，拍拍床板笑着说：不错，还是砖木结构的呀！

大伙笑了。

谷文昌：来，你们接着研究，我先听听。

几个人重又围拢来，看着工程图纸说起来。

三十二、伙房　日　内

谷文昌走进伙房，四处看着。

一帮炊事员在忙碌着，有的洗菜，有的淘米，有的切菜，有的掌勺，还有几位妇女在烧火。

崔司务长：谷指挥长，有啥指示，想吃点啥，你尽管说。

谷文昌：我随便看看。老崔呀，咱这伙上多长时间能吃一回肉呀？

崔司务长：差不多两三个月吧，打开工到现在，一共吃了两回肉了。

一个民工挑着一担水进来，他放下扁担，提起一桶水倒进水缸里。

谷文昌走到水缸边，拿起水瓢，从桶里舀了一瓢水看了看，并喝了一口：这水是从哪儿挑来的。

民工：从山下的稻田沟里挑的。

谷文昌：稻田沟？走，我跟你去看看。

民工倒完水，挑起空桶，领着谷文昌走出伙房。

三十三、稻田　日　外

谷文昌与民工走在山路上。

来到稻田边，民工停下来，指着一个水坑对谷文昌说：指挥长，就是这儿。

谷文昌看着水坑：咱工地上几千来号人，都吃这稻田沟里的水？

民工：哪有啥办法？这儿没水嘛！

说着，从水坑中提出两桶水，挑上走了。

谷文昌看着浑浑的坑水，又抬头望望四周的山。

突然，他抬腿朝山上走去。

三十四、山间　日　外

谷文昌在羊肠小道上艰难地跋涉着。

在一个山坳里，谷文昌停下来擦着满头的汗。

突然，他听见潺潺的水声，脸上不禁露出惊喜。

他折下一根树枝拄着，循着水声找去。

山沟里有一条小溪，涓涓流过。

谷文昌沿着小溪，踩着石头往上游走。

转过一个山角，他看见一条亮晶晶的瀑布挂在山崖上。

他跑着向瀑布奔过去。

瀑布下是一汪清澈的深潭。

他蹲在潭边，捧起清凉的山泉看着，喝着，洗着。

山坡上一片挺挺的翠竹林。

谷文昌来到林中，抚着竹竿沉思着。

遥遥的山那边传来工地上打夯的声音。

三十五、工地　日　外

两山之间的大坝工地上，红旗飘动，人来车往，夯歌阵阵。

远山坡上用白石灰写着八个大字：改变禾口穷山恶水。

谷文昌走过劳动的人群，在修理连找到了老邵。

谷文昌：老邵，我跟你商量个事。

老邵：啥事？

谷文昌：咱工地上几千来人，天天喝稻田沟里的水可不行啊！刚才，我到山那边转了转，找到一处山泉。你看，咱们要是把它引过来，这吃水问题不就解决啦。那泉水又清又甜，再说，也省得几十个民工天天上上下下挑水了。

老邵：这么远引水过来，那得多少根钢管呀！

谷文昌：咱不用钢管！

老邵：不用钢管，那用啥？

谷文昌指指山坡上的竹子：你看，那不都是水管嘛！

老邵望了望山坡上的竹林：老谷，你是说用竹管？哎呀，你可真会想招！这样一来，不但解决了吃水问题，连民工们洗澡的问题也给解决了。走，咱们叫上技术员，实地看看去。

两人高兴地走向山坡。

三十六、工棚　夜　内

昏黄的灯光下，工棚内一片鼾声。

有人发着梦呓，有人很响地拍着蚊子。

一条长长的青蛇，从房顶的油毡上掉下来，扑通一声，掉在一个人身上。

那人猛然坐起一看，大声惊呼：哎呀，蛇，毒蛇！

众人纷纷醒来，乱扑乱打。

青蛇爬下床铺，钻到铺下去了。

一个小伙子从床铺上跳下来：我不干了，这活我受不了！

说着，卷起了铺盖。

民工甲：石根，你要干啥？

石根：干啥？我要回家！白天累死累活地干，晚上吧，蚊子叮、老鼠咬、毒蛇爬，我不能再忍受了，我现在就回家。

他抱起铺盖，气呼呼地走出工棚。

……不干了！

我也不干啦！

走，咱也回家！

几个人捆起行李，悄悄走出了工棚。

三十七、工地　日　外

广播依然在唱，红旗依旧在飘。

谷文昌与黄新民站在高处，俯瞰着工地。

谷文昌：老黄，我建议咱们把各连的党员组织起来，成立临时支部，每星期开一次支部会。咱们指挥部，也成立个党小组，你任组长。隆陂水库，工程量大，工期又紧，质量要求又高，咱们一定得把党员的模范带头作用充分发挥出来呀！

黄新民：好哇！这样可以和大家及时沟通思想，摸准群众情况和动态。

谷文昌看着工地：唉，老黄，我咋看这工地上的人，没有前两天多呀？

黄新民：我也觉得有点不对头。

谷文昌：这样吧，今天中午咱俩到各连队点点人数。吃饭时候，民工人数最齐。

黄新民点点头。

三十八、工棚　日　内

谷文昌、黄新民、张国栋及老邵坐在铺上谈论着。

工棚外面的广播在响：各连连长请注意，听到广播后，马上到八连工棚开会，马上到八连工棚开会……

连长们陆陆续续走进工棚。

谷文昌：咱们趁饭后开个短会，各连先把今天上午的出勤人数报一报。小王，你记录一下。

一连230个

二连186个

三连123个

四连97个

五连252个

六连202个

七连194个

八连105个

九连217个……

谷文昌：好啦，好啦，连长同志们，咱们一共有22个连，我看就不必一一报了，就这九个连报的数就足够说明问题了。刚才的数字，除了四连的97人是实的，其他都不实！

连长们面面相觑。

谷文昌点起一支烟：同志们哪，你们干吗要糊弄我这个总指挥呀？是不是以为我老谷年纪大了，好糊弄？我实话告诉你们，今天中午我跟黄副指挥，把22个连的人数挨住个数了一个遍。按民工名册，咱们是4183个人。可实际人数，加上炊事员才3069人，那1000多人哪儿去了？跑了，跑回家了。官坑大队跑得最多，其次是陈塘大队。

会场上一片严肃。

谷文昌站了起来：民工为啥跑？原因就一个字：怕！怕啥呀？怕苦、怕累，怕蚊子叮、老鼠咬，毒蛇爬。再加上伙食不好，一部分民工想老婆、想孩子，有怨言，偷偷跑回家去，这很正常。但不正常的是你们这些头头，为什么不敢讲实话？虚报人数？好在这是干活，要是换了打仗，你们可就要吃大亏了，同志们哪！我知道，你们虚报人数，是怕我老谷批评你们、熊你们。在这儿，我给大家表个态，我老谷，一不开大会点名，二不在喇叭上广播。但有一条，你们谁的人跑了，谁负责给我叫回来！同志们，每

干一件工作，每做一件事情，总是有人暂时想不通，不理解。这就需要我们当干部的去多做工作，要把修水库的意义、好处，讲给他们听，让大家明白：我们修水库是利在当代，造福子孙的伟大工程。民工逃跑的事，也说明了一个问题，我们对群众生活关心不够。今天，我给你们捎个话，你们当连长的，大多是各个大队的一把手，咱从今往后，形成一个规矩，每个连必须保证，每月杀一头猪，让每个人每月吃上一斤肉。同时，我们还要尽快建立起供销社、医疗室、理发店、缝纫店，把民工的生活搞好。另外，我负责给县里联系，让县电影队来，为大家每个月演一场电影。

工棚里响起热烈的掌声。

谷文昌：最后，还有一个很重要的问题，就是出口问题。

众人疑惑不解：出口，什么出口？

谷文昌：说白了，就是厕所问题。食堂是管进口的，厕所是管出口的，我们现在只有进口，没有出口。

众人哄地一下笑了。

谷文昌：大家别笑，这可不是个小问题哟！有人说了，管天，管地，管不住拉屎放屁。我看，这个问题一定要管，不但管，而且还要管好！大家想想，我们工地上四千来号人，每人每天拉一次，那就是四千多颗地雷呀！再这样满山满坡地乱拉下去，我们这儿那就不是工地了，就变成了大粪场喽！

众人又笑。

谷文昌：这样，一不文明，二不卫生，三污染水源。所以，我决定，建它二十五座厕所，平均每个连队一个，彻底解决出口问题！

人们笑着，报以热烈的鼓掌。

三十九、山路上　日　外

谷文昌身背挎包，手拄木棍，独自在崎岖的山路上走着。

汗水浸湿了他的衣衫。

走过一条山溪。

谷文昌停下来捧着水喝着。

喝完，他用手背擦了擦嘴，继续赶路。

谷文昌走过竹林，走过玉米地，走进村子。

四十、陈塘村　日　外

社员们聚集在核桃树下。

谷文昌站在人群中苦口婆心地讲着道理。

谷文昌：乡亲们，咱禾口为啥穷，为啥苦，不就是因为干旱、缺水吗？我来时就听说了一首民谣：禾口淮土，光山秃土，宁当尼姑，不嫁淮土。难道这种苦日子大家还没有过够吗？我们要挖掉这千年的苦根，唯一的出路就是修水库。

农民甲：水库离俺村二十多里路，就是修成了，俺陈塘村也沾不了一滴水的光。

农民乙：老谷，那点水要能流到俺们村，只怕我张嘴就把它喝干了。

谷文昌从挎包里掏出一张图来：大家看看，县里早就规划得好好的。这是隆陂水库，咱们陈塘村在这儿，再看这条线，就是干渠。这不正好流到咱们陈塘村嘛！

众人看着地图，议论纷纷。

呀，真的！

要是这样，水库一修成，咱的日子就好了。

谷文昌：乡亲们，咱们苦干两三年，子孙们能幸福百十年，你们说，这么好的事儿咱咋不干呢？

石根：谷指挥长，俺当了逃兵，俺不对。今儿听你这么一说，俺心里豁亮了，现在俺就回家背行李，跟你回工地上去。

说着，挤出人群走了。

农民丁：我也跟你走。

四十一、山坡上　夜　外

山坡上扯着银幕，电杆上的广播在响：民工同志们，今晚，我们部队电影队，为大家放映阿尔巴尼亚战斗故事片《桥》，前面加演纪录片《敢教日月换新天》，以此来向大家表示亲切的慰问。

人群中爆发出一片欢呼声和掌声。

放映机慢悠悠地转动了，一道光束射向银幕，推出一行醒目的大字：敢教日月换新天。

谷文昌与黄新民坐在人群中。

黄新民：老谷，这电影上演的，不是你老家林县的事吗？

谷文昌：是呀，红旗渠就离我老家不远。

一群民工回头看着谷文昌，小声议论着。

四十二、祠堂　日　内

谷文昌卷着铺盖卷。

老邵停下手中的算盘：老谷，你这是干啥？

谷文昌：我搬到工棚里去住。

老邵：搬工棚里住？80个人挤在一起，那咋能行！你这不是找我这个后勤主管的难看吗？你要嫌这祠堂里阴暗潮湿，那我给你单独搭一间小棚子。

谷文昌：老邵，那可不行。我这人喜欢热闹，再说跟民工们住在一块儿，也便于了解情况，开展工作嘛！

说着，他抱起铺盖卷，头也不回地走了。

四十三、工棚　日　内

谷文昌搬着铺盖卷走进工棚。

几个民工正坐在铺上说电影。

民工甲：老谷，你这是……

谷文昌：我搬来和你们住一块儿。怎么，不欢迎我？

众：欢迎，欢迎，热烈欢迎。

民工乙：老谷，来，你挨着我住，让我也沾点官气儿。

谷文昌：沾官气儿？只要不怕我打呼噜就行。

说着把铺盖放在铺上：这边的铺是谁呀？

民工乙：是，“睡不醒”的。

谷文昌：噢？睡不醒？那正好，我有个偏方，专治“睡不醒”。

众人笑了。

民工丙：老谷，我听人家说，昨天晚上，那电影上演的红旗渠，是你老家林县的事儿？

谷文昌抻开铺盖卷：是啊！

众：哎呀，老谷，你们林县人可真了不起啊！我看修红旗渠，可比咱建隆陂水库难多了。

民工甲：老谷，你给我们讲讲红旗渠呗！

谷文昌：那电影不比我讲得精彩？要我讲啊，就一句，咱得学学红旗渠精神！

“睡不醒”走进来：老谷，你咋搬这儿来啦？

谷文昌：小伙子，是他们请我来治你那睡不醒的哟！

众人哄地一声笑了。

“睡不醒”不好意思地挠着头。

谷文昌也笑了。

第十七集

本集剧情简介

1972年，谷文昌调回漳州，任龙溪地区林业局局长。谷文昌买了一套竹家具，以自己的实际行动带动大家爱护林木。

谷文昌刚一到任，他就迫不及待地来到东山，看望木麻黄，看望病中的蔡福林。谷文昌重访“寡妇村”，林月哭诉黄阿婆盼台湾的儿子回来和老猪老死的讲述，使他悲痛欲绝。他含泪眺望台湾，默默祈望两岸的和平和亲人早日团聚。

一、工地　晨　外

天边一钩残月，工地上几点疏灯。

谷文昌伸展着胳膊走出工棚，朝工地走去。

谷文昌走过石料场，场上停放着一片手推车。

谷文昌来到坝底，坝底堆放着一堆堆石头。

谷文昌走到仓库，货场上码放着一垛垛水泥。

天渐渐亮了，谷文昌站在高处，看着东方升起的朝霞。

二、工棚　晨　内

起床号在吹。

民工们纷纷起来。端着脸盆往外走。

“睡不醒”翻了个身，依然呼呼酣睡。

谷文昌走过来，他抽了一口浓浓的烟，吹进“睡不醒”鼻孔中。

“睡不醒”啊嚏一声坐了起来，他揉揉眼。

谷文昌笑了：睡醒了，起来洗脸吧。

众人看着，哈哈大笑起来。

三、一组镜头

谷文昌在挖土。
谷文昌在推车。
谷文昌在搬水泥。
谷文昌在教民工打石头。

四、土料场　日　外

小推车如穿梭一般行进在送料路上。
谷文昌走过车流，来到土料场。
张国栋正在指挥装土：老谷，有事吗？
谷文昌：国栋，你这土料场，一共有多少辆车子？
张国栋：136 辆。
谷文昌：一天能送多少方土料？
张国栋：差不多 800 来方吧？
谷文昌：是虚方，还是实方？
张国栋：虚方。

谷文昌：国栋，为了加快进度，我准备给你把车子增加到 300 辆，你看行不行？

张国栋：这采料场摆满了，也就能容纳百十辆车。老谷，300 辆车，教我怎么摆布？那还不车摞车，人挤人呀！

谷文昌：我看完全可以摆得下。国栋，你来看，你这料场放 100 辆没问题吧；这 400 多米长的路上，放 100 辆也没有问题；这一去一回两排车不就是 200 辆，加一块儿是多少呢？

张国栋：哎呀！我咋没想到，这车是一直在流动的呀！老谷，你真会动脑筋。行，你就再给我增加 200 辆吧，我保证给你摆布好！

谷文昌重重地拍了一下张国栋的肩膀：好，国栋，咱就这么定了，你等着，我一会儿就给你派过来。

五、送料路上　夜　外

电线杆上，亮着几盏电灯。
一青年民工推着一车土正往前跑。
谷文昌叫住了他。
谷文昌：小伙子，你是几连的，叫啥名字？

青年民工：我叫朱二虎，九连的。

谷文昌：二虎，你把这车土推回去倒掉。

朱二虎：倒掉？指挥长，我这马上都送到地方了，你就让我送过去吧！

谷文昌：你看看你这一车土，全是山皮土，有草根，还有树枝，这样填进大坝，将来是要出大问题的呀！咱们是建水库，修大坝，可不是用土沤粪！这可是百年大计，要顶得住百年一遇的洪水，你这么搞怎么行呢？

连长张国栋跑了过来：朱二虎，这车土是从哪儿装的？快给我推回去倒了！我讲了多少遍了，这样的土不能上坝，你怎么回事你！

朱二虎低下了头。

谷文昌：这样吧，算你一车土，张连长，你看可以不可以？

张国栋：看在指挥长的面子，就算你送了一车土。方会计，你过来，给他一张票。

方会计跑过来，撕下一张票递给张国栋。

张国栋将票啪地一声拍在朱二虎手中：去，推回去倒掉！今后再出现这样的事，别怪我不客气！

朱二虎掉转车头，推着走了。

六、工棚　日　内

工棚里，谷文昌趴在床边，在笔记本上写着什么。

王振兴提着一个布兜进来：老谷。

谷文昌一抬头：振兴，你咋来了？

王振兴：按照指挥部的要求，昨天，大队里杀了一头猪，我是专门来送肉的。说着把布兜递过去。

谷文昌：啥呀？

王振兴：老史给你做的好吃的。

谷文昌解开布兜，从兜里拿出一个茶缸来，他掀开茶缸盖：嗬，炒鸡蛋。

说着，用手捏出一大块填进嘴里：嗯，香！

他把茶缸盖上，又把茶缸装进了布兜，随手挂在了床板下。

王振兴：临来时，老史交代我，回去时一定把布兜和茶缸带回去，下回来好再给你捎东西。

谷文昌：好，我记住。

王振兴：那你忙吧，我走了。

说着起身走出工棚。

一个年轻人跑进来，边跑边喊着：指挥长，不好啦，荷树岭隧洞塌方了！

谷文昌一惊，拔腿就往外跑。

七、隧道口　日　外

洞口围着一群人。

一个民工喊着；指挥长来了！

众人纷纷回头。

谷文昌跑过来：里边情况怎么样？

众：不知道。

谷文昌从一位民工头上取下安全帽，一边戴着，一边往洞里钻。

众：指挥长，危险！你不能进去呀！

谷文昌头也不回地跑进了隧道。

八、隧道　日　内

谷文昌踩着地面上的积水，沿着狭小的工作面，在隧道里一边跑着一边喊：注意安全！大家一定要注意安全！

隧道顶上，泥土、石块哗啦哗啦地往下掉着，洞内尘土飞扬。

王昌瑞：指挥长，你快出去，这里危险！

谷文昌：你们都不怕，我怕什么！情况怎么样？伤人没有？

王昌瑞：只有一个民工轻伤，已抬到医疗室包扎去了。

谷文昌：那就好，里边还有民工吗？

王昌瑞：全撤出来了。

谷文昌：昌瑞，你们要尽快查明事故原因！

九、工棚　日　内

谷文昌在铺板上铺开图纸，一边看一边在本上记着。

一位民工领着一位中年人走过来：指挥长，禾口中学的陈老师来了。

谷文昌站起身，与陈老师亲热地握着手：陈老师，欢迎，欢迎啊，你可是咱禾口有名的书法家呀。今天，请你来，是给我们工地写几块牌子。你看，牌子都漆好啦。

陈老师：行！指挥长，你说吧，写什么字？

谷文昌：安全生产，注意安全，安全第一。另外，你再写一条；百年大计，质量为本。

陈老师：好。

他走到木牌前，挥笔蘸漆写起来。

王振兴走过来：老谷，我现在回去，你把那个茶缸给我。

谷文昌：什么茶缸？

王振兴：老史装炒鸡蛋的那个茶缸呀，还有布兜。

谷文昌：哎哟，坏了坏了，老史给我炒的鸡蛋忘吃啦！

说着，他从床下解下布兜，拿出茶缸打开。

谷文昌：呀，都霉啦，可惜。

王振兴：你这个老谷呀，一天到晚就知道干，干！给我吧，我去刷刷，给老史带回去。

他拿过布兜和茶缸走了。

谷文昌走过去看陈老师写标语：好，陈老师，不愧是书法家。

陈老师：谷指挥长，书法家我称不上，只不过我是又写书法又有家呀！

两人大笑起来。

十、工地　日　外

石料场上，大锤飞舞，小锤叮当。

一帮民工在搬运石头。

谷文昌弯腰搬石头，突然，他发现几个民工手上没戴手套。

谷文昌：你们的手套咋不戴呢？

民工：手套？什么手套？自打我们来到工地，就没领过手套。

谷文昌回头大喊：关连长，关连长！

关连长匆匆跑过来：指挥长，什么事？

谷文昌：他们咋没有发手套？

关连长：唉，连里分的手套早发完了，后来的就没有啦。

谷文昌掏口袋，拿出30元钱来：给，你马上到小卖店买手套，抓紧发给他们。

关连长答应着，接过钱跑走了。

谷文昌弯腰搬起一块石头，扛在肩上，走入劳动的人群人中。送到地方，他撂下石头，又和民工们一起走回来。

一个瘦弱的民工挑起两块大石头奋力走过。

一个身强力壮的民工，挑来拣去挑了两小块石头，慢悠悠地往担子上放。

谷文昌走过来，递给他一支烟：老弟，你累了，来，抽一支烟歇歇，我来挑。说着他弯腰拿起扁担。

壮民工脸红了：指挥长，我不累，真的不累。

他把烟往耳朵上一夹，又往担子上加了两块石头，挑起来跑了。

谷文昌看着他的背影，欣慰地笑了。

一个民工走过来：指挥长，我的铁丝丢了。

谷文昌：丢了，咋丢的？

民工搔着头：昨天领完铁丝，我放到工棚的床铺下边了，今天早上起来就找不到啦。

谷文昌：你们连每个民工都发的有，谁会拿你的呀！据我了解，最近有不少人把铁丝偷偷带回家，拴在院子里当了晒衣绳。

民工红着脸：指挥长，看你说的，俺咋能干那事呀！

谷文昌：这样吧，你去买一些，开一张发票，中午吃饭时，我给你报销。

民工走了。

谷文昌又扛起一块石头，走上大坝。

十一、食堂　日　外

食堂门外，蹲着一片吃饭的人。

谷文昌与王昌瑞、技术员小黄坐在一块儿，一边吃一边说。

谷文昌：小黄，你今年有没有 25 岁？

小黄：指挥长，我都 27 啦。

谷文昌：噢！你有这么大？结婚了吗？

小黄红着脸：结黄昏还差不多……

王昌瑞：指挥长，小黄正在热恋哪。只可惜，咱这儿一修水库，俩人成了牛郎织女啦。

谷文昌：啊！小黄，你女朋友在哪儿上班？

小黄：在南平县医院。

谷文昌：好哇，还是个白衣战士呢！哎，小黄，咱工地上紧缺钻头，我正准备派人到南平采购站去买呢，这样吧，这趟差就交给你啦！

小黄：真的？

王昌瑞：小黄，明天正好是农历七月初七，咱们指挥长是要专门为你安排一段鹊桥会呀！

众人笑起来。

一民工走过来：指挥长，铁丝我买完了，给，这是发票。

谷文昌放下饭碗，接过发票看了看，撕碎了。

民工：指挥长，你咋把发票撕了？不是说好的，你给我报销吗？

谷文昌笑笑，从兜里掏出两块钱：给你，我这是撕报撕销。

民工红着脸，犹豫了一下，接过两块钱匆匆走了。

谷文昌端起碗，喝完最后一口汤。

十二、工棚　晨　外

雪花纷飞，地上、工棚上、山坡上盖着一层雪。

谷文昌走出工棚，仰脸看着纷纷扬扬的漫天雪花。

阑珊灯光下，雪片随风飘舞。

他返身走进工棚，拿起一把扫帚扫起雪来。

十三、大坝　晨　外

大坝上，谷文昌独自扫着雪，哗啦哗啦地响着扫帚声。

天也渐渐亮了。

扫帚声越来越响，越来越大。

谷文昌回头一看，见许多人在扫雪。

王昌瑞走过来：指挥长，你回屋吧！这零下七八度的风寒，你这把年纪受不了。

谷文昌：昌瑞啊，这雪不扫会耽误施工的。关键时候，我这个指挥长在场不在场，效果不一样啊！

张国栋扛着扫帚走过来：老谷，今天都腊月二十二了，明天就是小年，好多民工都盼着回家过年哪。

黄新民：是啊，这几天老有民工问我，什么时候放假？

谷文昌：老黄，县委指示我们，要过一个革命化的春节。要我说，这年咱在工地上过！这样吧，咱们今天开个会，统一一下思想，把过年的民工伙食、文化生活、工程进度好好安排安排，让这个年过得比在家里还热闹。

十四、谷文昌家　日　内

史英萍一手端着茶缸，一手拿着笊篱，站在热气腾腾的锅前，往茶缸里盛饺子。

豫英坐在灶前烧火。

史英萍盛满饺子，盖上盖，又拿抹布把茶缸擦了擦，裹了一条毛巾装入了布兜。

史英萍：豫英，把这个给你爸送去，过年了，咋着也得让他吃几个饺子。

谷豫英点点头，接过布兜就往外走。

史英萍追到门外：路上小心点！

十五、工地　日　外

热火朝天的工地。

红旗飘扬，战歌高唱：下定决心，不怕牺牲，排除万难，去争取胜利……

谷豫英手提布兜，站在贴着春联的工棚门口。

她向一位民工询问，民工指了指工地。

谷豫英朝工地走去。

谷豫英在劳动的人群中寻找着爸爸的身影。

终于，他看到了抬石头的谷文昌：爸爸，爸爸！

她喊着跑向前去。

谷文昌与一个民工抬着一块大石头，吃力地往前走着。

他一手撑着腰，一手扶着杠，坚毅的脸上沁着汗珠。

谷豫英：爸爸，爸爸，吃饭了没有？我妈让我给你送饺子来了！

谷文昌咬着牙，看了一眼女儿，又扭回头，憋足了劲朝坡上走。

坚定的步子踏过去，一步，两步……

凛冽的寒风吹来，谷豫英扭过头避风，眼中噙满泪水。

谷豫英又看了一眼爸爸抬石头的背影，轻轻地叹了一口气，失望地走了。

谷豫英跑进工棚，把布兜放在爸爸床头。

山道上，小豫英擦着眼泪走远了。

十六、大坝　黄昏　外

晚霞满天，如燃似烧。

谷文昌与王昌瑞并肩走在大坝上。

王昌瑞：指挥长，你当过区长、县长、书记、厅长，为老百姓办了那么多好事，后来把你打成走资派，又批又斗又游街，现在又下放劳动改造，你想得通吗？

谷文昌：昌瑞呀，我们不能因为自己受了些委屈，就去怀疑党。我坚信共产党，我个人的问题，党迟早会给我解决的。

王昌瑞：指挥长，我对党内有些人的作派看不惯。

谷文昌：个别人的作派代表不了党。昌瑞，你要记住一条，什么时候都不要忘记共产党。

王昌瑞点着头。

谷文昌：咱现在修水库，办水利，是造福群众，苦点，累点，个人吃点亏，值！将来群众会感谢我们的。昌瑞啊，我看你技术上没啥说的，可你政治上不积极。你眼看都三十岁的人了，得主动向党组织靠拢啊！

晚霞的余光中。

谷文昌与王昌瑞坚定地走在大坝上。

十七、工地　黄昏　外

沸腾的工地。

山路上，人来车往，川流不息。

大坝上，彩旗飘飘，夯歌阵阵。

……大家拉起来哟，嗨哟。
把夯往高抬哟，嗨哟，
基础要夯实哟，嗨哟，
大坝才安泰哟，嗨哟，
苦干三五年哟，嗨哟。
幸福千百代哟，嗨哟。

广播里传出振奋人心的喜讯：民工同志们，报告大家一个好消息：我们的大坝已经填到 402 米高了，离竣工高度 408 米还差 6 米，同志们加油哇！

工地上欢腾起来，一辆辆车飞跑着。

一车车土倾倒着，大坝在合龙。

十八、工地　夜雨　外

大坝上灯火辉煌，歌声嘹亮。

山路上，人成行，车成串。

谷文昌在帮一个民工推车。

突然，大滴大滴的雨点落下来。

谷文昌担心地抬头看着夜空。

瞬间，大雨倾盆而至。

一声炸雷响起，震耳欲聋。

民工们丢下车子和工具，纷纷跑向工棚。

十九、工棚　夜雨　内

雨仍在下，打在工棚的油毡顶上，噼啪作响。

谷文昌披着雨衣站在工棚门口，默默地抽着烟。

他望着茫茫雨幕，眉梢紧蹙，一脸愁容。

王昌瑞，张国栋站在他身边。

猛地，谷文昌扔下烟头：走，咱们去看看水情。

说着，拉上雨帽冲入大雨中。

王昌瑞，张国栋跟着冲了出去。

二十、工地　夜雨　外

瓢泼大雨中，三个人踏着泥泞，一步一步走在工地上，查看着水情。

山洪猛冲，库水猛涨。

谷文昌：你们看，围堰漏水啦！快，马上回去，组织民工上坝！

三个人急忙跑去。

二十一、工地　夜雨　外

大雨滂沱，电闪雷鸣。

大喇叭中传出谷文昌激昂的声音：民工同志们，围堰漏水，库水猛涨。为了确保大坝安全，指挥部命令，各连民工立即上坝，立即上坝！

倾盆大雨中，民工们纷纷冲出工棚，向大坝跑去。

炊事员跑出伙房。

售货员跑出供销店。

卫生员跑出医务室。

二十二、广播室　夜雨　内

谷文昌抓着麦克风在喊：立即上坝，投入抢险！

他放下麦克风，抓起铁筒喇叭就往外跑。

广播员拉住了他：指挥长，你不能去！你发着高烧，不能再淋雨呀。

谷文昌：坚守好你的岗位！

他甩开广播员的手，冲了出去。

二十三、工地　夜雨　外

雨中，人们推着车子，扛着麻袋，搬着石头，纷纷往大坝上送。

谷文昌手持喇叭，站在坝头喊着：快，大家加油！

老邵跑过来：老谷，八台抽水机坏了六台，只剩下两台能工作，怎么办？

谷文昌：你快去打电话，让县委赶快派人支援！告诉刘书记，多带几台抽水机，多带一些麻袋。

老邵答应着跑走了。

黄新民跑过来：老谷，潜水管浮上来了，剩下的两台抽水机也没法工作了。

谷文昌：组织会潜水的青年，把潜水管放下去！

黄新民急忙跑去。

谷文昌手持喇叭，拿着手电，立在坝上指挥着抢险。

十几个精壮的小伙子，跳入水中，一次次抱着潜水管潜入水底。

一个小伙子抱了一块石头潜了下去压潜水管。

王昌瑞跑到谷文昌身边：指挥长，库水涨得太快啦，再有五公分就要过水啦！

谷文昌：知道了，严密监视水情。

二十四、山路　夜雨　外

一支队伍在雨中的山路上跑步前进。

人们肩上扛着水管、麻袋，抬着抽水机和柴油桶。

刘书记：同志们，快，快！

二十五、工地　夜雨　外

王昌瑞向谷文昌报告：水位又上涨了二公分。

谷文昌举起喇叭：同志们，现在，到了最危险的时刻，大坝能不能保住，水库能不能建成，全靠大家的努力了！为了子孙后代的幸福，我们一定要咬紧牙关，坚持！坚持！再坚持！

风雨中，谷文昌沙哑的声音在传扬。

一车车泥土在倾泻。

一个个麻袋在垒起。

库水在涨高。

大坝在增长。

谷文昌一个趔趄，跌倒在大坝上。

张国栋把他拉了起来。

有人高喊：指挥长，支援队伍来了，抽水机来了！

谷文昌：同志们，县委刘书记带着大队人马支援我们来了，大家加油啊！

众人齐喊：加油，加油！

刘书记带着队伍冲上大坝。

一条条麻袋在人群中传递。

一台台抽水机在轰鸣。

水势不再上涨。大坝合龙了。

雨中，人们欢呼着：合龙了，大坝合龙了，我们胜利了！

谷文昌拉着崔司务长：老崔，给你钱，赶快去小卖店买 10 斤红糖，熬它几大锅姜汤。

老崔接过钱跑了。

刘书记走过来，与谷文昌紧紧地握手。

二十六、工地　晨　外

风停了，雨住了。

工人们拖着疲累的身子走下大坝。

工棚门口，炊事员在盛着热气腾腾的姜汤。

谷文昌：来，大家喝一碗姜汤，要不然，会感冒的！

说着，把姜汤递到民工手上。

民工们接过碗来，感激地看着谷文昌。

突然广播响了：谷指挥长，省委组织部电话，请你赶快来接电话！

谷文昌把手中的碗递给一位民工，匆匆跑去。

二十七、山道　日　外

王昌瑞背着行李，与黄新民，老邵及张国栋为谷文昌送行。

谷文昌：老黄，老邵，你们几个别送了，工地上忙。这次省委学习班，要求时间太紧，我顾不上跟大家告别了，有人问起我，你们就替我向大家解释解释，道个歉。

王昌瑞：指挥长，你感冒还没好，可要当心身体呀！

谷文昌点着头，与大家握手。最后，他握着王昌瑞的手：记住我的话，积极靠近组织，争取早日加入党的行列。

王昌瑞：指挥长，你放心，我会的！

谷文昌笑了。

二十八、谷文昌家门口　日　外

一辆白色面包车开进一个小巷，在一处小院门口停下来。

车门开处，谷文昌下了车，他的两鬓全白了。

史英萍跟着下了车，她的头上也多了几缕白发。

最后下车的是谷哲英，她已经是一位高中生了。

李主任打开小院的门：谷局长，你就住这儿。来，你和史主任先看看房。要觉得不合适，我再给调。

谷文昌与史英萍走进小院四下看着。

谷文昌：李主任，这儿挺好的，快卸车吧！

大家从车上往下搬着东西。依旧是那几件：两只皮箱，几麻袋杂物，两个木箱，两个小坛子，一张小方桌。

谷文昌掏出烟给司机与李主任：谢谢师傅了。刘主任，你回吧，我这家当简单。

李主任：谷局长，那我走了。有啥事你随时给我打电话，我随叫随到。

汽车开走了。

谷文昌转身进屋。

史英萍：老谷，六四年咱从东山搬到福州，家当是这几件东西；六九年，从福州搬到宁化，也是这几件东西，现在从宁化搬到漳州，咱还是这一堆破烂。这回，咱该买几件家具了吧？

谷文昌感慨地说：是啊，是该买几件家具了！好，下午我就去买。

二十九、屋里　黄昏

谷文昌推开门：老史，家具买回来了。

史英萍腰里系着围裙，手里拿着扫把，兴冲冲地从屋里跑出来：这么快就买回来了，哲英，快来搬家具。

一件件家具卸了下来，一套竹沙发，两把藤椅，几只小竹凳，一个竹书架。

史英萍：老谷，怎么都是竹家具，你咋不买几件木头的？

谷文昌：老史，你别忘了，我调来漳州，当的是龙溪地区林业局长。你想想，林业局长家里，一下添了一大堆木家具，外人会怎么看，怎么说？

史英萍：嗨！咱花自己的钱，给自己买家具，你管他别人怎么想，怎么说哪！

谷文昌：咱总不能在家具上贴个纸条，上面写着：郑重声明，这是我们花自己钱买的！

史英萍：那不是此地无银三百两吗？行，行，老谷。我算服了你啦！其实，这竹家具也不错，搬着轻巧，夏天坐着也凉快。不管咋说，咱俩结婚二十年，总算有几件像点儿样的家具了。

说着，搬起一张藤椅进屋了。

三十、林业局会议室　日　内

会议室坐满了人。

柯书记领着谷文昌走进会议室。

柯书记：同志们，我先给大家介绍一下，这位就是新调任我们林业局的谷文昌局长。

大家热烈地鼓起掌来。

柯书记：谷局长调任我们局，可以说是个缘分。因为，谷文昌同志，原先就是咱龙溪地区东山县的县委书记。去过东山的同志，都会对那里的木麻黄林带有着深刻的印象，那些树都是经他的手栽起来的！

又是一阵热烈的掌声。

柯书记：1964 年，谷文昌同志经党中央批准，周恩来总理任命他为福建省林业厅副厅长。现在，他又调到我们地区林业局任局长。应该说，谷局长是咱林业系统的老领导了。下面，我们欢迎谷局长讲话。

大家鼓掌。

谷文昌：同志们，我很高兴来到咱们局工作，刚才柯书记已经把我的基本情况向大家作了介绍，我今天就是跟大家见个面，没什么要讲的。要讲也只有一句话：希望在以后的工作中，大家对我多批评，多帮助，多支持。毛主席说过：没有调查研究，就没有发言权。我初来乍到，对咱们地区林业方面的情况还不熟悉，虽说对东山的林业情况熟悉一些，但那毕竟是八年前的情况喽，样板戏里不是有一句台词吗？八年啦，别提它了！

众人笑了。

谷文昌：我这个人有一个毛病，每到一个地方，都要到下面去走一走，看一看。好了，我就说这么几句。

满场掌声。

三十一、汽车上　日　内

一辆上海牌小轿车驶上八尺门海堤。

谷文昌兴奋地摇下车窗，看着八尺门海堤，看着那高高的渡槽，脸上写满了感慨：宋秘书，你看，这个渡槽建得好啊！

宋秘书：是啊，东山人民了不起！谷局长，快中午了，咱是不是先到县委见见马栓柱县长？

谷文昌：吃饭的事咱不麻烦人家。这样吧，咱们先到白埕村去看看防风林带。

汽车沿着公路缓缓开去。

谷文昌看着东山的山、水、田、林在车窗外划过，双目闪烁着灼灼真情。

三十二、林苇　日　外

谷文昌与宋秘书，小于走在木麻黄林中。

木麻黄长高了，长大了。

粗粗的干，茂密的枝，婆娑的叶。

谷文昌亲切地拍拍这棵，又摸摸那棵。

身后传来喊声：谷书记……

谷文昌转过身，见林龙从远处跑来。

他迎上去，紧紧地握住了林龙的手：老林，你咋知道我来了？

林龙：我在那边剪枝，远远地看见一辆小汽车开过来。我心说，怕不是谷书记又回来了吧？就跑过来看看，一看，果然是你！谷书记，一晃，又三四年没见你啦，你身体好吗？

谷文昌：好，好，你咋样？家里都好吗？

林龙：我也好，家里都平平安安。谷书记，那天你对我说，有一天你还要回来检查防沙林，我就一直等着，盼着，我坚信，你一定会来的。今天，你终于来了。走，到我家吃饭去。

谷文昌：行，好几年没吃过你家的地瓜了，宋秘书，咱们走！

几个人说说笑笑走上大路上了车。

三十三、林龙家　日　内

一群人围在小桌边吃地瓜。

林龙媳妇端来两盘菜放在桌子上：谷书记，俺也不会炒什么菜，你多包涵。

谷文昌：哎，弟妹，你太客气了。

众人笑起来。

宋秘书：谷局长，这儿的地瓜就是好吃。

谷文昌：好吃你就多吃点。老林，蔡福林现在怎么样？

林龙：唉，他呀，没法跟你说。

谷文昌：咋啦，他出什么事啦？

林龙：谷书记，蔡福林可沾了你这个“走资派”不少光啊！他当护林员时，管树管得严，得罪人多，再加上跟你关系好，前两年，清理阶级队伍时，被列为重点对象，连续批斗了六十二天。那些人的心真狠哪，又是批判，又是打骂，生生把他的肋骨打折了八根！

谷文昌默默地听着，眼里含着泪花。

他摸出一支烟，噙在嘴上没抽。

林龙：福林家里穷，没钱买药。有时好不容易买了两服药，都买不起煎药的木炭。1968 年 10 月间，他连饿带病，奄奄一息，家里人以为他不行了，就伤心地锯下老床上的顶篷，加上门板，准备给他做棺材。没想到他又活了过来，唉，活是活了，可丧失了劳动能力。就这样，他还支撑着去巡护树林。去年冬天，我在树林里见过他一回，他披着一件民政部门救济的灰棉袄，头上戴着他侄子从部队复员时送给他的旧棉帽，一瘸一歪地在树林里走着，我这心哪……

林龙难过地说不下去了。

谷文昌擦了擦眼，点着烟默默地抽着。

良久，他说：宋秘书，走，咱们去看看蔡福林。

说着站起身走了。

小于赶忙跑了出去。

宋秘书从包里掏出钱和粮票，扔下就走。

林龙抓起桌上的钱和粮票，追出门去。

三十四、蔡福林家　日　外

汽车停在蔡福林家门前。

谷文昌下了车。

宋秘书也跟着下了车。

谷文昌：宋秘书，你和小于到陈城供销社去，替我买些礼品，然后送到这儿来。

宋秘书答应着，带上车走了。

谷文昌看了看蔡福林家低矮的房舍，走进了门。

院内依旧是一片脏乱。

蔡福林坐在院子里熬药。

三块石头支着一个药锅，几根树枝在锅下燃着。

谷文昌：福林……

蔡福林回过头：老谷！

他跌跌撞撞地跑过来。

一把拉住了谷文昌的手。

四只手紧握着。

四只眼睛对视着，久久，久久。

谷文昌：老蔡，这些年你吃苦了。

蔡福林用手掌揉揉眼：老谷，我听说你也吃了大苦呀！

谷文昌放开老蔡的手，走过去伺弄着将熄的火。

蔡福林赶忙搬过一个凳子来。

两人坐下，谷文昌掏出烟来，递给蔡福林一支，然后抽出一枝燃着的小木棍给他点着，又给自己点着。

谷文昌：老蔡，现在身体咋样？这儿还疼吗？

他摸了摸蔡福林的肋巴骨。

蔡福林：唉！就这样了，时不时，还疼。这不，每天喝这苦水，只怕是肠胃都染黑了。老谷，不用烧了，熬得差不多了。

谷文昌抽出柴来，用脚踩灭。

他用一块抹布垫着，把药锅端了下来，然后把包药的黄纸蒙在药锅上，又搭上两根筷子，依旧用抹布垫着，双手端起来控药汤。黑黑的药汤倾进碗里，汩汩地响着。药流渐渐细了，最后一滴一滴地滴着。

谷文昌放下药罐：老蔡，我调回漳州了，任地区林业局局长。听我说，你这病不能这样老拖着，你去漳州吧，我给你安排个医院好好检查一下，吃住全包在我身上。

蔡福林：老谷，算了吧，我都是死过一次的人了，这几年的寿命是阎王爷饶给我的。我把咱当年栽的树都看大了，看高了，我就知足了。我这身子骨，你再怎么治，也好不到哪儿去。唉，就这样熬着吧。人老了，都这样，风烛残年，不定哪天阎王爷轻轻吹一口气，我这灯就灭了。

谷文昌：老蔡，你还不到 60 岁，咋能说这话，你准备准备，哪一天，我专门派车来接你。

蔡福林：老谷，我知道你是个穷官，看病的事儿你就别再说了。眼下，我只求你一件事。

谷文昌：啥事？

蔡福林：你给我批几吨木材。

谷文昌：批木材？你要木材干啥？

蔡福林：老谷，我明白，我这个病秧子身子也撑不了多久了。我想给自己做一副寿板。老谷，我为咱东山看了一二十年的树，护了几百亩的林，我就喜欢闻木麻黄的味。

谷文昌沉默了，他低着头抽着烟。

蔡福林：怎么了老谷，不行？咱俩交往这么多年，这又是我第一次求你呀，恐怕也是最后一次了。怎么，你这个地区林业局长，连几吨木材也批不了？

谷文昌：老蔡，不是我这个林业局长批不了。唉，做一副寿板得砍一棵百年老树呀，这一斧子下去，就砍倒了一百年的时光啊！

蔡福林失望地看着谷文昌，低下头不吱声。

谷文昌：老蔡，寿板的事我答应你，但东山的树一棵也不能砍。这样吧，南靖县林场最近下来了一批砍伐指标，我想法从那儿给你解决。

蔡福林抬起头，激动地望着谷文昌。

宋秘书与小于拎了两袋礼品走来。

蔡福林：老谷，这是……

谷文昌：这是我的秘书小宋，司机小于。这些东西你留着，补补身子，有时间我再来看你。

说着，端起药碗递到蔡福林手上。

蔡福林赶忙起来要送行。

谷文昌按住了他：老蔡，快吃药吧，差不多凉了，我走了。

说着，转身走向大门口。

宋秘书放下礼品，匆匆走了。

蔡福林端着药碗，呆呆地望着谷文昌离去的背影。

三十五、车上　日　内

汽车在林荫大道上行驶。

谷文昌抽着烟，默默地看着窗外。

宋秘书：谷局长，我从小生活在城里，下来跑跑也是林场林站，这是我头一回到农民家里。真没想到，农民的生活还这么穷。

谷文昌：是啊，解放二十几年了，群众的温饱问题仍然没有解决呀！填饱七亿多个肚子，这不是个小问题，我们党肩上的担子还重着哪！

宋秘书：谷局长，咱下一程去哪儿？

谷文昌：我想去看看“寡妇村”。

宋秘书一愣：寡妇村？

谷文昌：对，寡妇村。

第十八集

本集剧情简介

谷林东高中毕业要求留城工作，谷文昌说服儿子，并亲自送谷林东下乡。谷文昌告诉儿子的身世，原来谷林东是谷文昌夫妇在路上抱养的，谷林东深受感动。

谷文昌感到吃东西下咽困难，经检查为癌症住院。

在生命的最后关头，谷文昌向史英萍提出，想回林县再看看太行山和红旗渠，史英萍含泪答应了。太行山下，史英萍搀扶着谷文昌缓缓走在红旗渠畔，想不到竟然遇到了坐着轮椅的岳文明和断了一只胳膊的申家贵，老战友相见感慨万千。

1981年1月30日，谷文昌走完了他的人生之路。

一、寡妇村　日　外

谷文昌与宋秘书走在海滩上，

他们来到几个织网的渔民跟前。

谷文昌：大爷，织网呢？

说着，递过去一支烟。

老人：哟，这不是谷书记吗？这么多年不见你啦，来，快坐。

说着，起身让座。

谷文昌划着火柴，为老人点着烟：大爷，你坐吧，我坐地下。

说着，一屁股坐在沙滩上：大爷，村里的黄阿婆还在吗？

老人：黄阿婆？去年就走了。

正说话间，一阵凄婉的乐声传来，乐声中间杂着哭声。

从村中走出一支送葬的队伍。

谷文昌：大爷，这是谁家出殡哪！

老人：沈老太太去世了。

谷文昌：哪个沈老太太？

老人：就是被抓去台湾的林金全他娘，可怜呀，这老太太一心盼着儿子回来，等了一年又一年，临老了，也没见儿子一面。

谷文昌：我记得林金全不是从台湾给她来过信吗？

老人：唉，那是多年以前的事啦。那时，你还在这儿当县长。林金全通过海外亲友，是给他妈寄来一封信，还有十几元钱，他在信里说：一定想办法回来与家人团圆。她妈看了信，高兴得直淌眼泪。就用那十几元钱买了一头猪崽，婆媳俩对天许愿：等沈金全回来，一定用这猪崽拜谢天公。按照我们这儿的风俗，她给小猪身上系了一根红丝带，婆媳俩天天养着猪，等着沈金全。就这么等啊，盼啊，一头小猪养成了大猪，大猪又养成了老猪。街坊邻居都劝沈老太太，别等了。把猪宰了吧，再养下去，只怕这猪肉都老得嚼不动了，多可惜呀！可沈老太太就是不肯杀猪，她非要等儿子回来。结果，那猪都老得走不动了，沈老太太把饲料捧到它嘴边喂它，它不吃，不喝，也不睁眼，把老太太急得直哭。有一天，那头老猪挣扎着，爬到大门口，把头搁在门槛上，对着台湾的方向嗷嗷大叫，叫着叫着，就趴在门槛上死了。

老人说着，老泪纵横。

宋秘书哭了。

谷文昌眼中噙着泪。

老人：那头老猪刚死了没几天，这不，沈老太太也走了。

谷文昌擦了擦眼泪，站起身来，走向海边。

他站在海边，默默地望着远方，任海浪一次次把脚打湿。

大海喧哗着，烟波浩渺。

二、路上　日　外

谷文昌坐在车内，望着窗外的田园深思。

突然，一辆伏尔加轿车超过了他的车，停在前面。

司机小于赶忙刹车。

伏尔加的车门开了，马栓柱走了下来。

谷文昌赶忙下车，迎了过去。

马栓柱：老谷，你来东山也不跟我打个招呼，害得我从陈城追到铜钵村，又从铜钵村追到这儿，才撵上你。

谷文昌：我不是怕打扰你马县长的工作嘛！怎么样？老伙计，挺好的吧！

马栓柱：好，一切都好，就是工作头绪太多……你怎么样，身体没事吧？

谷文昌：没事儿。哎，栓柱，我去看了看蔡福林，他可是咱东山植树护林的大功臣哪！可目前，他还是湖塘村的贫困户。栓柱，你是不是跟县民政部门讲讲，救济他二百元钱，让他把房屋修修，他那老屋，夏不隔雨，冬不挡风，已经没法住下去了。

马栓柱：蔡福林这样的贫困户，的确应当给予照顾。这样吧，我回去跟民政局长说说，尽快把救济款给他送到家里。老谷，走，咱们回县城吃饭去。

谷文昌：吃饭，免了罢，我还想赶回去呢。

马栓柱：老谷，你回到东山，咋说也得让我尽尽地主之谊呀。再说，一听说你来了，咱们南下的老战友，还有你的老同事、老部下，一大帮人都在等着呢！今天，说啥你也不能走！上车吧。你让司机跟着我的车走。

谷文昌：那好，那好，今天就刮你马县长一顿。

两人上车。

两辆汽车朝县城开去。

三、谷文昌家　日　内

谷文昌正坐在院子里看报纸。

突然响起了敲门声。

他拿着报纸走过去拉开了门。

门外是王振兴、吴会计、还有老肖。

谷文昌：啊呀，振兴，你们几个咋来了？快进来，这可真是稀客呀！

说着与三个人握着手，拉进院子里：老史，你快过来，看看谁来了！

史英萍跑出来：王书记、王会计、老肖，真想不到，你们仨会来呀。快坐，我给你们拿苹果。

说着，匆匆跑进屋里。

王振兴：谷厅长，身体好吗？

谷文昌掏出烟来，热情地让着：振兴哪，我现在不是厅长了，是副专员，兼农办主任。你们仨啥时候来的！住下了吗？

老肖：昨天晚上到的，住在地区第二招待所了。

谷文昌：哎呀，那离我这儿可近呢！

史英萍端着一筐苹果出来，放在小桌上，拿起刀削着苹果：王书记，村里的乡亲们都好吧？

王振兴：好，都好。老谷，我们仨这次来漳州，是想求你办点事儿。

谷文昌：啥事儿？你说吧。

王振兴：县里奖给咱大队的那两部拖拉机缸体坏了，在宁化买不来配件，三明地区也没有。这不，我们没办法，就奔漳州来找你了。

吴会计：还有两台碾米机上的筛子也坏了。

谷文昌：好，我打电话问问农机公司。老肖，你把配件型号跟我说说。

老肖从兜里掏出一张纸条交给谷文昌。

谷文昌接过来，看了看，往屋里打电话去了。

史英萍把削好的苹果递给王振兴，王振兴推辞着。

史英萍：王书记，这到家了，你还客气啥？老谷我们俩在咱大队住了两年，要这么说，咱们应该是老乡啊。来，一人一个。

谷文昌走出来：好了，联系妥了，农机公司这两种配件都有。给，我给你们写了个条子，下午，你们直接去找季主任办就行了。

吴会计：哎呀，这可太好了，我们跑了十来天没有解决，让你谷厅长几分钟就给解决了。

说着他接过条子。

王振兴：好，老谷，我们就不打扰你了。

说着，三个人站起身来要走。

谷文昌：振兴，你们这是干啥？两三年不见了，你们大老远的来，咋说也得在我这儿吃顿便饭呀！

王振兴：老谷，只怕你家的锅太小吧！只要零件能买着，我们仨的心就放肚子里啦，吃饭不吃饭都是小事儿。

说着，三人硬推辞着走出了门。

谷文昌无奈，与史英萍送到大门外。

四、红旗大队　日　外

王振兴、吴会计、老肖和几个人在修理拖拉机。

两个工人背着工具包走过来：忙着呢？哪位是王振兴王书记？

王振兴走过来：我就是，你们俩是——

中年技师：王书记，我们俩是漳州农机局的机械师，前几天，你们不是去我们那儿买了配件吗，第二天，谷专员又跑到二招找你们，可你们走了。他怕你们安装不好，专门派我们俩过来，帮你们安装。

王振兴热情地与两位师傅握着手：哎呀，太好了，我们还正为这事发愁呢！走，到队部歇一会儿，喝点水。

青年师傅：王书记，我们不累。来吧，我看看装得咋样了。

说着，两个人扔下挎包，拿出工具干了起来。

王振兴：老肖，真是没想到，老谷又给我们派了两位师傅来。吴会计，你去安排饭吧，炒两个好菜，咱得好好招待招待两位师傅，给咱们帮了这么大的忙。

吴会计答应着走了。

五、谷文昌办公室　日　内

谷文昌正在看文件，电话响了。

他拿起听筒：喂，哪里？

昌瑞：谷专员吗，我是宁化县的王昌瑞。

谷文昌：昌瑞，你在哪呢？

昌瑞：我在宁化，是这样的，我们有个急事想求你支援。

谷文昌：你说吧，昌瑞，什么急事儿？

昌瑞：今年的早稻秧刚出芽，就赶上倒春寒，宁化县发生了大面积烂秧。县革委想求你在漳州为我们解决稻种问题。

谷文昌：好，我这就与种子公司联系，昌瑞，你们需要多少？

昌瑞：至少也得六十万斤。

谷文昌：行，你等我电话吧。

说完他扣下电话，又拿起来：总机，给我接种子公司。喂，种子公司吗？啊，石经理呀，我是谷文昌，刚刚宁化县革委会打来一个电话，他们急需六十万斤早稻种，你那儿能解决吗？能？没问题？好，我马上给他们回话，让他们明天派车过来，你抓紧准备好稻种，要优质的！好，好。

谷文昌又要起了电话：王昌瑞吗？我是谷文昌。稻种我给你联系好了，六十万斤，你明天就发车过来吧，我在地委第二招待所等你。

六、招待所　日　内

谷文昌抽着烟，在大厅里焦急地踱着步，并不时地看墙上的表。

石经理：谷专员，宁化的车说是下午一点左右到，可现在都四点半了，咋连个影子也不见呢？

谷文昌：早上我打过电话，说他们不到七点就出发了，算算时间，早该到了。唉，这个王昌瑞怎么搞的！他走向服务台，要起了电话。喂，喂喂，连城县革委吗？我是漳州专署。你们那儿天气怎么样？下雨了，下得很大？有没有看见宁化县的车队从你们那儿经过？啊！好好，再见！

他放下了电话。

石经理：怎么样？谷专员。

谷文昌：连城一带下了大雨，估计他们的车队在路上遇到了麻烦，咱们再等等吧。说着，他掏出烟，递给石经理一支。

七、路上　阴雨　外

一辆吉普车在倾盆大雨中行驶，吉普车后面是七八辆解放牌卡车组成的车队。

王昌瑞坐在吉普车上，焦急地透过车窗外的雨幕，看着前方。

吉普车戛然而止，前面塌方了。

王昌瑞焦急地拍着膝盖：哎呀，这可咋办？小方，这是什么地方？

司机小方：连城县的北团镇。

王昌瑞：不行，只有绕路了，走，调头。

车队艰难地调过头，在大雨中艰难地行驶。

八、招待所　夜　内

谷文昌：石经理，你回去吧，我在这儿等他们，你看，这都十点了。

石经理：好，谷专员，我先走了，有事你给我打电话。

说着走出了接待厅。

谷文昌：小邢，你去食堂，给师傅们说一声，让他们留一个人等着，其他人下班吧，他们也辛苦了一天了。

小邢答应着走了。

谷文昌抽着烟，坐在沙发上，等着。

墙上的钟打了 12 下。

谷文昌歪在沙发上睡着了。

突然一阵喇叭声将他惊醒，他揉了揉眼，看了看墙上的钟：十二点半。

他站起来就向门外走，正与王昌瑞撞了个满怀。

谷文昌：啊呀，昌瑞，你可来了。路上出啥事啦？

王昌瑞：老领导，让你久等了。这一路上全是大雨，走到连城县北团镇，公路塌方了。我们没办法，只得调头绕路，绕了好远好远才跑过来。

谷文昌：哎呀，可把我给急坏了，师傅们呢？快让他们下来，咱们吃饭去，饭菜都热了三遍啦！吃完饭，先住下，稻种明天我带你们去装。

谷文昌拉着王昌瑞的手，领着师傅们往后边走。

九、地委　日　外

高中毕业的谷林东身背绿挎包，走进地委大院。

十、地委谷文昌办公室　日　内

谷文昌正坐在沙发上看文件，

谷林东推门进来。

谷林东：爸。

谷文昌扭头：小东，你咋跑到爸办公室来了？

谷林东：爸，我高中毕业啦！

说着，从挎包里掏出毕业证。

谷文昌：毕业啦？好哇。他接过儿子递过来的毕业证，仔细地看着：小东，毕业了有什么打算哪？

谷林东：我就是来跟爸商量这件事的，我想到工厂当工人。

谷文昌：不行！

谷林东：咋不行？爸，你和妈都六十出头了，身体又不好。我大姐成了家，大哥和二姐又不在你们身边，三姐上山下乡好几年了，你和妈身边得有个人照应啊！

谷文昌掏出烟来，一边吸一边沉默。良久他说：小东，你不能留在城里，你得下去锻炼，跟大家一起去接受贫下中农的再教育。

谷林东扭过头：我不去！爸，按文件规定，老人身边没有子女的，可以照顾一个留城的名额。咱又没有违反政策，为啥我不能留城？

谷文昌：小东，按党的政策，你是可以不下乡。

谷林东：爸爸，那你为啥非要我下去呢？

谷文昌：小东啊，你得理解爸爸，我把咱们家留城的指标让给了你岳伯伯。

谷林东：爸爸，你一点都不为咱自己家着想，不为你儿子着想，好好的指标，你干吗让给他岳文明呀？他一肚子鬼点子，这么多年，他吭你吭得还少吗？

谷文昌：你岳伯伯患有偏瘫，他媳妇身体常年不好，大儿子又有精神病。比咱家更需要这个指标。小东，爸爸现在是地区上山下乡办公室主任，如果我自己不带头让子女上山下乡，那底下的工作怎么做呢？听爸的话，你一定要下乡！

谷林东沉默着：爸，我都在林县老家六年了，还没锻炼够呀！

谷文昌：你那是小孩子，不懂事，不能算上山下乡！

谷林东赌气地：要去，我就去东山！

谷文昌：小东呀，龙溪地区九个县，你哪儿都可以，就是不能去东山。

谷林东：为什么呀？

谷文昌：我在东山十四年。你去了，人家都知道你是谷文昌的儿子，都会想方设法照顾你，那样的话，你就得不到应有的锻炼。

谷林东：爸，你一点都不知道疼惜自己的儿子！

说着，扭头跑出了办公室。

谷文昌：小东，小东……

十一、谷文昌家客厅　夜　内

谷文昌，史英萍在忙碌着为儿子收拾行李。

谷林东生气地坐在沙发上沉默。

谷文昌：小东，你这双白球鞋就别带了吧？

谷林东憋着气不吭声。

史英萍从谷文昌手中拿过鞋子，捆在背包中。

谷文昌走过来，坐在沙发上掏出烟来点着：小东，还在生爸爸的气？爸不是不心疼儿子。爸是盼望你们早日成材呀！好了，早点休息，我明天到南靖出差，正好，送你过去。

十二、屋内　夜　内

夜深人静，谷林东躺在床上睡熟了。

谷文昌悄悄地走到儿子床边，关切地为儿子掖掖被子。

他深情地望着儿子睡梦中的脸，倾听着儿子均匀的呼吸。

皎洁的月光从窗外洒进来，照在谷文昌苍老的脸上。

十三、吉普车上　日　内

吉普车在山路上颠簸。

谷文昌在抽烟，谷林东在沉默。

汽车开到一个岔路口，谷文昌示意司机停车。

车戛然而止。

谷文昌：小东，这条路就是去你们知青点的，剩下的路你自己走吧。

说着，他拉开车门，把背包拿了下来。

谷林东跳下车，默默地从父亲手中接过背包，背在身上。

谷文昌：孩子，人生是一条漫长的路，父母只能陪你走一段，大部分还得靠自己走哇。

说着，他从上衣的口袋里掏出一张照片来，递给谷林东：这是前几天，你妈咱们在家照的相，你带上。

他拍着谷林东的肩膀，深情地看着儿子：去吧！

谷林东抬起头，望着爸爸苍老的脸，深深的皱纹，深陷的眼窝。阳光下，谷文昌的白发被微风吹动着，特别耀眼。

谷林东转身，走上了岔道。

谷文昌站在车前，看着，看着，直到谷林东的身影消失在山的那边。

谷文昌脸上两行热泪流下。

十四、谷文昌办公室　日　内

谷文昌坐在办公桌前，认真地看着一沓材料。

突然，传来笃笃的敲门声。

谷文昌：请进。

老华侨张嘉良走进来：您就是谷专员吧？

谷文昌起身：是呀，我是谷文昌，你是……

张嘉良：我叫张嘉良，是从南洋归国的华侨。

谷文昌走过来，热情地与张嘉良握手：张先生，请坐。

说着，把张嘉良让到沙发上。

张嘉良：谷专员，我们家在原东市场边有一座大房子，面积是 920 平方米。1965 年，因城市建设的需要被拆迁了。后来，由于“文化大革命”，建设单位变来变去，拖到现在，都 13 年了，我没有拿到一分钱的赔偿。这个问题，我反映了几十遍了，一直得不到解决。我听说你分管侨务工作，就贸然跑来找您。谷专员，我求您了，都说共产党讲信用，可我把腿都跑细了，他们这个推那个，今年推明年，推得我这心都凉了呀！

谷文昌看了看手表：张先生，你的材料我都看过了，现在离下班还有一会儿，走，你带我到原址去看看。

张嘉良点点头，站起身来与谷文昌走出办公室。

十五、街头　日　外

谷文昌与张嘉良在街边走着，看着。

谷文昌：张先生，你反映的问题，情况属实，政府应该赔偿。这样吧，你不用再跑了，我在这儿给你打个保票，五天以内，肯定让你领到赔偿金。

张嘉良：哎呀，那可太好了。谷专员，谢谢你啦，谢谢。

说着他激动地握着谷文昌的手。

十六、一组镜头

谷文昌察看龙海角美镇“天一楼”。

谷文昌与居民促膝谈心。

谷文昌倾听老华侨的倾诉。

“天一楼”贴上了一副大红对联：喜退侨房振兴中华伟业，欣归故里感谢政府党恩。

鞭炮在响，人们在笑。

十七、梅州农场　日　外

荆葛丛丛，山路弯弯。

谷文昌与陈琪走在崎岖的山路上。

他走几步，就停下来喘一会儿，咳一阵。

陈琪：谷专员，具体情况，下面都汇报过了，应该不会有问题的，您身体不好，就不必一处一处看了吧。这绕着梅州农场走一圈，差不多 20 里路哪！

谷文昌：小陈呀，省里分给咱漳州的安置任务是两万名华侨，可咱地区只有两个华侨农场呀，这任务重着呢！咱把归侨安置在这里，可是，这里可供开垦的荒地是不是足够，有没有发展余地，水源是不是充足，这些都得事先调查清楚。光听汇报，不调查，不研究，就作出决定，那是草率的官僚作风，是对归侨的不负责任！走，咱们一定要走完这一大圈。

谷文昌擦擦额头的汗，又迈步朝前走去。

陈琪折下一根树枝，跑上前去递给谷文昌当拐杖。

两人相视一笑。

十八、白竹湖农场　日　外

谷文昌走过一个个竹棚。

迎面，一位华侨荷锄走来。

谷文昌：请问先生贵姓？

华侨：免贵姓李。您是……

陈琪：这是地区主管侨办工作的谷专员。

李先生：啊，谷专员，早听说过您。

说着，热情地握住谷文昌的手：呀，谷专员，您在发烧呀！

谷文昌：偶尔感冒，不碍事的。李先生，你们在海外漂泊了几十年，如今回到祖国，却让你们住这简易竹棚，实在对不起呀！

李先生：谷专员，可不能这样说！归侨这么多，政府一时安排不过来，我们完全理解。我们在国外，受歧视，受欺负；如今回到祖国的怀抱，到处是热情，是帮助，是友爱，我们感动啊！像您这么大的官，带着病还在为我们操劳、奔波，让我们心里也过意不去呀！

谷文昌：李先生，您能理解政府暂时的困难，我谢谢您。最近，我们又开辟出了三个新的安置点，住房正在建，我保证，入冬以前一定让大家全部住进标准新房。

李先生：好，祖国待我们太好啦！谷专员，您这发烧可不轻啊，快去农场医疗室看看吧，走，我领您去。

他拉着谷文昌就走。

谷文昌：李先生，李先生，我还有很多事呢？

陈琪：谷专员，您就去看看病吧。

十九、医疗室　日　内

护士在给谷文昌打针：您烧这么厉害，咋现在才来看哪？

谷文昌：同志，我的工作实在是太忙了。

医生拿着药走过来：谷专员，您的病可千万要当回事，回到漳州，一定要彻底查一查，住院治疗。

谷文昌：好，小陈，咱们走吧，今天，还有两个安置点要看。

陈琪：谷专员，您病成这样，就别再跑了，我现就送你回漳州。

二十、华侨新村　日　外

一串串鞭炮在炸响。

华侨新村喜气洋洋，家家门上贴着红红的对联，不少人在搬家。

一条横幅扯在树上。

热烈欢迎联合国难民署驻华代表马歇尔先生来华侨新村视察。

谷文昌陪着马歇尔走过欢迎的人群，人们热烈地鼓掌。

马歇尔握着谷文昌的手：谷先生，短短的时间里，你们建成了 185 座房舍，安排归侨 13 批，8770 人，了不起呀！我看到归侨有房住，有工作干，孩子们都能上学，医疗也有保障，这大大出乎我的预料。我走遍了世界各国，你们的工作堪称世界典范！

说着，马歇尔伸出了大拇指。

谷文昌欣慰地笑了。

二十一、谷文昌家　日　内

谷文昌坐在藤椅上与史英萍在看照片。

两人看着，指着，说着，笑着。

谷林东穿着一身军装悄悄走了进来：爸，妈。

谷文昌扭回头，一脸惊讶：小东，你这是……

谷林东：爸，给你，这是我的入伍通知书。

说着，郑重其事地双手递给谷文昌。

谷文昌接过来，惊喜地看着。他拍着儿子的肩膀：孩子，好样的！你参军咋不给爸说一声啊！别忘了，老爸还兼着地区征兵办公室主任呢！

说着，深陷的眼窝里充满了幸福的泪花。

史英萍：跟你说了，咱小东这兵啊，一准当不成！

谷文昌不好意思地笑了：老史，快做饭，今儿个，我得亲自给咱小东炒俩好菜。

二十二、客厅　日　内

谷文昌与史英萍坐在小桌边吃饭。

谷文昌嚼着馒头，伸着脖子艰难地咽着。

史英萍：老谷，你怎么了？

谷文昌使劲地咽下一口饭：我这儿老像有什么东西堵着，咽不下去。

史英萍：啥时候发现的？

谷文昌：前一段去广州参加广交会，有一回吃饭，偶然感觉到咽东西不畅，回来后又没啥事了。这几天，又咽不下去了。

史英萍：老谷，你今天别去上班了，我陪你去医院看看。

二十三、地区医院　日　外

史英萍陪谷文昌走进医院。

二十四、X光室　日　内

谷文昌脱掉上衣，做X光拍片检查，他瘦骨嶙峋的胸肋，细细的胳膊让人心酸。

拍完片，谷文昌穿上衣服，史英萍为他系好扣子，围好围脖。搀着他的胳膊走出 X 光室。

史英萍：方大夫，什么时候出结果？

方大夫：明天上午。

二十五、门诊室　日　内

史英萍走进门诊室：方大夫，结果出来了吗？

方大夫：史馆长，你过来。

史英萍跟着方大夫走进里间。

方大夫把门关上：史馆长，你来看，谷专员的食道和贲门处有病变。

他指着读片箱上的 X 光片。

史英萍；病变？什么病变？

方大夫：我们医院的几个专家都看了片子，初步分析，可能是癌。

史英萍大吃一惊：癌？

方大夫：史馆长，你别太紧张，这只是初步诊断，怀疑是癌症。我建议马上送谷专员到省人民医院做进一步检查，尽快确诊。

史英萍点点头，接过 X 光片袋。

跌跌撞撞走出了门诊室。

二十六、谷文昌办公室　日　内

谷文昌坐在办公桌前批阅文件。

地委董书记走了进来。

谷文昌赶忙站起来：董书记，你找我有事？

董书记：老谷啊，你的病，史大姐都跟我说了，你不能再这么挺着了。听我说：立即停止工作，到上海去做病理检查。

谷文昌：董书记，咱地区医院能确诊，干吗要到上海去呀！跑那么远，花费又那么贵？再说了，工作这么多，咱不加班加点地干，能行吗？

董书记：老谷，工作再忙，再重要，也得放下！这不是我个人的意见，是组织的决定！

谷文昌：董书记，你再给我两个月的时间，让我把手头这几件大事处理完，我一定去看病。

董书记：你呀，为了工作，连命都不要了！不行，你明天必须到上海看病去。说完，转身快步走了出去。

谷文昌看着董书记走出办公室，他站了良久才坐下来。

谷文昌点着一支烟，刚抽了两口便剧烈地咳嗽起来。

他无奈地把烟按在烟灰缸中。

埋头在文件上，看着，用红铅笔画着。

二十七、一组镜头

一辆救护车开进上海人民医院。

谷文昌在做 X 光检查。

谷文昌在做抽血化验。

一群大夫在为谷文昌会诊。

谷文昌被推进手术室。

他微笑着向史英萍和孩子们招手。

手术室的门关上了。

二十八、医院　日　外

一辆白色救护车开进漳州医院。

二十九、病房　日　内

谷文昌倚在病床上在看《福建日报》。

史英萍蹲在床边，在脸盆里洗着毛巾。

床头挂着吊瓶。一根胶管，盖在脚头的被窝里。

门轻轻开了，陈保国悄悄走进来：老首长……

谷文昌一看，赶忙扔下报纸：保国，来，快坐这儿。

陈保国放下水果袋，一把拉住了谷文昌的手。

史英萍搬过一把椅子：保国，快坐下。

谷文昌：从东山来的？

陈保国：我刚从上海回来。听说你在上海住院，我就跑去了，可医院说，你做完手术回漳州了，我又连夜跑了回来。老首长，怎么样？手术还好吧？

谷文昌：医生说：手术做得非常满意。你娘身体咋样？

陈保国：她身体可好啦。知道你住院，她天天催我来看你。

谷文昌：孩子们，都好吧？

陈保国：都好。老大上班了，其他还在上学。

谷文昌：老史，保国爱喝茶，你回家把我从广州买回来的红茶拿来，那可是好茶，三十多块钱一斤哪！

史英萍答应着：哎！中午想吃点啥？我回去给你做。

谷文昌：下一碗汤面条吧，放点萝卜叶。

史英萍提起饭盒：保国，你先坐着，我回家一趟。等这一瓶药输完，别忘了喊护士来换药。

说着，走出了病房。

谷文昌：保国，你的工作咋样？

陈保国正要回答，小护士推开门，推着手推车进来。

她把一包药放在床头柜上：谷专员，该打针了。

谷文昌点点头，伸出手来。

小护士看看右手，又看看左手，轻轻地叹了一口气：还是扎左手吧。

小护士捋起谷文昌的衣袖，用皮筋把他的胳膊绷起来，然后用棉签消毒。

小护士一针扎下去，没有回血。又扎下去一针，还是没有回血。

她紧张地拔出了针，手儿颤颤地，忐忑不安地看了谷文昌一眼。

谷文昌：小同志，没关系，不疼，你大胆地扎。

小护士又一次把针头扎了下去，回血了。

她松了一口气，解开了谷文昌胳膊上的橡皮筋。

打完针。小护士推着车走了，谷文昌用棉签按着针眼。轻轻地揉着：保国哇，我在上海住院时，结识了一位病友，是个林业专家，他告诉我说：木麻黄的寿命只有七八十年，到时候，不光是老树死掉，再在原地栽小树也栽不活。你回去告诉管林业的同志，让他们抓紧研究木麻黄的更新换代问题，不然，几十年后，风沙还会重来，到那时，东山的老百姓又该吃苦了。

陈保国深深地点着头，他看了看吊瓶：药快完了，我去喊护士去。

说着，起身出去了。

史英萍提着保温饭盒进来：保国呢？

陈保国与小护士进来。

小护士换了一瓶药液。

史英萍：老谷，来，趁热，吃饭吧。

她打开饭盒，用筷子在碗里搅着面条。

谷文昌：保国，一会儿，你跟老史回家吃吧。

陈保国：不了，老首长，我回去吧，估摸着还能赶上往东山的班车。

他走过来，与谷文昌握手告别。

谷文昌：保国，今后不用往我这儿跑了，我这病就这样啦。回到东山，有人问起我的病，你就告诉他们，说我好了，出院了。免得大家一趟一趟地来看我，那么远的路，一来就得买东西，又花钱，又耽误工作。老史，把茶叶给保国带着。

陈保国含着热泪，深深地点着头：老首长，你多保重，保重。史主任，我走了。说着，他接过茶叶，转身拉开门，走出了病房。

史英萍，端起饭碗，喂谷文昌吃饭。

谷文昌艰难地咽着。

谷文昌：老史呀，最近几天，我老是做梦，一做梦就是在林县老家，你说，我这是咋了？

史英萍：老谷啊，你这是在想家。

谷文昌：英萍，你安排一下，再陪我回一趟林县老家吧，我想再看看太行山，看看红旗渠。

史英萍含泪点点头。

三十、林县红旗渠畔　日　外

太行高耸，白云缭绕。

渠道蜿蜒，渠水激湍。

果树成林，山楂如火。

渠畔上，史英萍推着一辆轮椅缓缓走了过来。

轮椅上坐着谷文昌。

两个人慢慢地走着，兴奋地看着，娓娓地说着。

赵石头担着一挑水迎面走来。走到轮椅边，他停下了脚步，目不转睛地看着轮椅上的谷文昌。

赵石头：哎哟，这不是文昌老哥哥吗？

他撂下水桶，一把拉住了谷文昌的手：老哥哥，你还记得我吗，我是赵石头哇！

谷文昌：石头，赵石头，记得，记得。当年闹农会，你还是咱们村的联防队长呢！我记得你是属马的，比我小三岁。兄弟，你可老多了。

赵石头：对，对，老哥哥，你记性可真好。掰着指头算算，咱那一茬人都六十好几了，咋能不老！文昌哥，你的身体——

谷文昌：得了点小病，没啥大事。前一阵在福建，我就是老想家，这不，让你嫂子陪我回来看看。

赵石头：老哥哥，你还记得申家贵吗？

谷文昌：咋不记得，他咋了？

赵石头：他就在那边放羊，我喊他过来。

赵石头用两只手圈成喇叭朝山下放声喊着：老申，申家贵——

喊声在山间回响。远处，一个老汉回应着，赶着羊群朝这边走来。

赵石头：老申，你看这是谁？

申家贵眯着眼睛上下打量着：老谷。

谷文昌伸出手去跟申家贵握手，才发现，申家贵的右衣袖是空的。

谷文昌：家贵，你这是怎么了？

申家贵笑着摇了摇头。

赵石头：老哥哥，你还不知道吧，老申可是咱林县的大功臣呀，当年修红旗渠，他是爆破队队长，就是开凿这青年洞时，被炸断了一只胳膊。

谷文昌：家贵，你真了不起！怎么样，生活上有什么难处吗？

申家贵：老谷，你放心吧，我家里挺好的，你看，我现在领导着一百多只羊，也相当一个连长呢！

众人开心地笑了。

笑声荡漾开去，在太行山间久久回荡。

三十一、谷文昌家　夜　内

史英萍往保温饭盒里盛着粥：豫平，你把饭给你爸送去吧，我得去邮局发电报。

谷豫平：发电报？

史英萍：孩子呀，我看你爸的病是一天不如一天哪。我想，得告诉你三叔跟你财有哥，让他们过来跟你爸见见面。

谷豫平：妈，给小东也发一封电报吧！

史英萍：行啊！

谷豫平：那我先走啦，妈，你出门当心点。

三十二、病房　日　内

谷豫平提着饭盒进来：爸，饭来喽。

谷文昌关掉正在听的收音机。

谷豫平把他扶起来，拿过一个被子垫在他身后。

谷文昌：豫平，啥饭呀？

谷豫平提过打开的饭盒让爸爸看。

谷文昌：粥？

谷豫平：爸，今儿个是腊月初八，妈专门为你熬了一锅“腊八粥”。

谷文昌：腊八，祭灶，年关来到。哎呀，又快过年啦。

谷豫平端过碗来，一勺一勺地喂爸爸吃饭。

谷文昌：豫平，你还记得不记得老家的腊八粥？你奶奶做的腊八粥，可是真好喝哟！里边有山西的小米，高粱，有咱林县的红薯，大枣，柿饼，还有豇豆，麦仁，核桃仁，一共八样，喝起来是又甜，又香啊……

三十三、部队营房　日　外

球场上，一场篮球赛正在进行。

场边围满了解放军战士。

谷林东抢过一个篮板球，回场打快攻。

通讯兵跑过来大喊：谷林东，谷林东！加急电报。

谷林东跳起投篮。然后转身跑出球场。

他从通讯员手中接过电报，匆匆打开。

寥寥几个字映入眼帘：

父病危，速回！

五个字一层层放大开来，最后只剩下两个巨大的“病危”。

三十四、病房　夜　内

病房里静悄悄地，日光灯发出惨白的光。

谷豫英趴在病床边睡着。

谷文昌忍受着剧疼的折磨，他咬着牙，脸上沁出豆粒大的汗珠。

又是一阵剧疼，谷文昌翻动着身子。

谷豫英醒来：爸，你又疼得忍不住了吧？

谷文昌：豫英，你去叫大夫来，给我……给我打……打一支杜冷丁。

谷豫英点点头，跑了出去。

大夫带着护士进来：谷专员，又疼了吧？

他关切地用听诊器听着谷文昌的胸腔。然后，又摸了摸脉搏。

护士给谷文昌注射。

大夫：谷专员，我给你用几支人血球蛋白吧？

谷文昌：人血球蛋白，那得多少钱一支呀？

大夫：一支 200 来块，贵是贵了点，可是效果好哇。

谷文昌：大夫，不必了吧。像我这样的病，好是好不了啦，不要再浪费钱，给国家增加负担。200 多块钱，足够一个农民花销一年哪！豫英，这药咱不用。

说着，他闭上了眼。

大夫感慨万端地摇了摇头，慢慢地走出了病房。

三十五、火车上　日　内

谷林东依窗而坐。

他看着窗外那起伏的山峦，青葱的树林，弯弯的河流，萧萧的冬野。

父亲的身影叠印他目光所及之处。

三十六、病房　日　内

刘金才，何坤，林青推门进来。

他们提着水果，礼品。

林青抱着一大把木麻黄枝。

谷文昌躺在床上。

史英萍在为他擦脸。

刘金才：老首长，史主任。

谷文昌：哟，你们几个咋又来啦？

史英萍：金才，你们几个坐。

说着，她端起脸盆出去了。

林青把一束木麻黄放在床头的小柜上。

谷文昌：木麻黄？哎呀，好长时间没看见木麻黄了。小林，咱栽的木麻黄长得好吗？

林青：好，好，大的都有一抱粗了。

谷文昌欣慰地笑了。

刘金才：老首长，还疼吗？

谷文昌：疼啊，忍受不住，刚才又打了一支杜冷丁。金才哇，这个年关我怕是过不去啦……

两滴老泪，滚出了他深陷的眼窝。

何坤：老首长，你可别那么想。

说着，擦着眼泪。

何坤点着一支烟，递给谷文昌。

谷文昌伸出手接烟，手腕上的手表，顺着骨瘦如柴的细胳膊滑了下去，一直滑到肩胛处。

何坤眼睛湿了。

他扭回头，咬着嘴唇，强忍着不让泪水流出来。

谷文昌抽了两口烟：金才，我老觉得对不住你们哪。

他感慨万端地拍着何坤的手。

刘金才：老首长，你这是说哪儿的话呀，我们刚参加工作那会儿，才十几岁，你待我们像亲生孩子一样亲哪！

谷文昌：唉！这么多年，你们跟着我风里走，沙里行，雨里跑，泥里趟的，受了不少累呀！我这个人实心眼儿，只知道使用你们，就不知道提拔你们……

他抽了一口烟，继续说：我在东山时，你们是干事，是通讯员，我离开东山时，你们还是干事，通讯员，到现在，你们大多还是干事，啥时候我一想到这一点，这心里都不是个滋味呀！如今，干部要知识化，年轻化，你们是想提拔也提拔不起来了……是我把你们耽误了，不然，你们能成大材料啊！

刘金才：老首长，你可别这么说，我们跟着你，虽说一没升官，二没发财，但是，我们跟你学会了做人，学会了做事。

林青：就这两条，就够我们受用一辈子啦！

何坤：老首长，我们站着稳当，坐着踏实，睡着安心，这比升官发财都强！

谷文昌：是啊，是啊，官帽，钱财都是暂时的，就连这身子骨也是暂时的，只有人心才是长远的。

又一阵剧疼袭来，谷文昌疼得昏了过去。

医生，护士跑过来。

医生：再注射一支杜冷丁。

三十七、病房　夜　内

谷文昌昏迷着。

一家人围在床前。

门推开了，谷林东风尘仆仆地走进来。

谷林东扔下挎包，扑到病床前：爸，爸，我回来啦。

谷文昌睁开眼：小东。

他吃力地伸出手。

谷林东拉着谷文昌干瘦的手，泪如泉涌。

谷文昌：小东，跟爸讲讲，在部队咋样？入党了吗？

谷林东：爸，连队里把我列入党员重点培养对象了。

谷文昌：好，这就好。小东啊，咱老家在河南林县，你生在福建东山，我给你取名林东，就是要你时刻记住这两个地方。爸的一生，一半在林县，一半在东山。孩子啊，啥时候都不能忘记家乡的父老乡亲，不能忘记党的养育之恩。你要争取早日入党，记住，不入党，不要回来。

谷林东：爸，你放心，孩儿会照你的话去做的。

谷文昌脸上露出一丝微笑。

窗外，依稀传来一阵阵鞭炮声。

谷文昌：老史，我好像听见有人放鞭炮？

史英萍：今儿是腊月二十三，是小年。

谷文昌含笑：祭灶了，祭灶了……

三十八、东山　日　外

海浪冲击着礁石，发出一阵阵轰然涛声。

一排排木麻黄林在风中摇动，林涛啸啸。

三十九、病房　夜雨　内

窗外，下着雨。

风吹着雨，打在玻璃窗上发出“扑嗒扑嗒”声响。

谷文昌：老史，下雨了？

史英萍点点头。

谷文昌：我想坐一会儿。

史英萍、豫平、林东把他扶了起来。

谷豫英拿过一床被子，掖在父亲背后。

谷文昌扭头看着窗外的雨：下雨了，这可是栽树的好时候啊！

史英萍：是啊，等你病好了，退了休，咱还回东山栽树。

谷文昌喃喃地：东山，东山，我想回东山……

他痴痴地望着窗外，眼睛中露出异样的光。

谷文昌拉着史英萍的手，深情地抚摸着：老史，有几句话，我得给你说说。

史英萍俯到谷文昌身边，几个子女都围了过来。

谷文昌：这个年关，我怕是过不去啦……我走后，你千万不要给组织上找任何麻烦，咱们国家还穷啊！组织上分配给我用的东西，你仔细清理一下，全部退还给公家。

史英萍点点头。

谷文昌：老史啊，我在东山干了十四年，还有些事我没办好哇！我喜欢东山的土地，热爱东山的人民，我走后，你把我的骨灰撒在东山，我要和东山的百姓、东山的大树永远在一起。

史英萍含着泪水：老谷，你放心吧，啊！

谷文昌留恋地看着史英萍，看着孩子们。

他张着嘴，还想说什么，然而，他只是长长地呼着气。

史英萍：老谷，老谷……

为人民辛劳一生的谷文昌，永远地闭上了双眼。

史英萍痛哭失声地：老谷，老谷……

四十、墓园　阴雨　外

清明时节，细雨轻洒。

墓园的木麻黄被春雨洗刷得特别青翠。

山坡下，大路上，扫墓的队伍浩浩荡荡朝墓园走来。

遥遥地，有阵阵鼓乐传来。

鼓声刚劲、锣声雄浑，乐韵悠悠。

队伍走近了，男人们抬着供案。

供案上摆满了五牲供果。

女人们捧着高香明烛，黄缥烧纸。

孩子们手拿鲜花和碧绿的木麻黄枝。

队伍来到墓前。

人们摆开供案，点上香烛，烧着纸钱。

村长站在供案前致祭词：谷书记，我们的亲人，我们的大恩人哪，俺山口村男女老少来祭拜您啦！生前，你带领我们植树造林，防风治沙，为我们造福；死后，您又回到东山看护着树林，保佑着我们。谷书记，您就是俺老百姓心中的神呐！

说着，扑通一声跪在地上。

在他身后，跪倒了一大片男女老少。

一个苍老的声音在喊着。

一叩首，再叩首，三叩首。

香烟袅袅，纸钱飘飘，乐声阵阵。

千百颗头颅仰起来，又叩下去，宛如浪潮。

（全剧终）

一座丰碑

——十八集电视连续剧《谷文昌》主题歌

作　词　乔　羽
作　曲　裴东峰
演　唱　李丹阳

谁在天地间立下这座丰碑
谁在这丰碑上铭刻真理
是你　是你
你心中有老百姓
老百姓心中有你
你用一双干干净净的手
你用一颗清清白白的心
将自己与老百姓紧紧连在一起
谁在天地间立下这座丰碑
谁在这丰碑上铭刻真理
是你　是你
你心中有老百姓
老百姓心中有你
老百姓是青天

老百姓是大地

顶天立地

你活在老百姓心里

老百姓是青天

老百姓是大地

顶天立地

你永远活在老百姓心里

我为什么要拍《谷文昌》

总制片人　陈彦民

我出生在一个普通的革命干部家庭，父亲英年早逝，是党和政府帮助母亲把我们兄妹五人抚养到18岁并安排了工作。母亲是个优秀教师，她教育我们一定牢记党的养育之恩，一辈子为人民只做好事，不做坏事。当我读到张全景老部长写的《永远活在人民心中的县委书记——谷文昌》这本书，读到谷文昌春节给特困老百姓家里送肉，他病故后一个老人自愿为其守墓14年，每年春节、清明节当地老百姓先祭“谷公”后祭祖宗时，联想到自己的经历，不由泪流满面，萌生了拍摄《谷文昌》电视剧的冲动。我立即把这个想法告诉母亲，得到母亲的支持。母亲不仅将我们的住房抵押贷款，同时还让我的哥哥和三个妹妹也将住房抵押贷款支持我。当她听说教师可以担保贷款时，又坚持为我担保贷款。痛心的是，80岁的慈母没有看到《谷文昌》剧的播出，带着遗憾仙逝了。

谷文昌的事迹不仅感动了所有了解他的人，党和国家领导人也对他的事迹给予了充分的肯定，尤其是习近平总书记对谷文昌同志的评价：“在福建，带领东山人民改造自然和社会，变昔日的荒山秃岭为现在的‘国家级生态示范县’和‘全省环境最佳县’的谷文昌，现在当地老百姓仍然怀念他，甚至祭祀时也是‘先祭谷公、后祭祖宗’”。“人民群众是共产党的‘本’‘基’‘源’，党必须相信和依靠群众，始终保持与人民群众的血肉联系”。更加中肯、精辟，与当前所进行的群众路线教育实践活动以及“两学一做”教育活动更是非常贴切。

2014年11月，习近平总书记到闽考察时指出，谷文昌同志的事迹同焦裕禄、杨善洲同志的事迹一样，展示了一名共产党员和领导干部的坚强党性、远大理想、博大胸怀、高尚情操。2015年1月，习近平总书记同中央党校县委书记研修班学员座谈时再次提起谷文昌。心中有党，心中有民，心中有责，心中有戒。谷文昌，就是习近平总书记心中的“四有”干部。

2015年8月以来，中央党校在校园内6尊红色雕像先后落成揭幕，有马克思、恩格斯、毛泽东、邓小平、焦裕禄、谷文昌。在我们党的奋斗历程中，产生过许许多多优秀的领导干部，焦裕禄和谷文昌是杰出的代表。习近平总书记多次点赞他们，号召广大党员和干部向他们学习。将焦裕禄的塑像和谷文昌的塑像放置在学员楼群间，学员出出进进都能瞻仰先进典型的神采，无疑是大家见贤思齐的榜样。

谷文昌是河南省林州人，红旗渠是他的故乡，他是红旗渠精神的践行者，是河南人的骄傲。为让全国广大党员领导干部和人民群众更多地了解谷文昌同志的先进事迹，做谷文昌式的“四有新人”，进一步巩固群众路线教育成果，实现为社会经济发展服务的目的。适逢中国共产党成立95周年之际，为了深入贯彻落实习近平总书记关于向谷文昌同志学习的指示精神，结合当前我党开展的“两学一做”活动，中共中央党校出版社联合出品的18集电视连续剧《谷文昌》及电视剧《谷文昌》剧本的出版发行，具有鲜明的时代特征和教育意义。

《谷文昌》电视剧的拍摄首先得到了尊敬的老领导宋平、热地、张全景以及欧阳淞、吉炳轩、王三运、王全书等有关领导的关心和支持，同时也得到了中宣部宣教局，中组部电教中心，中共中央党校出版社，河南省委宣传部、组织部，福建省委宣传部、组织部，郑州市委、市政府，南阳市委、市政府，漳州市委、市政府，三明市委、市政府，安阳市委、市政府，林州市委、市政府，东山县委、县政府，宁化县委、县政府，桐柏县委、县政府，郑州金水区委、区政府，平顶山市委、市政府，汝州市委、市政府，漯河市委、市政府，郾城区委、区政府，八一电影制片厂，河南省电视台的关怀与支持。

在此，我代表电视剧《谷文昌》剧组全体主创和演职人员谨向所有关心、支持本剧的有关单位领导及个人表示诚挚的谢意！

出版后记

十八集电视连续剧《谷文昌》是根据张全景同志的纪实作品《永远活在人民心中的县委书记——谷文昌》一文改编，由一位深受谷文昌事迹感染的企业家抵押房产独资拍摄的故事片。影片拍摄前前后后，得到宋平、热地、张全景、徐光春等有关领导，以及中宣部、中组部、河南省委等有关部门的大力支持。电视剧于2006年圆满拍摄成功，由于种种原因，一直没有正式播出。

在总书记为谷文昌一再点赞、强调领导干部要做“四有”干部的要求下，在“两学一做”学习教育在全国深入开展的形势下，在中国共产党成立95周年和中央党校谷文昌雕塑揭幕之际，中央党校出版社影视中心隆重推广这部难得的好题材好电视剧，希望谷文昌的故事深入人心，广为传颂，呼唤更多谷文昌式好干部谱写不带私心搞革命、一心一意为人民的新篇章。

中共中央党校出版社影视中心

2016年7月1日